KB236762

백수인(白洙寅)

전남 장흥에서 출생하
여 조선대학교 국어교
육과와 같은 대학 대학
원 국어국문학과를 졸
업했다. 전북대학교 대
학원에서 논문 "오장환
시 연구"로 문학박사
학위를 받았다. 한국문
인협회와 한국문학 평
론가협회 회원이다. 현
재 민주화를 위한 전국
교수협의회 공동의장
을 맡고 있다. 1982년
부터 현재까지 조선대
학교 국어교육과 교수
로 재직하고 있다.

대학 문학의 역사와 의미

―조선대 문학 57년의 흐름―

백 수 인

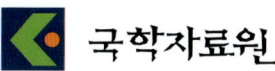 국학자료원

머 리 말

　캠퍼스의 나뭇잎들은 아름답게 물들어 있다. 매일 보는 나무들이지만 오늘따라 아침 햇살에 빛나는 잎사귀들의 모습이 정말 아름답다. 벚나무 잎의 붉은 빛은 강하고 화려하다. 플라타나스 잎사귀들의 황록 빛은 엷은 황홀이다. 햇빛은 연구실 창밖 언덕의 황톳빛을 더욱 붉게 빛나게 한다. 바람들이 나무들을 한바탕 뒤흔들어 놓고 지나가더니 이젠 잠잠하다. 이제 언덕배기의 나무들은 나직한 목소리로 시를 음송하듯 가지와 잎사귀들을 가만가만 흔들고 있다. 지금은 가을이 저물어 겨울로 바뀌는 계절이다. 계절이 바뀌면 나무도, 사람도 가슴에 은밀하게 간직하고 있는 나이테를 더해 갈 수밖에 없다.

　조선대학은 해방 직후인 1946년 이곳 무등산록에 학문의 터를 잡았다. 당시 '문학과'를 설치하여 우리말과 글의 연찬과 문학 창작을 통해 민족얼을 되살리고자 한 것은 선구적 발상이었다. 이 책은 그 때 조선대학에 뿌린 문학의 씨앗이 어떻게 발아되어 가지를 뻗고 잎을 피우며 성장해 왔는가를 기술 한 것이다.

　사실 이 책은 내 자신이 스스로의 의지에 의해 쓴 것은 아니다. 5년전 '조대신문'에서 "조대문화 50년"이라는 시리즈물을 기획하여 그 중 문학부문의 집필을 필자에게 의뢰했던 것이다. 그리하여 1997년 9월 3일치부터 2001년 12월 5일치까지 4년이 넘는 동안 조대신문의 지면에 연재하게 되

었다. 연재가 끝나자 책으로 묶는 게 좋겠다는 제안을 해
온 분들이 많았다. 책으로 묶으려고 생각하고 원고를 검토
해 보니 부끄러운 부분이 한두 군데가 아니었다. 따라서 이
책은 성격상 연재물이 극복할 수 없는 많은 한계를 지니고
있음을 미리 밝힌다. 그러나 이는 조선대학 역사의 한 부분
을 기술한 것이며, 한 대학이 일궈낸 분야별 역사와 그 의미
를 성찰할 수 있는 가능성을 보여주었다는 긍정적 평가에
힘입어 책으로 출판하기로 했다.

  어려운 여건 속에서도 출판을 결심해 주신 국학커뮤니티
(주) 정찬용 사장님께 감사드린다. 표지를 아름답게 꾸며준
조선대학교 디자인 대학원에 재학중인 최창훈 군의 애정에
도 감사드린다.

                                          2002년 11월
                                          백 수 인

목   차

제1장 문학의 터, 문학의 씨앗 ………………………………… 1

  1. 개교와 문학과의 설치 ………………………………… 3
  2. 시인 김기림과 교가의 탄생 ………………………… 6
  3. 극작가 장용건과 조대 연극 ………………………… 9
  4. 프라타나스와 눈물과 고독 ………………………… 12
    (1) 다형 김현승의 교수부임 ………………………… 12
    (2) 다형 김현승과 광주 정신 ……………………… 14
    (3) 다형 김현승의 시맥 ……………………………… 17
  5. 무등산 등성이의 갑남을녀 ………………………… 21
    (1) 미당 서정주의 교수 부임 ……………………… 21
    (2) 무등을 본 서정주 ……………………………… 23
  6. 4,50년대 학내 문학 활동과 "조대신문" 창간 … 28
  7. "조대문학동인회" 결성과 "동인문학" 창간 ……… 32
  8. 부드러운 운율의 전통적 서정세계 ……………… 35
  9. 위선의 사회와 '신성 모독' …………………… 39
  10. 신 앞에 드리는 고백의 언어 ……………………… 42
  11. '숯처럼 다시 타는 언어' ……………………… 46
  12. 역사 의식과 서정성의 조화 ……………………… 50
  13. 불교 문학의 이론적 정립 ………………………… 54
  14. 관용과 화해의 시학 ……………………………… 58
    (1) 형식과 내용 조화시킨 중용 지향 …………… 58
    (2) 실어증 시대의 알레고리 언어 ……………… 61

　　⑶ 관용과 화해의 시세계 구현 ·················· 65
15. 서정의 세계와 민중시 ······················· 69
　　⑴ 서정의 세계에서 현실참여시로 전환·········· 69
　　⑵ 민중속으로 들어간 시인 문병란 ············· 72
　　⑶ 80년대 어둠뚫고 온 '광주'의 시인 문병란 ······ 76
16. 실존의식과 내면 갈등 ······················· 80
17. 요절, 근원적 자연으로의 회귀 ················· 84
18. 유토피아 지향의 문학관 제시 ················· 88
19. 순수지향의 서정적 서사 ····················· 91
20. 시대의 아픔 육화한 순정의 세계 ·············· 94
21. 고발정신 통해 인간구제 시도 ················· 98
22. 60년대 전반기의 학내 문학 활동 ············· 102
23. 60년대 중반기의 학내 문학활동 ·············· 106
24. 60년대 후반기의 학내 문학 활동 ············· 110

제2장 문학의 힘, 문학의 성장 ·················· 115
1. 야성적 목소리의 신성성 ···················· 117
　　⑴ 격렬한 어휘와 개성적 외양 ··············· 117
　　⑵ 우리나라의 십자가, 청춘의 도시 광주······· 120
2. 고향 공간 재현 통한 해한의 방법 ············ 124
　　⑴ 향토애·역사의식의 비유적 표현 ··········· 124
　　⑵ 소설로 쓴 '한의 민중사' ················· 127
3. 시조 가락 속에 담은 비판적 현실 인식 ········ 131
4. 문명비판 통해 바람직한 삶 제시 ············· 135
5. 몽환적 서사로 인간심리 표출 ··············· 139

6. 소설 창작과 소극장 운동 142

7. 가치관의 혼효 지적하는 시적 언어 145

8. 역사 속에 흐르는 서민의 애환 149

9. 휴머니즘으로 본 사회와 역사 153

10. 원초적 통일성의 세계 구현 157

11. 시적 공간 '광주' 통해 생사를 꿰뚫다 160

12. 70년대 초기 학내 문학활동 164

13. 70년대 중반기 학내 문학활동 168

  ⑴ 학내 문학활동 양대 산맥 – N.O.P와 나락 ... 168

  ⑵ 김준태·이한성·설재록 등이 조대문단 주도 ... 171

  ⑶ 국문학과 중심 '터알' 동인 결성 174

14. 70년대 후반기 학내 문학활동 179

  ⑴ 모래성 독서회·소루회 등 그룹별 문학활동 전개 ... 179

  ⑵ '동맥회' 활동 가시화 182

  ⑶ 작품집 출간, 신춘문예 당선 등 활발 185

제3장 문학의 확산과 도약 189

1. 귀향의식 환기로 인간성 회복 시도 191

  ⑴ 고향과 도시의 대비로 서민 애환 그려 191

  ⑵ 현실비판과 통일 지향의 소설 193

2. 한국 최초의 '어린이 서사시' 197

3. 동심의 서정과 역사의식 201

4. 동심으로 본 아름다운 인간관계 205

5. 향토성 짙은 서민적 애환 209

6. 맑은 사회 지향한 인간 구제의 문학 213

  7. 유기적 구조로 짜여진 언어 미학 ································ 217

  8. 간결한 묘사와 체험공간 형상화 ···························· 221

  9. 백악문학상 제정과 나락 문학동인지 발간 ············ 225

10. 터알 창간호 발간 ·· 228

11. 깨끗한 정조의 사랑 노래 ·································· 231

12. 사회적 문제의식과 예술성의 조화 ···················· 235

13. 동심의 서정성과 시학적 장치 ·························· 238

14. 문학의 대중화·생활화 운동 ···························· 241

15. 민중의 한과 전통문화의 계승 ·························· 245

16. 자연질서 거역하는 인간사회 비판 ·················· 248

17. 동심 세계의 알레고리 ···································· 251

18. 자기존재 확인하는 사랑의 테마 ···················· 254

19. 견고한 언어 직조와 시적 창조 ······················ 258

20. 소재의 독창성과 사회적 문제의식 ·················· 261

21. 우주 꿰뚫는 천진한 시선 ······························ 264

22. 사회비평 시와 비장미 ···································· 268

23. 동심적 상상력으로 자연과 교감 ···················· 272

제4장 문학의 조화와 다양성 ································ 277

  1. 선적 세계 지향한 청아한 목소리 ···················· 279

  2. 풍자와 해학과 익살의 시 ································ 283

  3. 기독교적 가치관으로 인간 상실 극복 ·············· 287

  4. 열린 시각과 순수한 동심 ································ 290

  5. 힘겨운 노동 답근질한 장인의 혼 ···················· 294

  6. 외적 현실 통한 냉철한 자아 인식 ·················· 297

7. 연극이론과 실험적 희곡창작의 조화 ──────── 300
8. '땅의 문학'과 '하늘의 문학' 지향 ──────── 303
9. 혼돈의 현실 벗은 진리의 세계 ──────── 306
10. 현대사회 부조리 꼬집는 비판적 메시지 ──────── 310
11. 민족 얼 담긴 친숙한 시어와 민중의 삶 ──────── 313
12. 문예창작학과 개설 ──────── 317
13. 다루지 못한 문인들 ──────── 320
    ⑴ 시인 ──────── 320
    ⑵ 소설가, 수필가, 아동문학가, 희곡작가, 문학평론가 ─── 324

찾아보기 329

제1장
문학의 터, 문학의 씨앗

1. 개교와 문학과의 설치

 조선대학은 1946년 개교 당시 정치경제학부, 법학부, 문예학부, 공학부의 4개 학부에 12개 학과로 출발하였다. 12개 학과 중 하나인 '문학과'는 문예학부에 속해 있었다. 해방 직후인 개교 당시부터 '문학과'가 설치된 것에 대한 의미는 자못 크다고 할 수 있다. 왜냐하면 이 시기에 문학이 대학의 전공 학과로 설치된 일은 한국문학사적 맥락에서 주요한 의의를 가질 뿐만 아니라, 호남 지역에서는 초유의 일이었기 때문이다. 조선대학의 '문학과' 설치 의의를 이해하기 위해서는 해방 전의 상황을 알아 볼 필요가 있다.
 일제 식민지라는 암울한 시대 상황 속에서도 근현대 문학을 전개해 온 우리 문학사는 1940년을 전후하여 암흑기에 이른다. 이 시기는 일제가 우리말 말살 정책을 강행하여 "조선일보"와 "동아일보"와 같은 우리말 신문을 강제 폐간시켰고 "문장"과 "인문평론"과 같은 순문예지도 자진 폐간할 수밖에 없었던 상황이었다. 일제의 우리말 말살 정책은 모든 공식 용어와 일체의 신문과 잡지는 일본어를 사용하도록 강제하였고, 우리말로 된 서책은 판매를 금지하였다. 심지어는 우리말 사전을 편찬 중에 있던 "조선어학회" 학자들을 체포 구금하는 일까지 서슴지 않았다. 이러한 결과 우리의 문학작품은 발표 지면을 잃게 되어, 어떤 문인들은 친일적인 성향으로 활동을 계속하기도 하였지만 뜻 있는 문인들은 붓을 꺾고 때를 기다릴 수밖에 없었다. 이러던 중 우리는 1945년 해방을 맞게된 것이다. 따라서, 해방 직후인 1946년 조선대학이 개교와 함께 '문학과'를 설치한 것은 자칫 말살되어 역사 속으로 사라져 버릴 뻔했던 우리의 말과 글을 체계적으로 연구하여 가르치고, 우리 문학의 맥을 다시 이어야 한다는 '민족문학 재건과 발전'에 그 뜻이 있었음을 알 수 있다.

한편, 해방전 전남 지역에서는 김우진(희곡), 조운(시조), 김영랑(시), 박용철(시), 박화성(소설), 임학수(시), 김현승(시), 이동주(시) 등이 중앙 문단에서 문명을 떨쳤으나, 이 지역에 기반을 둔 문학 동인이나 문학지는 그리 많지 않았다. 이러한 때에 조선대학의 '문학과' 설치는 호남 지역 문학 발전의 시금석을 놓은 일이라고 할 수 있다. 왜냐 하면 조선대학에 '문학과'가 설치됨으로써 중앙에서 활동하고 있는 문인들이 문학과의 교수나 강사로 출강하여 중앙 문단과 이 지역 문단이 활발하게 교류할 수 있는 교두보 역할을 하였고, 1953년 전남대학이 개교하기 전까지는 호남 지방에는 유일무이한 '문학과'로서 이 지역 문학 인구의 확산에 기여하였기 때문이다.

그렇지만 해방 직후의 상황 속에서 조선대학은 전반적으로 여러 가지 어려운 여건을 극복해 나가야만 했다. 무엇보다도 먼저 일본어에만 길들어 온 학생들에게 우리 글로 문장을 쓰게 하는 데에는 초보적 작문부터 교육해야 하는 실정이었다. 또한 제대로 된 교재도 없었을 뿐만 아니라, 가르칠 교수도 태부족한 상태였다. 더욱이 일제 시대 대학 교육을 받은 지식인들이란 주로 서울에 몰려 있었고, 그 숫자도 많지 않아서 지방 대학의 강단에 설 교수를 구하기란 여간 어려운 일이 아니었다. 이러한 상황에서 광주에 위치하고 있는 조선대학에까지 가서 우리의 말과 글을 학문적 체계를 갖추어 강의할 만한 인재를 찾는 일이란 결코 쉽지 않았다.

그러나 호남 민중의 염원을 실현시킬 조선대학의 숭고한 설립 정신에 찬동하는 이들은 많았다. 1946년 개교 당시 조선대학 전체 교수 수는 52명이었다. 이들 중에는 무보수를 자청하고 나선 사람도 많았다. 그런데 교수들의 담당 과목은 주로 법학, 경제학, 공학 분야에 치중되어 있고 국어를 담당하는 교수는 송옥동, 강요한 2인뿐이었다. 그 이후 1947년에 양보승이 문학개론을 담당하는 교수로 취임하고, 장용건, 이진모 등이 문학과 교수로 강단에 선다. 이러한 초창기의 사정은 문학 전공 교수의 채용에 어려움이 많았음을 짐작케 한다. 따라서 초창기의 문학과의 많은 강좌는 서울 등지에서 강사를 초빙할 수밖에 없었다. 1947년 12월 현재 문학과 재학생은 본과 2학년 38명, 별과 2학년 48명, 본과 1학년 24명, 별과 1학년 43명으로 총153명이었다. 이들은 40년대 중후반의 해방공간에 호남 지역 최초의 '문학과' 학생으로서 무등산록에 문학의 씨앗을 뿌렸던 것이다.

2. 시인 김기림과 교가의 탄생

조선대학은 해방공간의 여러 가지 어려운 여건 속에서도 교수와 학생을 갖춰 학교를 열고, 한편으로는 하나하나 시설을 확충해 가고 있었다. 그러나 교수들의 이동이 잦았고, 그 숫자도 적어서 강의는 주로 서울 등지에서 출강한 강사들로 충당할 수밖에 없었다. 이 때의 문학과 학생들에게 가장 기억에 남는 교수 중 한 사람은 조선대학 교가의 작사자인 편석촌 김기림이다.

김기림은 당대에 전국적 명성이 있는 시인이었으며, 그의 강의 또한 유명하여 학생들에게 인기도 대단하였다고 한다. 그는 초창기부터 1950년 6.25 직전까지 조선대학에서 '시론', '서양문예사조사' 등을 강의했다. 그 때의 학생들은 그의 강의가 항상 신선했다는 것을 특징적으로 기억한다.

김기림은 1908년 함경북도 학성군 출신으로 일찍이 일본에 건너가 릿교 중학을 졸업하고, 니혼 대학 문학예술과에서 공부한다. 니혼 대학을 졸업한 1930년에 귀국하여 조선일보 기자 생활을 한다. 그로부터 6년 후인 1936년에 그는 다시 일본 도오후쿠 제국대학 영문학과에 입학한다. 이 해에 첫 시집 "기상도"를 간행한다. 1939년에 도오후쿠 제국대학을 졸업하고 귀국하여 다시 조선일보에 근무하며 이 해에 제2시집 "태양의 풍속"을 내놓는다. 그러나 이듬해에 조선일보가 일제에 의해 강제 폐간되자, 고향에 돌아가 경성중학교 교사로 부임하여 거기에서 영어와 수학을 가르친다. 그의 경성중학 제자로서 유명 인사는 시인 김규동과 영화감독 신상옥 등이 있다. 해방이 되자 다시 서울로 옮겨 1950년까지 서울사대, 중앙대, 연희대, 동국대 등에 출강한다. 1946년에 제3시집 "바다와 나비"를 출간하고, "문학개론"을 상재한다.

1947년에 "시론"을 출간하였는데, 그는 이 무렵부터 조선대학에 출강한 것으로 보인다. 이후로도 그는 대학 강의, 시작, 저술 활동 등으로 활발한 활동을 보인다. 1948년에 제4시집 "새노래"와 번역서 "과학개론", 1950년에 시연구서 "시의 이해"와 문장 이론서 "문장론신강" 등의 책을 계속해서 내놓았다.

이상의 약력에서 드러나듯이 그는 우리 문학사에서 보기 드문 이론과 시창작을 겸비한 시인이자 교수였다. 1930년대 모더니스트로 잘 알려진 그의 시관은 리챠즈의 시론을 수용하여 과학적 시론을 주창하였고, 철저히 자신의 시론에 바탕한 작품을 썼다. 다시 말하면 그의 시론은 자기 시의 해설이며, 동시에 그의 시는 자기 시론의 실험이었다. 따라서 그는 당대에 항상 새로운 것을 추구하는 진보적 시인으로 잘 알려져 있었다. 이러한 당대의 중견 시인이 조선대학 초창기 문학도들에게 정신적으로나 학문적으로 많은 영향을 주었으리라는 것은 쉽게 짐작할 수 있는 일이다. 더욱이 그가 이 무렵 조선대학의 교가를 작사했다는 사실은 그의 진보적 시정신이 이 대학의 역사에 깊이 각인되는 중요한 인연이 아닐 수 없다.

막는 것 산이거든 무느곤 못가랴.
파도건 눈보라건 박차 헤치자.
끓는 땀 부어서 일일이 다진 터.
희망은 솟는다, 조선대학.

열어라 닫히었던 세기의 창을.

다가오는 새 풍조 팔 벌려 안자.
진리의 빛 따라 모여든 젊은이.
미래는 우리 것, 조선대학.

구름 속 손짓하는 조국의 깃발.
그 아래 다 바치리 청춘도 꿈도.
시련의 밤새인 민족의 앞길.
새 날은 터 온다, 조선대학.

　이것이 그가 쓴 교가의 전문이다. 조선대학 교가는 여느 학교의 교가와는 차별화된 새로운 특성을 발견할 수 있다. 교가는 일반적으로 그 지역의 대표적인 산과 강 등 풍수적 특징을 반영하는데 비해 조선대학 교가는 그러한 진부한 스타일을 과감히 탈피하였다. 이 교가는 해방 공간의 시기에 우리 민족의 젊은이들이 가져야 할 진취적 기상과 선진 학문에 대한 수용과 탐구 정신을 담고 있어서 희망적 미래를 깨우치고 있다. 이는 김기림 자신의 진보적 시정신과 조선대학의 건학 이념이 맞아떨어진 결과적 산물이다. 따라서 이 교가는 조선대학의 설립 이념을 시적 정서로 표현하고 있을 뿐만 아니라, 그의 시문체도 잘 반영하고 있는 한 편의 시 작품이다. 가령 1946년 8월 2일자 독립신문에 발표된 그의 시 '오 우리들의 8월로 돌아가자'의 한 구절에 "구름같이 휘날리는 조국의 기빨 아래 다만 헐벗고 정서스런 종이고저 맹세하던 / 오, 우리들의 8월로 돌아가자."라고 노래한 것과 이 교가 3절 "구름 속 손짓하는 조국의 깃발. 그 아래 다 바치리 청춘도 꿈도."를 비교해 보면 이러한 사정을 짐작할 수 있다.
　그는 불행하게도 6.25 때에 미처 피난하지 못하고 서울에 머물고 있다가 북한의 정치보위부에 의해 연행, 납북되었다.

3. 극작가 장용건과 조대 연극

설립 당초부터 문학과가 설치되어 운영되고 있었지만 학과를 책임 있게 이끌어 갈 교수를 임용하는 일은 쉬운 일이 아니었다. 김기림, 백철(문학평론가), 박흡(시인) 등이 출강했는데, 그들은 전임 교수가 아니었다. 앞서 언급한 강요한, 송옥동, 양보승 등이 전임 교수로 임용되어 강의를 하였으나 불과 몇 학기를 사이에 두고 조선대학 강단을 떴다. 이 시기에 장용건이 문학과 교수로 부임한다. 그의 부임은 그가 문학과의 운영과 발전, 대학 연극의 정립과 수준 향상에 지대한 공헌을 했다는 데에 사적 의의가 있다.

1921년 평안북도 구성군 방현면에서 출생한 장용건은 일본에 건너가 중앙대학 법학부를 수학하여 1943년 9월에 졸업하고 귀국한다. 그는 대학에서 법학을 전공하였지만, 전공보다는 문학과 연극에 지대한 관심이 있어서 일본에서도 주로 연극 분야의 공부에 몰두하였다. 귀국 후에는 '학병거부' 운동으로 공직에 있지 못하고, 평양에서 극단 "장군대"를 통해 연극 활동에 전념한다. 그는 1945년 평양에서 '귀주야화', '두견새' 등의 신극을 제작하여 공연함으로써 극작가로서 명성을 떨친다. 1946년에 월남하여 서울에서 문필 활동을 하고 있던 장용건은 동향(평안북도)의 백상건(정치학), 이진모(국어학) 등과 함께 조선대학에 부임하여 문학과 학과장을 맡게 되었다.

그의 부임 시기는 조선대학이 1948년 5월 26일자로 당시 "남조선과도정부 문교부장 오천석"으로부터 정규 4년제 대학인가를 받은 바로 그 해 9월이다. 당시 조수원, 한일섭, 한춘홍 등 문학과 학생들과 경제학과 학생 한상운이 주축이 되어 개교 2주년 기념 공연을 계획하고 한창 연습에 열중하고 있을 때였다. 장용건과 이들이 만남으로써 "조대극회"가 탄생하게 되었다. 이 때의 공연 작품 함세덕 작 '무의도 기행'은 이종호 연출, 조수원 주역으로 동방극장에서 막이 올랐다. 이것이 "조대극회" 창립 공연이 된 셈이며 이 지방에서 본격적인 대학극이 시작된 것이다.

장용건은 두 번째의 공연 작품을 자신의 작품인 '백마산성'으로 정하고 자신이 직접 연출하기로 하였다. 이 작품은 1950년 5월 14일부터 16일까지 3일간 동방극장에서 공연되었다. 매일 관객들은 초만원을 이루었고 시민들로부터 호평을 받았다. 1952년 서정주가 조선대학 문학과 교수로 부임한 것을 계기로, 장용건은 그 해에 서정주의 시 '귀촉도'에서 이미지를 가져와 귀촉도 전설을 모티브로 한 대본을 썼다. 그리고 그의 연출로 광주에서 3회 공연을 하였다. 관객들의 성황과 호평에 힘입어 이번에는 광주 공연으로 그치지 않고 목포, 여수, 순천, 군산 등 호남 지역 주요 도시를 순회하였다. 이는 지방 연극의 수준을 높이는 계기가 되었을 뿐만 아니라, 조선대학의 예술적 역량을 자랑하는 기회가 되었다. 이후 1955년까지 매년 5월이면 그의 연출로 작품을 공연을 하였다. 1953년에는 중국 극작가 조우 작 김광주 역 '뇌우'를, 1954년에는 유치진 작 '별'을 장용건이 각색한 '별은 흐른다'를, 1955년에는 자신의 작품 '탈'을 무대에 올리는 열성을 보였다. 이처럼 그의 연극에 대한 열정은 이 지방 연극과 대학극의 수준을 올리는 데 크게 기여하였다. 이러한 공로가 인정되어 그는 1955년에 제1회 "전라남도 문화상(연극 부문)"을 수상하였다.

그는 당시 학생들의 기억 속에 그는 "열정적인 교수", "팔방미인", "휴머니스트"로 남아 있다. 그가 주로 강의한 과목은 희곡론, 연극개론, 소설론, 현대소설강독, 문학개론 등 다양하다. 조대신문 창간호(1954년 9월 15일자) 인터뷰 기사에서 그는 "세계연극사"를 집필하고 있었는데 6.25 때에 그 원고가 유실되었음을 아쉬워했다. 그가 당시에 쓴 "문학교재"라는 저술의 내용은 문학원론과 시론, 희곡론, 자신의 희곡 작품 '탈'로 꾸며져 있다. 이는 그가 희곡 창작과 연극뿐만 아니라, 강의와 학문에도 열정적이었음을 말해 준다.

그는 1951년에 광주에서 발행된 문예지 "신문학" 창간호에 '탈'을 발표하였고, "신문학" 창간 특집 "호남문학을 말하는 좌담회"(1951년 4월 16일)에 지역의 대표적 문인 5인과 나란히 참석하였다. 또한 1957년 10월 8일에는 문예지 "현대문학" 주최로 "광주호텔"에서 열린 "광주문단을 말한다"라는 좌담회에도 참석하였다. 이 좌담회는 "현대문학"지의 기획으로 주간 조연현과 시인 김현승(당시 조선대학 문학과 교수) 그리고 장용건이 만나서 광주문단의 현황과 전망을 소개하고 논의하는 자리였다. 이와 같이 그는 지방 문단의 활성화에도 열성적이었다.

한편 그는 1954년 "조대신문"을 창간하여 제3호부터 1960년 3월 15일자까지 발행 겸 편집인으로 초창기 조대신문 발전에 기여한 것도 특기할 만하다.

그런데 그는 1960년 4월 혁명 이후 12년간의 교수 생활을 뒤로하고 쓸쓸히 대학 강단에서 물러나게 된다. 그 주된 이유는 당시 총장의 반대편에 서서 총장 퇴진을 주도한 교수 중 한 사람이었기 때문이다.

4. 프라타나스와 눈물과 고독

- 시인 다형 김현승

(1) 다형 김현승의 교수부임

다형 김현승은 '고독의 시인'으로 우리에게 너무나도 잘 알려져 있다. 시인 김현승이 조선대학과 인연을 맺은 것은 6.25가 일어난 다음 해인 1951년 4월이다. 숭일학교 교사와 교감을 거친 후 문단 활동에만 전념하고 있던 그가 문학과 교수로 부임하게 된 것이다. 시기적으로 따져 보면, 개교 직후부터 출강하다가 납북되어 생사가 불분명했던 김기림의 뒤를 이어 강의를 맡았던 것으로 보인다. 이는 그가 줄곧 담당했던 강좌가 김기림이 담당했던 '시론'과 '서양문예사조사'라는 것을 보아도 알 수 있다. 그가 부임할 당시 문학과 전임 교수로는 장용건, 김봉영, 정인보, 이진모 등이었다. 47년 시집 "몽로"를 상재함으로써 문단 활동을 시작한 시인 김평옥은 당시 조선대학 교수로 재직하면서 교육학과 윤리학을 강의했다.

일찍이 등단하여 활동하고 있던 시인 김현승의 교수 부임은 조선대학과 이 지방의 문단에 두 가지의 커다란 의미를 지닌다고 하겠다. 첫째, 조선대학으로서는 그가 대학 강단에서 직접 후진을 양성하여 '조대 문학'의 맥을 형성하도록 지도하였다는 것이다. 둘째, 이 지역 문단으로서는 그를 정점으로 문단 활동이 활성화되었다는 점이다.

김현승은 부친(전북 출신)이 신학을 공부하던 평양에서 1913년에 출생하였다. 출생 직후 부친의 목회지인 제주로 이주하여 6세까지 성장한다. 7세가 되던 해인 1919년 4월 부친의 교역 전근을 따라 광주로 이주하여 숭일학교 초등과에 입학한다. 이 학교를 졸업한 후 1927년 4월에 형이 유학하고 있던 평양의 숭실중학교에 진학했다. 이 때부터 평양의 유학 생활이 시작된다. 이어서 숭실전문학교 문과 3년을 수료하고 1936년 3월 광주로 귀향할 때까지 약 9년간의 재학 기간 중 1년은 위장병으로 휴학하여 광주에서 요양하였으니 8년을 평양에서 공부한 셈이다. 이후 1960년 4월 조선대학을 떠나 서울로 전근할 때까지 줄곧 광주에서 교육과 문필 활동을 하였으니 자타가 인정하듯이 그의 고향은 광주라고 할 수 있다. 그가 우리 문단에 모습을 드러낸 것은 숭실전문학교 문과 2년 재학 시절인 1934년의 일이다. 당시 시인이며 그 학교 문과 교수였던 양주동의 추천으로 그 해 5월 25일자 "동아일보" 문예란에 '쓸쓸한 겨울 저녁이 올 때 당신들은'을, 다음 날 같은 지면에 '아름다운 새벽은 우리를 찾아온다고 합니다'를 발표한 것이다. 같은 해에 그는 "동아일보"에 '새벽은 당신을 부르고 있읍니다'와 "조선중앙일보"에 '아츰', '황혼' 등 총 5편의 시를 발표한다. 그리하여 그해 연말 "신동아"의 시단 총평에서 평론가 홍효민은 김현승을 "혜성같이 나타난 시인", "촉망할 수 있는 신인"으로 극찬하기에 이른다. 이후 그는 1936년까지 3년 동안 총 18편의 작품을 신문과 잡지에 발표하여 활발한 활동을 하였다. 그러나 그는 그 후 붓을 놓고 1945년 해방을 맞이할 때까지 침묵하였다. 그가 시창작을 중단한 1936년은 중일전쟁이 제2차 세계대전으로 확대되어 가는 중이어서 세상이 소란하였다. 그리고 개인

적으로는 위장병과 신경쇠약증이 도져서 고향인 광주에 돌아
가 휴양하면서 모교인 숭일학교에서 교편을 잡았다. 훗날 그
는 이 당시의 심경을 다음과 같이 술회하고 있다.

> 처음에는 건강의 회복을 위하여 일시나마 시작(詩作)을 피
> 하려던 것이 그 동안에 확대되는 전쟁의 상황과 일제의 문화
> 말살 정책의 발악 가운데서 마침내는 시작의 의욕마저 상실
> 하지 않을 수 없게끔 정세는 변화되고 말았다. (중략) 우연한
> 기회에 신사참배 문제로 기소되어 일제의 감옥까지 구경하
> 고 말았다.

이상의 술회로 보아 그의 일제 말 절필의 이유는 건강 문제,
그리고 일제의 우리 문화 말살 정책과 신사참배 문제로 인한
투옥 등이 복합적으로 작용한 것으로 보인다. 그는 또 "해방
이 오지 않았다면 나는 그 암담한 현실 속에서 문학과 영원히
결별하였을 지도 모른다."고 토로했다. 건강 문제와 투옥, 그
리고 생활고로 참담한 생활을 영위해 가던 그에게 해방이 찾
아 왔다. 해방이 되자 그의 문학열은 다시금 용솟음치기 시작
하였다. 1946년 4월에 "민성"에 '내일'이라는 작품을 발표
함으로써 그는 우리 문단에 복귀하게 된다. 그러나 1950년까
지 5년 동안 그가 발표한 작품은 6편에 불과하다. 따라서
1951년 4월 그가 조선대학 교수로 부임한 것이 진정한 의미
에서 시작(詩作) 활동의 재개라고 할 수 있다.

(2) 다형 김현승과 광주 정신

다형 김현승은 1951년 4월 조선대학에 부임하여 1960년 4
월 서울의 숭실대학으로 떠나기까지 약 10년 동안 재직하였
다. 조선대학 문학과 교수로 부임한 김현승은 한편으로 시론

과 시창작법 등의 강의와 연구에 열중하면서 다른 한편으로는 자기 시 세계의 새로운 모색을 위하여 온갖 정열을 경주했다. 일제 시기의 등단 초기부터 붓을 잠시 놓을 때까지 그의 작품 경향이 외면적인 자연의 세계에 관심을 쏟았다면, 조선대학에서의 창작 경향은 기독교 정신을 바탕으로 한 인간의 내면 세계에 대한 구경(究境)이라고 할 수 있다. 그가 조선대학에 간 후의 새로운 문학적 모색인 것이다. 이러한 모색은 조선대학을 떠나 자신의 모교인 숭실대학으로 옮겨 간 후 '인간 고독'의 세계에 들어가기 바로 전단계에 해당한다.

그는 부임한 해인 1951년 6월에 평론가 백완기와 함께 광주에서 발간된 문예지인 "신문학"을 창간하여 주간을 맡았다. 그리고 그는 "신문학" 창간호에 '내가 나의 모국어로 시를 쓰면'이라는 작품을 발표하였다. 이것이 그가 교수로 부임한 이래 잡지에 발표한 첫 작품이다. "신문학"은 1953년 제4호로 끝났지만, 그는 출판 자금의 어려움 속에서도 줄곧 주간을 맡으면서 이 지역 문단의 활성화와 중앙 문단과의 교류를 꾀하였다. 그는 성격이 꼼꼼하고 엄격하여 시상을 다듬고 완성하여 발표하는 데에 항상 신중을 기하기 때문에 우리 문단에서도 과작의 시인으로 알려져 있다. 그렇지만 그 이후 한 해에 2∼3편의 작품을 발표하다가 1954년 이후에는 매년 4∼7편의 작품을 문예지 등에 발표하여 비교적 활발한 작품 활동을 전개한다.

그는 조선대학 교수로 재직한 10년 동안 약 40편의 작품을 발표하였다. 그의 대표작으로 애송되는 '눈물'(시정신, 1952), '플라타너스'(문예, 1953), '옹호자의 노래'(현대문학, 1955), '가을의 기도'(문학예술, 1956), '내 마음은 마른 나뭇가지'(현대문학, 1957), '산줄기에 올라'(신태양, 1958)

등의 작품이 모두 이 시기에 씌어지고 발표되었다. 특히 1952년에 목포에서 발행된 "시정신" 창간호에 발표한 '눈물'은 고등학교 "문학" 교과서에, 1956년 "문학예술"에 발표한 '가을의 기도'는 중학교 3학년 "국어" 교과서에 수록될 정도로 널리 알려진 대표작 중의 가작이다.

조선대학에서 창작과 후진 양성에 정열을 불태우던 시절, 그가 얼마나 광주를 사랑하고, 조선대학에 대한 기대와 희망이 얼마나 컸는가는 1958년에 쓴 그의 다음 작품을 보면 여실히 드러난다.

산줄기에 올라 바라보면
언제나 꽃처럼 피어 있는 나의 도시

지난 날 자유를 위하여
공중에 꽂힌 칼날처럼 강하게 싸우던,
그곳에선 무덤들의 푸른 잔디도
형제의 이름으로 다스웠던…………

그리고 지금은 기름진 평야를 잠식하며
연기를 따라 확장하여 가는 그 넓은 주변들…………

지금은 언덕과 수풀 위에 새로운 지붕들이 솟아 올라,
학문과 시와 밤중의 실험관들이
무형의 드높은 탑을 쌓아 올리는 그 상아의 음향들…………

산줄기에 올라 바라보면
언제나 꽃처럼 피어 있는 나의 고향—

길들은 치마끈인양 풀어져,
낯익은 주점과 책사와 이발소와
잔잔한 시냇물과 푸른 가로수들을
가까운 이웃을 손잡게 하여 주는…………

그리고 아침과 저녁에
공동으로 듣는 기적소리는
멀고 먼 곳을 나의 꿈과 타고난 슬픔을 끌고 가는…………

아아, 시름에 잠길 땐 이 산줄기에 올라 노래를 부르고,
늙으면 돌아와 기억의 안경으로 멀리 바라다볼
사랑하는 나의 도시 ─ 시인들이 자라던 나의 고향이여!

― 김현승의 '산줄기에 올라 ―K도시에 바치는 ―' 전문

이 작품에서 노래한 'K도시'는 두말할 것도 없이 그가 사랑
해마지 않는 그의 고향 '광주'다. 그는 시인의 예지로 '광주
정신'을 꿰뚫고 있다. 그에게 있어 광주는 '자유를 위한 투쟁
정신'과 '이웃에 대한 따뜻한 사랑'이 조화를 이루어 발전하
는 "꽃처럼 피어나는" 도시인 것이다. 더욱이 조선대학 교수
로서 그는 산줄기에 올라서 조선대학 캠퍼스를 바라보며 "학
문과 시와 밤중의 실험관들이 / 무형의 드높은 탑을 쌓아 올
리는 그 상아의 음향들"을 들을 수 있었을 것이다.

(3) 다형 김현승의 시맥

김현승을 '가을의 시인', '고독의 시인'이라고 한다. 이는

그가 '가을'에 대한 시편과 '고독'을 탐구한 시편들을 많이 썼기 때문이다. 차를 너무 좋아해서 그의 호가 다형(茶兄)이라는 것은 잘 알려진 사실이다. 독실한 기독교 집안에서 태어난 신앙인이기 때문이기도 하지만 체질적으로도 술을 마시지 못한 그는 커피를 매우 좋아하였고, 커피 맛과 향에 대해 일가견을 가지고 있었다고 한다. '가을'과 '고독'은 한 잔의 커피와 썩 조화롭게 어울린다. 이러한 시적 주제와 생활 취미에서 짐작할 수 있듯이 그의 성격은 강직하고 불의를 보면 참지 못하는 맑고 곧은 성격이었다고 한다.

 1955년 4월 한국시인협회에서는 새로이 '시인상'을 제정하여 제1회 수상자로 그를 선정하였다. 그러나 그는 이 상 받기를 거부하였다. 수상 거부 이유는 '작품상'이 아닌 '예우'로 주는 상은 받지 않겠다는 것이다. 아마도 협회에서는 '1930년대 등단한 문단의 중견', '현재의 왕성한 활동' 등의 공적을 수상 결정 사유로 제시했을 것이다. 그렇지만 김현승은 구체적인 작품을 놓고 명확히 심사하지 않은, 문단의 경력만을 중시한 심사 과정이 올바르지 못하다는 것이다. 이처럼 그는 자기 작품에 대한 자신감과 자존심이 강한 시인이었다.
그는 그 해 7월 처음 제정된 제1회 전라남도 문화상(문학 부문)을 수상했다. 1957년 5월 한국문학가협회 상임위원이 되었고, 그 이후 우리 나라 대표적 문학지인 "현대문학"의 추천위원이 되었다.
 그의 추천을 받고 "현대문학"를 통해 문단에 나온 시인으로는 주명영, 임보, 박홍원, 낭승만, 이성부, 김대환, 정현웅, 문병란, 김광회, 박봉섭, 최학규, 손광은, 이기원, 김규화, 정의홍, 최만철, 권영주, 조남기, 오규원, 박경석, 이환용, 이운룡, 이생진, 박정우, 이병석, 진헌성, 강우성, 오경남, 문순태, 진을주, 김충남, 이병기 등 32명이다. 이들 중 조선대학에서의 제자는 박홍원, 문병란, 김규화, 박경석, 문순태 등이다. 문순태는 후에 소설로 장르를 바꾸었지만, 이들이 김현승으로부터 발원한 '조대문학'의 정신을 꾸준히 계승해 나가고 있다.

김현승은 1960년 4월 조선대학을 떠난 후에도 한 두 학기 동안 출강하였고, 그 이후 그의 강의는 제자인 박홍원이 이어받았다. 떠난 이후 5년 동안은 광주와 서울을 오가며 생활하다가 1965년 가족과 함께 서울로 이주하였다. 서울로 옮긴 후 더욱 활발한 시작 활동을 하다가 1975년 4월 62세를 일기로 타계하였다. 그 해 11월 유고 시집 "마지막 지상에서"(창작과비평사)가 나왔다.

1977년 6월 그의 제자 시인들과 뜻있는 문인들이 그의 시업을 영원히 기리고자 무등산록(무등산장 밑 구부러진 도로 옆)에 "다형 김현승 시비"를 세웠다. 제막식에는 이 지방 문인들은 물론 백낙청, 고은, 염무웅 등 경향 각지의 문인들이 모여 그의 시정신을 기리고 추모하였다. 이 시비에는 그가 조선대학에서 시심을 불태우던 시절에 쓴 대표작 '눈물'이 새겨져 있다.

20주기를 맞은 1995년에 앞에서 언급한 그의 제자 시인 32명이 "다형의 고결한 시정신의 맥을 이어가자는 취지"로 "다형문학회"를 조직하였다. 그리고 1996년 9월에 다형문학회지 창간호 "지상의 별들"을 펴냈다.

김현승의 시세계는 크게 4기로 나누어 볼 수 있다. 제1기는 모더니즘 풍조의 영향을 받으면서 당시의 암울한 시대상을 형상화한 해방 이전의 작품 세계를 말한다. 제2기는 해방 이후부터 첫 시집 "김현승시초"(1957)를 거쳐 시집 "옹호자의 노래"(1963년)를 내 놓은 때까지이다. 이 시기에는 생활인으로서의 인간적 고뇌가 그의 시적 주제였다고 할 수 있다. 제3기는 시집 "견고한 고독"(1968)과 "절대고독"(1970)에 나타난 '고독'이라는 명제를 두고 인간과 신 사이에서 갈등하는 모습을 드러낸 시기이다. 제4기는 1973년 고혈압으로 쓰러진 이후부터 작고할 때까지이다. 그는 이 시기에 인간의 한계를 인식하고 신에 귀의하여 참회와 감사의 시를 썼다.

그가 조선대학 교수로 재직하면서 쓴 시는 제2기에 속한다. 이 시기는 '고독 탐구'의 시세계로 나아가기 위한 준비 단계라고 할 수 있다. 특히 처녀 시집 "김현승시초"를 조선대학에 재직할 때인 1957년에 출간한 것은 특기할 만하다. 또한 시집 "옹호자의 노래"는 그가 1960년 4월 조선대학을 떠나 숭실대학으로 자리를 옮긴 뒤인 1963년에 상재되었지만, 이 시집에 실린 대부분의 작품들이 조선대학 재직시에 씌어진 것들이다. 따라서 그의 전 생애를 통하여 그의 대표작이라고 할 수 있는 주옥같은 시편들의 절반 이상은 조선대학에 머물면서 창작하였다고 해도 과언이 아니다.

5. 무등산 등성이의 갑남을녀

-시인 미당 서정주

(1) 미당 서정주의 교수 부임

서울에서 생활하던 시인 서정주는 6.25가 일어나자 수원, 대구, 부산 등지를 떠돌다가 고향 가까운 전주에서 전주고등학교 교사를 하면서 전시연합대학에 출강하고 있었다. 그러던 어느 날 '배급쌀 문제'로 그 학교 교장과 심히 다투고 사표를 낸다. 그리고는 곧바로 광주로 내려 간 것이다. 그는 당시 광주에 가게 된 이유를 그의 자선전에서 다음과 같이 술회하고 있다.

> 1948년에 우리 정부가 선 뒤 오래지 않아 광주의 시인 김현승이가 서울에선 맨 먼저 찾은 것이라 하며 나를 찾아와서 그 뒤 6.25 사변까지 상종하고 지낸 사이라, 거기 가면 그가 있는 조선대학교에 그와 함께 있을 수 있지 않을까 하는 속깜냥에서였다.

그의 예상대로 김현승은 그를 반가이 맞아 당시 문학부장이었던 장용건에게 소개하였고, 조선대학 문학부의 부교수 발령을 받게 하였다. 이 때가 1952년 초봄이다. 이렇게 미당 서정주는 조선대학과 인연을 맺게 된 것이다.

서정주는 1915년 전북 고창에서 태어나 '중앙불전'에서 공부하였고, 일찍이 1933년부터 "동아일보" 등의 지면에 시와 수필을 발표하다가 1936년 1월에 시 '벽'이 동아일보 신춘문예에 당선되면서 문단에 등단하였다. 그는 1936년 11월 김달진, 김동리, 여상현, 함형수 등 10여명의 시인들을 모아 시동인지 "시인부락"을 주재했다. 이것이 훗날 그를 우리 문학사에서 대표적인 생명파 시인으로 평가받게 하였다. 그는 부임 당시에 이미 "화사집"(1941), "귀촉도"(1948) 등 2권의 시집을 펴낸 시인이었다. 또한 해방 후 동아일보 사회부장, 문화부장을 거쳐 정부 수립 후 문교부 초대 예술과장(서기관)과 한국문학가협회 시부 위원장을 지낸 사람으로 이 무렵에도 문단에 잘 알려져 있었다.

이처럼 당시 문단의 중진으로 알려진 그가 조선대학을 스스로 찾아가게 된 것이다. 그는 조선대학에서 3학기 동안 재직하면서 현대문학사, 문학개론 등의 강좌를 맡았다. 이 시절 조선대학 문학과에는 그를 따르는 문학도들이 많았다. 비록 짧은 기간이었지만 그는 이 무렵에 김현승과 장용건 등의 문학 교수는 물론 이 지역 문인들과도 자연스럽게 어울리는 기회를 가졌다. 특히 이수복(나중에 미당의 추천으로 등단하게 됨), 박흡(시인, 당시 조선대학 강사), 천경자(화가, 당시 조선대학 강사) 등과 처음 만나 교유하게 되었고, 해남에 사는 이동주(시인), 숙당 배정례(화가) 등과도 만나 교분을 두텁게 하였다.

그의 회고에 의하면 당시 조선대학 부교수의 월급은 "겉보리 열닷 말"이었고, 여기에 가족과 함께 기거할 수 있는 관사(한 칸 짜리 방)를 주었다고 한다. 그는 남광주역 부근에 살았는데 날마다 도보로 출퇴근하면서 무등산의 모습을 완상한다.

· · · 여기서 조선대학까지 가는 사이에는 광주의 주인 무등
산의 제일 좋은 상봉들의 모양과 그 위의 하늘 빛이 어디에서보
다도 눈에 배게 잘 드러나는 곳이다. 나와 폭같이 한 달에 겉보리
열닷말을 받는 음악 교수 하길담하고 이 길을 동행하면서 '개불
알꽃' 같은 새 꽃도 이 길에서 새로 익혔지만, 저 무등산 바짝 위
의 하늘의 코발트가 아니라 빛나는 초록빛이 이내(嵐)라는 것도
여기 와서 이 길을 오고 가며 처음 알게 되었다. 광주 무등산 위
의 어느 때때의 이내(嵐)는 우리 나라에서는 보기 드문 것이다.
이 빛깔은 우리가 늘 보는 코발트의 하늘빛하고는 아주 다른 빛
이고, 그건 풀빛에 가깝지만, 또 아주 깊이깊이 몇 천길같이 빛나
는 풀빛이다. 이것이 이내(嵐)다. 옛 신선들이 그들의 정신의 어
떤 답전으로, 아니면 내려와 숨쉬어 가끔 마시던 것으로 정했던
그 이내인 것이다.

사물을 범상하게 보아 넘기지 않은 시인의 눈은 길가의 풀꽃
들도 그냥 지나치지 않았을 뿐만 아니라, 무등산 위 하늘빛이
빚어내는 아름다움도 놓치지 않고 있다. 이 회고에 나오는 음
악 교수 하길담은 바로 조선대학 교가를 작곡한 사람이다. 미
당은 조선대학에 근무하면서 누구보다도 무등산을 가까이했
고 무등산의 기품에 사로잡혀 있었다. 이 무렵 조선대학에 재
직하면서 쓴 시가 저 유명한 '무등을 보며'와 '학의 노래' 그
리고 '상리과원' 등의 작품이다.

(2) 무등을 본 서정주

미당은 이 무렵 건강이 여간 좋지 않았다. 정신적, 육체적으
로 어려운 상태에 놓여 있었다. 정신적으로는 환청을 듣고 그
것을 믿을 정도로 심각했다. 그는 1952년 여름방학이 되자
해남 대흥사에 들어가 삭발을 하고 보름간의 단식을 하게 된

다. 이 때에 대흥사의 백일홍 꽃의 아름다움과 만나게 된다. 나중에 쓴 그의 시 '단식후', '백일홍 필 무렵' 등의 작품은 이 때의 체험을 바탕으로 한 것이다. 육체적으로는 그 해 겨울 늑막염이 터져서 사경을 헤매기도 하였다. 사경을 헤매고 있던 그에게 의사를 데리고 달려가 치료하게 한 사람은 동료 교수 김현승이다. 물론 의료비도 김현승의 몫이었다. 또 수피아여고 교사로 있던 시인 이수복은 병석에 누워 있는 그를 매일같이 찾아가서 항생제 주사를 놓아주었다. 광주에서의 훈훈한 인정을 그는 항상 잊지 못하고 있다. 이러한 광주 생활의 체험은 훗날 광주를 떠난 후에 쓴 작품들의 중요한 모티브로 작용하게 된다.

정신적 육체적 어려움 가운데에서도 그가 조선대학 교수로 재직하면서 꾸준히 해 온 일 중 가장 중요하고 의의 있는 일은 '무등산'을 읽는 일이었다. 무등산을 읽는 일은 광주를 아는 일이다. 그는 광주 사람들이 지니고 있는 따뜻한 인정의 눈을 통해서 무등산을 바라보고, 무등산을 통해서 광주의 이미지를 시적 정서로 환기시킨다. 그의 주위에서 항상 그를 돕고 걱정하여 주는 정겨움은 그에게 있어 무등산의 이미지에 투사되어 나타나게 된다. 그는 자서전에서 다음과 같이 쓰고 있다.

광주 무등산은 앞에 앉은 산과 뒤에 있는 산의 두겹으로 되어 있다. 앞에 있는 것은 엇비슷이 누워 있는 것 같고, 뒤에 있는 산은 뭔지 안심찮아 일어나 앉아 있는 것 같다. ― 나는 광주에 와서 조선대학의 한 달 겉보리 열닷말의 훈장 노릇을 하면서, 날마다 내가 있는 방과 학교 사이를 오고 가며, 이런 뜻을 마련해 내고, 이것은 어쩌면 두 오랜 부부의 어느 오후의 휴식의 모습 같다고 생각하고 있었다. 아내는 너무 피곤하여 엇비슷이 누워 있는 오

후, 옆에 앉은 남편이 바야흐로 그 누운 아내의 고단한 이마를 짚
을 자세로 있는 것이라고 생각하는 데 이르렀다.

　미당은 이러한 시상을 두고두고 다듬어 결국 오늘날 인구에
회자되는 그의 대표작 중 하나인 '무등을 보며'를 완성한 것
이다. 미당이 조선대학에 재직하면서 얻은 것 중 가장 소중한
것은 '무등을 보며' 라는 작품을 쓰게 된 것이라고 할 수 있
다.

　　가난이야 한날 남루에 지나지 않는다
　　저 눈부신 햇빛 속에 갈매빛의 등성이를 드러내고 서 있는
　　여름 산 같은
　　우리들의 타고난 살결 타고난 마음씨까지야 다 가릴 수 있으랴

　　청산이 그 무릎 아래 지란을 기르듯
　　우리는 우리 새끼들을 기를 수밖엔 없다
　　목숨이 가다 가다 농울쳐 휘어드는
　　오후의 때가 오거든
　　내외들이여 그대들도
　　더러는 앉고
　　더러는 차라리 그 곁에 누워라

　　지어미는 지아비를 물끄러미 우러러보고
　　지아비는 지어미의 이마라도 짚어라

　　어느 가시덤풀 쑥굴헝에 놓일지라도
　　우리는 늘 옥돌같이 호젓이 무쳤다고 생각할 일이요
　　청태라도 자욱이 끼일 일인 것이다.

　　　　　　　　　　- 서정주의 '무등을 보며' 전문

또한 그는 '믿음직한 무등산' 이라는 수필에서는 무등산에

대하여 다음과 같이 쓰고 있다.

> 무등을 보러 가는 이는 아무래도 새벽에 일어날 줄 알아야 할
> 것이다. 광주는 그 이름 그대로 아침 햇빛이 드물게 맑은 곳이고,
> 그 때문에 아침 해돋이 무렵의 구름의 색채들도 참으로 찬란하
> 게 다색다채한 곳이다. 잘 맑은 날을 가려 남광주의 천변쯤에 서
> 면, 은빛, 녹두빛, 붉저리콩빛, 보랏빛, 잉크빛, 그밖에 이루 셀
> 수 없는 구름의 빛깔들이 몰리고 뒤바뀌는 속에, 마치 두세 살 짜
> 리 동자보살들이 수백 명 떼지어 날뛰며 노래하는 듯이 맑디맑
> 은 해가 돋아 오르면서, 무등의 그 서로 마음놓고 의지하는 한 쌍
> 의 부부같은 모습이 한층 새롭게 솟아 나온다.

서정주는 '무등'을 통해 온갖 어려움 속에서도 부부처럼 서
로 의지하는 '광주 정신'을 본 것이다. 그가 무등산을 완상하
면서 광주에 머물 때는 그의 시 세계가 전환과 변모의 길을
걷기 시작한 때이다. 즉 초기시에 보이는 서구적 보들레르적
인 미학에서 탈피하여 동양의 정신적 미학에 눈을 돌리던 무
렵이다. 이러한 시 세계의 변모는 조선대학 교수 시절에 쓴
'무등을 보며', '학', '상리과원'이 실려 있는 "서정주시선"
(1955, 정음사)에서 여실히 드러난다.
1953년 9월 28일 서울이 수복되자, 그는 곧 무등산과 조선
대학의 품을 홀연히 떠나 상경한다. 그후 서라벌 예술대학 교
수를 거쳐 동국대 교수로 정년퇴임한 후, 동국대 명예교수가
되었다. 1954년 예술원 회원, 1956년 한국문학가협회 최고
위원, 1977년 한국 문협 회장 등을 지냈고, 1955년 미국 아
세아재단 자유문학상, 1961년 5.16문학상, 1966년 대한민국
예술원상 등 큼직한 상들을 받았다. 시집도 조선대학을 떠난
후 1955년에 제3시집 "서정주 시선"을 낸 이래 지난 1997년
10월 열네 번째 시집 "80소년 떠돌이의 시"(시와 시학사)를

냈다.

그에게는 일제 말엽의 친일적 문학 활동과 군사 독재 시절의 행각 등에 대한 비판이 붙어 다니기도 하지만, 그의 시문학적 성과에 대해서는 우리 나라 현대 시문학사에서 독보적인 존재로 평가받아 오고 있다. 그가 비록 3학기 남짓 조선대학에 머문 데 불과하지만, 그의 족적과 무등산 사랑의 정신은 조선대학 캠퍼스에 영원히 남을 것이다.

6. 4,50년대 학내 문학 활동과 "조대신문" 창간

　해방 공간에서의 지방 문단은 활발하지 못하였고, 거의 모든 문예 활동은 서울을 중심으로 이루어졌다. 따라서, 지역적 한계성을 가질 수밖에 없는 이 지역의 문학 활동은 자연 위축될 수밖에 없었다. 이런 중에도 1940년대 조선대학 재학생들은 문학과를 중심으로 거교적인 문학 동인을 결성하여 창작 활동을 게을리 하지 않았다. 이 모임의 대표인 당시 문학과 재학생 이태호(1회)는 50여편의 재학생 시작품을 모아 당시 문단 활동을 시작한 시인 이해동을 찾아가 작품을 선별해 줄 것을 청한다. 이들은 이해동에 의해 선별된 40여 편으로 수첩 크기의 작은 시집 "청춘수첩"을 간행하였다. 이 '청춘수첩'은 등사판으로 만든 책인데, 지금은 남아 있지 않아서 당시의 몇몇 재학생들과 시인 이해동의 증언에 의해 그 사실만 확인될 뿐이다. 그렇지만 이러한 사실은 1940년대 중반 조선대학의 재학생 문학 동호인들이 어려운 여건 속에서도 비교적 활발한 창작 활동을 했음을 짐작할 수 있다.

　1954년 9월 15일, 조선대학 신문이 "조대학보"라는 제호로 창간되었다. 그 후 제3호부터 제호를 "조대신문"으로 바꾸어 발행하였다. "조대신문"은 학내 보도와 홍보에 중점을 두었지만, 재학생은 물론 졸업한 동문이나 교수들에게도 문학 작품을 발표할 지면이 생겼다는 점에서 반가운 일이었다. 그러나 초창기의 "조대신문"은 지금처럼 정기적으로 발행되지 못했으며, 그 발행 횟수도 1년에 2~4회 정도였다. 창간호가 나온 1954년에는 9월15일자와 12월 10일자가 발간되어 불과 2회 발행에 그치고 만다. 그 이후에도 60년대 초반까지는 1년에 2~4회 발행하는 게 고작이었다. 따라서 작품 발표를 위해 "조대신문"의 지면을 얻는 것은 여간 어려운 일이 아니었다.

창간호(1954년 9월 15일자)에는 시 2편, 단편소설 1편, 수필 1편이 실려 있다. 시는 한춘홍의 '산'과 박석철의 '석죽에게'이고, 단편소설은 박규환의 '구제품'이다. 수필은 당시 미술과 교수로 재직하고 있던 화가 오지호의 '여명'이고, 평론은 당시 문학과 전임강사였던 김봉영의 '공자의 시관'이다. 이 중 박규환의 단편소설은 2호에 걸쳐, 김봉영의 평론은 7호에 걸쳐 연재되었다. 제2호(1954년 12월 10일자)에는 엄두섭의 시 '촛불'이 실려 있다.

아울러 제3호(1955년 7월 1일자)부터 1960년 4.19 혁명 직전인 제18호(1960년 3월 15일자)까지의 '조대신문'에 발표된 작품의 장르와 필자를 살펴보면 1950년대 학내 문학 활동의 일단을 짐작할 수 있을 것이다. 1955년에 시에는 시인 김현승, 김준모(법대 3년)가 작품을 발표하였다. 그리고 정금애(여대 가정과 1년)와 교수로 재직하고 있던 시인 김평옥, 김현승이 각각 수필을 발표하였다. 1956년은 '조대신문'이 단 한번도 발행되지 않았던 해다. 1957년 '조대신문'에 시를 발표한 사람은 한춘홍(전임강사), 양효성(문학과 4년), 김현승(부교수) 등이고, 평론을 발표한 사람은 한춘홍(전임강사), 백경, 정철인(전임강사), 조희관(수필가) 등이다. 그리고 김현승, 강유정(가정과 2년), 한춘홍이 수필을 썼다. 1958년에는 시인 이수복(문학과 강사)과 김현승, 강옥정(문학과 4년) 등의 시가 있고, 한춘홍, 정철인, 임효순(문학과 3년), 이수복, 문연웅(문학과 2년)의 평론이 있다. 또한 수필 부문에는 하성래(문학과 2년), 임효순, 장정식(문학과 4년) 등이 작품을 발표하였다. 1959년에는 최갑(문학과 3년), 이명룡(문학과 2년), 박경석(문학과 2년), 김낙양(문학과 4년), 진형(정치과 3년)이 시를 발표하였고, 한춘홍, 정철인이 평론을 썼다. 수필은 정철인, 장정식, 하성래, 문병권(조교수), 문병란(문학과 2년), 김갑수, 최택호(문학과 4년), 홍완표(문학과 4년), 안영례(문학과 2년)의 작품이 발표되었다. 1960년 3월 15일자에는 문병란, 하성래가 시를, 구창환(문학과 3년)이 평론을 발표하였다. '조대신문'은 이 신문을 발간하고 4?19혁명 이후 1년 이상을 휴간한다.

"조대신문" 제3호(1955년 7월 1일)에 발표한 김현승의 '희망'이라는 시는 후에 발간된 "김현승시전집"에도 누락되어 있는 작품이어서 이 기회에 소개하기로 한다.

희망,
너의 잔뼈가 자라는 땅은,
언제나 거칠고 외로운
나의 마음

너를 세워
지표 위에 못 박으면,
너는 어둠에 빛나는 나의 십자가

너를 깊이
음부에 파묻으면
너는 또한 순금처럼 방순(芳醇)하여 지리라

희망,
바람과 같이 허망한 것,
등불과 같이 꺼져가는 것에
너는 생명을 불어넣을 줄 알더라

별과 같이 아득한 것에
너는 체온을 스며들게 할 줄도 알더라

그 꽃이 떨어지고,
그 그늘마저 질 때에도,
희망,
너는 와서 나와 함께 영겁의 후일을 위하여
오오, 그 거룩한 무덤을 지킬 줄 알더라

                  - 김현승의 '희망' 전문

 이상에서 살펴 본 바와 같이 1950년대 '조대신문'은 학내
문학 활동의 주무대가 되었다. 뿐만 아니라 교수, 학생, 동문
혹은 지역 인사들까지 작품을 발표하여 '준지역문단'이 된
셈이었다. 교수나 강사로서 '조대신문' 지면에 낯익은 사람은
화가 오지호와 시인 김현승, 김평옥, 이수복 등이 있다. 평론,
시, 수필 등 여러 장르에서 가장 많은 작품을 발표한 한춘홍
은 4?19 이후에 조선대학에서 강제 해직되었다. 또한 평론과
수필을 쓴 영문학자 정철인도 1980년에 5?18과 관련하여 조
선대학에서 해직되었다. 그는 후에 한국방송대학에 자리를
옮긴 후 타계하였다.
 그리고 당시 재학생으로서 '조대신문' 지면에 작품을 발표
한 사람 중 나중에 문단에 등단하여 크게 활약한 사람도 많
다. 시인으로는 문병란과 박경석이, 소설가로는 안영례(필명
은 '안영')가 있다. 그리고 평론가 구창환과 수필가 장정식이
있다. 수필과 시를 발표한 하성래는 창작의 길을 버리고 국문
학 연구에 많은 업적을 남긴 학자가 되었다.

7. "조대문학동인회" 결성과 "동인문학" 창간

 6.25 전쟁이 끝나고 학교도 질서를 찾아갈 무렵인 1954년 7월에 "조대문학동인회"가 결성되었다. 이는 문학과 1회 졸업생인 이태호를 중심으로 한 동문들과 문학과 재학생들 중 창작 공부를 하고 있는 학생들이 광주YMCA 강당에 모여 이룩한 것이다. 회장은 이태호가 맡았고, 여기에 참여한 회원은 고재춘, 김봉영, 김삼수, 김상원, 김석태, 김영근, 문성탁, 박광순, 박상운, 박석철, 박홍원, 심회준, 양효성, 윤순성, 이성만, 임학송, 임효순, 정철인, 주기운, 주길순, 진화순, 최정순, 한춘홍, 황도훈 등이다. 조선대학에서의 문학동인회는 1940년대 후반 재학생들을 중심으로 만든 "청춘수첩"부터 이어져왔지만, 동문과 재학생이 함께 참여하는 문학동인으로는 최초의 것이다. '조대신문' 창간호(1954년 9월 15일자)에 이 문학동인의 소식이 처음으로 보도된 것이 보인다. "문학동인지 발간준비"라는 제목의 기사를 보면 그 시절의 사정을 짐작할 수 있다.

 본 대학 문학과 졸업생 중 창작에 뜻을 같이 하고 있는 선배들이 모여 금반 문학동인지를 창간하려고 분망 중이라 한다. 이러한 동인지의 발간은 비단 동인 상호간의 자극과 친목에 호기가 될 뿐만 아니라, 앞으로 본 대학에서 배출될 문학 동량들을 위하여서도 마음 든든한 일이 아닐 수 없다.

이 기사를 통해 짐작할 수 있는 것은 졸업생들이 중심이 되어 '문학동인지' 발간을 기획하고 있었음을 짐작할 수 있다. 그러나 당시의 책 출판은 적지 않은 비용이 드는 일이어서 곧장 실행에 옮기는 데는 어려움이 따랐다. 따라서 이들은 정기적으로 모여 회원들의 작품에 대한 비평적 의견을 나누고, 친목을 도모하는 일로 동인회를 꾸려 나갔다. 이들이 행사를 치르고 동인지를 발간할 정도로 힘을 기르기에는 3년을 기다려야 했다. 이러한 사실은 '조대신문' 1957년 6월 1일치 3면에 보도된 "서정시의 밤 성료, 조대문학동인회 주최"라는 제목의 기사를 통해 확인할 수 있다.

앞서 결성을 본 '조대문학동인회'에서는 창립 후 제1회 사업으로서 뜻깊은 '서정시의 밤'을 성대히 개최하였다. 즉 문학동인회에서는 지난 5월 11일 하오 8시 – 다수의 문인과 내빈이 참집한 가운데 시내 '하니문?홀'에서 전기 '서정시의 밤'을 가지게 된 것인 바, 다채로운 프로와 진지한 분위기 가운데서 감명 깊은 하루 저녁을 지키였다. 모임은 먼저 동회 회장 이태호 씨의 개회사로 시작되어 국내 및 해외 서정시 감상 및 동인들의 자작시 낭독, 그리고 재광 시인들에 의한 찬조 낭독과 여성독창과 특히 김현승 교수의 "서정시에 대하여"와 장용건 교수의 "소월에 대하여" 라고 제한 소강연은 깊은 인상을 남겼는 바, 앞으로 동문학동인회에서는 계속 이와 같은 모임을 가질 것이라고 한다.

'조대문학동인회'의 첫 대외적인 행사가 교수들과 광주의 시인들까지 직접 참여하는 등 성대했다는 소식을 알리는 기사다. 이와 함께 같은 날짜 '조대신문' 제호 밑에는 "순문예지, 동인문학, 조대문학동인회"라는 내용의 광고가 실려 있다. 이 광고는 1면 혹은 4면에 1958년 7월 10일치까지 연이어 6회에 걸쳐 게재되어 있다. 실제로 '조대문학동인회'에서

"동인문학" 창간호를 낸 것은 1957년 9월 1일이다. 사륙판 128쪽짜리 이 책은 서울 종로에 있는 향문사에서 인쇄, 출판되었다. 표지 글씨는 송인순이, 표지화와 목차 컷은 오천이, 내용 컷은 이학동이 맡았다. 회장인 이태호는 창간사에서 "우리 전통의 올바른 평가와 계승, 주체성을 통한 전통의 현대화, 향토문학의 특성 발현, 외국문학의 번역 소개" 등을 이 동인지의 목표로 천명하고 있다. 이 동인지에는 시, 단편소설, 평론의 세 분야에 14편의 작품이 실려 있다. 시에는 주기운의 '수인(囚人)', 김석태의 '들꽃', 강상원의 '폐허에 서서', 심회준의 '여백의 풍속', 양효성의 '잊는다는 것', 박석철의 '칠월의 기원', 박광순의 '시조3장', 한춘홍의 '국화' 등 8명의 동인 작품이 실려 있다. 단편소설에는 황도훈의 '장례비', 문성탁의 '실격자', 윤순성의 '떠나는 배와 함께', 정철인의 '푸라타나스 잎' 등 4명의 작품이 발표되었다. 그리고 평론에는 셸던 롯드먼의 '현대시 약사'를 편집부에서 번역하여 실었고, 김봉영의 '봉건시대와 자연문학'을 게재하였다.

 이 동인지는 그 시절에 책으로서 체재나 격을 제대로 갖춘 점, 서울에까지 가서 출판한 점 등으로 보아 매우 의욕적인 출발이었을 짐작할 수 있다. 그렇지만 아쉽게도 "동인문학"은 이후로 이어지지 못하였다. 그러나 "동인문학"의 창간은 1950년대 '조대문학'의 결집이요, 조선대학의 문학 역량을 발휘한 최초의 격을 갖춘 동인지라는 점에 그 역사적 의의가 있다고 하겠다.

8. 부드러운 운율의 전통적 서정세계

- 시인 이수복

　조선대학 동문 중에서 50년대에 등단한 사람은 이수복, 황양수, 주기운, 안도섭(이상 시인), 송기동(소설가), 김운학(평론가) 등이다. 40~60년대의 우리 나라 대학에는 학령에 맞추어 대학에 진학하지 않고 사회 생활을 하다가 늦게야 대학에 들어간 사람들이 허다하였다. 그런가 하면 수학은 하였으면서도 여러 가지 사정으로 학업을 마무리하지 못한 사람들도 많았다. 아무튼 조선대학 동문 중에서 제일 먼저 문단에 나온 사람은 이수복이다.

　이수복은 "문예" 1954년 3월호에 시 '동백꽃'이, "현대문학" 1955년 3월호와 6월호에 '실솔'과 '봄비' 등 3편이 서정주에 의해 추천됨으로써 등단하였다. 이후 '무등부'(현대문학, 1955.9), '무덤과 나비'(현대문학, 1956.6), '꽃상여 엮는 밤'(1957, 12), '외로운 시간'(현대문학, 1958.6), '모란송'(1958. 8), '소곡'(현대문학, 1958.11), '황국미음'(현대문학, 1959.1) 등의 작품을 잇따라 발표하여 50년대 문단에 주목을 끌었다. 이수복을 시인으로 추천한 서정주는 조선대학에 교수로 재직할 때 그와 깊은 인연을 맺었다. 서정주는 그의 자서전에서 이수복과의 만남에 대해 다음과 같이 기록하고 있다.

　내가 광주에서 생사미판 중에 나자빠져 있던 1952년 겨울로

부터 1953년 봄까지 동안에 현승 다음으로 내 삶을 도와 준 친구는 이곳 시인 이수복이다. 그는 이때 아마 수피아여자고등학교란 데에서 훈장 노릇을 하고 있었던 것 같은데, 학교에나 나가는지 안나가는지 모를 정도로 오전이나 오후나 잠깐 잠깐씩 그는 내 옆에 나타나서 내 엉덩이에 날마다 끊임없이 그 마이신 주사침을 놓고 있었다. (중략) "홍치마 자락에 내린 / 하늘 비췬 누님의 눈물" 꼭 이렇던가 다르던가 잊었지만, 그 뒤 내가 추천했던 그의 시의 한 구절이고, 또 내가 지금도 외고 있는 몇 개 안되는 이 나라 현대시 구절 가운데 하나다. 이건 동백꽃을 두고 쓴 것이고, 또 이수복 그의 고향이 전남 함평이었다는 것을 들었으므로, 그 뒤 동백꽃을 보면 문득 그의 이 구절을 기억해 내고 아울러 함평이나 그런 언저리를 생각하고, 내게 그때 마이신 주사침을 이어서 꽂고 있던 것은 이 언저리의 '하늘 비췬' 그런 눈물이었을 거라고 생각하는 습관이 생겼다.

이렇듯 그의 다정다감한 인간성은 서정주의 광주에서의 생활 체험 속에 깊이 자리하고 있고, 그의 시 또한 서정주에게 오래도록 기억하도록 할 정도였다. 이후 그는 1957년에 제3회 현대문학 '신인문학상'과 '전라남도 문화상'을 받았다. 특히 그의 데뷔작 '봄비'는 70년대 이후 고등학교 '국어' '문학' 등의 교과서에 실림으로써 그의 문명을 더욱 떨치게 하였다.

이 비 그치면
내 마음 강나루 긴 언덕에
서러운 풀빛이 짙어오것다.

푸르른 보리밭길
맑은 하늘에
종달새만 무에라고 지껄이것다.

이 비 그치면

시새워 벙글어질 고운 꽃밭 속
처녀애들 짝하여 새로이 서고

임 앞에 타오르는
향연과 같이
땅에선 또 아지랑이 타오르것다.

- 이수복의 '봄비' 전문

이 작품은 봄비가 그치면 펼쳐질 생동하는 자연의 아름다운
정경을 배경으로 되살아 오지 않는 님에의 그리움과 슬픔을
암시적으로 표현하고 있다. 온화하고 잔잔한 분위기에서 아
름다운 풍경과 슬픈 감정을 어울리게 하여 독자로 하여금 미
묘한 감정을 느끼게 하는 작품이다. 봄비가 그친 뒤에 올 봄
날의 아름다운 풍경을 부드러운 안개가 감싸고 있는 한 폭의
수묵화에서처럼 슬픔의 그림자가 아늑하게 드러난다. 이 시
의 특징은 슬픔의 감정을 강렬하게 드러내지 않고 죽은 임에
대한 그리움을 시간의 흐름 속에서 잘 다스려 내어 잔잔히 가
라앉게 하는 감정 절제에 있다. 이와 같이 그의 시는 전반적
으로 동양적 정서를 부드러운 운율로 담아 내는 전통적 서정
시의 전형을 보여 준다. 그러나 그는 말을 아끼는 그의 천품
에 따라 과작의 시인으로 알려져 왔다. 따라서 그는 1986년
작고할 때까지 생전에 단 한 권의 시집 "봄비"(현대문학사,
1969)를 남겼을 뿐이다. 1969년 4월 30일치 "조대신문" 1면
에는 "이수복 시집 출판기념회"라는 제목으로 "본 대학교 국
문학과 출신인 이수복 시인의 시집 '봄비'의 출판기념회가
지난 4월 26일 밤에 성대히 개최되었다."는 기사가 실려 있
다. 이 기사는 이어서 이 출판기념회가 "한국문인협회 전남

지부 주최로 광주관광호텔 7층"에서 열렸다고 보도하였다.

그는 일찍이 서울대 예과를 마치고 귀향한 뒤, 50년대 중반 시간 강사로 몇 학기 동안 강의를 맡은 것이 조선대학과의 첫 인연이었다. 그로부터 시간이 많이 흐른 후인 1963년에 그는 조선대학 국문학과 3학년에 편입하여 1965년에 졸업하게 된다. 이 때는 벌써 그가 문단에 나온지 10년이 지난 뒤의 일이고, 불혹의 나이를 넘긴 후였다.

9. 위선의 사회와 '신성 모독'
- 작가 송기동

 조선대학의 동문 소설가 중 최초로 등단한 사람은 송기동이다. 그는 1932년 경상남도 통영 출신으로 1958년에 조선대학 경제학과를 졸업했다. 단편소설 '후천적 퇴화설'이 "현대문학" 1957년 8월호에 1회 추천되고, 단편소설 '회귀선'이 "현대문학" 1958년 5월호에 추천 완료됨으로써 그는 작가로 문단에 데뷔하게 된 것이다. 그를 추천한 사람은 '백치아다다'의 작가 계용묵이다. 그러니까 그는 조선대학 4학년 재학 중에 1회 추천을 받았고, 졸업한 해 봄에 추천이 완료된 것이다. 계용묵은 첫 추천에서는 "이번 것까지 이 작자의 작품을 세 편이나 보았으나 어느 것이나 그만한 수준은 늘 잃지 않고 확보하고 있는 데서 이번에 추천을 해도 좋으리라는 데 조금도 주저하고 싶지 않았다."고 하여 고른 작품 수준을 갖춘 역량을, 추천 완료 때에는 "글이 요만치 때가 빠졌으면 작품으로서 약간 결점이 있다고 하더라도 추천을 아니 할 수 없게 된다."고 하여 문장의 완숙미를 내세웠다. 그런데 그의 데뷔작 '회귀선'에 문제가 생겼다.
 이 작품은 그리스도의 부활을 모델로 가져와서 허구적 작품세계로 재구성한 것이다. 마리아, 야고보, 유대인의 왕, 켓세마네 동산, 엠마오, 갈릴리 등 성서에서의 인물들과 배경을 그대로 가져왔지만, 이 소설의 초점은 성서와는 반대로 '조작된 부활'로 이야기를 꾸민 데 있었다. 작가는 이 작품을 통해 표면적으로 숭고하게 드러나 있는 신화의 뒷면에는 인간의 허위와 위선이 있을 수 있음을 보여 주고자 하였을 것이다. 그러나 이 작품은 신약 성경을 모델로 삼았다는 데에 문제의 소지가 있었다. 이 작품이 발표되자 기독교 단체를 비롯한 각계에서 '신성 모독'이라 하여 항의하기에 이르렀다. 물의가 일자 "현대문학"에서는 그 해 9월호 머릿글로 조연현 주간의 해명을 실었다 이 글의 일단을 보면 당시에 그 반향이 얼마나 컸던가를 짐작할 수 있다.

> 이 작품이 발표되자 직각적인 각종의 반영이 각처에서 일어났다. 지난 6월 경향신문 지상에 발표된 한솔 씨의 '예술과 모델', 신태양지 8월호에 발표된 나운몽 씨의 '회귀선의 탈선' 및 일간 신문의 사설과 대구 지방지에서 벌어지고 있는 찬부의 논전 등은 성문화되어 나타난 그 대표적인 것이었고, 이밖에 각종 종교 단체와. 기독교인 및 일반 독자들로부터 사신으로 혹은 전화로 이에 대한 반영을 표시해 보냈다. '회귀선'에 대한 이상의 각종 표시를 종합하면 대략 다음과 같이 요약될 수 있는 것이었다. (중략) "총체적으로 말해서 이 작품은 기독을 모독하기 위하여 조작된 비루한 탈선적 작품으로서 이러한 작가적 탈선은 용서되어서는 안된다." 주로 문단 권외에서 더 많이 표시된 이상과 같은 반영에 대해서 대체로 그 견해에 찬동하고 있다.

> – 조연현, '회귀선' 문제에 대하여, 현대문학, 1958. 9.

4쪽에 걸친 이 해명의 글은 이 작품이 '신성 모독'이라는 데에는 찬동하면서도, "송기동 군은 추천을 완료한 다른 작가와 동일한 대우를 받을 것이며 이 작품을 추천한 계용묵 씨도 계속해서 본지의 추천 작품 심사의 노고를 맡아 볼 것"을 천명하고 있다. 또한 이 글은 모종교 단체에서 작자 및 추천자에 대해 고소를 제기하겠다고 통고해 온 일에 대하여 법률의 문제가 아닌 사상의 문제로 해결해야 함을 호소하고 있다. 이 사건은 워낙 사회적으로 물의가 일어난 민감한 문제여서 주간의 해명만으로 마무리짓지 못하고, 이어서 추천자인 계용묵의 해명의 글을 다음 호에 게재하고 있다.

> 이 '회귀선'에 대한 기술상의 우위점만을 인정한 나머지 작품의 주제에 관찰이 소홀했던 결과였다고밖에는 생각해 낼 도리가 없다. 4대 성인의 한 사람으로 추존하는 기독에게 욕을 돌린다는 것은 본의도 아니었거니 있을 수도 없는 일이기 때문이다. (중략) 이 점 교계의 양해를 바라 마지않으며, 또 이점 실책이었음을 현대문학사에 대해서도 아울러 진사하는 바이다.
>
> ─ 계용묵, 소설 '회귀선'에 대하여, 현대문학, 1958. 10.

이와 같이 송기동은 비록 특이한 어려움을 겪으면서 작가로 출발하였지만, 그 후에 역량을 인정받을 만한 작품들을 계속 발표하여 나름대로의 문학 세계를 구축해 갔다. 그는 '대열' (현대문학, 1959. 6), '회색도' (현대문학, 1960. 4), '진단서' (현대문학, 1961. 4), '무언가' (신사조, 1962. 12), '두 개의 배란' (주부생활, 1965. 8), '고해' (사상계, 1966. 3), '석불' (신동아, 1967. 9) 등 각종 문학지에 30여 편의 작품을 꾸준히 발표하여 문단의 계속적인 주목을 받았다. 그의 작품은 주로 의수, 혼혈아 등 불구자나 결손 인물들을 내세워 그들이 절망에 이르는 심리적 과정을 그림으로써 도처에 만연되어 있는 위선적인 사회 환경을 비판한다.

그는 육군 장교로 있으면서 야간 강좌를 통해 조선대학을 마쳤다. 1960년 대위로 예편한 후 "일요신문"을 거쳐 "현대경제일보" 편집부국장을 지내는 등 언론인으로 활동했다.

10. 신 앞에 드리는 고백의 언어
-시인 황양수

앞에서 소개한 소설가 송기동(1993년 1월 작고)은 그의 데
뷔작 '회귀선'이 신성을 모독하였다고 하여 기독교계의 반발
이 심했던 경우지만, 다른 한편 조선대학 동문 중에는 독실한
기독교 신앙에 의거하여 문필 활동을 한 사람도 적지 않다.
황양수는 기독교 신앙을 바탕으로 시를 쓴 동문 시인 중 한
사람이다. 그는 1922년 전남 보성군 벌교 출신의 목사다.

황양수는 일찍이 문학에 뜻을 두고 1953년에 첫 시집 "문"
(남흥문화사)을 상재하였고, 이어서 1956년에 제2시집 "오후
의 기도"(인간사)를 내 놓았다. 그 때나 지금이나 문단에 데
뷔하는 방법으로는 대체적으로 세 가지가 있다. 도하 각 신문
에서 공모하는 '신춘 문예'에 당선되는 방법, 문학지의 추천
제도를 밟거나 문학상 공모에 당선하는 방법, 작품집을 내서
인정을 받는 방법이 그것이다. 이러한 등단 관행으로 본다면
황양수는 1953년 첫 시집을 내 놓음으로써 등단한 셈이 된
다.

그렇지만 그가 본격적으로 중앙 문단에 얼굴을 내민 것은 그
로부터 5년 후인 1958년 당시의 문예지인 "자유문학" 10월
호에 시 '음향'을 발표하게 되면서부터다. 이후 그는 '한 나
무 아래서'(자유문학, 1959. 3), '창조에의 묵시'(자유문학,
1959. 10)를 발표하면서 "자유문학"을 주무대로 시적 역량
을 확대해 나간다. 이 무렵 '한국자유문협' 회원으로 활동하

면서 1959년에 제3시집 "10월의 목장"(계몽사)을 펴냈다. 이 시집의 내용은 제1부 '골고다의 장' 제2부 '전원의 장' 제3부 '하늘의 장' 등 3부로 구성되어 있으며 47편의 작품을 싣고 있다.

시인 황양수는 1963년에 제4시집 '형상(形相)의 노래'(문화각)를 발간하였다. 이 시집은 4부로 나누어 1부 '신앙', 2부 '종교', 3부 '생활', 4부 '조국'으로 이름 붙여 48편의 시를 수록하고 있다. 이와 같은 각 부의 명칭은 그의 삶에 대한 태도와 시적 주제를 단적으로 짐작케 한다. 신앙과 종교가 1,2부를 이루고 있어서 그의 시세계가 기독교 신앙을 바탕으로 한 것임을 알 수 있다. 또한 이러한 신앙 태도를 견지하며 '생활'을 하며, '조국'에 대한 사랑을 불태우고 있음을 짐작할 수 있다. 이후에도 제5시집 "인생의 향연"(일지사, 1965), 제6시집 "내 영혼의 노래"(월간문학사, 1983)를 내 놓았다.

그가 우리 문단에서 본격적인 활동을 시작한 1958년 직후에 발간한 제3,4 시집을 살펴보면 공통적으로 들어 있는 작품이 있다. 이 작품이 바로 추천 작품이라고 할 수 있는 '음향'(자유문학, 1958. 10)이다. 이 작품은 3시집에는 '골고다의 장'에, 4시집에는 '생활'에 실려 있다. 뿐만 아니라, 이 작품은 1997년 3월에 간행된 "광주문학대표작전집"(광주문인협회, 도서출판 한림) 제1권에 다른 2편과 함께 실려 있고, 같은 해 4월에 나온 "보성문학대간"(보성문학회)에도 실려 있다. 따라서 이 작품이 시인 자신에게 본인의 대표적 작품 중 하나로 간주되고 있음을 알 수 있다.

벽은 원래 말이 없다.
벽을 대하여 말한다.

벽은 가만히 울려온다.
이미 걷잡을 수 없이 흘러가 버린
음성은,
어렴풋하게 켜진 남폿불.

모든 사념의 조각들은,
푸른 옷을 걸치고 춤을 추다가
모조리 타 버리고 만
까맣게 남은 재(灰) 더미였다.

차라리 날개 없는 지렁이가 되어
점토 속에 살고 싶다.

주림에 못 겨워 몸부림침은,
틱틱한 유액(油液).

오직 외룹의 의지로 하여
꽃송이보다 아름다운 내 것을 피워 보리라.

이론은 꽝 꽝 말라붙은 빵조각.
기쁨과 노함과 슬픔과 즐거움의 표정은
말에 앞서는 것.

날개 덮인 사랑을 도리어 버리고,
한 방울 눈물로써 깃발하자.

하늘보다 땅, 그림보다 떡,
이제 삶을 인하여
다시 화살보다 빠른 독설을 너,
벽을 향해 쏘노라.

　　　　　－ 황양수의 '음향' 전문

이 작품이 보여 주듯이 그의 시는 철학적 사고에서 비롯된 관념과 추상들을 구상화하는 작품들이 많다. '음향'의 모티프는 한마디로 '면벽대화'라고 할 수 있다. 말없는 '벽'을 향한 인간 내면의 발화가 바로 '음향'인 것이다. 이러한 그의 시적 사유는 독실한 기독교 신앙에서 우러나온다. 그래서 그의 신앙 시편들은 독자의 가슴에 진솔하고 쉬운 언어로 다가와 깊은 감동을 준다. 그의 시에는 항상 절대자 '당신'이 있고, 그 절대자에 종교적으로 귀의한 서정적 자아의 잔잔한 목소리가 있다. 따라서 그가 "시란 // 뉘우침과 믿음으로써 / 겸허해진 마음의 항아리를, // 신 앞에 드리는 / 진지한 고백의 말로써 채우고 넘치고 하는 그것이다."('노래' 전문)라고 제시한 것처럼 그의 시관은 '절대자에 대한 고백의 언어'라고 할 수 있다.

그는 1952년에 성균관대 법률학부를 졸업한 후 고향에 돌아와 1953년부터 벌교상고 교사를 시작으로 광주고, 전남여고에서 줄곧 교편을 잡는다. 이어 1964년에 숭일고 교감을 거쳐 1965년에 숭의실고 교장, 이듬해에 전주 영명여중고 교장이 된다. 그가 조선대학의 문리과대학 문학과를 졸업한 것은 이 무렵인 1965년의 일이다. 이 해에 전라남도 문화상을 수상했다. 이후 그는 동국대 대학원에서 석사학위를, 중앙대 대학원에서 문학박사 학위를 받았다.

11. '숯처럼 다시 타는 언어'
- 시인 주기운

 이태호(문학과 1회)를 중심으로 조선대학 재학생들과 동문들이 결성한 '동인문학'의 멤버였고, '동인문학' 창간호(1957.9)에 시 '수인(囚人)'을 발표한 시인 주기운이 1958년에 첫 시집 "그늘"(항도출판사)을 내놓았다. 이 시집의 서문에서 시인 서정주는 "그는 인제 사물의 움직이는 면뿐이 아니라 그 정황에 대해서도 많이 통로들을 만들어 가고 있다. 찬찬해져 가는 품이 인제부터 점입가경이 될것이다."라고 쓰고 있다. 그의 시에 대한 추천사인 셈이다. 이 시집으로 그는 문단에 첫 발을 들여놓았다.

 그는 이어서 제2시집 "조용한 화음"(진헌성과 공동시집, 1969, 관동출판사), 제3시집 "내 언어가 타고 있을 때"(1987, 호남문화사)를 상재하였다. 그리고 정년 기념으로 광주일고 제자들이 엮어 준 문집 "청석집"(1993, 도서출판 삼일)이 있다. 이 문집에는 주로 그 동안 여러 지면에 발표했던 그의 시와 산문이 수록되어 있다. 이밖에도 그는 2권의 저서와 1권의 번역서를 가지고 있다. 1970년에 낸 "수사론"과 1976년에 낸 "합창시 낭송의 지도 감상법", 그리고 고증석의 "다시 만날 때까지"를 일본어로 번역하여 1979년에 출간한 "終いの日"이 그것이다.

 첫 시집의 표제시 '그늘1'은 그의 시를 끈질기게 끌고 온 시정신의 바탕을 짐작케 한다. 그에게 '그늘'은 그의 말대로

"가난과 슬픔과 괴로움에 눈먼 이들과 함께, 가다가다 지쳐 버린 인생의 횡길에 한그루 나무 그늘이었으면" 하는 애련과 사랑의 정신이 깔려 있다.

　　오월의 금빛 햇살을 이고 뜰 앞의 한 그루 살구나무가 조용히 그늘을 편다.

단오날 아침에 창포잎으로 감아 빗은 누님의 싱싱한 머리채, 생각는 듯 개인 이마, 이따금 눈을 들어 머언 산을 바라보시던 그 맑은 눈의 서늘한 그늘이 울타리 가에 지금 샘물이 되어 고이고 있다.

　　어릴 적 꾸중을 듣고 몰래 흐느끼던 남매의 어깨 위에 한없는 우애로 그늘을 늘이던 우리 집 뒤란의 아름드리 큰 감나무 같은 한 그루 시를 쓰리라 생간한 내 꿈의 청명한 그늘이 문득 안쓰러운 듯 나를 부르는 누님의 목소리와 저 살구나무 그늘은 은은한 화음을 이루고 있다.

　　가야금 소리, 은어 같은 손길에 휘어 오른 아득한 음률이 물오른 나뭇가지와 잎새마다 스며들고 있는 것일까. 이내 푸른 강물이 되어 출렁이고 있는 것일까.

　　달무리가 어려 오는 어휘처럼 ― 한동안 내 가슴에 훈훈한 꽃그늘로 머물다 가신 이들 ― 처용랑, 원효 스님, 진이, 또 누구누구, 갑자기 운무가 이는 누님의 가리마를 타고 봄비가 오듯이 저 그늘 위에 내려서고 있다.

　　한참 감았던 눈을 뜨면, 가슴까지 출렁이는 밀밭길, 조각배 가듯이 얼마를 가면은 신라 여섯 마을 같은 환한 누님의 마을, 오가는 나그네들이 쉬어 가는 느티나무 밑에 행여나 내가 오는가 두 귀를 기울이고 기울이고, 이제는 돌아선 발등에 은고리 부딪는 듯 은근한 눈물의 그늘.

뜰 앞의 한 그루 살구나무가 오월의 하늘가에 조용히 금빛 그늘
을 편다.

　　　　　　　　　　－ 주기운의 '그늘1' 전문

　서정시의 기본 시제는 현재다. 따라서 줄거리를 통한 생의
파악인 서사가 시간적 연속성을 갖는 반면, 서정시는 순간의
파악이다. 이런 면에서 이 시는 '살구나무'의 '그늘'이라는
현재 시제에 있다. 그러나 이 시의 현재는 단순한 현상적 '그
늘'에 머물러 있는 것이 아니라, 수많은 과거 체험이 집중적
으로 내포되어 있다. 그의 과거 체험은 어릴 적 '누님'에 대
한 애특한 생의 체험과 역사적 과거들을 포괄하고 있는 것이
다. 이러한 과거 체험들은 현재 시제에 동일성으로 조화되고
있다. 이와 같은 그의 시의 특징은 이 작품에서 뿐만 아니라,
그의 시 세계 전체를 관류하고 있다고 해도 과언이 아니다.
그의 시에 과거 체험으로 등장하는 인물들은 '누님' 외에도
'순이', '과형수', '육남매 조카애들', '친구의 누이', '소학
교 2학년 때의 단발머리', '형님', '어머니' 등등 무수히 많
다. 한 마디로 그의 시는 인간과의 인연을 소중하게 여기는
전통적 휴머니즘의 세계다.
　이러한 서정 세계를 바탕으로 한 그의 시에서 또 하나 주목
되는 것은 투철한 언어 의식이라고 할 수 있다. 그의 시 세계
에 영향을 끼친 시인이 릴케와 윤동주 그리고 서정주라면, 그
의 시관에 영향을 준 사람은 에른스트와 바슐라르 그리고 하
이데커라고 할 수 있다. 그는 시어를 "점화자까지 용납하지
않는 불"이라고 보는 그들의 인식을 수용한다. 그래서 그는
"시인들이 함부로 언어를 다룰 때 언어는 성난 불길처럼 선
량한 이웃들의 가슴에 불을 지르고 심지어는 그들을 타 죽게

도 한다. 한마디 말이 사람을 일으켜 세우기도 하고 쓰러지게
도 한다."고 경고하기도 한다. 그리고 그는 이러한 시관을 한
차원 넘어 시어는 "숯처럼 다시 타는 언어"여야 한다는 것을
갈파하고 있다. 주기운은 과작의 시인이다. 그러나 불혹의 나
이에도 이상으로 삼고 있는 분명한 시관을 가지고 있다.

그는 1928년 전남 영암 신북 출신으로 해방 직후인 1947년
에 광주사범 심상과를 졸업하고 조선대학 문학과(1회)를 수
학했다. 그 후 1950년부터 해남고, 조대부고, 광주여고, 전남
여고, 광주고, 광주일고 교사를 거쳐 장학관과 교장을 지낸
교육자 시인이다. 1984년에 '전라남도 교육대상'을 받았고,
1993년에 '대한민국 훈장 동백장'을 받았다. 그의 수필 '비
는 반드시 옵니다'는 1995년부터 개정된 "중학교 국어 1-1
교과서"에 게재되어 우리 나라 중학생 전체 학생들에게 수필
문학의 전범으로 학습되고 있다. 또한 그가 국어과 교사로서
고등학교 문예반을 지도하면서 '합창시 낭송'을 처음으로 도
입하였고, 나중에 그 방법과 이론을 정리한 것("합창시 낭송
의 지도 감상법")은 특기할 만한 일이다.

12. 역사 의식과 서정성의 조화
- 시인 안도섭

 전남 보성 출신인 시인 안도섭은 1952년 조선대학 문학과에 입학, 수학하였다. 그는 재학 중 당시에 교수로 재직하고 있던 김현승과 서정주에게서 문학을 배웠다. 특히 김현승의 강의 시간이면 거의 예외 없이 습작시를 제출하여 강평을 받았고, 휴일이면 양림동 소재의 김현승 교수 자택을 방문하여 따로이 지도를 받기도 하였다. 그는 문학과 동기인 박홍원(시인), 주길순(소설가)과 함께 재학 시절부터 문학에 두각을 나타낸 사람 중 하나였다.
 재학 시절부터 문학에 남다른 열정을 보였던 안도섭이 문단에 나온 것은 1958년의 일이다. 그는 이 해에 '조선일보'와 '평화신문' 신춘문예에 시 '불모지'와 '해당화'가 각각 당선되어 화려하게 등단하였다. 등단 직후 '연가'(자유문학, 1958.4), '거울'(신태양, 1958.8), '조감도'(자유문학, 1958.10), '인생송가' '너와 나와의 합창실'(현대문학, 1958.11), '지도 속의 눈'(조선일보, 1958), '우리 더욱 사랑을 위해'(사상계1958.12), '을지로입구 시론'(자유문학, 1959.5) 등을 계속 발표하여 50년대 후반 우리 문단의 주목을 끌었다. 1959년에 전봉건 등과 함께 사화집 "신풍토"를 주재하였고, 이 해에 첫 시집 "지도 속의 눈"(향문사)을 내놓았다. 이 시집은 3부로 나뉘어 총 35편의 작품을 수록하고 있다.

그가 초기부터 꾸준히 견지해 온 시정신의 요체는 민족 분단의 문제, 역사 의식을 바탕으로 한 시대와 현실 인식에 있다. 민족 분단의 문제를 다루고 있는 그의 시편들 중 대표적인 작품으로는 초기 작품 '지도 속의 눈'을 들 수 있다.

> 이 피비린 지도 우에, 여기
> 1958년의 눈이 오네
> 그럼 우리 이 밤을
> 신화를 엮어내듯
> 꽃다이 살자
>
> 내 귀여운 소녀의 고동우에
> 코카서스의 눈 언 폭포에
> 너와 나의 지역 슬픈
> 눈이 오네, 그 사랑을 말하듯
> 지금 황량한 겨레여
> 거리마다 숨거둔 형해와 남은 터에
> 쓰러져 우는 세기의
> 가슴에 분노처럼 이르는
> 그 역사함 · 지도함 · 설계함………
>
> 합창대의 내일 시간을 몰아
> 보꾸러미처럼 뒤집는 마음
> 그럼 이 밤을 다시
> 신화를 엮어내듯 꽃다이 살자
>
> 내 귀여운 소녀의 고동우에
> 징기스의 샛별타는 나루에
> 이 피비린 지도우에, 여기
> 1958년의 눈이 오네
>
> 　　－ 안도섭의 '지도 속의 눈' 전문

이처럼 그는 민족 분단의 슬픔을 '지도 속의 눈'으로 함축하고 있다. 즉 '지도'라는 추상적 평면 공간을 구상적 현실 공간으로 확장해 내고 있는 것이 이 작품의 구조적 특징이다. 그가 파악한 현실은 '피비린 지도', '황량한 겨레', '거리마다 숨 거둔 형해'이다. 그러나 그는 분단 현실의 비참함을 제시하는 데 그치지 않고, '이 밤을 신화를 엮어내듯 꽃다이 살자'라고 하여 미래에 대한 희망적 의지를 내세우고 있다. 그의 이러한 현실 인식은 1960년대를 거치면서 4월 혁명을 주제로 한 장시 '누가 막을 수 있었으랴'(교육시론, 1961), 동학 혁명을 주제로 한 서사시집 "황토현의 횃불"(문광당, 1969)에서 절정을 이룬다. 서사시 '황토현의 횃불'은 6천행이 넘는 방대한 작품이다. 이는 신동엽의 '금강'과 함께 동학 혁명을 다룬 서사시로서 문학사적 평가를 받고 있다.

 1970년대의 암울한 시대를 거쳐 1980년대에 이르면 그의 시의 초점은 '광주민중항쟁'에 모여진다. '항쟁의 노래', '광주에 부치는 노래', '못잊을 그날'을 비롯한 일련의 작품들이 그것들이다. 그는 현실 인식이 강하게 표출된 체제 저항적인 작품들에서도 서정성을 바탕으로 상징, 풍자, 알레고리 등의 다양한 기법을 사용하여 비판의 강도를 조절하고 있음을 볼 수 있다. 안도섭의 문학을 관류하고 있는 것은 역시 질은 서정성이다. 그의 시는 이 서정을 바탕으로 역사와 시대에 항거하고 있기 때문에 '정치적 구호'라는 늪에 빠지지 않고 예술적으로 승화되고 있다는 평을 듣는다.

 시인 안도섭에게는 20권이 넘는 저서가 있다. 1984년에 시집 "풀잎 서장"(혜원출판사)을 낸 이래 "하늘을 아는 사철나무"(1986), "어느 화형일"(1987), "사랑을 말하라면"(1988), "일억의 눈동자와 사랑을 위한 백의 노래"(1989), "살아있다는 기적"(1990), "내 얼굴 벌거벗은 혼"(1991), "나무나무와 분홍꽃 아카시아는"(1991), "아침의 꽃수레를 타고"(1994), "사랑하기 때문에 침묵한다고 나직이 고백해 다오"(1995) 등의 시집을 연이어 상재한 것을 보면 그가 얼마나 문학에 열정을 쏟아 붓고 있는가를 짐작할 수 있다. 뿐만 아니라, 그는 에세이집 5권, 소설집 6권의 저서를 출간하는 등 시 이외의 장르에도 대단한 관심을 쏟고 있다.

그는 1960년 제6회 '전라남도 문화상'(문학부문)을, 1994년 제5회 한글문학상 본상을 수상하였다. 그는 일찍이 1957년 현대문학사 편집기자를 시작으로 전남매일신문 문화부장, 대한일보 기자, 매일경제신문 기자 등 주로 언론 출판계에 종사하여 왔고, 현재는 "문학21" 발행인으로 있다.

13. 불교 문학의 이론적 정립
- 문학평론가 김운학

　김운학은 1934년 전남 영암 출신 평론가로 본명은 '강모(彊模)'이다. 각종 사전(백과 사전류, 문학 사전류)의 '김운학' 항에 기록된 내용에는 반드시 조선대학을 다녔다는 사실을 빼놓지 않고 있는 것으로 보아 그가 조선대학에 입학하여 수학한 것은 분명하다. 그러나 필자로서는 아직 그의 정확한 입학 연도와 수학했던 학과를 알 수 없다. 그는 조선대학에 재학 중이던 1954년에 학교를 그만 두고 출가하여 나주 다보사에서 지효를 은사로 득도하였다.
　승려인 그가 우리 문단에 나온 것은 1958년의 일이다. 평론 '공자의 문학관'과 '삼매론'이 "현대문학" 1957년 7월호와 "현대문학" 1958년 7월호에 각각 추천된 것이다. 그를 추천한 사람은 문학평론가 조연현이다. 이후 그는 '지성의 반성'(현대문학, 1958.8), '비평의 자율성'(현대문학, 1958.11), '현대의 의식'(현대문학, 1959.5), '난해시의 열등성'('현대문학, 1959.9-10), '니힐리즘'(문예, 1960.2), '장자와 비유'(현대문학, 1960.6), '문학상의 초점과 윤리'(현대문학, 1961.12), '불교와 문학'(현대문학, 1962.3), '현대시에 나타난 불교 사상'(현대문학, 1964.10), '현대 불교문학론-그 방향 모색'(현대 문학, 1974.2), '문학의 진수'(월간문학, 1978.6), '오도문학론'(현대문학, 1979.6) 등의 평론을 계속해서 발표하였다. 이러한 1950년대 후반부터 70년대까지의 그의 활발한 평론 활동은 당시 문단의 주목을 받기에 충분했다.

앞에서 예거한 작품들의 논제에서 짐작할 수 있는 것처럼 그의 평론은 대개 유교, 불교, 도교 등 동양 사상을 바탕으로 현대 문학을 재건하고자 하는 일련의 노력으로 보인다. 그의 첫 평론인 '공자의 문학관'에서는 공자의 현실주의적 문학관을 자세히 소개하면서 자신의 문학관과 소신을 역설하고 있다.

> 오늘의 사회 정치가 어느 폭정자에 장악되어 민생이 도탄에 빠지게 된 것이라면 우리는 우리 문학의 힘을 그들 폭정자를 제거하는 방향에로 전환해야 하며, 만약 교육이나 윤리 도덕이 어지러워서 사회질서가 문란해지고 사상이 와해해 가는 것이라면 여기에 우리는 청정제가 되고 교변소의 역군이 되는 데 그 힘을 경주해야 할 것이다.

> — 김운학, '공자의 문학관', 현대문학, 1957. 7.

그는 이처럼 사회 현실에 대한 문학의 역할을 강조하고 있다. 이 시기가 이승만 독재 정권이 무소불위의 힘을 발휘하고 있을 때인 점을 감안하면 공자의 말을 빌려 문학의 현실 사회에 대한 역할을 강조하고 있음을 짐작할 수 있다.

평론 '현대의 의식'은 시공간적 역사 인식과 세계 문명의 역사적 발전을 토대로 현대의 의미를 분석하고, 불교적 세계관에 입각한 '십세정명'의 순환 논리를 제시하고 있다. 또한 '장자와 비유'는 동양 고전의 문학적 수사학을 현대적으로 해석한 평론이다. 특히 그의 평론 '난해시의 열등성'을 보면 김춘수, 김기림 등의 시론뿐만 아니라 '보들레르', '말라르메', '발레리', '엘리어트', '릴케' 등 서양의 이론과 '니이체', '파스칼', '하이데거' 등 서양 철학에도 박학함을 알 수 있다. 그는 이 평론에서 현대시가 총체적으로 '상징주의', '모더니즘', '쉬르리얼리즘' 등 '난해시'로 나아가고 있음을 밝히고, 그 이유를 다음 세 가지로 적시하고 있다. 즉, 과거의 것이라면 전적으로 파괴하려 드는 것, 기교와 형식에 전력하는 것, 시의 생명인 정신이 유물화 되는 것 등이 그것이다.

  그의 작품 주제는 크게 두 가지로 대별할 수 있다. 하나는 현대인의 의식과 사상에 관한 철학적인 측면이고, 다른 하나는 동양 정신을 통해 작품을 해석하는 문학적 측면이 그것이다. 결국 그는 평론을 통해 불교 정신을 추구하고 함양하고자 하는 데 근본 의도가 있었던 것으로 보인다. 그의 평론은 동양 사상의 해설과 소개에 국한된 것이 아니라, 서구의 여러 사상과 문학 이론에 대한 철학적 비판을 바탕으로 그 대안을 제시하는 특징을 갖고 있다. 그는 동서양의 사상과 문학 이론을 섭렵한 당대에 보기 드문 평론가 중 한 사람이라고 할 수 있다. 한편 그는 여러 논문을 통해서 신라 향가에 비친 불교 사상의 토착화를 설명하였고, 고려 균여의 문학성을 재조명하는 등 학술적 측면에서 '불교문학'이라는 영역을 이론적으로 정립하는데 기여하였다고 평가할 수 있다.

  김운학은 조선대학을 떠나 출가한 뒤 다보사를 거쳐 1957년에 오대산 수도원에서 동양철학을 연구하였고, 1964년 고려대 국문학과와 1966년에 동국대 대학원 불교학과를 졸업했다. 1968년 방콕에서 열린 세계불교교육자대회에 한국 대표로 참석한 후, 그 해에 일본에 건너가 고마자와대학 불교학과 박사 과정에 입학하여 1973년 문학박사 학위를 취득할 때까지 머물렀다. 유학 기간 동안 도쿄대학 대학원 인문 과정도 수학했다. 1973년에 귀국, 동국대 불교대학 선학과 교수로 부임하여 '불교문화연구소장'을 지내는 등 여생을 후진 양성과 불교문학 연구에 주력하였다. 1974년에 현대문학상 평론 부문 대상을 수상하였다.

저서로는 평론집 "삼매의 언어"(불서보급사, 1968) 외에 "신라불교문학"(현암사, 1977), "불교문학의 이해"(일지사, 1982) 등이 있으며, 번역서로는 "유심안락도", "금강경 오가해", "숫타니파타", "불교 성경" 등이 있다. 1981년 10월에 입적하였다.

14. 관용과 화해의 시학

- 시인 박홍원

(1) 형식과 내용 조화시킨 중용 지향

박홍원은 1933년 전남 신안군 도초면에서 출생한 시인이다. 그는 목포사범을 거쳐 1952년 조선대학 문학과에 입학하여 1956년에 졸업하였다. 목포사범 재학 시절부터 문학에 뜻을 둔 그는 대학에서 당시 문학과 교수로 있던 시인 김현승을 만나면서부터 본격적인 문학 수업을 하게 된다. 그의 문학적 재능을 눈여겨 본 김현승은 그를 특별히 지도하였고, 당시 권위 있는 문학 잡지 "현대문학"에 추천함으로써 문단에 데뷔하게 하였다. 박홍원의 초회 추천작은 '고행' '밤'(1959.6), 2회 추천작은 '수난 이후'(1960.8), 추천 완료작은 '종언을 보며'(1962.9)이다.

그는 이후에 '구두'(현대문학, 1963.3), '술과 나와 오늘'(현대문학, 1963.11), '선인장의 역설'(현대문학, 1965.1) 등의 수작을 꾸준히 발표하여 시단에서의 위치를 굳혀 갔다. 문단에 얼굴을 내민 지 10년만인 1969년 9월 그는 첫 시집 "설원"(예문관)을 내놓았다. 이 시집에는 10년간의 노작 33편이 수록되어 있다. 그는 시집 "설원" 이후 4년만인 1973년 10월에 제2시집 "옥돌호랑이"(형설출판사)를 상재하였다. 이 시집에는 '부드러움' 등 30편의 작품을 싣고 있다. 이 두 시집에 실려 있는 작품들은 그가 추구한 초기의 시적 경향이 잘 드러나 있다.

김현승은 첫 시집의 '서문'에서 박홍원의 작품들이 "지니고 보여주는 가치에 상당한 평가를 받아야 마땅하다."면서 그의 시적 특질을 다음과 같이 적시하고 있다.

> 홍원의 시는 소재를 객관적인 사상(事象)이나 자연 가운데서 구하면서도, 그 표현 속에 반드시 어떤 삶의 의미를 담고야 마는 것으로 특징을 나타내고 있는 것 같다. 그러면서도 그는 삶의 의미라는 사상적 깊이만에 전념하거나 과열하지는 않는다. 시의 무게를 적당히 이룰 만큼 터치하고 있다. 아마도 그는 사상만을 드립다 파지도 않고, 소재만을 가지고 가볍게 유희하지 않는 것 같다. 말하자면 형식과 내용이 조화된 중용의 길을 지향하는 것이 그의 독자적인 시세계라고 할 수 있을 것이다.

이러한 김현승의 지적은 그의 시가 '사물시'이면서도 단순한 시적 대상에 대한 묘사에 그치지 않고, 항상 인생 철학적 의미를 지님으로써 형식과 내용이 조화된 미적 질서를 갖추고 있음을 강조한 것이다. 김현승이 파악한 박홍원의 시적 특질은 그의 전 시세계를 관류하고 있는 바탕일 뿐만 아니라, 그만이 가질 수 있는 시문법의 틀로 판단된다. 비평가들에 의해 그의 초기시 중에서 대표작으로 자주 거론된 작품은 첫 시집 "설원"에 맨 처음 실려 있는 '바람'이다.

태어나면서
빈 가슴을 채우고 있었다.

사랑과
미움이
너를 앞세우고 머리칼을 날렸다.
어느 아뜨리에에서 만났을 때

너는
비이너스의 주변을 서성이며
그 섬세하고 보드라운 선만큼의 공간에
비이너스를 앉혀 놓고 볼을 부비고 있었고.

어느 날의 황혼,
피아노의 건반에서
정염을 뽑아 내며 몸을 비꼬던 너는
비어가는 포도주병 속에 들앉으며
게슴츠레한 눈으로 나를 유혹하기도 했다.

내가 침묵을 지킬 때
사람들은 말을 잃고
아름다운,
꽃들은 몸짓을 잃고
세상은
얼어붙은
시간의 빈터에서 고요히 잠들 것을,

나뭇잎에 눈짓을 주어
보이지 않는 제 생명을 살피고,
식은 가슴에서 불씨를 찾아내고

쉬임 없이 거리를 헤매는 너는
태어나면서
사랑과 미움을 잉태하고 있었다.

— 박홍원의 '바람' 전문

당시 "현대문학"에 월평을 쓰고 있던 문학평론가 천이두는
1970년 1월호에 숫제 그 제목부터 "박홍원의 '바람'"이라고
붙이고 이 작품을 극찬하였다. 즉 이 작품이 한국시에 대한

불안감을 해소하게 하였을 뿐만 아니라, 오랜만에 좋은 한국 시를 만났다는 기쁨을 주는 시라고 평한 것이 그것이다. 그는 이 시를 '어수선한 이미지의 바람'과 '잔잔한 리듬'을 내면 화를 통해 조화시켜 통일된 질서 부여에 성공한 작품이라고 평가했다.

그의 시가 이러한 평가를 받는 것은 서정주의에 기반을 둔 그의 시관에 기인한다. "시적 감동은 시의 효용성과 예술성의 상승작용 내지 그 유기적 조화에서 얻어진다."고 본 것이 그의 시관이다. 따라서 그는 "시가 언어예술임에는 틀림이 없지만 인간의 현실이나 이상을 도외시해서는 아니되며, 반면에 시가 인류 문화와 사상을 토양으로 하고, 시대적, 사회적 열망을 표현한다할지라도 정서적 감동을 배제하고서는 시로서의 가치는 희박해 진다."고 하여 서정성의 배제를 경계하고 있다.

위에 예시한 '바람'을 통해서도 알 수 있듯이, 박홍원의 초기시에서 드러나는 전반적인 특징은 사물의 존재 가치를 투사적 기법을 통해 새로운 이미지로 창출해 내고 있는 점이다. 특히 그의 이러한 사물에 대한 미학적 해석은 인간의 존재와 사물의 존재를 등가로 보고 있기 때문에 가능한 것이다. 그는 우주적 시공간의 변화에 따른 존재의 변전을 불교적 세계관을 통해 간파하고 있는 것이다.

(2) 실어증 시대의 알레고리 언어

박홍원은 1979년 제3시집 "나무龍의 웅얼임"(시문학사)을 내놓았다. 제2시집 "옥돌호랑이"(형설출판사, 1973) 이후 6년만의 일이다. 이 시집은 6년간의 작품 31편을 1부에, 그의 기존 시집 두 권에서 각각 13편씩을 골라 2,3부에 싣고 있어 그 시점에서의 시적 발자취를 한 눈에 볼 수 있도록 꾸며졌다.

　제3시집에서 그의 시적 관심은 초기와는 약간 다르게 변모되고 있음이 눈에 띈다. 그것은 바로 사회 상황에 대한 관심과 문명 비판적 경향이 드러나 있는 점이다. 문학평론가 박철희는 이 시집의 시들이 "쉽게 읽히면서 뇌리에 쉽게 사라지지 않는 것은 그것이 단순한 자기 탐닉이 아니라, 엄연한 현실을 지닌 세계임을 증언"한 것이라고 말한다. 이러한 조용한 변화는 유신 시대 초기에 나온 제2시집의 '옥돌 호랑이', '양심의 근대화' 등 일련의 작품에서 조짐이 이미 보였던 것이다. 그러나 그의 시는 서정적 목소리를 변성시키지는 않는 범위에서 예술성의 수위를 조절하고 있는 점이 특징이다.

> 월출산 숲속의 방울새 소리가
> 아직도 새벽이면 귓속에서 구르고
> 초여름 산의 미소가 가슴에 서려
> 지금도 신새벽이면 내 눈을 띄우는데,
> 심각한 몸짓말의 바위들도 다 두고
> 이목구비 다 잘리고 개울물에 씻기고
> 썩을 대로 썩다 남은 동백나무 등걸,
> 그 지지리도 못난 등걸 하나 업어 온 게
> 용으로 태어나서 입을 열었다.
>
> 　　(중략)
>
> 어떤 기대 속에 요놈을 끌어다가
> 용호상박 되뇌며 맞붙여 놓았다.
> 청룡의 분노에서
> 백호의 용맹에서

오랜 동안 잃었던 시인의 말 찾아질까?
한 번 맞붙여 놓아 보았다.
천동 지동 치리.....조마조마하며
문 꼭꼭 닫아 걸고 맞붙여 놓았다.
그러나 세상엔 아무 일도 없었다.
천왕봉의 영물스런 돌이나 가져올 걸 .....
세상은 말이 없이 해가 뜨고 달이 떴다. 용맹의 긴 수염 거세
된 호 랑 이
정의의 혀끝도 굳어버린 나무용.
요놈들을 아예 내 쫓아 버릴까 하는데,
문득 나무용이 웅얼이었다.
"현대의 용호는 입다문 군자야."
"현대의 군자는 이목구비가 없어야 해."

            — 박홍원의 '나무龍의 웅얼임' 중에서

 이 시는 무생물인 '동백나무 등걸'을 '용'이라는 상상의 동
물로 활유화하고, 이를 다시 의인화하는 과정을 거쳐서 그 시
대를 살아가는 지식인의 모습으로 알레고리화하고 있다. 이
러한 작품은 역사주의적 시각에서 문학 외적 문맥을 살피지
않으면 안 된다. 박정희의 유신독재가 극에 달하던 시대라는
당시의 사회적 상황을 감안하지 않고는 이 시의 진의를 파악
할 수 없기 때문이다. 이 시에서는 '방울새 소리'의 자유와
'심각한 몸짓말'을 하는 바위, 그리고 여기에 대비되는 '정
의의 혀끝도 굳어버린 나무용'의 사회적 의미를 살펴야 한
다. 그리고 '문 꼭꼭 닫아 걸고 맞붙여' 놓은 '용호상박'으로
나마 카타르시스하려는 화자의 심경과 나무용의 발화로 드러
나는 패러독스의 의미를 파악해야 한다. 이토록 그는 여러 가
지 시적 장치를 통해 그 시대를 살아 온 '지지리도 못난' 지

식인으로서의 자아를 확인하고, 언론이 죽고 자유가 죽은 독재 시대에서의 지식인의 고뇌를 작품을 통해 토로하고 있다.

'나무용'은 유신 시대 언론의 알레고리라는 점에서 유신 초기에 쓴 '옥돌 호랑이'의 시적 발상, 시적 의도와 궤를 같이한다. 어쩌면 옥돌호랑이의 속편이라 해도 무방할 것이다. '옥돌 호랑이'는 박정희의 유신 헌법이 공포된 후 국민이 정부를 선택할 권리를 빼앗아 버린 시대 상황에 대한 지식인으로서의 고뇌를 표출한 것이다. "내 옥돌 호랑이는 아가리만 벌린 채 / 혀가 굳고 소리가 거세되어 버린 것이 아닌가. / 어찌된 일인가고 눈 여겨 보니 / 이 놈은 또 선택의 자유를 빼앗겼는지 / 고개가 한 쪽에 고정된 채 하품만 하고 있는 것이었다."라고 표현하고 있는 것이 그것이다.

'옥돌 호랑이'와 이 작품은 크게 두 가지 면에서 유사하다. 하나는 무생물을 시적 대상으로 하여 시인의 시대적 고뇌를 알레고리화한 점이고, 둘은 화자의 '서재'라는 폐쇄 공간을 설정한 점이다. 그러나 시의 말미를 '옥돌호랑이'는 '연암'이라는 인유를 내세워 선비 정신에 대한 의지를 다지고 있고, '나무용의 웅얼임'은 패러독스로 마무리하고 있는 점에서 각각의 특성을 보여 준다. 시집의 표제를 "옥돌호랑이"와 "나무용의 웅얼임"으로 붙인 것은 시인 자신이 이러한 비판적 의도에 힘을 싣고 있음을 짐작할 수 있다.

그의 시는 전반적으로 흥분하지 않는 잔잔한 목소리 속에 강하고 날카로운 메시지를 담고 있는 점이 돋보인다. 그는 초기부터 견지해 온 개성적 특성인 서정주의를 바탕으로 한 미학적 장치의 다양화를 통해 시적 완성을 추구해 가고 있기 때문이다. 극작가로 알려진 신봉승이 일찍이 문학평론 추천완료작인 '현대와 시와 인식'(현대문학, 1960.11)에서 박홍원의 시 '수난이후'를 들어 "현대를 바로 인식한 진정한 현대시의 갈 길"이라고 평한 것은 바로 이러한 그의 시적 특성을 갈파한 것이다.

(3) 관용과 화해의 시세계 구현

1979년 제3 시집 "나무용의 웅얼임" 이후, 80년대의 어둡고 긴 터널을 지나 90년대 벽두에 서서야 시인 박홍원은 한 권의 시집을 내놓을 수 있었다. 제4시집 "날개 펴는 노거수"(예원, 1991)가 그것이다. 이 시집은 제1부 '내 가슴 널빤지에', 제2부 '차마 못한 말 한마디', 제3부 '뿌리의 계단을 오르며', 제4부 '지산동의 아침'으로 구성되어 있으며, 총 74편의 시편들이 실려 있다. 이로부터 3년 후에 제5시집 "참대의 시"(예원, 1994)를 펴냈다. 이 시집은 제1부 '무등산 자귀나무', 제2부 '노거수의 언어', 제4부 '나랏말씀을 위한'으로 이루어져 있으며, 총53편의 작품을 묶은 것이다.

이 시집들에 담겨 있는 그의 시정신을 한 마디로 말하면 '역사와 시대 인식의 서정적 표출'이다. 한편 그의 시에서 돋보이는 기법적 특징은 시간과 공간의 넘나들기이다. 다시 말하면 과거에서 현재로, 고향에서 도시로 넘나들며 새로운 이미지를 창조해 내고 있는 것이 그의 시작법의 큰 특징이라고 할 수 있다.

> 바닷가
> 긴 잔등
> 문바위로 가는 길
> 모진 목숨으로 뻗는 찔레가
> 파도 소릴 끌어안아 출렁인다.

금남로
긴 잔등
민주화로 가는 길
들찔레 푸른잎이 형형한 눈을 뜨고
맺힌 울부짖음 파도로 깨어난다.

응달과 양달이
한 뿌리인 찔레넝쿨
뙤약볕에 눈송이 핀
바닷가의 긴 잔등

마음이 한 뿌리인
찔레 같은 사람들
뜨거운 가슴으로 파도를 일으키는
성난 거리의
긴 잔등.

　　　　　　－ 박홍원의 '긴 잔등' 전문

　이 시에서 보이는 것처럼 '긴 잔등'의 공간은 두 개의 이미
지가 오버랩 되어 있다. 과거 체험의 공간인 '바닷가 긴 잔
등'과 현실 인식의 공간인 '금남로 긴 잔등'이 그것이다. 80
년 5월의 상징인 금남로의 이미지에 바닷가의 긴 잔등에 뻗
어 있는 강인한 들찔레의 시각적 이미지와 파도 소리의 청각
적 이미지를 가져 온 것은 공간과 시간의 넘나들기 기법이다.
이러한 기법은 '꿈과 신발', '꿈덤불에 들다' 등에서는 꿈과
현실을 넘나들기도 하고, '허·거·참', '쑥·마늘', '단상'에
서처럼 하늘과 땅, 이승과 저승, 현실 사물과 역사의 시·공간
을 넘나들기도 한다. 문학평론가 박철희의 말대로 그의 시가

"행복한 과거로 퇴행하지 않는" 이유가 바로 여기에 있다.

90년대에 내놓은 두 권의 시집에 나타난 주제적 특질은 '광주정신'에서 찾을 수 있다. 그는 역사의 산마루에 서서 80년대의 험준한 산골짜기를 바라보며 진정한 '광주 정신'을 노래한 것이다. 이것은 그가 체험한 "80년대의 국가적, 지역적, 학내적 소용돌이"와 "인생의 파국적 상황"이 가져다준 비틀거림과 곤혹스러움을 극복하고 난 후에 비로소 가능한 '광주'에 대한 역사적 해석이요, '광주'에 대한 사랑의 한 방식이다. 그는 광주 정신을 "더러는 넘어져 두 동강 나고 / 짓눌리고 밟혀도 버티는 뚝심 / 더러는 뒹굴다가도 무릎 세우는 슬기"와 "할 일 하고 안할 일 안하는 지조"('서석대')로 파악하고 있다. 그런가 하면 그는 "멀리서 바라볼 땐 / 안풀리는 수수께끼이다가 / 세월인가 네월에게 할퀸 상처이다가 / 정작 가까이 가면 딴전을 부리는 너덜겅 / 석기시대의 생수를 흘려낸다."('너덜겅')고 하여 "무등산의 참모습" 중의 한 가지를 "방구데미"에서 흘려내는 끊임없는 사랑의 생산 행위에서 찾기도 한다. 따라서 그가 파악한 '광주정신'은 '뚝심', '슬기', 그리고 '지조'를 기저로 한 관용과 화해임을 알 수 있다.

그가 희구하고 있는 세계관은 조화의 세계다. 그는 많은 시편들에서 대립되는 관념의 변증법적 조화를 추구하고 있다. 즉, 화합과 갈등, 응달과 양달, 만남과 헤어짐, 사랑과 미움, 눈물과 웃음 등 무수한 대립 개념들이 그의 시 속에서는 탁월하게 융합된다. 이러한 조화의 세계가 창조되는 것은 이순을 넘긴 그가 갖고 있는 인생과 세계에 대한 관조적 태도에서 기인한 것으로 보인다.

그는 1960년 스승인 김현승의 권유와 천거로 조선대학 전임강사로 부임하여 '현대문학'과 '시론' 등을 강의하게 된다. 1961년 5.16 군사쿠데타 이후 잠시 대학 강단에서 물러나 있다가, 1966년 3월 국어국문학과 조교수로 복직하였다. 후에 사범대학 학장 등을 역임했다. 1999년 2월 정년퇴임을 한 후 2000년 1월 타계했다.

1973년에 제17회 '전라남도 문화상(문학 부문)'을 받았고, 올해에는 그의 고향에서 주는 "신안군민의 상(교육 문화 부문)"을 받았다. 한국문협 전남지부장, 국제펜클럽 한국본부 이사, 한국문협이사, 한국현대시인협회 중앙위원 등을 지냈다. '원탁시' 창립동인이며, '표현문학' 동인이다.

15. 서정의 세계와 민중시

- 시인 문병란

(1) 서정의 세계에서 현실참여시로 전환

1935년 전남 화순군 도곡면에서 출생한 문병란은 1956년 조선대학 문학과에 입학한다. 그는 대학에 입학하자마자 수십 편의 습작시를 노트에 정리하여 당시 문학과 교수로 있던 시인 김현승에게 개인적으로 찾아가 지도를 받는 등 시창작에 열정을 보였다. 김현승과의 이러한 관계는 1957년 그가 학보병으로 입대해 있을 때도 계속되었다. 스승인 김현승은 그가 입대하기 전에 놓고 간 노트에서 시 한 편을 골라 지방신문 '문예란'에 게재한 후, 그 작품을 오려서 편지와 함께 보내주는 친절을 베풀었다. 김현승은 그의 문재를 일찍이 인정한 것이다. 그가 제대하여 3학년에 복학한 1959년 3월 '시 연습' 과목 첫시간에 김현승은 칠판에 '가로수'라고 쓰고, 이 제목으로 학생들에게 시를 쓰라고 하였다. 그리고 나서 교수인 김현승 자신도 학생들과 함께 같은 제목으로 시를 쓰는 것이었다. 김현승은 이 시간에 자신이 쓴 '가로수'는 "사상계"(1959.9.)에 발표하고, 문병란이 쓴 '가로수'는 "현대문학"(1959. 10.)에 1회 추천하였다. 그러니까 대학 3학년 재학 중에 은사의 추천으로 문단에 처음 얼굴을 내밀게 된 것이다. 이후 문병란은 시 '밤의 호흡'(현대문학, 1962.7)이 2회 추천, '꽃밭'(현대문학, 1963.11.)이 추천 완료되어 문단에서 본격적 시작 활동을 전개하였다.

추천작들을 필두로 한 그의 초기시들은 다듬어진 언어를 통해 사상과 감정을 정서적으로 형상화하는 언어예술파적인 경향을 띠었다. '꽃씨'는 초기의 시적 특징을 단적으로 말해주는 시편들 중 하나라고 할 수 있다.

가을날
빈손에 받아 든 작은 꽃씨 한 알!

그 숱한 잎이며
찬란한 빛깔이 사라진 다음.
오직 한 알의 작은 꽃씨 속에 모여 든 가을

빛나는 여름의 오후
핏빛 꽃들의 몸부림이며
뜨거운 노을의 입김이 여물어
하나의 무게로 만져지는 것일까.

비애의 껍질을 모아 불태워 버리면
갑자기 틈이 넓어가는 가을날
내 마음 어느 깊이에서도
고이 여물어 가는 빛나는 외로움!

오늘은 한 알의 꽃씨를 골라
기인 기다림의 창변에
화려한 어젯날의 대화를 묻는다.

— 문병란의 '꽃씨' 전문

이 시는 가을날의 찬란한 아름다움이 사라진 이후의 허무와 고독감을 '작은 꽃씨 한 알'에 응집시키고 있다. '꽃씨'는 존재의 외로움을 표상하고 있다. 이 시는 아름다운 세계에 대한 정서적 반응이며, 실존적 외로움을 시적으로 감각적으로 형상화한 것이라고 할 수 있다.

이러한 초기시의 특징과 시적 변모의 가능성은 그의 처녀 시집 "문병란시집"(삼광출판사, 1971)에 단적으로 드러나 있다. 4부로 나뉘어진 이 시집은 각 부마다의 주제적 특성을 지니고 있다. 제1부는 생활감정의 승화와 정서, 제2부는 실존적 고독과 슬픔, 제3부는 역사의식에 입각한 현실적 문제의 형상화, 제4부는 내면적 독백과 현실에 대한 저항을 주제로 한 시편들로 이루어진 것이 그것이다. 이러한 이 시집의 특성은 그가 언어의식을 바탕으로 한 아름다운 서정 지향에서 출발하여 실존적 고독을 거쳐 현실 상황에 대한 문제 의식으로 변모되고 있음을 알 수 있다.

이후 그가 현실 참여를 확실하게 선언하고 나선 것은 제2시집 "정당성"(세운문화사, 1973)의 발간부터라고 할 수 있다. 이 시기를 기점으로 그는 '미끈하고 아름다운 시'를 버리고, 시대 상황에 대한 소명의식을 가진 진실을 토로하는 시를 취택하게 된 것이다. 따라서 그는 이 시집의 '자서'에서도 밝히고 있듯이 "시대에 대한 의식적인 도전이요, 초극"으로서 시 창작에 몰두하게 된 것이다. 그는 시를 통해 당시(유신시대)의 정치 상황에 대한 저항, 물신주의 사회상에 대한 비판, 부정과 부패에 대한 통렬한 지적, 잘못된 역사의 반추 등을 통해 부조리한 사회에 대한 개혁을 의도한 것이다. 그의 시를 지탱하고 있는 것은 진실과 양심이며, 이에 대한 실현으로서 행동적 저항을 표방하고 있다. 따라서 그의 시는 출발기의 서정 지향과는 달리 "때때로 나의 주먹은 / 때릴 곳을 찾는다. / (중략) / 언젠가는 뜨거운 유혈에 젖어 / 피를 물고 깨어져 갈

/ 슬픈 묵시, / 주먹은 정당성을 찾고 있다." (정당성 2)에서처럼 직설적 저항의 표출로 드러난다. 또한 "선뜩 선뜩하게 날선 칼날, / 한 조각 양심처럼 깊이 감추고 / 모든 것이 녹슬어 가도 / 홀로이 서슬 푸른 칼날! / 일월을 꿰어낼 슬기를 지녔다." ('칼' 중에서)에서처럼 서슬 푸른 칼날을 세우기도 한다. 이러한 그의 양심의 '주먹'과 '칼'은 우리 사회의 '도둑놈' '사기꾼들'과 같은 '적' 들을 겨냥하고 준비하고 있음은 물론 이다. 그가 겨냥한 '적'은 부정 부패로 민중을 탄압하고 있는 기득권 층이며, 온갖 술수로 민중을 속이고 있는 '비양심'이 다.

70년대 와서 이룩된 이러한 그의 변모된 시적 경향은 문학을 '교시적 기능'에 초점을 둔 민중지향적 리얼리즘이라고 할 수 있다. 그의 비수처럼 날카롭고 치열한 반유신, 반독재 시편들이 우리 나라 참여시의 선봉에 설 수 있었던 것은 사회 상황을 바라보는 그의 양심적 눈과 초기에 이룩한 서정적 시학이 밑받침되었기 때문으로 보인다.

(2) 민중속으로 들어간 시인 문병란

시인 문병란은 조선대학 문학과를 졸업한 1961년 이후 순천고, 광주일고 등에서 국어 교사로 교편을 잡았다. 그러다가 그는 1969년에 조선대학 국어교육과 전임강사 발령을 받고, 대학 강단에서 문예사조사, 국어과 지도법, 국어사 등의 과목을 강의하였다. 그러나 대학 경영 체제에 적응하지 못하고, 1972년 대학을 떠나 스스로 '거리의 교사'를 자처하고 입시 학원 등에서 재수생들을 지도하였다. 학생 시위와 관련 전남고 교사를 사직하는 것으로 그는 제도권 교육계를 완전히 떠나게 된 것이다. 그가 대학 강단을 떠나 '거리의 교사'가 되면서 그의 시 세계는 민중 속으로 몰입해 가기 시작했다. 그는 이 때부터 항상 '힘 없는 자', '핍박 받은 자'의 편에 서서 문학 활동을 전개해 나간 것이다.

그는 70년대 중반에 들어서면서 현실 참여시 대열에 본격적으로 합류하기 시작한다. 1973년 시집 "정당성"(세운문화사)을 내놓은 이후 그의 시적 노선은 더욱 분명해졌다. 그는 당시의 '유신 독재 정권'과 '가진 자'들의 횡포에 정면으로 맞서는 일이 그 시대를 살아가는 시인의 사명이며 존재 이유로 생각한 것이다. 당시 사회 구조 속에서 스스로 체제 저항의 문학 행동을 선택하는 일이란 크나큰 용기를 갖지 않고서는 불가능한 일이었다. 그러나 그는 양심을 쫓는 시인으로서 홀연히 그 길을 선택한 것이다. 이러한 그의 시정신은 당시에 우리 문단의 여러 문학지 중 "창작과 비평"의 편집노선과 맞아 떨어졌다. 그는 1974년 "창작과 비평" 겨울호에 '겨울 산촌', '고무신', '살인자' 등의 작품을 발표하면서부터 반체제 저항 시인으로서 전국적인 주목을 받게 된다.

어느 노동자의 발바닥 밑에서
40대 여인의 금간 발바닥 밑에서
이제는 닳아지고 구멍 뚫린 고무신,
이른 새벽 도시의 뒷골목 위에서나
저무는 변두리의 진흙밭 속에서나
그들은 쉬지 않고 아득히 걷고 있다.

　　(중략)

군화가 찍고 간 아스팔트 위에서
윤나는 구두가 밟고간 아스팔트 위에서

모진 학대 속에 짓밟힌 고무신, 기나긴 형벌의 불볕 속을
오늘은 절뚝이며 절뚝이며 쫓겨간다.

선거 때 야음을 타고
구장 반장의 손을 거쳐
살금살금 박서방 김서방을 찾아간
10문짜리 검정 고무신
민주주의의 유권이 되었던 자랑도
알뜰한 관록도 사라진 채
오늘은 구멍 뚫린 밑창으로
영산강 황톳물이나 마시고 있구나

        (중략)

번뜩이는 죽창에 구멍난 가슴 안고
장성 갈재 넘어가던 짚신,
그 발자국마다 핏물이 고이는데,
오늘은 구멍 뚫린 고무신이 쫓겨간다.

썩어도 썩어도 썩지 못하는 한많은 가슴,
땅속 깊이 파묻혀도
뻘밭 속에 거꾸로 처박혀도
한사코 두 눈 부릅뜨고
영영 죽지 못하는 한
여기 벌떼같이 살아나는 아우성이 있다.

        ― 문병란의 '고무신' 중에서

 이 시에서 '고무신'은 더 말할 나위도 없이 짓밟힌 '민중'의
은유이다. '고무신'을 짓밟고 탄압한 주체는 '군화'와 '윤나
는 구두'로 나타나고 있다. 즉, 이 시는 민중을 탄압한 주체
는 '군사 독재 정권'과 '가진 자'라는 사실을 적시하고 있는

것이다. '고무신'은 정치 권력이 부정 선거를 하는 데 사용되던 대표적인 금품 중 하나였으나, 유신헌법의 선포로 그나마의 선거권마저 앗아가 버려 민중은 구멍 뚫린 고무신 신세가 됐다는 것이다. 그러나 이 시에서 화자는 그러한 현실에 대한 한탄과 비탄으로만 그치지 않고, 영영 죽지 않고 "벌떼같이 살아나는 아우성"을 소망하고 있음을 알 수 있다. 이 점이 문병란 시의 특징 중 하나다. 다시 말하면, 현실에서의 민중은 짓밟히고 버려져 있지만, 시 속에서는 항상 혁명적으로 저항하는 민중의 모습을 이상향으로 제시하고 있다. 따라서, 70년대 그의 시는 비탄을 뛰어 넘어 희망을 주는 민중시로의 길을 열어 놓은 것이다.

그는 민중 지향이라는 뚜렷한 시적 목표와 방향을 가졌기 때문에 그의 시어는 민중의 언어일 수밖에 없다. 시인 이시영의 말대로 그의 시어는 "별다른 지식 없이도 한번 읽으면 이내 그 뜻을 알 수 있는 평범하고 친숙한 언어"이고, 그것은 "민중의 생생한 생활 속에 뿌리를 내리고 있는" 건강한 언어다. 이러한 '쉬운 시 쓰기'는 민중 속으로 들어가는 문학의 기법이며, 지식인을 위한 모더니즘 시를 극복하는 그의 문학적 방법이었다. 이와 맥락을 같이하는 그의 민중시는 1970년대에 내놓은 시집 "죽순밭에서"(인학사, 1977), 시문집 "호롱불의 역사"(일월서각, 1978), 농민시집 "벼들의 속삭임"(양서조합, 1980) 등에 잘 나타나 있다. 이 중 "죽순밭에서"는 1979년에 도서출판 한마당에서 중간되었는데, 정부는 이 시집이 "외설스럽고 민족 정신을 부정했으며 일본 국기를 모독했다."는 어불성설을 이유로 내세워 판매 금지 조치를 내린다. 저자인 문병란은 이에 대해 25쪽에 걸쳐 그 부당함을 조목조목 따지면서 판금 조치를 철회하라는 항의서를 당국에 제출했다. 이 사건은 사회에 일대 파문을 일으켰다. 그 때가 유신정권 말기였다. 그리고 투지에 불타는 그에게 1980년 5월 광주가 운명처럼 기다리고 있었다.

(3) 80년대 어둠뚫고 온 '광주'의 시인 문병란

1979년 10월 박정희의 죽음으로 유신독재가 막을 내리고, 1980년 봄이 왔다. 이제, 우리 나라도 민주주의가 회복되는가 싶더니, 신군부는 정권을 찬탈하기 위해 갖은 방법을 동원하였다. 1980년 5월 17일 계엄을 전국으로 확대하는 조치가 내리자 광주시민들은 이에 강력히 저항하고 나섰다. '5.18 민중항쟁'이 발발한 것이다. 유신독재에 온 몸으로 저항해 온 시인 문병란은 광주민중항쟁 이후 소위 "광주사태 배후 조종자"로 지목되어 수배되었다. 그는 쫓기는 몸으로 여수의 한 제자 집에서 한 달간 은신해 있다가 6월 28일에 자진 출두하여 구속 수감되어 옥고를 치렀다.

그 이후 그의 시와 삶의 주제는 '5월 광주'가 된다. 그가 광주를 위해 할 수 있는 일은 시, 칼럼 등 글을 통하거나 직접 뛰어다니며 행한 강연을 통해 광주의 진상과 정신을 알리는 일이었다. 그는 전국의 대학과 시민단체들의 행사장을 누비며 광주의 진상과 5월 정신 계승을 위한 강연을 무수히 하였다. 한편, 전사협 공동의장, 국민운동본부 공동의장 등을 지내며 조직적으로 민주화를 위한 투쟁의 대열에 앞장섰고, 끊임없이 시를 써내어 수많은 시집들을 계속해서 내 놓았다. "땅의 연가"(창작과비평사, 1981), "새벽의 서"(일월서각, 1983), "동소산의 머슴새"(일월서각, 1984), "아직은 슬퍼할 때가 아니다"(풀빛, 1985), "무등산"(청사, 1986), "5월의 연가"(전예원, 1986), "못다 핀 그날의 꽃들이여"(동아, 1987), "양키여 양키여"(일월서각, 1988), "화염병 파편 뒹구는 거리에서 나는 운다"(실천문학사, 1989) 등이 그가 80년대에 내놓은 시집들이다. 90년대에 들어서도 "지상에 바치는 나의 노래"(도서출판 눈, 1990), "견우와 직녀"(한길사, 1991), "새벽이 오기까지는"(일월서각, 1994), "불면의 연대"(일월서각, 1994), "겨울 숲에서"(시와사회사, 1994), "새벽의 차이코프스키"(계몽사, 1997) 등의 시집을 계속 상재하였다. 시집 20권 이외에도 수상집, 강연집, 시 해설서, 비평집 등을 발간하여 그가 지금까지 내 놓은 저서는 40권에 이른다.

그의 80년 이후의 시작은 70년대의 농민시, 민중시, 통일시의 연장선상에서, 광주라는 역사적 공간을 더욱 치열하고 비장하게 다루는 시로 진행되어 간다. 시집 "땅의 연가"가 "죽순밭에서"에 이어 판매금지 조치를 당하는 비운 속에서도 좌절하지 않고 끊임없이 토해 낸 그의 창작 열정은 어디에서 오는 것일까?

> 시는 가을 하늘에 떠도는 조각 구름
> 강물에 비치는 후조의 날개가 아니라
> 시는 때묻은 발바닥
> 모독당한 오늘의 양심에 있고
>
> 맹물이 아닌 우리들의 뜨거운 눈물,
> 한 방울 이슬이 아닌
> 우리들의 뜨거운 피를 마시고 피는
> 모진 장미의 가시
> 콕콕 찌르는 분노에 있다.
>
> 우리들의 시는 이미 쫓겨난 왕자,

한밤에 부르는 세레나데가 아니고
허리가 꺾인 코스모스
창백한 백합의 흐느낌이 아니다.

엉겅퀴처럼 억세게
들찔레처럼 어기차게
칡덩굴처럼 쭉쭉 뻗어
뽑혀도 뽑혀도 다시 살아나는 뿌리에 있다.

　　　(중략)

그대 교과서 속에서
그대 애인의 눈동자 속에서
진정 그대 시집 속에서
죽어가는 시의 껍질을 버리고
정수리를 퉁기는 가시가 되라
복판으로 날아가는 창끝이 되라.

　　　　　　　 – 문병란의 ‘시’ 중에서

　이 작품은 그의 시관과 자기반영성을 단적으로 드러내는 메
타시이다. 즉, 시는 ‘양심’을 바탕으로 한 ‘뜨거운 눈물’이어
야 하고 ‘분노’의 표출이어야 한다는 것이 그의 시관이다. 그
리고 시는 강인한 생명력을 가져야 하며, ‘정수리를 퉁기는
가시’ ‘복판으로 날아가는 창끝’의 기능을 해야 한다는 것이
다. 이처럼 그는 그 시대에 시가 가져야 할 역할을 적시하는
확고하고 뚜렷한 시관을 가지고 있는 것이다. 따라서, 그가
80년대의 깜깜한 어둠 속에서도 좌절하지 않고 더욱 강인한
생명력으로 끈질기게 민중시, 민족시, 통일시, 광주의 5월을
테마로 한 시들을 써온 원동력은 바로 이런 그의 시정신과 시
대적 소명의식에 있다.

민중에게 폭넓게 읽히는 시가 그가 소망하는 시이다. 그러기 위해서는 애매모호한 언어가 아닌 누구나 읽으면 의미를 알 수 있는 '쉬운 시 쓰기'가 시적 방법일 수밖에 없다. 그러나 그의 시는 무턱대고 쉽게만 씌어지는 천박함과는 거리가 멀다. 왜냐하면, 그의 시는 쉬우면서도 다양한 시학적 기법과 장치를 충분히 활용하고 있기 때문이다. '직녀에게', '박타령' 등에서 보여주는 것처럼 누구나 알고 있는 설화의 시적 변용, '땅의 연가' 등에서 보여주는 것처럼 다양하고 적절한 화자와 인물의 설정, '가난' 등에서 보여주는 효과적 풍자와 비판을 위한 패스티쉬 기법 등이 그것이다. 그러므로 그의 시는 시정신을 효과적으로 구현하기 위해 민중 독자들에게 쉽게 다가가면서도 다양한 시적 장치를 활용한 뛰어난 문학성을 획득하게 된다.

1987년 6월 항쟁이 성공을 거두고, 1988년 조선대학의 구 경영체제가 학내의 민주화운동으로 무너진 뒤 그는 조선대학에 복직, 문예창작학과 교수로 '시창작법' '현대시론' '민족문학론' 등을 강의해 오다 2000년 8월 정년 퇴임했다.

그는 1979년에 전남문학상을, 1985년에 요산문학상을 수상하였다.

16. 실존의식과 내면 갈등

- 시인 김규화

김규화는 1939년 2월 27일 전라남도 승주군 낙안면 하송리에서 출생한 시인이다. 그는 일찍이 벌교중학과 조선대학 부속여고를 거쳐 1960년 4월에 조선대학 여자대학 국문학과에 입학하여 1962년 2월에 졸업했다. 그가 조선대학 국문학과에 입학한 1960년은 약 10년간 시론과 시창작을 강의해 오던 시인 김현승이 조선대학을 떠나 숭실대학으로 자리를 옮긴 해이다. 그러나 김현승은 서울로 직장을 옮긴 후에도 몇 년 동안 서울로 이주하지 않고, 직장이 있는 서울과 가정이 있는 광주를 오가며 몇 학기 동안 조선대학에 출강하고 있었다. 따라서 김규화는 적어도 대학 1학년 때, 아니면 그 이전에 김현승과 사제의 인연을 맺었을 가능성이 크다. 그는 이 무렵 광주에서 "등문학", "영도" 동인으로 활동하기도 했었다.

김규화는 1963년 3월에 "현대문학"에 시 '죽음의 서장(序章)'으로 초회 추천을 받았다. 이어서 1964년 3월에 '무위(無爲)'로 2회 추천, 1966년 6월에 '무심(無心)'으로 추천이 완료되어 문단에 나왔다. 시인 김현승에 의해 추천된 것이다. 조선대학의 문학사적 흐름 속에서 파악하자면, 그의 등단은 조선대학 동문으로는 최초의 여성 시인이라는 점에서 의미를 갖는다.

이후 그는 "여류시", "진단시" 동인으로 활동하면서 시 '소심증(小心症)'(현대문학, 1969.1), '기다리는 시간'(현대문학, 1969.7), '아낙네'(월간문학, 1970. 5), '고속도로'(월간문학, 1971.8) 등을 꾸준히 발표하였다. 그는 지금까지 세 권의 시집을 냈다. "이상한 기도"(시문학사, 1981), "노래내기"(혜진서관, 1985), "관념여행"(신원문화사, 1989)이 그것이다.

그의 시가 죽음과 삶, 허무와 회의, 방황과 불안 등의 갈등을 드러내면서도 저급한 감상으로 흐르지 않은 이유는 크게 두 가지로 보인다. 첫째, 건조성과 간결성의 특성을 갖추면서 인간심리의 내면갈등을 견고하게 표출해 내는 시어의 구사이다. 둘째, 서정적 자아의 삶에 대한 초월적 태도이다. 이러한 초월적 태도는 '지나가기', '나의 몸', '인연' 등의 작품에서 단적으로 드러난다. '지나가기'에서는 "참으로, 약속은 않는 준비를 하자. / 해를 가리고 지나는 구름같이 / 모양이 없는 몸 속의 마음같이 / 그냥 내쉬는 숨같이 / 왔다가 가는데는 걸림이 없기"라고 한 것을 보면 그는 생을 일과성으로 파악하고 있음을 알 수 있다. 또한 '나의 몸'에서는 "훗날 나 또 흩어져 / 먼지 속에 우주 속에 / 모이면 찾아오고 / 흩어지면 사라지는 / 우주는 나 / 내 속에 우주가 있어 / 볼수록 안보이는 내 피와 살"이라고 하여 우주의 변전과 자아의 생사를 동일시하기도 한다.

그는 조선대학을 졸업한 후 동국대 국문학과를 나왔다. 그후 동도중학교 등 여러 학교에서 오랜 동안 교직 생활을 했으며, 지금은 월간 "시문학"의 발행인으로 있다. 그의 고향 그리는 시로 '환상귀향'과 '광주에 가니'가 돋보인다.

젊은날에 앓던 내 부기(浮氣)가

광주(光州)에 가니 되살아났다.
내 부글거리던 젊음의 부기를
다 받아 주었던 길목들은
조금은 늙고 조금은 낮아진
가슴을 열고 나를 맞았다
내 젊음의 도시는 술을 마시고
밝은 전등빛을 사랑했었다.
그 날의 허풍과 장미와 낙엽과
학문이 조용히 내려앉은 광주의
거리를 쓸고 다진 부기의 다리로
애써 나는 옛날로 오르고
그렇지 않다고 광주는 타일렀다.

　　(중략)

젊은 날의 집들을 쓰다듬어 주어도
무등의 능선에 눈을 주어도
선낯하는 아이같이 그러했다.
옛 모습이 남아 있는 충장로도
다 커버린 아이같이 서먹해 했다.
젊은날이 지난 것을 찾아봤으나
단발머리 소녀도 이야기 속
옛 스승의 모습은 목소리만 들었다.
내 젊음이 이미 간 것과 같이
광주는 내 마음에 앉아 있으나
젊은날에 앓던 내 부기를
터미널의 봄비로 돌려보냈다.

　　　　－ 김규화의 '광주에 가니' 중에서

　세월이 훌쩍 지난 후에 광주를 다녀 간 후 쓴 작품이다. 그가
젊은 날을 보냈던 광주에서의 체험들이 잘 드러나 있다. 변화

하지 않은 의식과 변화 된 실체, 젊은 날에 대한 회억과 현실 사이를 넘나들고 있는 그의 내면적 심리에는 성숙한 고향 사랑 정신이 짙게 깔려 있다.

그의 시는 시인 구상의 지적대로 "논리적 심상"을 구현한다는 점에서 여타의 여성 시인들과 이질적이다. 그는 초기 작품부터 실존의식을 바탕으로 한 형이상학시를 구현해 낸다. 그의 추천작 세 편은 모두 죽음과 삶의 문제를 다룬 이러한 경향의 작품들이다. 이는 초기부터 꾸준히 견지되어 온 김규화 시의 특질로 보인다. 왜냐 하면, 그가 시도하고 있는 고전의 시적 재현으로 보이는 일련의 작품들이나 이국을 여행하면서 쓴 기행시들에서도 이러한 내면적 갈등을 지양하는 정신적 힘이 드러나고 있기 때문이다.

17. 요절, 근원적 자연으로의 회귀
- 시인 김만옥

김만옥은 1946년 3월 6일 전남 완도군 청산면 여서리에서 태어났다. 아주 어릴 적에 아버지를 여읜 그는 홀어머니의 슬하에서 곤궁하게 자랐다. 고향 여서도에서 초등학교를 졸업하고 1960년 완도중학교에 진학한다. 그는 당시 전국적으로 널리 읽혀졌던 청소년 월간잡지 "학원"의 기자로 활동하면서, 이 잡지에 시와 수필 등을 발표하여 청소년 문단에 알려지게 된다. 일찍이 중학 시절부터 문학에 두각을 나타내기 시작한 것이다. 중학교를 졸업하고 1963년에 조선대학 부속고교에 입학하면서, 그는 홀어머니와 함께 광주로 이주하게 된다. 그는 고등학교 때에는 전국의 문예 백일장을 휩쓸 정도로 문학적 기량을 떨쳤다. 그리하여 1964년 고등학교 2학년생인 김만옥은 "슬픈 계절의"라는 시집을 낼 정도로 이 분야에 조숙해 있었다. 그는 당시 광주시내 각 고등학교의 문학 지망생들을 모아 "석류", "시향" 등의 문학동인회를 조직하여 문학 활동을 주도하기도 했다. 그 시절 함께 활동한 "석류" 동인으로는 송기원, 김준태, 김종 등이었고, "시향" 동인으로는 한옥근, 정중수, 김창완 등이었다.

1965년에 전남일보 신춘문예에 고교 3년생인 그의 시가 가작으로 뽑히면서, 세인들을 놀라게 하기도 했다. 또한 이듬해 6월에 제5회 신인예술상에 그의 소설이 차석상을 차지함으로써 소설 부문에서도 재능을 인정받았다. 1967년 2월에 시

"아침 장미원" 외 3편이 제8회 "사상계" 신인문학상에 당선됨으로써 그는 약관을 갓 넘긴 젊은 나이에 문단의 주목을 한 몸에 받게 되었다.

그는 이 해, 1967년 3월에 조선대학 국문학과에 입학하여 창작에 몰두한다. 대학생이 되기도 전에 이미 기성의 문인으로 알려진 그는 대학 시절에도 전남일보 신춘문예 단편소설 가작, 시조문학 추천 완료 등 각종 현상모집에 응모하여 수상의 영광을 안았다. 그가 이미 문단에 등단했으면서도 이렇게 각종 현상모집에 계속 응모한 것은 원고료와 상금을 생활에 보태야 할 정도로 어려운 생계 때문인 것으로 알려져 있다.

1968년 9월 29일은 조선대학 개교 22주년 기념일이었다. 이날을 기념하기 위한 백일장에서 국문학과 2년생인 그는 대학부 시 부문에서 장원을 차지했다.

아무 데서도 보인다.
젊은 지산동이나 아주 먼 방림동
혹은 유덕동 종점에서도
그의 얼굴은 잘 보인다.
얼굴이 왼통 하이얀,
키가 큰 청년
아침에 일어나서 대하는 태양이듯
사람들은 그의 앞에 숙연히 선다.

아무 사람도 그는 알아본다.
골목의 코흘리게들도 저녁 시장의
늙은 상인들도 그는 알아본다.
항상 그의 곁에서
떠나려하는 사람은 없다.

언제나 친절히 손바닥을 펴들고

학우들을 전송하며 때때로
껄걸 웃어줄 줄도 아는 청년
아무 사람도 그를 칭송한다.

그의 반짝이는 총명의 눈은
세계의 눈처럼,
종일 드넓게 가슴 벌려
지혜를 숨쉬는
그의 폐활량은 세계의 목숨처럼
무변(無邊)함을
사람들은 알고 있다. 다 알고 있다.

광망(光芒)이여.
세계는 여기서부터 밝아진다.

                    - 김만옥의 '조선대학교' 전문

 이 작품에서 보여 주듯이 그가 가졌던 조선대학에 대한 애정
이 이토록 강렬하였지만, 3학년 2학기에 학업을 포기할 수밖
에 없었다. 그 후에도 그는 1971년에 대한일보와 전남일보
신춘문예에, 1972년에 5.16민족상에 각각 그의 소설이 당선
되었다. 그는 이처럼 문학의 여러 장르에 걸쳐 천재적 재능을
인정받았고, 열정적으로 문학 활동을 하였다. 그러나 어린 식
구가 불어나고, 생활고의 중압은 날이 갈수록 심해졌다. 그는
결국 이를 이겨내지 못하고 만다. 1975년 9월 4일 홀어머니
와 아내, 그리고 어린 세 딸을 남겨둔 채 스스로 목숨을 끊은
것이다. 불행히도 우리 문단은 아까운 문사 한 사람을 잃게
되었다.
 그가 세상을 하직한 지 10년이 된 1985년 시인 김준태가 주
선하여 그의 유고 시집 "오늘 죽지 않고 오늘 살아 있다"(도

서출판 청사)를 내어 그의 문학 업적을 기렸다. 그리고 지난 11월 22일 광주문협 주관으로 광주 중외공원에 그의 시비를 세우고 제막식을 가졌다. 이 시비에는 그의 시 '딸아이 능금'이 새겨져 있다.

특유한 비유적 언어와 군더더기 없이 깔끔한 구성이 그의 시에 드러난 형식적 특성이다. 그는 이러한 특성을 바탕으로 순수한 동심의 세계, 가난한 이웃에 대한 사랑, 고독과 어두움에 대한 내면 의식 등을 아름다운 서정으로 형상화해 내고 있다. "내, 빈 도시락 같은 종생(終生)을 내다보고 / 부끄러워 부끄러워 부끄러워 / 쫓기듯 왔네만 산허리서 / 달빛 냄새나는 꽃 한 송이 들고와 / 흙, 돌, 벌레들과 / 나는 물소리를 베고 짚베개 누워." ('자연인' 중에서)라고 노래한 것처럼 그는 이미 달빛 냄새나는 꽃 한 송이에 자족하고 근원적 자연으로 돌아갈 자신을 예견했던 것일까.

18. 유토피아 지향의 문학관 제시
- 문학평론가 구창환

문학평론가 구창환은 1933년 충남 서천군 장항읍 옥산동에서 출생하였다. 그는 1961년 3월 조선대학 문리대 문학과를 졸업했으며, 시인 문병란과는 같은 학과 동기생이다. 그 후 그는 1964년에 석사학위를, 1975년에 문학박사 학위를 각각 조선대학에서 받았다.

 '만세전 소고'(한국언어문학 창간호, 1963), '황순원 문학서설'(어문논총 제6집, 1965), '황순원의 생명주의 문학'(한국언어문학 제4집, 1966) 등 우리 문학에 대한 연구 논문을 발표해 오던 그가 문학평론가로서 본격적인 활동을 시작한 것은 1967년 5월 "원탁문학" 창간호에 '한국 현대 소설의 과제'라는 평론을 발표하면서부터이다. 이후 '남정현의 풍자문학'(1968, 원탁문학 제2집), '참여문학의 문제점'(원탁문학 제3집, 1968), '이호철의 분위기 소설'(원탁문학 제4집, 1968), '문학과 푸로메테우스 정신'(월간문학, 1970.2) '현대문학의 과제와 인간화'(전남문단 제1호, 1973) 등의 평론을 계속해서 발표하였다. 그리하여 그는 당시 이 지방에서 활동하는 평론가로서 독보적인 위치를 차지하게 되었다. 그 이후 그는 지금까지 수많은 문학연구 논문과 평론을 꾸준히 발표해 오고 있다.

 그의 우리 문학에 대한 접근은 크게 두 가지로 나누어 볼 수 있다. 첫째가 사회에 대한 관심이요, 둘째가 사상과 종교에 대한 관심이다. 문학에서의 사회에 대한 그의 관심은 '풍자문학'에 대한 정리와 해석이며, 사상과 종교에 대한 그의 관심은 기독교 문학의 이론적 정립에 대한 노력으로 간주할 수 있다. 이와 같은 그의 평론은 우리 문학이 나아가야 할 바람직한 방향을 제시하고 있는 점이 특징으로 드러난다.

그는 풍자문학이란 사회적 문학 양식으로서 사회에 부조리가 심하고 사회 체제가 경화되어 정공법을 쓰기 어려울 때 성행되는 간접적 비판문학이라고 정의한다. 이러한 풍자문학에 대한 가치를 중심으로 그는 우리의 풍자문학을 고찰 정리하는 학문적 성과를 올렸을 뿐만 아니라, 바람직한 문학의 방향을 제시해 주었다. 즉 "문학에 있어서 사회의식은 당연히 있어야 하지만, 문학이 단순한 사회상의 기록물일 수는 없고 하나의 형상화된 예술 작품이 되어야 하는 것"이라고 하여 문학에서의 예술성과 조화를 이루는 사회의식을 강조하고 있다. 최근에는 문학 작품에 나타난 환경문제에 관심을 갖고 "자연 환경의 보전을 생명운동의 차원에서 인식하고, 문학을 통한 시인과 작가들의 참여"를 주장하기도 하였다.

그리고 그의 기독교 문학관은 다음의 진술에서 단적으로 드러난다.

> 기독교 문학은 존재의 문학이 아니라 당위의 문학, 쾌락의 문학이 아니라 교훈의 문학, 위안의 문학이 아니라 구제의 문학, 소비의 문학이 아니라 창조의 문학, 유한의 문학이 아니라 고뇌의 문학이 되어야 한다.

이와 같은 맥락에서 그는 휴머니즘에 토대를 두는 인간화의 문학, 위안의 문학이 아닌 구원의 문학, 인간에게 꿈과 비전을 제시하는 유토피아 지향적 문학, 예언자적 사명을 다하는 문학을 현대문학이 지향해야 할 과제로 꼽고 있다.

그는 1961년 문리과대학 조교를 시작으로 여자대학 국문학과 전임강사를 거쳐, 문리과대학 국어국문학과, 사범대학 국어교육과, 인문과학대학 국어국문학과의 교수로 약 38년간 조선대학에 봉직하고 99년 2월 정년퇴임을 하게 되었다. 4.19 이후 장용건, 한춘홍 등 문학과 교수가 조선대학에서 해직 당하였고, 시인 김현승이 숭실대학으로 자리를 옮긴 뒤 그는 어려움에 처한 조선대학 문학과를 재건하는 데 총력을 기울였다. 또한 1968년 사범대학 국어교육과가 신설되자 약 11년 동안 학과를 맡아서 운영하기도 하였다.

형인 구인환(현재 서울대 명예교수)과 함께 저술한 "문학의 원리"(법문사, 1967), "문학개론"(삼영사, 1976), "신고 문학개론"(삼지원, 1987)은 우리 나라 문학도들에게 학문적 길잡이로서의 역할을 충실히 해오고 있다. 또한 그는 '문학교육의 당면문제'(한국언어문학 제11집, 1973) 등의 평론을 통해 문학교육에도 관심을 표명해 왔다. 이러한 그의 관심은 고등학교 문학 교과서를 저술(공저)하기에 이른다. "고등학교 문학(상, 하)"(노벨문화사, 1996)가 그것이다.

그는 조선대학 교수로 재직하는 동안 인문과학연구소장, 문리과대학장, 인문과학대학장, 교무처장, 대학원장 등의 주요 보직을 맡아 대학 발전에 이바지하였다. 그리고 그는 1991년에 미국 신시내티대학교 교환교수로 파견되어 문학연구를 하고 돌아오기도 하였다.

구창환은 한국문인협회, 국제 펜클럽, 한국문학평론가협회, 한국크리스찬문학가협회, 기독교수필문학회 등에서 활동하면서 1985년에는 한국문인협회 전남지회장을 역임하였다. 또한 국어국문학회 이사, 한국언어문학회 회장 등을 지냈다. 한편, 그는 사회 활동으로 광주 YMCA 회장과 이사 등을 지내는 등 YMCA활동에 강한 의욕을 보여왔다. 현재 광주 YMCA이사와 국제와이즈맨 한국남부지구 증경총재직을 맡고 있다.

19. 순수지향의 서정적 서사

- 작가 안영

　소설가 안영(安泳)의 본명은 안영례(泳禮)이다. 그는 1940년 전라남도 광양군 진월면 차동 마을에서 안상선(安尙善)의 5남매 중 막내로 태어났다. 그의 아버지는 해방 후 고위 공무원으로 있다가 1948년부터 1950년 4월까지 초대 전주시장을 지냈다. 안영이 전주 풍남초등학교 5학년 때에 6.25가 일어났고, 그 해에 뒤늦게 피난하던 그의 아버지는 전주 근교에서 공산군에게 살해당한다. 그 후 어린 안영은 홀어머니 슬하에서 전주여중을 거쳐, 전주여고에 진학했다. 그러나 남편의 죽음에 대한 충격으로 병을 얻었던 어머니마저 1955년 그가 여고 1학년 때 세상을 하직하자, 그는 광주여고로 전학하여 숙부 집에서 공부한다. 그의 남매들은 매천 황현과 교분이 깊었던 그의 조부 안경진(安坰鎭)의 보살핌으로 생활하고 공부하게 된다. 1957년 여고 3년생인 안영은 당시 그 학교 국어과 교사 최정순(1954년 조선대학 문학과 졸, 전 광주교대 교수)의 권유로 학비와 생활비를 지급해 주는 조선대학 특별장학생 시험에 응시하여 합격한다. 그리하여 그는 1958년 4월 조선대학 문리과대학 문학과에 입학, 1962년 2월 졸업한다. 그는 대학에 다니는 동안 조선대학 도서관에서 문학서적을 빌려 탐독하면서, 주로 소설가 황순원을 사사하여 작가의 꿈을 키웠다.

　안영은 단편 '월요(月曜) 오후에'(현대문학, 1965.3.)로 첫 추천을 받았고, 단편 '아집(我執)'(현대문학, 1966.2.)으로 추천이 완료되어 문단에 나왔다. 황순원의 추천이었다. 조선대학 출신으로는 첫 여류작가가 탄생한 것이다. 그 해에 그는 '원(願)', '해후(邂逅)', '흐르는 물처럼', '풋과일', '희생자들' 등 무려 6편의 단편을 "현대문학"과 "문학" 등의 잡지에 발표하여 문단의 주목을 끌었다. 그 이후 지금까지 그는 거의 거르지 않고 매년 1 ~ 4편의 단편을 발표하여 창작 의욕을 과시해 왔다. 그는 1974년 첫 창작집 "가을, 그리고 산사(山寺)"(관동출판사)를 펴낸 이후, 창작집 "아픈 환상(幻想)"(도서출판 석탑, 1981)과 "둘만의 이야기"(인문당, 1988), "겨울 나그네"(한국소설가협회, 2002), 꽁트집 "치마폭에 꿈을"(열린, 2001)을 상재하였다. 그리고 에세이집으로 "그 날 그 빛으로"(평범서당, 1984)와 "아름다운 귀향"(열린, 1998)이 있다.

황순원은 안영의 작품들은 독자들로 하여금 부담 없이 끌려들어가 아늑한 즐거움을 맛보게 해 준다고 하면서, 그 이유를 문체적 특성에서 찾았다. 즉, "힘에 겨운 소재와 싸우지 않고 자기가 익히 알고 있는 것을 가져다 거기 수를 놓듯 섬세하고 아름다운 문장으로 아기자기 엮어나간다."고 본 것이 그것이다. 김우종은 안영을 "탈속의 세계를 형상화하는 작가"라고 평하면서 그 특성을 다음과 같이 지적하였다.

> 이 작가는 소설을 통해서 삶의 문제를 진지하게 추구한다. 일상적 생활을 벗어난 곳에서 잃어버린 존재의 고향을 찾고자 방황한다. 그의 작중 인물들은 시류적인 문제에 달라붙거나 현실 대응의 의식에 사로잡히는 일이 없다. 그들은 무엇이 자기 존재의 밑뿌리가 되는가 하는 문제에 시종 여일하게 몰두한다. 그것 때문에 괴로워하고 슬퍼하고 몸부림치며 방황한다. 존재의 보물을 얻고자 끝없이 전개되는 존재의 지평을 향하여 순례한다.

현대문학에 발표했던 중편 '아픈 환상'은 그의 작품 중 대표적인 사소설로 보인다. 이 소설에 등장하는 '숙부', '오빠', '아버지', '어머니', '조부님' '할머님' 등의 등장 인물이 작가의 가족 관계와 같을 뿐만 아니라, 전주, 광주, 광양 등의 공간적 배경과 사건의 전말이 작가의 전기적 사실과 일치하는 자전적 형식으로 이루어져 있기 때문이다. 작품의 서술자 '지은'이가 숙부의 연식정구 경기를 참관하면서 서술자의 시점에서 그의 가족사를 반추하는 형식으로 되어 있다. 특히, 주인공인 서술자가 직접 체험하지 못한 '아버지'가 공산군 유격대에 의해 사살되고, 할아버지(노인)가 시체를 수습하는 사건은 시점을 달리하여 서술함으로써 이야기를 더욱 진지하고 생생하게 그려내고 있다. 공산당에 의해 철저히 희생된 한 가족의 이야기를 술회하고 있는 이 작품은 어릴 적 지용과 상허의 작품들에 감명 받았지만 그들이 월북했다는 사실에 회의를 느끼고 괴로워하는 주인공의 심경, 10살난 아들의 전쟁놀이를 꾸짖고 평화를 가르치는 주인공의 모습 등에서 작가의 평화주의 이념을 짐작케 한다. 작가는 불혹의 나이를 넘길 무렵에야 가슴속에 묻어 둔 자신의 이야기를 격정의 파도를 잠재우며 소설 형식을 빌려 구성할 수 있었을 것으로 보인다.

초기부터 순수와 순결을 지향했던 그는 일상 생활에서 일어나는 작은 일들에서 소재를 취하여 사물을 긍정적으로 대하는 따뜻한 인간애 그리고 심경의 변화에 따른 미세한 심리 등을 서정적으로 묘사하는 작가라는 평을 듣는다.

안영은 대학을 졸업한 해인 1962년부터 전남 광양군청 공보실에 근무했고, 1965년 전남여고 국어과 교사를 시작으로 여수여고, 광주제일여고, 서울 동일여고를 거쳐 1976년부터 1999년 2월까지 중앙대 사범대 부속여고에 봉직했다. 1982년에는 중앙대에서 '황순원 소설에 나타난 꿈 연구'라는 논문으로 석사학위를 받았다.

20. 시대의 아픔 육화한 순정의 세계
- 시인 박경석

시인 박경석은 1937년 전남 나주군 세지면 내정리에서 출생했다. 그는 광주서중과 광주일고를 거쳐 1962년에 조선대학 문학과를 졸업했다. 작가 안영과는 같은 학과 동기생이다. 그는 시 '수예점 정경(手藝店情景)'(현대문학, 1964. 8)이 초회 추천을 받은 이래 '아내의 잠'(현대문학, 1967. 10)이 2회 추천되었고, '강설(降雪)의 연가(戀歌)'(현대문학, 1969. 1)로 완료 추천을 받았다. 대학 때 강의실에서 직접 시창작을 지도해 준 은사 김현승의 추천이었다. 약 5년간의 긴 추천 과정을 통해 등단하게 된 것이다. 그러나 그는 이미 고교 3년 때인 1957년에 시 '탑'이 전남일보 신춘문예에 당선되었고, 대학 3년 때인 1960년에 서울신문 신춘문예에 '항아리'가 입선되어 시재를 인정받은 바 있다.

등단 이후 그는 '신재효'(현대문학, 1970. 3), '도마질'(월간문학, 1970. 3), '석류'(월간문학, 1970. 6), '출근' '뗏상 1~5'(이상 시인, 1970. 9), '자아론 1' '자아론 2' '홍경래' '사랑가'(이상 창작과 비평, 1970. 겨울호), '뗏상연습'(시문학, 1972. 6), '살(煞)' '싸움' '사랑가' '자아론4' '자아론5'(이상 창작과 비평, 1972. 여름호), '사과 희음(戱吟)'(신동아, 1972. 6), '서울 시초(詩抄)'(월간문학, 1972. 7), 등을 발표하여 활발한 시작 활동을 보여 주었다. 첫 시집 "황제와 시"(관동출판사, 1972)를 펴낸 이후, "아내의 잠"(민음사,

1987)과 "차씨 별장길에 두고 온 가을"(창작과비평사, 1992) 등 2권을 상재하였다.

박경석 시의 특징 중 맨 처음 발견할 수 있는 것은 생활과 매우 가까운 거리에 있다는 점이다. 그의 시에서 소재로 자주 채택되는 것은 가족들의 문제이며, 그 내용은 그들에 대한 가장으로서의 각별한 사랑이다. 그는 첫 시집의 '자서'에서 자신의 작품을 한 마디로 "아내로 시작해서 아내로 끝나는 강설의 연가"라고 술회한 바 있다. 추천작을 비롯한 초기의 많은 작품들이 아내와 질게 관련되어 있음을 확인할 수 있다. 영천의 훈련소에서 석사장교로 훈련을 받고 있는 아들을 아내와 함께 면회 간 이야기를 소재로 삼은 '아들의 여름'을 비롯하여 '상추쌈', '이 시대의 행복론' 등 비교적 근작에서도 아내와 그 밖의 가족들에 대한 행복감에 젖은 사랑을 발견할 수 있다.

둘째로 그는 지천명을 훨씬 벗은 나이에도 풋풋한 동심의 세계나 젊은 시절의 추억 속으로 돌아가서 그 때의 싱싱함을 재현해 내는 특징을 간직하고 있다. 제3 시집의 표제 작인 '차고약 별장길에 두고 온 가을'도 이러한 부류의 작품이다. 이 시는 서울에 살면서 포도를 고를 때마다 삼십 년 저 너머에 두고 온 고향 광주의 차고약 별장길의 가을 속으로, "열 아홉 풋풋한 탄력 머금고 / 불우물 고이는 웃음자락이 / 내 가슴의 모래톱에 파도를 일으키"게 하였던 애틋한 사랑 속으로 빨려 들어가는 순정을 노래하고 있다.

셋째로 그는 생활, 혹은 추억 속에서도 항상 시대 문제에 민감할 뿐만 아니라, 현실을 통시적으로 파악하는 눈을 가지고 있다. 이러한 그의 시각은 모교의 후배가 변사한 사건을 시대와 역사의 문제로 파악하고 있음에서도 드러난다.

익사체의 폐부에 달라붙은 플랑크톤
미생물은 그러나 아무 말도 하지 않는다.
죽음과 진실, 그 이상도 그 이하도
핏줄보다 이념이 앞서는 나라
북녘땅에 잠입하는 게릴라식 순방과
틀에 박제된 밀실보안법

비바람 군단이 삼남(三南)을 할퀴고 물어뜯는 밤
삼청동 요리집에선 배 나온 참모들이
올챙이 내장을 술로 헹구며
공안정국을 퍼올리고 있다.

　　　(중략)

이철규의 플랑크톤이 내게 묻는다.
상처받은 역사는 누구 편이며
죽인자의 무덤은 언제 파는가.

　　　　－ 박경석의 '플랑크톤이 내게 묻는 말' 중에서

　이와 같이 그의 시에서는 예리한 시사적 비평이 있다. 그 비
평은 가끔 신화와 고전들과 엉겨 더욱 날카로운 비수로 빛나
기도 한다. 그는 시를 통해 군사독재, 고문치사 정국을 헤집
는가 하면, 그 부패 권력의 심장부에 비수를 꽂기도 한다.
　마지막으로 그의 시에는 동서양 고전, 역사, 설화를 비롯하
여 정읍사, 고려속요, 판소리, 민요, 타령 등이 지닌 내용과
음악적 틀이 인유적으로 녹아 있음을 발견할 수 있다. 이것은
그의 시가 지닌 가장 바탕이 되는 특징이다. 따라서, 그의 시
세계는 고전과 그의 작품, 혹은 자신의 작품들끼리 상호텍스

트성으로 얽혀 공존하므로써 더욱 확장적으로 드러난다.

그는 일찍이 조대여고, 광주서중, 광주일고 교사를 지낸 후 상경하여 박제천 등과 더불어 "한국시" 동인으로 활동하였다. 그의 시 곳곳에는 전라도 정신과 고향에 대한 사랑이 배어 있음을 읽을 수 있다.

21. 고발정신 통해 인간구제 시도

- 작가 주길순

　소설가 주길순은 1933년 전라북도 임실군 삼계면 뇌천리에서 출생했다. 그는 남원농고를 졸업한 해인 1952년에 조선대학 문학과에 입학하여 1956년에 졸업한다. 그는 대학 시절 장용건, 김현승, 서정주, 김봉영 교수 등에게 문학 수업을 받으며 작가로서의 꿈을 키운다. 시인 박홍원과는　같은 학과 동기생이다. 그 후 그는 조대부고 국어과 교사로 있다가 1968년 조선대학 사범대학에 국어교육과가 신설되면서 조교수로 자리를 옮긴다.

　그가 우리 문단에서 주목을 받게 된 것은 1973년 창작집 "탄원"(세운문화사)을 내 놓으면서이다. 이 책은 표제작 '탄원' 외에 '어느 한 주일', '맹인일기', '매', '개백정 공수', '개미성의 사자' 등 6편의 작품을 모은 것이다. 그러나 이는 그가 불혹을 넘긴 나이에 처음 내 놓은 처녀 작품집은 아니다. 20대 때인 1957년에 이미 그는 장편 '한계선(限界線)'이 전우신문 현상공모에 당선되어 작가로서의 역량을 인정받았고, 이 작품은 같은 해 합동출판사에서 단행본으로 출간되었다. 이 시절 그의 단편 '꽃녀', '제왕의 밀실' 등 수 편의 작품이 "신세계", "예술계" 등의 잡지에 발표되었다. 이처럼 왕성한 창작 의욕을 보였던 그는 불행히도 작품 활동을 중단할 수밖에 없었다. 당시에는 치명적이라고 할 수 있는 '결핵성 늑막염'을 얻었기 때문이다. 따라서, 소설집 "탄원"의 탄생은 그가 10여 년의 공백기를 극복하고 작품 활동의 재개를 선언했다는 데에 의미가 있다. 이 무렵에 한승원, 주동후, 이명한, 이계홍, 김신운, 김만옥 등과 함께 "소설문학" 동인을 창립하기도 했다. 그 후 그는 중편과 단편을 묶은 "다리 위에서"(형설출판사, 1976), 장편 "강물에 핀 열화"(범조사, 1979), 장편 "학사장의 꼬리"(기린원, 1982)를 내 놓았다.

그의 작품 세계의 기저에 흐르는 문학 정신은 한 마디로 고발 정신을 통한 인간 구제라고 할 수 있다. 특히 작품집 "탄원"과 "다리 위에서"에 게재된 단편들에서는 이러한 정신이 일관되게 흐르고 있다. 그는 소설에서 표면적으로는 6·25와 4·19, 그리고 월남전을 겪으면서 육체적, 정신적으로 상처받은 인물들을 내세우고 있으나, 기실은 그러한 역사적 사건의 소용돌이를 겪어오면서 신성성과 인간성이 점점 상실되어 가는 부패한 현대 사회의 내면들을 철저히 파헤치고자 한 것이다. '개백정 공수'는 밑바닥 인생 '공수'를 등장시켜 신성으로 위장한 목사, 즉 타락한 종교의 위선을 고발하기 위한 것이다. 또한 '소록도'에서 미감아 '꽃례'를 둘러싼 문둥병으로 죽어 가는 인물들의 설정은 천형에 대한 운명의 처절한 몸부림이 아니라, 인간답게 살 수 있는 권리를 박탈한 부조리한 사회적 구조를 고발하고자 한 것이다. 이러한 그의 작가 의식은 단편 '다리 위에서'의 주인공 '나'의 술회에서도 단적으로 나타나고 있다.

> 좋은 일보다 나쁜 일이 많은 세상. 이렇게 따진다면 지혜의 신, 온 인류의 구세주 하느님의 존재 의미가 무색해 질 수밖에 없다. 왜 죄 없는 인생을 그렇게도 악랄하게 학대해 버리느냐, 이런 말씀인 것이다. 원망스럽다. 하느님이 원망스럽다. 하면서도 나는 그것은 아니야 하고 부정을 하는 것이었다.

하느님이 원망스러운 것이 아니라, 이 맑고 신성한 무등의 공기를 공해로 망쳐버린 저 놈의 빌딩 문화들이 원망스러운 것이다. 사람의 마음을 자꾸만 도둑놈 심보로 미치게 해버리는 저 놈의 빌딩 문화들, 징그러울 정도로 돈에 미쳐버린 이 놈의 도시 공해라는 미친 병이 한없이 원망스럽다.

– 주길순의 단편 '다리 위에서'의 한 부분

이와 같이 그의 고발 대상은 신이나 운명이 아니라, 바로 인간성 상실을 가져오게 한 물질 문명 혹은 부조리한 현실이다. 그의 소설은 신체적 혹은 정신적 불구자를 주인물로 내세워 독자에게 그 결성개념을 메워가도록 하는 문학적 장치를 사용하고 있다. 그리하여 부조리에 대한 비판의식을 통해 궁극에는 인간의 본질 문제를 사유하게 하는 것이 특징으로 드러난다. 따라서, 그는 작품들을 통해 부조리한 현실 사회의 근본 원인과 그 대책이 인간 존재의 심원에 있음을 적시하고 있다.

그리고 장편 "강물에 피는 열화"는 일제 시대부터 4·19에 이르는 시간적 배경을 바탕으로 한 농민 일가의 삼대에 걸친 이야기를 통해 보여 준 민족수난사이다. 또한 장편 "학사장의 꼬리"는 사학 왕국의 부조리와 부패를 풍자적으로 고발한 소설이다.

그는 1980년 당시 조선대학 학생처장으로 있었으나 광주민주화운동의 와중 속에서 해직되어 시련을 겪다가 약 8년간의 어려움 끝에 구경영진이 물러간 1988년에 복직하였다. 복직 후 인문과학대학 국어국문학과로 소속을 옮겨 지난 1997년 8월 정년퇴임하기까지 고전소설 분야의 연구와 강의에 심혈을 기울였다. 그는 인문과학대학장, 교육대학원장 등의 보직을 맡아 대학발전에 기여했을 뿐만 아니라, 특히 교사편찬위원회 위원장을 맡아 조선대학의 사료를 정리하고, "조선대학교 50년사"를 발간하는 데 중추적인 역할을 했다. 현재는 조선대학 국어국문학부 명예교수로 있다. 한국언어문학회 회장을 지냈고, 국제펜클럽 회원, 한국문협 회원, 한국소설가협 회원, 광주문협 고문으로 활동하고 있다.

22. 60년대 전반기의 학내 문학 활동

　1960년 4 ·19 혁명으로 휴간되었던 조대신문은 5 ·16 군사 쿠데타로 군부가 정권을 잡은 후인 1961년 9월 15일에야 속 간되었다. 당시는 문학 작품을 공유할 매체가 부족하던 시대 여서 조대신문의 속간은 학내 문학 활성화에 중요한 의미를 갖는 것이었다. 따라서, 조대신문 속간으로 조선대학 내의 문 학 활동도 조대신문을 중심으로 다시 활성화되었다. 조대신 문은 4쪽 중 1쪽 이상이 문예란으로 할애되었으므로 당시 문 학 청년들에게는 작품 발표의 장으로서의 역할을 톡톡히 해 온 셈이다.

　1961년 두 번 발행한 조대신문을 통해 작품을 발표한 학생 은 시에 황자금(문학 3년), 박예준(문학 2년)이고, 수필에 하 순자(여대 국문 2년), 정순임(음악 2년)이다. 또한 시인 김현 승의 문학평론과 이호근(음악 4년)의 음악평론도 발표되었 다. 1962년에는 조대신문이 네 번 발행되었는데, 황성광(문 학 4년), 임광남(약학 4년), 박예준(문학 3년)이 시를, 유광현 (상학 4년), 조광자(약학 1년), 최용재(문학 3년), 최군지(화공 1년), 이소영(문학 4년), 박은숙(여대 가정 2년), 김수봉(문학 4년)이 수필을 발표했다. 그리고 서동원(문학 3년)이 단편소 설 '어떤 분류'를 3회에 걸쳐 연재했다. 1963년에는 조대신 문이 세 번 발행되었는데, 최정한(여대 의상 1년), 윤석임(국 문 1년), 문순태(문학 3년)가 시를, 정종언(약학 1년), 황애심 (여대 영양 1년), 최용재(문학 4년), 최춘섭(문학 3년), 김순자

(문학 3년), 최정한이 수필을 발표했다. 또한 송종숙(문학 4년), 김명관(문학 3년)의 꽁뜨를 싣기도 하였다.

조대신문은 1964년 초에는 월간으로 발행되다가 11월부터 순간으로 발행되는 등 부정기적이었지만, 이 해에 처음으로 11회나 발행되어 학생들의 작품 발표 기회도 더욱 많아지게 되었다. 시를 발표한 학생은 문원(생물 1년), 안동주(국문 1년), 박영걸(법학 1년), 박상홍(국문 1년), 문순태(문학 4년), 김만성(약학 1년), 김수민(법학 2년), 윤홍배(상학 2년), 이태행(문학 2년), 김용해(기계 3년), 윤용선(법학 1년), 강성술(문학 3년), 봉필선(약학 1년), 배영일(전기 2년) 등이다. 수필에는 심후섭(기계 1년), 김옥령(약학 1년), 김상남(법학 1년), 문덕례(약학 1년), 박시원(약학 1년), 김진석(생물 2년), 이태길(미술 3년), 김정옥(약학 1년), 장상호(법학 1년), 이형숙(문학 4년), 조순환(상학 4년), 지광준(법학 2년), 박홍섭(문학 4년), 정권채(국문 2년), 김인실(법학 2년), 최병연(문학 3년), 최정한(여대 의상 2년), 최춘섭(문학 4년), 윤재호(문학 3년), 최예승(약학 1년), 김진석(생물 2년), 김숙경(약학 2년), 김성원(약학 1년), 김귀옥(약학 1년), 안신자(여대 가정 2년), 강창자(여대 원예 2년), 허병록(법학 3년), 윤재호, 이호진(상학 4년) 등이다. 그리고 김인수(국문 1년), 박홍섭(문학 4년), 문순태(문학 4년) 등은 꽁뜨를 썼다.

이 무렵 학내 문학동아리로는 "조대문학회"가 활발한 활동하였다. 이 동아리는 처음에는 주로 문리대 문학과와 초급여자대학 국문과 재학생으로 구성되었다. 1961년 5월 15일 열린 정기총회에서 조대문학회는 회장에 함수남(3년), 부회장에 김국태(2년), 총무에 최용재(2년)와 김덕화(1년)를 선출한 후, 10월 11일에 '제10회 문학작품발표회'를 가졌다. 이날

시부문 발표자는 문학과 학생으로 황자금(3년), 추현(2년), 김정부(3년), 박예준(2년) 등이고, 여자대학 국문과 학생으로는 박정란(1년), 이연임(2년), 김규화(2년), 양영순(1년), 박영자(2년) 등이었다. 이 자리에는 조선대학 교수로 있다가 숭실대학으로 옮긴 시인 김현승이 참석하여 작품평을 했다. 1964년 10월 15일치 조대신문은 "조대문학회"에서 주최한 "제4회 조대문학의 밤"이 10월 8일 하오 7시부터 세 시간동안 시내 "카네기 음악실"에서 개최되었다는 소식을 보도하고 있다. 이 기사를 보면 문학회 회원 분포가 조선대학 전학과로 확대되었음을 알 수 있고, 여기에서 작품을 발표한 학생들은 대개 조대신문에서 낯이 익은 사람들이다. 따라서, 이들이 당시 조선대학 문단을 주도하고 있었음을 짐작할 수 있다.

대학 재학 시절 문학 청년들을 반드시 시인이나 작가 지망생이라고 볼 수는 없지만, 이들 중 졸업 후에 우리 문단에서 이름을 떨친 사람도 있고, 언론계, 교육계, 학계 등에서 활약하고 있는 사람도 있다. 가령 함수남(고려고 교장)은 희곡작가로, 문순태(광주대 문창과 교수)는 소설가로, 김수봉(살레시오고)은 수필가로, 김규화(시문학사 발행인)는 시인으로 한국 문단에 잘 알려진 중견문인들이다. 또한 정권채(조선이공대 교수), 최용재(동국대 영문과 교수), 안동주(호남대 국문과 교수), 김성원(조선대학 약학과 교수 역임)은 학자가 된 경우이다. 윤용선(광주문화방송 이사), 최병연(무등일보 논설주간), 김용해(전 MBC), 이태횡(KBS), 김국태(대한의사협회보 편집국장) 등은 언론계에서 활약하고 있다. 그리고 박홍섭, 김명관, 최춘섭, 윤재호, 김인실 등은 교육계의 중진이 되었다. 요컨대, 이 시절 조선대학 문단은 문인이나 언론인 등을 길러내는 요람 구실을 했다고 할 수 있다.

한편, 1961년에 처음으로 시작한 "전국 남녀 고등학생 문예 작품 현상모집"은 매년 가을 빠짐 없이 실시되었다. 1962년 제2회에 전국에서 응모한 작품은 시부문 225편, 소설부문 125편이었다. 종심은 시인 김현승과 작가 안수길이 맡았는데, 당선 및 입선자의 소속 학교 분포를 보면 이 지역 학생뿐만 아니라, 부산 해동고, 경남고, 대전상고, 장항 정의여고, 전주여고, 서울 단국고 등 전국에 걸쳐 분포되어 있음을 알 수 있다. 1966년까지 지속된 이 행사는 '문학 조선대'를 전국에 알리는 홍보 역할도 했고, 학내 문학 활동을 활성화하는 데에도 이바지했다.

23. 60년대 중반기의 학내 문학 활동

1960년대 중반기(65~67년)의 조선대학내의 문학 활동은 크게 세 가지 측면에서 살필 수 있다. 종합교지 "조대학보"의 창간, "조대문학동인회"의 활동, "조대신문" 지면을 통한 활동이 그것이다.

조선대학의 종합교지 창간호가 나온 것은 1965년의 일이다. 1962년 10월, 당시 조선대학 재건학생회에서는 교지 발간을 계획하여 원고 모집까지 하였으나 여러 가지 사정으로 무산되고 말았다. 그로부터 3년 후에야 빛을 보게 된 교지 "조대학보"는 개교 19주년 기념호로 1965년 9월 20일자로 발행되었다. 발행인은 "교학국장 김학준"으로 되어 있지만, 당시 학생회 산하 조직인 '조대학보편집위원회'에서 기획, 편집, 발간한 것이다. 편집위원장은 최병연(국문 4년), 편집위원은 변학영(경제 4년), 정귀남(경제 4년), 이태행(국문 3년), 최정한(미술 3년), 이삼교(국문 2년)가 맡았다. 표지 글씨는 정진갑(당시 총무과장, 현 동강대학장)이 썼고, 표지 그림은 진양욱(당시 문리대 미술학과 전임강사, 전 미술대학장, 작고)이 그렸다. 4.6배판, 302쪽의 이 책은 교수와 학생들의 논문과 논단 등 학술적 성격의 글이 3분의 2, 교수, 동문, 학생들의 문예 작품이 3분의 1 정도로 구성되어 있다.

곽봉수(이부대 학장), 문병권(문리대 학장), 김봉영(문리대 부교수), 김영달(문리대 교수), 고영숙(여자대 조교수), 김영원(도서관장) 교수가 수필을 썼고, 동문 시인 황양수, 박홍원이 시를 발표하였다. 학생 작품으로는 강성술(국문 4년), 최정한(미술 3년), 안동주(국문 2년), 김인실(법학 3년), 최병연(국문 4년), 이상옥(국문 1년)이 시를, 정귀남(경제 4년), 이용주(경제 4년), 김혜자(여대 가정 2년), 임정용(상학 4년), 김계숙(국문 2년), 윤재호(국문 4년), 김성원(약학 2년), 박현숙(약학 2년), 김관수(체육 4년), 유준조(체육 3년), 정제근(기계 3년)이 수필을 발표하였다. 그리고 이삼교(국문 2년), 이계홍(국문 1년)의 단편소설을 실었고, 이태행(국문 3년)의 방송극본을 선보였다.

종합교지 "조대학보"는 창간 이후 약 2년 동안 제대로 발간되지 못하다가 1970년대에는 본 궤도에 올라 거의 거르지 않고 해마다 발간되었다. 이후 1980년을 거치면서 제호가 "조선"으로, 88년 이후 다시 "민주조선"으로 바뀌면서 문예적 성격이 퇴락되었다. 그러나 1965년의 상황에서는 대학 문단의 주요한 매체 역할을 해 온 것이 사실이다.

이 해 10월 16일 오후 7시에는 제5회 "조대문학의 밤"이 시내 YWCA 홀에서 열렸다. 국문학회 주최로 열린 이 행사는 강성술(국문 4년) 외 15명이 시를, 김인실(법학 3년) 외 1명이 수필을, 이삼교(국문 2년)가 꽁트를 발표했다. 그리고 이태행(국문 3년)이 쓴 방송극도 시연되었다. 학생뿐만 아니라, 박홍원, 박경석, 문순태 등 동문들도 참여하여 자작시를 낭독하였다. 당시 박홍원은 이미 현대문학에 추천을 완료한 시인이었고, 박경석은 서울신문 신춘문예에 입선한 후 현대문학에 첫회 추천을 받았고, 문순태도 현대문학에 시로 첫회 추천을 받은 상태였다. 강평은 동문 시인 황양수가 맡았다.

이와는 별도로 "조대문학동인회"는 정철인, 구창환을 지도교수로 모신 가운데 1966년 4월 23일 열린 정기 총회에서 새

임원진을 선출하였다. 임원은 회장 이삼교(국문 3년), 총무 윤용선(법학 3년), 시분과 간사 한옥근(국문 2년), 소설분과 간사 이정관(국문 3년), 희곡분과 간사 최창수(국문 2년), 수필 평론분과 간사 윤수현(법학 3년)이다. 이삼교가 회장을 맡은 1년 동안 "조대문학동인회"는 네 번의 "문학작품발표회"를 갖는 등 전에 없이 활발한 활동을 했다.

한편 이 무렵(65~67년) "조대신문"에 발표된 학생 작품은 시 68편, 수필 87편, 꽁트 및 단편소설 28편, 희곡 1편, 문학평론 1편 등 총 185편에 이른다. 조대학보, 문학의 밤, 작품발표회를 종합해 보면, 시에는 안동주, 한옥근, 김소자(상학), 주동후(대학원생), 김만옥(국문) 등이, 수필에는 윤용선, 김성원, 김인실, 강정석(영교), 이만의(영교), 임영천(국문), 채경석(정외), 추현식(금속), 김명환(국문), 손연자(미술), 송진영(국문) 등이, 소설에는 이삼교, 이계홍, 정종운, 이정관 등이 활약하였다. 그리고 희곡과 드라마에는 한옥근과 이태행, 문학평론은 안동주가 열성을 보였다.

그 시절 "조대신문"에는 거의 매회 문학 작품을 소개하고 비평하는 평론이 게재되었다. "현대작가작품"이라는 고정란을 마련하였기 때문이다. 이 난은 교수 필진으로 이루어 졌는데, 구창환(조교수, 국문학), 정철인(부교수, 영문학), 김정근(조교수, 영문학), 김현곤(전임강사, 불문학), 이양현(조대공전 전임강사, 독문학), 최용재(전임강사, 영어학), 박홍원(조교수, 국문학) 등이 독자들에게 문학의 길잡이 역할을 하여 건전한 문학 풍토 조성에 이바지했다.

당시 조선대학 학생 문단은 후에 소설가 이삼교, 이계홍, 주동후, 시인 김만옥, 희곡작가 한옥근(조선대학 국교과 교수), 문학평론가 임영천(조선대학 인문대 교수), 방송극 연출가 이태행, 수필가 송진영을 한국문단에 배출한 셈이다. 그 때 대학문단에서 **활동했던** 강정석(조선대학 영문학과 교수), 채경석(호서대 행정학과 교수), 추현식(조선대학 금속공학과 교수)은 학문의 길로 갔고, 김명환(전남도 교육위원)은 교육전문가로, 손연자(세운미술학원 원장)는 조각가로, 이만의(환경부 차관)는 행정가로 활약하고 있다.

24. 60년대 후반기의 학내 문학 활동

　1968년 6월 8일 12시에 조선대학 본관 204강의실에서는 "문학발표회"가 열리고 있었다. 문리과대학 국어국문학회(학회장 임영천, 국문 4년) 주최로 열린 행사였다. 이 행사에서는 고성일(3년), 박판석(1년), 이정심(3년), 안종기(1년), 임찬구(1년), 김덕렬(4년), 김일환(3년)이 차례로 자작시를 낭송하였다. 이어서 김재구(2년), 송진영(2년), 김옥자(2년), 임영천(4년)이 각기 자작 수필을 발표했고, 김동진(2년)의 시조와 박평석(3년)의 드라마 대본도 선을 보였다. 강평은 구창환, 박홍원 두 교수가 맡았다. 이와 같은 문학 행사는 국어국문학과의 학생 조직인 국어국문학회가 전통적으로 해온 작품 발표 행사였다. 창작 의욕과 열정을 다져서 내실을 기하는 데 의의를 둔 이러한 "문학발표회"는 교수들이 참석한 가운데 주로 교내의 음악감상실이나 강의실에서 열렸다.
　한편 "문학의 밤"은 주로 개교기념 축제의 일환으로 시내 복판의 큰 강당을 빌려 거교적인 행사로 개최되었다. 따라서, 이 행사는 시민들과 함께하는 문학축제라고 할 수 있다. 그동안 문리대 국어국문학과에서 주최하여 오던 "조대문학의 밤"이 사범대학 국어교육과가 신설됨에 따라 1968년 제6회부터 두 학과 공동 주최로 개최된다. 1968년 10월 31일 오후 7시 광주 YWCA 강당에서 열린 "문학의 밤"에서는 최삼준(국문 2년)의 시 '밤에 쓰는 시', 김수남(국교 1년)의 수필 '소리, 그 시비', 그리고 정종운(국문 3)의 꽁트 '안녕'이 호평을 받았다.

1968년에 조선대학 학생 문단에 특기할만한 일이 있다. 그것은 조선대학 1년생 다섯 사람이 문학동인을 조직하여 동인지 "입석시(立石詩)" 창간호를 발간한 일이다. 조선대학에서 동인지가 나온 것은 재학생과 동문들로 구성된 "조대문학동인회"에서 1957년에 출간한 "동인문학" 이후 처음 있는 일이었다. "동인문학"은 동문들의 작품으로 꾸며진 것이었지만, "입석시"는 대학 1년생들의 작품으로만 이루어졌다. 따라서, 당시 "입석시" 창간호 발간으로 학내뿐만 아니라, 광주 지역 기성 문인들도 그들의 창작 활동을 주목하게 되었다. 지금은 출판하기가 비교적 쉬운 일이 되었지만, 그 시절에는 책을 간행할 생각을 하기란 결코 쉬운 일이 아니었기 때문이다. "입석시" 동인은 김성실(국문), 김준태(독교), 박판석(국문), 안남기(의예), 임경주(미술) 등 다섯 사람이었다. 이 동인지는 활판본, 4.6판, 33쪽으로 아담하게 꾸며졌다. 발행일자는 1968년 11월 20일, 편집인은 김준태, 인쇄처는 흥룡출판사이다. 제호 글씨는 이 지역에서 알려진 서예가 송곡 안규동이 썼고, 표지화는 동인 중 한 사람인 임경주가 그렸다. 이 책에는 김성실의 '가을의 소리' 외 3편, 김준태의 '다도해' 외 3편, 박판석의 '만월 외 2편, 안남기의 '광녀의 노래' 외 3편, 임경주의 '고색의 소묘' 등 16편의 시와 박판석의 시조 '나목'이 실려 있다. 또한 유치환의 '석굴암 대불', 조지훈의 '풀잎 단장', 김수영의 '눈' 등 작고 시인 3인의 대표작을 게재헀다. 그리고 임경주의 '출발점'이라는 소설도 실었다. "입석시"는 비록 창간호로 끝났지만, 조선대학 역사상 재학생 문학동인지로는 초유라는 데 의의가 있다.

조대신문 1969년 4월 30일치에는 "조대문학의 전통 과시"

라는 제목으로 다음과 같은 기사가 실려 있다.

　　본 대학교 학생들의 창작 활동이 대외적으로 크게 그 명성을 떨치고 있어 바야흐로 조대문학의 전통이 중흥될 기미가 보인다. 사범대학 독어교육과 2학년에 재학 중인 김준태 군은 "전남매일"에서 시 '이 봄의 교향악'으로, "전남일보"에서는 "재기"로 이 고장의 신춘문예 시부를 독차지하여 당선의 영광을 누리었는데, "입석시" 동인인 김군은 이미 삼남교육신보 제1회 문학상에 입선된 시력을 지니고 있으며, 국문과 3학년의 김동진 군은 전남매일 신춘문예 시조부에서 '동야(冬夜)'로 당선되었다. 또한 "사상계" 출신의 현역시인인 김만옥(국문과 3년) 군은 서울 성균관에서 실시된 국가 제2경제 달성 전국백일장에서 '향토예비군'으로 시조부 장원을 차지하여 영예의 대통령상을 수상하여 본교의 문학 전통을 크게 빛내었다.

　김만옥, 김준태, 김동진 등 당시 조선대학 재학생 3명이 기성문단에 등단하였다는 소식이다.

　한편, 제7회 문학의 밤은 1969년 11월 21일 오후 7시에 광주 YWCA 회관에서 열렸다. 이 행사에는 동문시인 4명(박홍원, 문병란, 박경석, 임효순)이 참여하여 시 낭송을 했고, 구창환(당시 국교과 조교수)의 문학단강이 있었다. 그리고 재학생 작품으로는 이성연(국교 1년) 외 7명의 시 작품이, 송진영(국문 3년) 외 3명의 수필이, 최재희(국문 1년) 외 1명의 꽁트가 발표되었다.

　1960년대 후반기(1968~69년)의 조대신문 지면에 발표된 학생 작품은 시 30편, 수필 51편, 꽁트 15편 등 총 96편이다. 시 부문에 한옥근(국문), 김만옥(국문), 김준태(독교), 김동진(국문), 박판석(국문), 김성실(국문) 등이, 수필 부문에 김국후(정외), 김응식(체육), 현중순(여대 의상), 이정심(국문), 김수남(국교), 이성연(국교), 김영관(영교) 등이, 소설에는 정종운(국문), 송현(가정), 정홍배(국교), 강동수(약학) 등이 활약을 했다.

　1960년대 후반기에 조선대학 학생문단에서 활동한 사람 중 재학시절 한국문단에 진출한 김만옥(작고), 김준태(현 조선대학 국문학부 초빙교수), 김동진 외에 후에 등단한 사람으로는 시인 이성연(현 조선대학 국교과 교수), 수필가 이정심(조대 여고 교사), 현중순(현 월간 직업뉴스 발행인), 희곡작가 김영관(현 조선대학 영문과 교수) 등이 있다. 그 시절 시를 썼던 박판석(살레시오고), 김성실(살레시오고)은 교육계에서, 수필을 썼던 김국후(중앙일보)는 언론계에서 활동하고 있다. 또한 소설을 썼던 최재희(현 조선대학 국교과 교수)와 수필을 썼던 김수남(현 조선대학 국문학부 교수), 김응식(현 조선대학 체육과 교수)은 학계로 진출했다.

제2장
문학의 힘, 문학의 성장

1. 야성적 목소리의 신성성

– 시인 김준태

(1) 격렬한 어휘와 개성적 외양

1948년 전라남도 해남군 화산면 석호리에서 출생한 김준태는 화산중학과 조선대 부속고교를 거쳐 1968년 조선대학 사범대 외국어교육과(독어전공)에 입학한다. 그의 대학 초년은 시작부터 문학에 대한 열정으로 가득했다. 그는 조선대학에 입학한 후 첫 번 발간된 조대신문(1968년 3월 31일치)에 "입학"이란 시를 발표하면서 대학 생활을 시작한다. 그 후 조대신문 기자로도 활동했고, 학내의 문학의 밤 등 문학 행사에는 빠지지 않고 참여했다. 그리고 대학 1년생으로 조직된 조선대학 초유의 재학생 동인지 "입석시" 발간을 주도했다. 이 무렵 학내에서 활발한 문학 활동을 하던 그는 당시 광주의 양대 신문의 신춘문예 시부문을 모두 석권했다. 대학 1년을 갓 마친 1969년 초봄 전남일보에 "재기(再起)가, 전남매일신문에 "이 봄의 교향악"이 당선된 것이다. 이렇게 지방 문단에 진출한 그는 그 해 곧바로 한국문단의 전면에 나타나기 시작했다. 전문 시잡지 "시인"에 '서울역', '머슴', '시작(詩作)을 그렇게 하면 되나', '신김수영', '어메리카' 등 다섯 편의 시를 발표하면서부터이다. 그 후 휴학을 하고 해병대로 입대하여 월남전에 참전하기도 하지만, 그 동안에도 "창작과 비평", "사상계", "문학과 지성", "시인", "월간문학" 등의 지면에 꾸준히 그의 작품이 발표되어 문단의 주목을 끌었다.

> 동물적인 기백의 순발력을 지니고, 전혀 새로운 목소리와 새로
> 운 형식으로 우리들 시 속에 참신하게 와 닿는 김준태의 시는 건
> 방질이만큼 거센 목소리로 외쳐대는가 하면, 천길 물속 같은 고
> 요한 서정으로 걷잡을 수 없을 정도의 충격을 준다. 과거의 우리
> 시사(詩史)에서도 드물게밖에 만나지 못하는 그런 야성적인 높
> 은 토운은 일단 우리의 관심을 끈다.

> —조태일, '민중언어의 발견', 창작과 비평(1972, 봄)에서

이와 같은 조태일의 지적은 그의 시가 초기부터 우리 문단에
새로운 충격을 주었음을 밝히고 있다. 김준태의 시를 "새로
운 목소리와 새로운 형식"이라고 한 것은 그의 작품이 지니
고 있는 야성적 목소리와 거기에 걸맞는 연 구분이 없는 호흡
이 긴 시행을 두고 한 말이다. 이것은 초기부터 지금까지 견
지해 오고 있는 그의 시의 개성적 외양이라고 할 수 있다. 김
현의 다음과 같은 평은 보다 더 구체적이다.

> 김준태의 '숨이 막힌다', '봄' 등은 김의 격한 감정을 유감없이
> 표현한다. "잡년아 봄이다 잡년아 봄이다 / 겨우네 깊은 데 숨어
> 서 속살거린 잎 잎들이 / 빈가지마다 간통죄로 끌려나온다"라는
> 시행을 예로 들면, 그의 '격한 감정'이 무엇인가를 짐작할 수 있
> 는지 모른다. 의식적으로 그는 그의 감정을 격화시켜 격렬한 어
> 휘를 동원하는데, 그 취향이 가시면 '참깨를 털면서'의 프루스트
> 적인 조촐한 세계, '어메리카'와 같은 상징적인 시를 낳는다.

> — 김현, '70년의 문학적 상황', 월간문학(1971. 12)에서

그에게 격렬한 어휘들을 내세워 격한 감정을 토로할 수밖에
없게 한 동인은 우리의 역사이고, 그를 둘러싸고 있는 현실

상황이다. 그를 짓누르는 현실 상황은 6?25 전쟁과 남북분단, 농촌을 황폐화시켜버린 도시 문명 등이 대표적인 것이다. 그의 시에는 격한 감정을 표출해야 할 뚜렷한 당위와 그 대상에 대한 분명한 인식이 드러난다. 따라서, 그의 작품은 시가 지향해야 할 뚜렷한 방향을 가지고 있다. 이러한 그의 세계관은 초기작에서 그대로 엿보인다. 가령, 이것은 "네 놈의 아버지와 할아버지를 찢어서 죽인 어제는 없을 거다 / 남한과 북한이 동시에 부딪치던 소리는 없을 거다 / 동시에 핏줄기를 이끌고 떨어져 나가던 절벽은 없을 거다 /(중략)/ 글안족이 뭉개고 일본의 어스름이 짓누르고 / 간밤의 도적놈이 살금살금 기어가던 흙에 / 배를 깔고서 / 쌀밥보다 미끈한 시를 쓴다 / 네놈이 보듯이 이런 시를 쓴다."('시작을 그렇게 하면 되나' 중에서)에서처럼 역사 인식을 바탕으로 한 단호한 어조로 나타나기도 한다. 그런가 하면, "도시에서 십년을 가차이 살아 본 나로선 / 기가 막히게 신나는 일인지라 / 휘파람을 불어가며 몇 다발이고 연이어 털어낸다. / 사람도 아무 곳에나 한번만 기분좋게 내리치면 / 참깨처럼 솨아솨아 쏟아지는 것들이 / 얼마든지 있을 거라고 생각하며 정신없이 털다가 / '아가, 모가지까지 털어져선 안되느니라' / 할머니의 가엾어하는 꾸중을 듣기도 했다."('참깨를 털면서' 중에서)라고 노래하는 데에서는 경쾌한 노동의 즐거움에서 인간의 윤리적 문제로 확대시키는 지혜를 보이기도 한다. '감꽃'에서는 이러한 지혜가 보다 간결하게 표출되기도 한다.

어릴 적엔 떨어지는 감꽃을 셌지
전쟁통엔 죽은 병사의 머리를 세고
지금은 엄지에 침 발라 돈을 세지
그런데 먼 훗날엔 무엇을 셀까 몰라

- 김준태의 '감꽃' 전문

　4행으로 이루어진 이 작품은 네 부분의 시간으로 나뉘어져
있다. '어릴 적', '전쟁통', '지금', 그리고 '먼 훗날'이 그것
이다. 유년 시절 감꽃을 세던 아름다운 추억의 이미지가 전쟁
통 죽은 병사의 머리를 세는 비극으로 전이되면서, 돈을 세는
현재에 이른다. 이 시는 유년 시절의 아름다운 삶을 바탕으로
하여 전쟁의 비극과 경제적 가치에 압도당하는 자본주의에서
의 인간 모습을 병치시켜 놓은 것이 특징이다.
1973년 제대 후 대학에 돌아 온 그는 더욱 열정적인 작품 활
동을 한다. "창작과 비평", "문학과 지성", "한국문학" 등이
그의 주무대였다. 1976년 2월에 조선대학을 졸업한 후,
1977년 첫시집 "참깨를 털면서"(창작과 비평사)를 내 놓았
다.

(2) 우리 나라의 십자가, 청춘의 도시 광주

　1980년 5월 광주가 진압 당하고, 땡볕만 내리 쬐는 6월에
들어서자 약 보름만에 당시 두 개의 지방지(전남일보, 전남매
일)의 발행이 재개되었다. 전남매일신문은 첫 신문 6월 2일
자 1면 상단에 김준태의 시 '아아, 광주여, 우리 나라의 십자
가여!'를 게재하였다. 계엄 당국의 검열을 통과하면서 원문
이 심히 훼손되어 실렸지만 시적 의미를 전달하는 데는 충분
했다. 당시 모든 언론은 계엄당국에 의해 재갈이 물려 있었
다. 5월 18일 이후 광주에서 일어난 일을 사실 보도할 수 없
었으므로 광주시민들의 마음을 시적 언어를 통해서나마 달래

보려던 편집진의 의도였을 것이다.

> 아아, 광주여 무등산이여
> 죽음과 죽음을 뚫고 나가
> 백의의 옷자락을 펄럭이는
> 우리들의 영원한 청춘의 도시여
> 불사조여 불사조여 불사조여
> 이 나라의 십자가를 짊어지고
> 골고다 언덕을 다시 넘어오는
> 이 나라의 하느님 아들이여
>
> 예수는 한번 죽고
> 한번 부활하여
> 오늘까지 아니 언제까지 산다던가
> 그러나 우리들은, 몇 백번을 죽고도
> 몇 백번을 부활할 우리들의 참사랑이여
> 우리들의 빛이여 영광이여 아픔이여
> 지금 우리들은 더욱 살아나는구나
> 지금 우리들은 더욱 튼튼하구나
> 지금 우리들은 더욱
> 아아, 지금 우리들은
> 어깨와 어깨 뼈와 뼈를 맞대고
> 이 나라의 무등산을 오르는구나
> 저 미치도록 푸르른 하늘을 올라
> 해와 달을 입맞추는구나

- 김준태의 "아아, 광주여, 우리 나라의 십자가여!" 중에서

이 시는 1980년 5월에 광주가 어떠했는가를, 광주 시민의 마음이 무엇이었는가를 잘 대변해 주었다. 이 작품은 영어, 일본어 등 여러 외국어로 번역되어 해외 여러 나라에 널리 알려지게 되었다. 김준태는 이 시를 발표했다는 이유로 고등학

교 교사직에서 해직되어 이후 복직될 때까지 3년간을 거리의 시인으로 전전해야만 했다.

1980년 광주는 김준태의 시세계에 큰 변화를 가져오게 하였다. 광주의 대동정신을 경험한 그는 총칼 앞에 잠시 무릎을 꿇어야 했던 광주를 역사적 좌절로 파악하지 않고 희망 정신으로 꿰뚫고 있다. 이후 내놓은 제2시집 "나는 하느님을 보았다"(한마당, 1981)가 이러한 그의 시정신을 잘 말해 주고 있다. 그는 1980년 광주의 살육을 목도하고 나서 "목숨이 붙어 있는 것이라면 피라미 / 한 마리라도 소중히 여기련다 / 아아 나는 숨을 쉬는 것이라면 무엇이든지 / 사람이 만든 것이라면 하찮은 물건이라도 / 입맞추고 입맞추고 또 입맞추고 살아가리라"라고 선언하고 있다. 이것은 절규와 원한을 극복한 한 차원 높은 패러독스요, 광주 정신을 신성성으로 끌어올린 희망의 제시이다.

김준태가 추구하는 신성성은 인간주의와 생명주의로 이행된다. "驛前 광장 / 아스팔트 위에 / 밟히며 딩구는 / 파아란 콩알 하나 // 나는 그 엄청난 생명을 집어들어 / 도회지 밖으로 나가 // 강건너 밭이랑에 / 깊숙이 깊숙이 심어 주었다 / 그 때 사방 팔방에서 / 저녁 노을이 나를 바라보고 있었다"('콩알 하나' 중에서)에서 드러나는 것처럼 '콩알'을 '밭이랑'에 심어 주는 화자의 행위를 통해 생명의 신성성을 확인하고 있다. 이러한 그의 시적 경향은 '밭詩' 연작에서 구체화된다. 문학평론가 김주연은 김준태의 시를 '농민시', '농촌시'로 규정하면서 그의 시적 특질을 다음과 같이 지적하고 있다.

김준태의 시에 나타난 전반적인 시적 주제는 대체로 광주, 역사, 통일 문제로 집약된다. 그는 이러한 문제에 대한 뚜렷한 해명

방법을 지니고 있다. 그것은 생명 존중과 사랑의 정신이다. 가령, 그의 시에서 '고향' '농촌' '밭' 등의 공간은 과거 지향적 공간을 통한 회귀 정신의 표명이 아니라, 미래 지향적 공간으로 열린 생명 사랑의 실현이다. 따라서, 그는 그에게 지워진 시적 사명을 달성하기 위해 '사랑'이라는 적극적 방식으로 끊임없이 접근하고 있음을 알 수 있다.

그는 제3시집 "국밥과 희망"(1984)을 펴낸 이후 "불이냐 꽃이냐"(1986), "넋통일"(1986), "아아 광주여, 영원한 청춘의 도시여"(1988), "오월에서 통일로", "칼과 흙"(1989), "통일을 꿈꾸는 색주가"(1991), "꽃이, 이제 지상과 하늘을"(1994), "안녕, 20세기"(1999) 등의 시집을 계속해서 내 놓았다. 이밖에 평론집, 수상집, 명시해설집 등 10권의 저술이 있다. 또한 그는 1996년에 중편 '시인 오르페우스는 죽지 않았다'로 "문예중앙"을 통해 소설가로서 데뷔하기도 했다. 1983년에 광주문학상과 현산문학상을, 1995년에 전라남도 문화상(문학부문)을 수상했다. 1988년부터 1997년까지 전남일보와 광주매일에서 부장을 거쳐 편집부국장으로 종사했고, 사단법인 민족문학작가회의 광주·전남 회장을 역임했다. 지금은 조선대학 국어국문학부 초빙교수로 있다.

2. 고향 공간 재현 통한 해한의 방법
- 작가 문순태

(1) 향토애 ·역사의식의 비유적 표현

작가 문순태는 1939년 전남 담양군 남면 구산리에서 출생했다. 1961년에 광주고를 졸업한 후, 전남대 철학과와 숭실대 기독교 철학과에서 수학했고, 1963년 조선대학 문학과 3학년으로 편입하여 1965년 졸업했다. 그는 재학 시절에 조대신문 편집부장으로 활동하기도 했고, 졸업 직후 전남매일신문사 기자 생활을 하면서 전라도 지방의 토속 자료와 역사적 사건들을 수집, 정리하는 작업을 했다. 1972년 독일 "괴테 인스티튜트"에서 공부하고 돌아온 후, 신문사에 근무하면서 한편으로 창작에 몰두하기 시작했다. 이 무렵 한승원, 이명한, 김신운, 이계홍, 주동후, 주길순, 김만옥 등과 "소설문학" 동인으로 활동했다.

그가 문단에 정식으로 등단한 것은 1974년 6월의 일이다. 제2회 한국문학 신인상에 단편 '백제의 미소'가 당선된 것이다. 그러나 그는 이미 고등학교 3학년 때인 1960년 전남일보 신춘문예에 시가, 농촌중보(전남매일신문 전신)에 단편 '소나기'가 당선되어 문재를 인정받은 바 있다. 더욱이 1965년에는 "현대문학"에 시 '천재들'이라는 작품으로 시인 김현승의 추천을 받기도 했다.

그의 데뷔작인 '백제의 미소'는 조선시대 나주 근처의 도자기 마을인 분원리를 시간적 공간적 배경으로 설정하고 있다. 이 작품은 견훤 부하들의 후예인 순박한 도공들의 비참한 삶과 주인공 '바우'의 김진사에 대한 저항, 그리고 '바우'가 죽임을 당한 후 폭발한 민중의 분노를 그리고 있다. 평론가 이보영은 이 작품의 특징을 세 가지로 요약하고 있다. '향토애', '역사 의식', '비유적 표현'이 그것이다. 이 작품에 나타난 이러한 특징들은 후에 펼쳐지는 그의 작품 세계를 관류한다는 점에서 중요한 의미를 갖는다.

그는 등단 직후인 1975년 한 해에 중편 '청소부'(창작과 비평, 봄)와 단편 '아버지 장구렁이'(한국문학, 3월), '열녀야 문열어라'(월간중앙, 6월), '빈 무덤'(시문학, 6월), '상여울음'(세대, 10월)을 발표했다. 그의 이러한 의욕적인 활동은 문단의 주목을 끌기에 충분했다. 이후에도 그의 창작열은 이와 같은 템포를 견지하면서 단편, 중편, 장편 등 문제작들을 끊임없이 쏟아내어 70년대 우리 문단의 중심 작가 그룹에 합류하게 된다. 첫 창작집 "고향으로 가는 바람"(창작과비평사, 1977)에 이어 창작집 "흑산도 갈매기"(백제출판사, 1979)를 출간하고, 실록 장편 '다산유배기'와 장편 '걸어서 하늘까지'를 "세대"와 "일간스포츠"에 연재한 것도 이즈음이었다.

특히 주목을 끈 것은 단편 '징소리'(창작과 비평, 1978. 겨울) 이후 같은 주제로 발표된 단편 '저녁 징소리'(한국문학, 1979. 6), 중편 '말하는 징소리'(신동아, 1979. 9), 단편 '마지막 징소리'(문학사상, 1979. 12),중편 '무서운 징소리'(한국문학, 1980. 2), 중편 ''달빛 아래 징소리'(한국문학, 1980. 6) 등 일련의 연작들이다. 이 연작들은 문순태의 작품 세계를 단적으로 보여주는 70년대의 대표작이라고 할만하다.

이 작품들에도 데뷔작에서 드러난 세 가지 특징들이 그대로 드러난다. 첫째, '향토애'는 이 소설의 공간적 배경이 영산강 상류의 장성댐 수몰 마을 방울재로 설정되어 있다는 점에서 짐작할 수 있다. 이러한 공간 배경을 통해 고향 상실의 비극적 삶과 인간의 귀소 본능을 그려내고 있다. 둘째, '역사의식'은 산업화 바람으로 야기된 농민들의 황폐한 삶을 6·25 전쟁과 접목시키고 있음에서 드러난다. 그는 이 소설을 통해 산업화로 인한 고향 상실의 저변에 6·25 전쟁을 전제함으로써 고향 상실의 비극이 얼마나 충격적이었는가를 잘 보여 주고 있다. 그는 산업화로 인한 인간적 삶의 상실을 남북 분단, 일제 통치 등의 역사 속에 내재된 한과 동궤에서 파악하고 있는 것이다. 그는 이러한 역사를 꿰뚫어 보는 통시적 시각을 넘어 해한(解恨)의 방법으로 휴머니즘을 제시하고 있다. "한을 증오와 복수로 풀지 말고 한을 품고 살되 이해하고 용서하면서, 그것을 생명력으로 혹은 희망으로 키워 나가자는" 메시지가 바로 그것이다. 셋째, '비유적 표현'은 그의 개성적 문체 특성이기도 하지만, 이 작품에서는 '징소리'가 갖는 상징이 이 소설의 주제적 의미를 내포하고 있는 점에 유의해야 한다. 이는 사실성과 환상성 사이의 팽팽한 긴장을 노린 작가의 소설시학적 장치임을 알 수 있다. '징소리'가 지닌 환상성은 현실의 통한을 삭이는 과거의 순수하고 행복했던 삶을 반추하게 하는 울림이며, 실향민들에게 정체성을 갖게 하는 화해의 소리를 상징하고 있기 때문이다.
 이처럼 그의 문학 정신은 대개의 작품들에서 고향 공간의 재현을 통해 드러난다. 그의 작품에는 고향의 역사와 현실을 관류하는 민중의 투쟁적 의지와 끈질긴 생명력이 내재되어 있다. '징소리' 연작을 비롯한 그의 작품들은 1970년대 우리

소설계에 '귀향 소설' 분야의 새로운 장을 열었다고 평가할
수 있다.

그는 1975년 조선대학 독어교육과 교수로 부임하여 모교 후
배들과 강의실에서 만날 기회를 갖게 되지만, 한 학기만에 다
시 전남매일 편집부국장으로 돌아간다. 대학보다는 신문사
쪽이 창작에 도움이 된다는 판단에서였다. 그러나 '1980년
광주'의 상황은 그를 신문사에 그대로 두지 않았다. 그는 이
해에 타의에 의해 직장을 그만두게 되었고, 이후 몇 년 동안
창작에만 전념하게 된다. '1980년 광주'의 체험은 그에게 또
하나의 역사적 소명의식을 던져 주었다.

(2) 소설로 쓴 '한의 민중사'

1980년 신군부에 의해 '광주'가 진압 당하고, 같은 맥락에
서 작가 문순태는 언론인이라는 모자를 벗도록 강요받는다.
신문사를 사직하게 되자 그에게는 '소설가'라는 직함만 천부
처럼 남게 되어 창작에 더욱 몰두하게 된다. 그는 1980년 한
해만 해도 단편뿐만 아니라, 중?장편 등 수 편의 작품을 발표
하고 두 권의 단행본을 출간한다. 단편 '하늘새'(뿌리깊은나
무, 8월), '탈회'(한국문학, 12월)와 중편 '뮬레방아 속으로'
(문학사상, 6월), 그리고 앞에서 언급한 징소리 연작인 중편
두 편, 장편 "걸어서 하늘까지"(창작과비평사), 연작 장편
"징소리"(수문서관)등이 그것이다.

특히, 이 해에 "월간중앙"(1980.4~)에 연재하기 시작한 장
편 '타오르는 강'은 이듬해인 1981년 심설당에서 3권의 단
행본으로 출간되었고, 1989년에 창작과비평사에서 전6권으
로 완간된 대작이다. 1980년대의 화제작으로 대두된 "타오

르는 강"은 영산강을 공간적 배경으로, 노비세습제가 폐지된 1886년부터 동학농민운동 초기인 1894년까지를 시간적 배경으로 한 역사소설이다. 역사적 실재 인물을 등장시키지 않고 민중적 시각에서 서술한 이 작품은 노비세습제가 폐지되어 제도상 노비라는 사슬에서 벗어나게 된 천민들이 영산강 지류인 새끼내에 터를 잡고, 홍수 때문에 버려진 황무지를 개간하여 자신들의 삶의 터전을 만들어 가는 처절한 고통의 역사를 그리고 있다. 작가는 이 소설에서 의식의 눈을 뜬 '웅보'라는 주인공을 중심으로 펼쳐나가는 천민들의 삶을 위한 투쟁에 초점을 맞추면서 그들의 비극적 운명을 영산강의 한으로 상징화시키고 있다. 다시 말하면, 한 개인의 자각으로 집단을 형성하게 되고, 그 후 받게 되는 토지 몰수라는 외부의 도전과 이에 응전하는 과정을 밀도 있게 그리고 있는 것이 이 작품이다. 이는 역사라는 과거 공간을 통하여 민중운동에 대한 원초적 가치를 제시하고 있는 셈이다.

이 작품은 작가 문순태의 역사관과 문학관을 충실히 반영한 작품이라고 할 수 있다. 그는 이 책의 머리말 '횃불로 변한 한의 민중사'에서 "진정한 의미의 산 역사는 민중이 주체가 되어야 하며, 작가는 민중의 입장에서 역사의 모순을 지적하고 민중의 입장에서 그들의 아픔을 이해해야 한다."고 밝히고 있다. 문학사의 측면에서 보면, 1970년대에서 1980년대로 이행되는 과정에서의 우리 나라의 정치와 사회 현실의 한복판에 이 작품이 놓여 있다. 그러므로 이 소설에서 전개되는 민중적 서사의 요체는 당시 우리 나라의 현실에 대한 알레고리적 담론이라고 볼 수 있다. 즉, 역사적 서사를 통해 당시 사회적 현실에서 민중운동의 필요성을 제기하고 있다고 보는 것이다. 이 소설이 우리 문단에서 문제작으로 주목받은 이유

중 하나가 바로 여기에 있다. 따라서, 작가 문순태는 이 작품으로 우리 소설문학계에 민중문학의 새 지평을 열어 놓았다고 평가된다.

"타오르는 강" 말고도, 1981년에 단편 '말하는 돌'(소설문학, 1월), '난초의 죽음'(소설문학, 11), '달빛 골짜기의 통곡'(월간조선, 12월), 중편 '물레방아 돌리기'(문학사상, 6월), '철쪽제'(한국문학, 6월) 등을 발표했다. 그리고 연작장편 "물레방아 속으로"(고려서적)를 출간하였으며, 장편 '아무도 없는 서울'(여성동아)을 연재하였다. 1982년에도 '이어의 눈'(문학사상, 5월) 등 단편 세 편, 중편 '어머니의 땅'(문학사상, 9월) 등 2편을 발표했고, 장편 '피아골'(한국문학, 1982.4~1984.7)을 연재하였다. 그리고 이 해에만도 "병신춤을 춥시다"(문학예술사) 등 3권의 장편 소설을 상재하였다. 이와 같은 그의 의욕적인 창작열은 지금까지 계속되고 있다.

현재까지 문예지 등에 그가 발표한 작품은 총 단편 40여 편, 중편 20여 편, 장편 연재 10여 편 등으로 무려 70편을 상회한다. 그리고 작품집으로는 첫 창작집 "고향으로 가는 바람"(창작과비평사, 1977)에서 최근에 나온 "시간의 샘물"(실천문학사, 1998), "된장"(이룸, 2002)까지를 헤아리면 30권이 넘는다. 소설 외에도 산문집 "그늘 속에서도 풀꽃은 핀다"(강천, 1992), 이론서 "소설창작연습"(태학사, 1998) 등의 저서가 있다. 문학평론가 신덕룡의 평문은 문순태 문학에 대한 총체적 특성을 단적으로 지적하고 있다.

문순태의 글쓰기는 우뚝 서서 온몸으로 자신의 역사를 말해 주는 나무와 옹이에 대한 탐색이라 할 것이다. 그에게 있어서 나무의 삶은 원체험의 바탕이요, 수많은 옹이는 아픈 상처의 기억이다. 따라서 그의 글쓰기는 원체험의 공간인 고향을 근간으로 그

곳에서의 행복과 불행 그리고 한스러웠던 과거와의 대화인 셈이
다. 그 대화는 아픈 상처 그리고 상처 이전의 삶을 복원하려는 희
망을 담고 있다.

          – 신덕룡, '기억 혹은 복원으로서의 글쓰기' 중에서

  그는 5·18에 대한 체험을 소재로 한 '녹슨 철길'(문학사상,
1989.10), '최루증'(현대문학, 1993) 등의 단편을 발표하는
등 현대사의 역사적 진실에도 각별한 관심을 가지고 있다. 그
는 "시간의 샘물"의 머리말에서 "이제부터 리얼리즘의 확대
를 통해 본격적으로 5·18에 대한 문학적 형상화를 시작해야
할 때"라고 전제하고, "역사의 진정성 앞에 겸허하게 무릎 꿇
고 그리움과 죄책감과 부끄러운 마음으로 엄숙하고도 경건하
게 광주의 아픔을 대하고 싶다."고 술회하고 있다. 이는 그가
이제부터 5·18을 소재로 다루는 본격적인 소설을 쓸 것임을
시사하고 있다고 하겠다.
  한편, 1980년 언론계를 떠나 창작에만 전념하던 그는 1985
년부터 순천대학 국어교육과 교수로 재직하다가 1988년 언
론계에 복귀하여 전남일보에서 편집국장, 주필, 이사를 역임
했다. 그리고 지난 1996년부터는 광주대학교 예술대학 문예
창작과 교수로 부임하여 창작과 후진 양성에 심혈을 기울이
고 있다. 그는 지금까지 전라남도 문화상 문학부문(1980), 제
1회 소설문학작품상(1981), 제3회 전남문학상(1981), 제1회
문학세계작가상(1982), 흙 문예상(1994) 등을 수상했다.

3. 시조 가락 속에 담은 비판적 현실 인식
- 시인 이한성

　시인 이한성은 1950년 전라남도 장흥군 용산면 어산리에서 출생했다. 그는 조대부고를 거쳐 1971년 조선대학 사범대학 국어교육과에 입학하여 1975년에 졸업했다. 그는 대학 2학년 때인 1972년 5월 "월간문학" 신인상에 당선함으로써 문단 활동을 시작하였다. 당선작은 시조 '다도해기행초 ·2'였다. 한편, 그 무렵에 "시조문학"에도 추천이 진행되고 있어서, 같은 해 10월 시조 "연가"로 완료 추천을 받았다. 당시 그의 등단은 두 가지 면에서 관심을 끌었다. 하나는 한 해에 두 쪽의 관문을 통과하여 작품 수준을 높이 평가받았다는 점이었고, 다른 하나는 약관의 나이를 갓 넘긴 대학 2학년의 학생 시인이라는 점이었다. 그의 화려한 등단은 예견되어 있는 일이기도 했다. 왜냐 하면, 그는 이미 고교 시절인 1969년 한 해에 "남도 문화제", "고려대 주최 전국 문예현상", "동국대 주최 전국문예현상"에서 그의 시가 장원, 당선 등의 영광을 안았고, "원광대 주최 전국문예현상"에서는 소설 '속초시장'이 당선되어 촉망을 받아 오던 터였기 때문이다.

　그는 지금까지 네 권의 시집을 내 놓았다. "과정"(한국문학사, 1979), "신을 끄는 보름달"(문조사, 1985), "뼈만 남은 꿈 하나"(신원문화사, 1992), "볏짚, 죽어서도 산다"(책만드는 집, 2001)가 그것이다. 이상의 시집에서 돋보이는 그의 문학적 특성은 다음의 몇 가지로 집약된다.

첫째, 시조 형식의 다양한 시도를 통해 현대 시조의 시적 역량을 높이는 데 이바지하였다. 그는 초기부터 평시조, 사설시조, 양장시조 등의 형식을 동원하여 연작시조로 구성하기도 하고 무거운 주제를 장시조로 소화해 내기도 하여 기량을 인정받았다. 장시조 '과정', '물레돌리기', 연작시조 '비가', '보름제', '은유', '땅', '해학' 등이 이 범주에 속한다.

둘째, 은유와 상징, 그리고 새로운 이미지 창조 등 시적 기교가 돋보인다. 시인 이우종도 그의 시조를 두고, "시의(詩衣)를 폈다 접는 기교에서 유로되는 한국적인 멋진 가락마저 창조하고 있다."고 극찬을 아끼지 않았다.

셋째, 현대 시조의 주제 영역을 넓혀 가고 있다. 그의 시조는 시적 대상에 대한 깊이 있는 사유를 통해 드러나는 감각적 언어를 구사하고 있다. 그는 뛰어난 감수성으로 사물을 관찰하고, 그것을 시적 언어로 간명하게 변환시키는 능력을 가진 시인이다. 시인 강인한의 평문은 이러한 특성을 잘 지적하고 있다.

> 적절한 노출의 타이밍과 전체로부터 의미 있는 부분만을 끄집어내어 결합하는 주제적 집중은 바로 시인의 시정신에 다름 아니다. 이한성의 시들이 포착하는 것은 그러한 조형의 세계이다. 그러나 이렇게만 말하기엔 충분치 않다. 그의 시가 본질적 질료로서 다루고 있는 언어적 특징이 또한 가벼이 볼 수 없는 성질을 띠고 있는 까닭이다. 그가 사용하는 언어는 어떤 경우에서건 가식이 없는 질박한 육성으로 나타남을 볼 수가 있다.

>   - 강인한의 '조형미와 현실 인식의 치열성' 중에서

그의 시에서 근원적인 원체험의 틀은 몸과 영혼의 문제로 귀결된다. 그의 작품에서 '육신', '피', '눈물', '뼈', '발목'

등과 '혼', '혼불', '영혼', '이승', '저승', '구천길' 등의 시어를 쉽게 발견할 수 있는 이유가 바로 여기에 있다. 따라서 그의 시적 대상에 대한 인지는 주로 이와 같은 몸과 영혼의 이원적 틀 안에서 이루어지며, 이를 모든 사물과 자연 현상에 투영하고 있음을 알 수 있다. 이러한 원리를 바탕으로 그의 작품에서의 주제적 특징은 다양하게 드러난다. '한'과 '허무 의식'을 바탕에 깔고 존재의 문제에 접근하고 있는 작품들이 있는가 하면, 전통 정신과 역사 의식이 강조된 작품들도 있다. 또한 '저항'과 '아픔(고통)'은 그의 시 세계에 특징적으로 드러나는 주된 태도이자 문제 의식이다. 특히, 그가 시조라는 전통적인 장르를 통해 강한 사회 비판을 드러내는 것은 현대 시조의 시적 기능을 확산시키는 데 기여하고 있음을 알 수 있다. 그가 유신 시대인 1974년에 '문인 101인 선언'에 참여한 사실도 그의 현실 비판적 태도와 무관하지 않다. 따라서, 그가 시조라는 양식으로 1980년 '광주민중항쟁'의 전과정을 그려내고 있는 것은 오히려 당연한 일인지도 모른다. "조선문학" 1996년 6월호에 발표한 '무등산아 무등산아 —광주, 5·18 그날의 접묘' 44연작의 장시조가 그것이다. 이 시조는 '1980년 5월 광주'의 시작부터 계엄군에 의해 진압당하기까지의 광주의 상황을 광주 시민의 시각에서 소상하게 그려 내고 있는 작품이다.

    아이에서 어른까지 한몸되어 모은 성금
    10원 짜리 동전만도 16만원 넘었나니
    민주화 불타는 염원 막을 자가 있을까.

    총탄 온기 식지 않은 피가 스민 대지 위
    발길마다 건네지는 주먹밥의 희망이여

무진벌 달구어진 오월 폭도들의 만만세

언제쯤 피바람이 휩쓸어 갈지 몰라
살얼음 밟듯 사는 일상의 아픔에도
남먼저 맛보는 자유 우리들은 행복하다.

눈 뜨면 금남로에 약속하듯 모인 군중
민주회보 돌려보며 민주화를 갈구할 때
무진골 양코배기들 어디론가 떠나갔다.

     – 이한성의 '무등산아 무등산아' 중 '40. 주먹밥의 희망' 전문

  그는 근자에 "97 한국문학 작품선"(문예진흥원, 1997)에 '응급실 유감', "97년을 대표하는 문제시"(1997)에 '마음이 이끄는 길'이 선정되었고, "열린시조"(1998. 가을호)에 '평론가가 본 이 계절의 시인'으로 뽑혀 '구계등' 외 6편의 작품이 소개된 바 있다. 이처럼 그는 최근 더욱 활발한 활동을 통해 우리 문단에서의 위상을 확고히 해나가고 있다.
  한편, 대학 재학 시절인 1971년 같은 학과 재학생 설재록, 정철, 고영환 등과 함께 창립한 문학 동인 "나락"은 현재까지 조선대학의 대표적인 문학동아리의 하나로 자리잡고 있다.

4. 문명비판 통해 바람직한 삶 제시
- 극작가 한옥근

극작가 한옥근은 시인 김영랑과 같은 마을인 전라남도 강진군 강진읍 남성리 탑동 마을에서 1944년에 출생했다. 어려서부터 문학적 재능을 인정받아 온 그는 고교 시절인 1962년부터 "목포일보" 등 지방 신문 문예란에 시 작품을 발표하여 주위의 기대를 모았다. 그후 1965년 3월 조선대학 법학과에 입학, 2학년 때 국어국문학과로 전과하여 1969년 2월 졸업했다.

대학에 입학한 후에도 시 창작에 열정을 쏟았던 그가 연극과 희곡 분야로 전환한 것은 대학 3학년 때 "조대신문"(1967.10.10)에 희곡 '현대를 사는 모나코 시민들'이라는 작품을 발표하면서부터이다. 1964년에 처음 만난 극작가 차범석에게 사사하여 희곡 창작을 공부해 오던 터였다. 그리하여 그는 대학 4학년 때인 1968년에는 침체되어 있던 "조대극회"를 재조직, 자작 희곡 "조롱안의 새떼"(1968.11.1~2, 동방극장)를 연출하여 전국학생연극제에서 우수상을 받았다. 이로써 1948년 창립된 "조대극회"는 화려했던 4.50년대의 맥을 다시 잇게 되었다.

대학 졸업 후 그는 극단 "이원"에서 활동하면서 이근삼의 '국물 있사옵니다'(1971. 11.12~13), S. 오케이시의 '어떤 취침시간'(1972. 11.28 ~ 29)을 연출하였다. 한옥근이 극작가로서의 관문을 통과한 것은 1973년의 일이다. 그의 희곡

'빈 포켓'이 "전남일보" 신춘문예에 입선된 것이다. 이 작품은 그 해 11월 3일 그의 연출로 "이랑극회"에 의해 공연되었다. "이랑극회"는 그가 조대공전(현 조선이공대학) 교수로 근무하면서 그 학교 학생들로 조직한 대학 극회이다. 그는 "이랑극회"를 통해 자신의 작품 '상황 ·F'(1974.5.31), '내 자리'(1972.9.30) 등을 연출하여 무대에 올렸고, 김성한 작 '바비도', 김동인 작 '조국'을 각색하여 연출하기도 했다. 특히, 1974년에 광주 지역 연극인들을 모아 극단 "향토"를 조직한 그는 유치진의 '대추나무', 천승세의 '물꼬'를 연출하는 등 극작가이자 연출가로서 지방 연극 중흥에 온갖 열정을 기울였다.

 희곡집 "외다리 꼴뚜기"(유림사,1981)는 그 동안 그가 문예지 등에 발표했던 작품 중 12편을 뽑아 엮은 첫 희곡집이다. 이 작품집은 그의 예술적 지향을 뚜렷이 보여 주고 있다. '빈 포켓'은 산업사회로 인해 인간 본성이 매몰되어 가는 현실에서의 탈출을 시도한 휴머니즘에 초점을 맞춘 작품이다. '내 자리'는 역사에서 소재를 갖고 온 것인데, 신라가 삼국을 통일할 무렵인 서기 918년을 시간적 배경으로 하여 주인공 궁예와 민중이 서야 할 입장을 모색한 작품이다. '꼴뚜기 행장기'는 전통 가면극을 현대적으로 수용한 풍자극으로서 전라도 방언을 통한 해학이 돋보이고 주제 의식이 뚜렷한 작품이다. '인생재활주식회사'는 사회 풍자극이다. 그의 희곡은 다음 몇 가지의 특성을 갖고 있다. 첫째, 강한 실험의식이다. 그의 실험의식은 '꼴뚜기 행장기'에서 드러나는 것처럼 우리 전통극을 현대극과 접목시키고자 한 것이라든지, '빈 포켓' '십퍼센트의 삶' 등에서 보여 주는 분열된 자의식을 인물화한 것 등을 통해 짐작할 수 있다. 심리극, 역사극, 풍자극, 동극, 교훈극 등 다양한 성격의 희곡을 시도하고 있는 것은 바로 이러한 그의 창작 의식의 반영으로 여겨진다. 둘째, 그의 작품은 수 많은 연출 경험에서 비롯된 것으로 보이는 탁월한 연극성이다. 그의 작품에 대한 공연율이 높은 이유가 여기에 있다. 셋째, 비정상적인 인물을 등장 시켜 현대인들의 사고의 경직성과 결여된 인간성에 경종을 울리는 문제 의식이다. 그의 희곡은 현대 사회와 현대인의 삶을 그리면서 관객으로 하여금 가벼운 철학적 사유에 빠지도록 하는 암시성을 지니고 있다. 그것은 친근하고 보편적인 인물의 설정, 소시민들의 생활을 담은 주제 의식 등을 통해 작품과 관객과의 거리를 적절히 조절하고 있기 때문이다.

비교적 최근에 발표한 '춤추는 풀잎들'(한국희곡연간특성 제16집, 1993), '춤추는 풀잎들 2'(조선문학 제2집, 1998)는 '1980년 광주' 이후, 오히려 고통받는 사람들을 역이용하여 치부하는 세력들에 대한 비판의식을 반영한 연작이다. 또한 '무너지는 소리'(월간문학, 1999. 4)는 무분별한 서구 문화의 수용으로 인한 주체성 상실 문제와 이로 인해 야기되는 가족 해체의 문제를 제기하고 있는 작품이다. 이와 같은 다양한 작품들의 특성을 종합해 볼 때, 그가 희곡과 연극을 통해 표출하고자 하는 메시지는 현대 문명의 혼돈 속에서 바람직한 삶의 모습이 무엇인가를 자각해야 한다는 것이다.

한편, 그는 희곡문학과 연극학 부분의 학문 연구에도 큰 성과를 거두었다. 그의 저서 "희곡론 NOTE"(예원, 1984), "오영진연구"(시인사, 1993), "광주·전남 연극사"(금호문화, 1994), "한국고전극연구"(국학자료원, 1996), "희곡의 이해"(국학자료원, 1997), "연극의 이해"(국학자료원, 1998) 등이 그것이다. 그리고 1989년에 단국대에서 '우천 오영진 연구'

라는 논문으로 문학박사 학위를 받았다. 조대신문사 주간과 조선대학 인문과학연구소장을 역임했고, 현재 한국드라마학회장, 심양연극학회 고문, 한국연극사학회 부회장, 한국희곡작가협회 부회장을 맡고 있다. 이처럼 그는 연극 분야에서 희곡문학자, 극작가, 연극평론가, 연출가로서 자신의 예술 정신을 차분히 구현해 가고 있다. 그는 1980년 8월 조선대학 국어교육과 교수로 부임한 이래 희곡문학, 한국연극사, 연극의 이해 등을 강의해 오고 있다.

5. 몽환적 서사로 인간심리 표출

- 작가 김신운

　김신운은 1972년 전남일보 장편 공모에 "백령도"가, 1975년 서울신문 신춘문예에 단편 "이무기"가 당선됨으로써 문단에 나왔다. 이후 계속해서 단편 '안개의 소리'(1975), '남근암 설화'(1975), '남녘 울음'(1977), '쟁기머리 산그늘'(1978), '독지가'(1979) 등 화제작을 발표하여 작가 역량을 과시했다. 1980년대에도 단편 '무너진 교회'(1980), '토족'(1983), '낯선 귀향'(1987), '땡볕 속으로'(1988), '달빛 아래 잠들다'(1989) 등을 발표했다. 그리고 장편 "땅끝에서 며칠을"(고려원, 1978)과 창작집 "황혼의 마을"(세종출판사, 1983), "낯선 귀향"(문학관, 1990)이 있다. 그는 1972년 한승원, 주길순, 주동후, 이명한, 이계홍, 김만옥 등과 함께 결성한 "소설문학" 동인의 창립 멤버로서 지금까지 활발한 활동을 하고 있다.

　김신운 소설의 특징은 먼저 문체적 측면에서 찾을 수 있다. 그는 정경 묘사에 있어서 독자로 하여금 산문시를 읽는 듯한 착각에 빠지게 할 정도로 특유의 서정적 언어를 구사하고 있다. 그의 소설 문장은 어느 작품이건 이효석의 그것처럼 유려하고 아름답다. 문학평론가 원형갑은 그의 이러한 문장 특징을 정확히 짚어 내고 있다.

　'안개의 소리'를 읽으면서 독자는 누구나 순간적으로 어리둥절해질 것이다. 마치 내가 어린 때로 돌아가 어느 이름 모를 산천의

아름다움에 홀려 한없이 강물을 따라 올라가고 있는 것은 아닌
가 하고 말이다. 사실 김신운의 소설은 구성하고 지어 낸다는 의
미의 소설이라기보다도 문장의 한 줄 한 줄이 빚어 내는 물방울
의 은은하고 신선한 빛깔이라고 하고 싶다. 그래서 도대체 이 작
가의 문장은 무엇에 근거하고 있기에 이와 같이 맑고 은은한 정
밀감을 자아내는 것인지 캐어 보고 싶은 기분마저 들게 된다. 그
런 점에서 '안개의 소리' 같은 단편은 그대로 한 편의 아름다운
산문시라고 할 수 있다.

　　　　　　　- 원형갑, '대지를 산책하고 싶은 문장' 중에서

　김신운의 소설은 프로이트의 측면에서 보면 몽환적 요소가
특징적으로 드러난다. 그의 작품에서는 서술자가 작품 속에
그려 놓은 일련의 이미지들이 결합하여 새로운 원형 상징으
로 형상화된다. 또한 그것들은 꿈과 현실 사이를 오가는 특이
한 서사 구조를 구축한다. 가령 단편 '안개의 소리'에서 형이
안개 속에서 배와 이무기가 있다는 바위를 찾아내고, 물 한
가운데로 노를 저어 나갈 때 환청과 환시에 의해 사건 속으로
흡입되어 들어간 것이라든지, 전날의 꿈과 이튿날의 현실이
연결되어 있는 것 등에서 그러한 특징을 엿볼 수 있다. 또한
이러한 몽환적 이미지들이 안개의 바탕 이미지와 연결되면서
작품 전체를 초현실적 몽환성으로 형상화하고 있음을 알 수
있다. 이와 같은 특징적 요소는 '남근암설화', '쟁기머리 산
그늘' 등의 작품에서도 잘 드러난다. 그리고 장편 "땅끝에서
며칠을"에서의 상민의 실종 사건을 추적해 가는 기법으로 불
행한 경험을 간직한 한 젊은이의 삶의 과정을 더듬어 보는 것
도 심리적 측면에서 문제를 제시하는 그의 특징과 무관하지
않다.
　'달빛 아래 잠들다'에서 주인공 이명준은 불면증으로 고통

을 받는다. 아파트 아이들에게 시달리는 한 토박이 주민 아이의 모습을 보고 어릴 적 자신의 '고무공'이 원인이 되었을 지도 모르는 옥기의 죽음에 대한 죄의식과 광주 항쟁 때 그의 집 대문을 두드리다 죽은 청년의 환영이 불현듯 기억의 수면에 떠오른다. 그 이미지들과 갈등 관계에 있는 아내의 모습이 결국 자신의 모습으로 귀착된다. 이 작품의 심리적 이미지들은 광주 항쟁 체험을 통한 현실 인식이 결합되어 상징적 주제로 제시된다. 이와 같은 그의 비판적 현실 인식은 광주민중항쟁 10주년 기념 소설집 "부활의 도시"(도서출판 인동, 1990.5.)에 실린 '낯선 귀향'과 '땡볕 속으로', '머슴새', '베데스다로 가는 길' 등에 새로운 모습으로 녹아 있음을 발견할 수 있다. 따라서, 김신운 소설의 일반적 특징은 고향 체험의 과거 공간이 심리적 공간을 거쳐 현실 공간에 투사되고, 그것들이 몽환적 서사를 바탕으로 전개되고 있는 점이다.

작가 김신운은 1944년 전라남도 화순군 도곡면 신덕리 율치마을에서 태어나, 1962년 조선대학 부속고교를 졸업했다. 이후 그는 중등학교 교사 자격 시험에 합격하여 서석고등학교 등에서 국어 교사로 교편을 잡았다. 1984년 광주문학상을 수상했다. 그는 광주대를 거쳐 1988년 조선대학 교육대학원 국어교육전공에 입학하여, "박태원과 최인훈의 '소설가 구보씨의 일일 비교 고찰'이라는 논문으로 1991년에 석사학위를 받았다. 그 후 동강대학 교수로 재직하면서 조선대학 국문학과에서 소설창작론을 강의해 오고 있다.

6. 소설 창작과 소극장 운동
- 작가 설재록

설재록이 소설가로서 모습을 드러낸 것은 조선대학 국어교육과 3학년에 재학하고 있던 1973년 3월의 일이다. 전남일보 신춘문예에 단편 '겨울 나들이'가 당선된 것이다. 소설가 안수길은 심사평에서 이 작품을 당선작으로 뽑은 이유로 "생과 사의 문제를 부드럽게 다룬 작품으로 현학적이 아닌 범위에서 주제를 처리한 것, 주인공의 생남과 친구의 사망을 대조하고 부친의 투신 자살과 학생의 죽음을 비교한 것, 종말을 두 남녀의 여행으로 여운 있게 처리한 것, 그리고 깨끗한 문장"을 들었다.

이렇게 소설가라는 꼬리표를 단 그는 재학 시절 조대신문에 단편을 연재하기도 하는 등 소설 쓰기에 열중이었지만, 한 편으로 연극에 몰입하였다. 그는 조선대학 3학년 재학 때인 1973년 11월 16일 광주학생회관 강당에서 열린 "제3회 시대의 밤"에서 상연된 탑 존스 작 '환상아들'에 캐스팅된 것을 시작으로 대학 연극에 뛰어들었다. 그런가하면, 1974년 4월 25일 광주 YWCA 강당에서 있었던 "조대극회 선입생환영공연"에서는 그의 희곡 '저녁부터 새벽까지'를 무대에 올리기도 하였다.

대학 졸업 후 본격적으로 연극에 투신한 그는 소극장 운동을 펼쳐 광주 연극에 대한 저변 확대를 꿈꾼다. 그가 광주에서 최초로 1979년에 연극 전용 소극장 "레퍼터리극장"을 마련한 것은 그 때문이었다. 고향집까지 팔아서 극장 마련에 보태는 결단이 필요했다. 그러나 당시 연극에 대한 광주 지역의 문화적 수준은 그의 꿈을 쉽사리 달성시키기에는 아직 낮았다. 결국 그는 감당하기 어려운 빚을 지고 가족과 함께 순천으로 이주하여 교편을 잡는다. 그리고 오래지 않아 "죽어도 연극은 않겠다."는 결심을 파기하고, 송연근 등과 어울려 극회를 만든다. 이 무렵인 1983년 경향신문 신춘문예에 그의 희곡 '새'가 당선되어 극작가라는 칭호를 덧붙였다. 이후 1989년 그는 장막 희곡 '정부사(征夫詞)'로 삼성문학상을 수상하게 되면서 극작가로서의 위치를 굳건히 했다. 삼성문학상 희곡부문 심사위원인 극작가 이근삼과 유민영은 심사평에서 이 작품을 두고 "흡사 모범생의 답안지를 읽는 듯한 인상을 주는 작품이다. 특히 잊혀져 가는 우리 전통 예술의 뿌리를 찾기 위해 작가는 많은 자료를 수집했고, 연구도 많이 했다. 등장하는 인물은 제대로 모양을 갖추고 있다."고 극찬했다. 이와 같이 그는 소설가, 교사, 배우, 연출가, 극작가, 신문 편집 등에 다양한 재능을 발휘한 특이한 인물이다. 시인 김준태는 그를 다음과 같이 이야기한다.

> 우리들의 친구 설재록은 아주 부지런히 뛰면서 살아온 사람이다. 대학을 다닐 때부터 그는 광주권 내에서 연극에 거의 미쳐 있었고, 그러면서 어느 사이 많은 글들을 발표하고 있었다. 밤낮없이 연극 대본을 외우고, 연출하고, 또 그 자신 스스로가 무대의 주인공이 되어, 어둠 속에 많은 관객들을 지치지 않는 '몸짓'으로 만나고 있었다. 수많은 '메피스토텔레스'들에게 둘러싸여 있으면서도, 그는 방황을 끝낸 '파우스트'처럼 하늘로 날아오르는 천사들의 노랫소리에 번쩍번쩍 살아나는 그런 젊은이였다.
>
> ─ 김준태, '폭력시대의 순결의식─설재록의 소설세계와 연극세계' 중에서

그에게는 세 권의 창작집이 있다. 첫 창작집 "중국빵집과 일본여자"(도서출판 인동, 1990)는 소설 9편과 희곡 2편을 함께 묶은 것이다. 두 번째 창작집 "날마다 죽쑤는 가게"(규장각, 1993)에는 34편의 엽편소설이 수록되어 있다. 세 번째 창작집 "비빔밥 한 그릇"(대원커뮤니케이션, 1999)은 단편 '귀곡산장, 들고양이, 양귀비, 머슴새, 멍청이 아버지' 등 8편의 작품을 묶은 것이다.

그의 문학에 대한 소망은 "수고로운 들녘의 농부들의 땀을 식혀주는 하늬바람의 심정으로 글을 쓰는 것"이다. 그 이유는 "문학은 결코 거창한 논리나 이념의 틀 안에 우겨 넣는 게 아니라 세상 사람들의 소박하고 꾸밈없는 삶의 이야기로 풀어 나가야 한다고 생각하기 때문"이다. 그렇지만 허구가 아닌 '거짓'의 문학을 배격해야 한다는 것이 그의 문학적 신념이다.

소설가, 극작가, 연극인 설재록은 1949년 전라남도 담양군 담양읍 백동리에서 출생하여 담양농고를 거쳐 1971년 조선대학 사범대학 국어교육과에 입학하여 1975년에 졸업했다. 대학에 입학하기 전에 잠시 초등학교 교사 생활도 한 적이 있다. 대학 졸업 후 광주, 순천 등지의 고등학교 국어과 교사로 있었다. 그러다가 1992 교편을 놓고 전업 작가를 선언하고 소설과 희곡 쓰기에 몰두하였다. 이 무렵 여수 MBC TV '섬진강가 사람들', '섬, 섬사람'과 순천 KBS 라디오 '탐방, 일요일 아침', 여수 KBS 라디오 '신월리의 총성, 그리고 45년(3부작)' 등을 구성 집필하는 등 방송프로그램 제작에도 남다른 재능을 보였다. 그는 1995년 이후 전라남도 경제통상전문위원을 거쳐 지금은 새정치국민회의 전라남도지부 정책실 전문위원 겸 당보 편집주간을 맡아 왔다.

7. 가치관의 혼효 지적하는 시적 언어

- 시인 김종

 시인 김종은 1971년 "월간문학" 신인상, "시조문학" 추천을 거쳐 1976년 중앙일보 신춘문예에 시 '장미원'이 당선되어 본격적인 문단 활동을 시작했다. 일찍이 시인으로의 꿈을 키워 온 그는 고등학교 재학 시절인 1966년에 이미 "문학시대"에 추천을 받은 적도 있었다. 다음은 그의 출세작 '장미원'의 일부이다.

> 가슴 복판을 내리는 눈물
> 무섭고 험한 곳에서 눈물은 미덥지 않다.
> 종말을 지키고 섰던 육체 하나로
> 바람은 죄다 막을 수 없다.
> 젖은 포기마다 흐북히 스며 든
> 비의 그 기름진 분해
>
> (중략)
>
> 잎잎에 젖어있던 당신의 언어가
> 물방울 가운데 완전히 떠있다가
> 은은한 빛으로 발견되어야 한다.
> 아침을 마시고 자라기 위해
> 굴함이 없는 자의 근육이 잠들 때도
> 비는 내리고 그 속을 헐고 섰는 장미다발의 건강한 웃음.
> 저리도 밝은 시선을 뚫고 나와
> 새로운 거리로 몰려 나간다.

　　　　　- 김종의 ‘장미원’ 중에서

　이 시는 비오는 날의 장미원 이미지를 현대인의 삶의 모습과 연관지어 형상화한 작품이다. 심사를 맡았던 시인 박두진과 박재삼은 심사평에서 이 작품에 대해 “삶의 허한 면과 다사한 면을 함께 노래한 작품으로서 적어도 시인다운 ‘자기 목소리’와 자기 말을 가지고 있었다. 차분하면서도 가라앉은 ‘톤’이 끝까지 파탄을 일으키지 않은 것은 이 작자의 문학적 자질을 높이 사게 했다.”고 평가했다. 시인으로서의 자질과 개성을 인정받은 셈이다.
　그의 시적 개성은 변화하는 시대 속에서 나타나는 가치관의 혼효를 날카롭게 지적하는 시적 언어에 있다. 이러한 개성은 ‘덧밭’, ‘드들강 별곡’, ‘비나리 안부’ 등의 작품에서 보여준 것처럼 민족의 ‘뿌리 의식’에서 기인한다. 덧붙여서 그의 시적 특징은 역사 의식의 표출이라고 할 수 있다. 그의 역사의식은 보다 큰 민족사적 ‘흐름’ 속에서 파악되고, 그것은 서민의 시점에서 창조적 해석을 통한 해학적 언어로 드러난다. 그는 1980년대 우리 사회를 “발걸음 옮기면 저절로 다다른 곳 / 작동된 만큼만 오르고 내리기 위해 / 엘리베이터 문자판 앞에 다소곳이 기다리면 / 아아- 어느새 즐겁고 대견해진 사람들 / 사방과 위아래를 달아 걸고 / 영원을 꿈꾸며 갇혀있다야.”(‘1980년대’ 중에서)라고 노래한다. 이것은 암울했던 당시의 정치적 상황을 엘리베이터 속의 인간으로 상징화한 작품이다. 이밖에 그가 1980년대를 “일기불순한 시대”(‘봄날, 그리고 눈’), “북풍한설 몰아치는 맵고 독한 세상”(시를 쓰면서), “안개 자욱한 시대”(불빛), “유난히 추운 시대”(유행)로 파악한 것은 그의 비판적 현실 인식을 노정한 것이라고 할 수 있다. 이러한 그의 현실 인식이 작품 속에서 보다 적극적 투쟁을 위한 선명한 메시지를 갖지 못한데 대해 아쉬움을 표시한 평자도 있으나, 그것은 전투적 언어가 가질 수 있는 예술성의 상실을 간과한 것이다.

시인 김종은 자유시와 현대시조를 자유롭게 넘나드는 드문 시인 중 한 사람이다. 대부분의 시조 시인들은 자유시에 약하고, 자유시에 능한 시인은 시조의 기량에는 떨어질 수밖에 없는 것이 사실이다. 대개 시조의 율조가 몸에 배면 그 율조의 틀을 벗기가 그리 쉬운 일이 아니기 때문이다. 그러나 김종은 예외이다. 그의 시조에 대한 여러 시인들의 평설들이 이 사실을 밑받침해 준다. 그의 장시조 '이민사', '귀향', '밀불'을 두고 "긴 호흡에 실은 한과 해학의 합중주"(박재삼), "잃어버린 역사와 서민의 내부를 종횡무진하게 치닫는 거리낌없이 멋지게 뽑는 율조"(송선영), "평시조＋사설시조를 시도한 새로움"(서벌), "시조가 지닌 시적 한계 극복과 새로운 표현형식의 시험"(문병란), "불꽃같은 시혼을 내뿜는 탁월한 감각"(조태일)이라는 찬사를 보낸 것이 그것이다.

그가 현재까지 펴낸 그의 시집은 "장미원"(시문학사, 1977), "밀불"(시조집, 시인사, 1981), "정말로 우리가 살아있다는 것은"(세종출판사, 1983), "더 먼곳의 그리움"(시와시학사, 1993), "방황보다 먼 곳의 세월"(신아출판사, 1993), "배중손 생각"(시조집, 토방, 1994), "춘향이가 늙어서 월매되느니"(신아출판사, 1995) 등 7권이다. 이밖에 "전환기의 한국현대문학사"(1994), "삼별초, 그 황홀한 왕국을 찾아서"(상?하권, 1995) 등의 저서와 번역서 "한밤의 아이들"(동서문화사, 1985)이 있다. 이러한 문학적 업적으로 현산문학상(1991), 민족시가대상(1992), 백제문학상(1993), 광주문학상(1993),

표현문학상(1995), 광주문화예술대상(1995) 등을 수상했다.

　그는 1948년 전라남도 나주시 남평면 우진리(비나리)에서 태어나, 1970년 조선대학 국어국문학과에 입학하여 1974년 졸업했다. 1977년 조선대학 대학원에서 석사학위를 받았고, 1990년 경희대 대학원에서 "한국현대문학사의 전환기적 특성 연구"로 문학박사 학위를 받았다. 광주광역시문인협회 회장을 지냈고, 현재 광주 서구문화원장을 맡고 있다.

8. 역사 속에 흐르는 서민의 애환

- 작가 이명한

 이명한이 작가로서 문단에 나온 것은 1975년의 일이다. 그의 단편소설 '월혼가(月魂歌)'가 그 해 4월 "월간문학" 제15회 신인상에 당선된 것이다. 심사위원인 작가 정한숙과 곽학송은 심사평에서 그의 소설을 "차분한 문장과 정확한 표현, 능히 기성의 수준에 이른 작품이다. 어느 산촌의 자그마한 상황을 이처럼 아름답게 꾸민 솜씨는 범상하지 않다."고 전제하고 "오랜 문학 수업의 결정(結晶)"이라는 찬사를 보냈다. 불혹의 나이를 넘긴 후에 늦깎이 신인으로 등단한 이명한은 이미 1970년대 초 이 지방에서 한승원, 주동후, 주길순, 이계홍, 김신운, 김만옥 등과 함께 "소설문학동인회"를 결성하여 활발한 창작 활동을 하고 있던 터였다.
 그는 이후에 '위패'(월간문학, 1975.5), '동숙자'(신동아, 1976.4), '왕조와 굴레'(현대문학, 1976.6), '카타르시스의 밤'(월간문학, 1977.3), '극락강에서 얻은 지문'(신동아, 1978.8), '잉태설'(1979.5) 등 십 수편의 작품을 중앙 문예지에 연이어 발표하여 정력적인 창작 의욕을 과시했다. 그리고 문예지에 발표한 작품 중 12편을 골라 묶은 첫 소설집 "효녀무"(시인사, 1979)를 냈다.
 1980년 이후에도 그는 단편 '청산에 살고 보니'(현대문학, 1980.10), '진혼제'(월간문학, 1982.1), '벼랑을 날아온 새'(한국문학, 1983.1), '폐광촌'(현대문학, 1991.11), '낙엽으로 흐르다가'(한국소설, 1997.12) 등 20여 편을 발표했고, 중편 '눈 내리는 산'(현대문학, 1996.6)을 발표했다. 그리고 장편소설 "달뜨면 가오리다"(상,하권, 열린세상, 1994)와 소설집 "황톳빛 추억"(작가, 2001)을 상재했다.

그의 데뷔작 '월혼가'는 불교적 인연설을 바탕으로 정신 세계와 기계적인 것, 자연 세계의 섭리와 인위적 폭력의 대척적 관계를 통해서 바른 삶의 가치를 제시하고 있다. 즉, '학'과 '총', '효녀무'와 '카메라'를 상징적으로 대비시키면서 노인의 운명적 삶을 이야기의 바탕에 깔고 있다. 특히, 노인의 딸 '선이'가 효녀무를 추는 모습을 묘사하는 대목들은 독자를 충분히 감동시키게 한다. 이와 같이 그의 초기 작품은 서정적 세계를 바탕으로 한 전통적 정신을 추구하는 특성을 갖고 있다.

1980년대를 거치면서는 억압받는 서민들의 애환을 역사 문제와 접목시키는 작업을 하고 있다. 가령 '진혼제'에서 시장에서 생선장수를 하는 덕보의 망쳐에 대한 지순한 사랑을 그리면서, 그 배경에는 못가진 자의 비참한 운명, 6·25 전쟁 때의 좌우익의 갈등, 동학 때의 민중적 수난까지를 깔고 있다. 그런가 하면 '혈족'에서는 주인공 '갑동'의 무모한 정치 지향성과 문중사람들의 권력 지향성을 동시에 비판함으로써 현대인들의 비뚤어진 가치관을 꼬집고 있다. '별이 되어 흘렀다'(문학사상, 1986.7)는 물질 가치를 인륜 도덕보다 우위에 놓고 있는 기성 사회의 비정성이 한 어린이(나)의 생애에 어떤 영향을 미치는가를 잘 보여 주고 있는 작품이다.

그의 장편 "달뜨면 가오리다"는 역사적 인물인 백호 임제의 일대기를 그린 작품이다. 이는 각종 문헌들의 고증을 통한 역사적 사실을 바탕으로, 격정과 울분, 사랑과 이별, 풍류와 시 속에서 살다간 그의 생애를 장편소설로 재구한 것이다. 이 소설을 통해 작가는 우리 역사 속의 한 인물을 내세워 풍류도에 깃들어 있는 줏대 있는 선비 정신을 제시하고자 한 것이다. 이 작품은 작가의 역사적 안목과 한시문에 대한 박학함을 짐작할 수 있게 한다.

비교적 최근작인 중편 '눈 내리는 산'의 공간 배경은 중국의 연변이다. 주인공 '리 선생'이 만주족 '푸 선생(푸치광)'과 함께 장백산을 오르는 것이 주된 스토리이다. 이 작품에서는 남북 분단 문제, 중국이나 러시아에서의 소수 민족의 문제를 역사적 안목을 가지고 그려 나가고 있다. '푸선생'을 통해 본 만주족의 대동 의식을 설명하는 다음의 대목에서 작가의 역사관과 민족관의 일단을 짐작할 수 있다.

> 비록 그들은 나라를 잃고 민족의 특성마저 상실해가고 있는 사람이었지만 대륙을 지배해온 민족답게 마음의 여유가 있었다. 그의 동족 의식이 비록 패배주의라든가 퇴영적 사고에 바탕을 두고 있다 할지라도 달리 생각하면 보다 폭이 넓은 민족 의식이었다. 편협한 선민 의식을 가지고 자기들의 종교와 민족을 고집하는 사람들보다 그들은 도량이 넓고 슬기로웠다. 내가 삼지연에 대한 집념을 풀고 오늘 이렇게 백두산을 찾아온 것도 푸 선생의 이런 사상에서 영향을 받은 결과였다.

> — 이명한의 중편 '눈 내리는 산' 중에서

이처럼 그의 소설은 주로 역사적 흐름 위에서 전통 정신의 가치 제시, 현대인의 도착적 가치관에 대한 질타, 핍박받는 서민들에 대한 아픔 등을 주제로 삼고 있음을 알 수 있다.

작가 이명한은 1932년 전라남도 나주시 봉황면 유곡리에서 출생했다. 젊은 시절 폐질환으로 15년간을 생사의 갈림길에서 방황하다, 이를 극복하고 뒤늦게 1967년 조선대학 법학과를 졸업했다. 그 후 1973년부터 약 10년간 조선대학 부속고교에서 국어과 교사로 교편을 잡았다. 전남문인협회 회장, 민족문학작가회의 광주·전남지부장 등을 지냈다. 1986년에 전라남도 문화상을 받았다.

9. 휴머니즘으로 본 사회와 역사

- 작가 주동후

주동후는 소설가, 시인, 수필가이다. 그는 1964년 전남일보 신춘문예에 시 "바람부는 날"이 당선되었고, 1966년 신아일보 신춘문예에 소설 "여름 파도"가 입선되어 문단에 나왔다. 지금까지 그가 내놓은 작품집으로 소설집, 시집, 에세이집이 각각 1권씩 있다. 소설집 "혼의 소리"(규장각, 1991), 시집 "혼자 있을 때 혼자가 아니다"(유정, 1993), 에세이집 "미리 사는 사람"(인간과예술사, 1995)이 그것들이다. 이 세 권의 작품집은 1990년 이후로 나온 것으로 30년 넘게 써 온 그의 작품들을 장르별로 정리한 것이라 할 수 있다.

"혼의 소리"에는 단편 '여름 파도' 외 9편과 중편 '유년의 꿈'이 실려 있다. 작가 김신운은 그의 소설 특질을 다음과 같이 지적하고 있다.

> 주형과 같은 연배들의 우리들은 전후의 궁핍한 시대를 지나 사일구와 오일륙을 거치고 저 광란의 칠십년대와 팔십년대에도 용케 버티며 살아 남았다. 주형의 소설에는 이런 삶의 궤적이 비늘같이 번득이는 재치로, 혹은 시적 에스프리에 넘치는 문장으로 독특하게 형상화되어 있는 것이다.
>
> - 김신운, '두 세대에 걸친 이야기꾼'에서

그의 소설 '제오계절', '혼의 소리', '유년의 꿈' 등에서는 어린 시절 기억의 원형으로 남아 있는 전쟁 체험을 담고 있다. 중편 '유년의 꿈'은 어린 소년의 시점으로 본 세계 인식에 대한 기록이다. 즉, 서술자인 '나(박민오)'와 '이명자 선생'과 '안금선'과 '고일수', '김승기 선생'과 '이명자 선생'과 '고모', '양타래 삼촌'과 '떡집 처녀' 등의 인간 관계를 육이오 전쟁을 전후한 시대적 배경을 바탕으로 전개해 나가고 있다. '사계의 오월', '현장' 등은 1980년 5월 광주가 겪었던 환란을 서사화하고 있다. '사계의 오월'은 대공 경찰의 시점에서 80년 오월 '광주'와 그 이후의 학생운동을 통한 사회적 고민을 다루고 있다. 그의 소설은 대체로 휴머니즘적 시각에서 사회와 역사를 바라보는 태도를 견지하고 있다.

"혼자 있을 때 혼자가 아니다"에는 '꽃가지', '빈 들', '도망하지 마라', '꽃 타령' 등 86편의 시가 실려 있다. 그 중 한 편을 보자.

> 비낀 구름
> 내 한 조각 마음
> 빠르게 차오르는 새
> 흔들거리며 아파하는
> 회양 나뭇가지
> 어제인 듯 살아오는
> 회한(悔恨)
> 허연 낮달
>
>   ― 주동후의 '빈 들' 전문

 이 작품에 드러나는 사물은 '구름', '새', '회양 나뭇가지', '낮달'이다. 그런데 이러한 사물들은 '마음', '회한'의 추상적 관념어와 조화되면서 묘사적 심상과 함께 시적 의미를 생성한다. 회양 나뭇가지에 투사된 아파하는 마음은 시적 화자

에게 회한으로 돌아오고, 그것은 다시 '허연 낮달'로 형상화
된다.

그의 시는 세련된 시어의 구사, 고향 공간의 묘사적 재현, 현
실 비판과 인간적 사랑 등의 특질을 갖고 있다. 다시 말하면,
그는 시인 김현승이 지적한 것처럼 "매우 세련된 언어를 구
사하며", 토속적이고 자연친화적인 아름다운 언어를 골라 쓴
다. 이러한 시어관을 바탕으로 그가 그리는 세계는 주로 과거
시간에 자리한 고향 공간의 서정 세계이다. '죽은 처녀 시
인', '송기원'에 배어 있는 애절한 인간적 사랑은 그의 삶의
태도가 무엇인지를 짐작케 한다.

주동후는 1942년 전라남도 광양군 광양읍 읍내리 출신으로
순천고를 거쳐 성균관대 법학과를 나왔다. 그가 조선대학과
인연을 맺게 된 것은 1966년의 일이다. 조선대학 대학원 법
학과에 진학하여 법철학을 전공하면서이다. 이 무렵 그는 조
대신문 편집에 관여하면서, 조대신문에 '에피소오드'(5월 31
일치), '돌아가는 때'(10월 10일치) 등의 시를 발표했다. 특
히, 그는 당시 조대신문에 "일월명(日月明)"이라는 고정 컬럼
난을 만들어 집필하기도 했다. 에세이집 "미리 사는 사람"에
실려 있는 '피카소의 코', '자살론', '매스콤 시비' 등의 컬
럼은 "일월명"에 썼던 것들이다.

1966년 9월 그는 조선대학 부속고교에서 교편을 잡는다. 그
해 11월 1일~2일, 전남일보사와 예총전남지부가 주최한 제
11회 학생연극제에서 그가 지도한 조대부고 연극부가 작품
상과 연기장려상을 받는다. 그가 쓴 창작 희곡 '11월의 병원
극'이라는 작품이었다. 또한 그는 이미 신춘문예에 당선한
시인이어서 문예부 지도교사인 수필가 김수봉과 함께 자연스
레 문예반 지도를 하게 된다. 여기에서 만난 그의 제자가 시

인 김준태와 작가 송기원이다.

그는 1970년대 초반 광주문화방송 PD로 입사하여 편성부국장, 자회사추진본부장, 기획기원 등을 지냈다. 지금은 광양시청 시사편찬위원으로 있다. 1995년에 광주문학상을 받았다.

10. 원초적 통일성의 세계 구현

- 시인 손동연

 우리 나라에서 시인 손동연처럼 문단의 등용문을 많이 통과한 사람도 드물 것이다. 그가 우리 문단에 처음으로 얼굴을 내민 것은 1975년의 일이다. 당시 "전남일보"(현 광주일보) 신춘문예에 그의 동시 '국어시간의 아이들'이 당선된 것이다. 그 때 그는 고등학교 졸업과 대학 입학을 눈앞에 두고 있었다. 이후 그는 1976년 월간 "아동문예"에 동시로 추천을 받았고, 1980년 서울신문 신춘문예에 시 '돌'이 당선작 없는 가작으로 뽑혔다. 그리고 1983년 시조 '우리 선생 백결'이 동아일보 신춘문예에, 1985년에 시 '나의 근본'이 서울신문 신춘문예에 당선되었다. 또한 그는 1988년에는 시조 '청학동 이야기'로 경향신문 신춘문예에 당선하기도 했다. 그는 이처럼 여섯 번이나 문단의 어려운 관문을 통과함으로써 시, 시조, 동시의 모든 시문학 장르에 걸쳐 탄탄한 문학적 역량을 인정받아 온 셈이다.
 지금까지 나온 그의 작품집으로는 시화집 "그림엽서"(아동문예사, 1984)와 시집 "진달래 꽃 속에는 경의선이 놓여 있다"(도서출판 한겨레)가 있다. 또한 아동문예사에서 전 6권 간행 예정(2000년 완간)으로 기획된 그의 연작시화집 "뻐꾹리의 아이들"은 1986년에 1,2권을, 1991년에 3,4권을, 그리고 금년에 5권을 출간했다. 이 연작시화집 "뻐꾹리의 아이들"은 우리 나라 아동문학계에 큰 충격을 던져 주었다. 왜냐

하면, 4행 연작시 365편은 한국 동시단에서 초유의 일이었기 때문이다. "뻐꾹리의 아이들"에서 보여 준 손동연의 시적 특질을 오세영은 삶에 대한 긍정적 믿음과 프리미티즘(원시성)에의 동경을 바탕으로 한 민속적·향토적 세계라고 지적하였다. 또한 오규원은 그의 시편들을 "우리가 잃어버리고 있는 조화로운 삶에 대한 노래"로 인식하는가 하면, 유경환은 그를 리듬과 정감, 그리고 메시지를 아주 잘 걸맞히고 있는 시인으로 평가하고 있다. 그리고 송수권은 그의 시편에는 민요적 가락과 판소리 장단이 있다고 전제하고, 전라도적 기질에서 온 심성의 가락으로 단어, 문장, 어법 등을 다양하게 활용하고 있는 점에 눈길을 주었다. 곽재구는 자연 속에서 어우러진 삶을 살아가는 생명체들의 아름다움과 민요나 사투리, 적절한 현대시의 이미지를 차용하여 시를 빚어내는 솜씨를 높이 샀다.

이와 같이 그의 동시가 보여 주는 다양한 시적 장치는 우리 동시단에서 하나의 전범으로 여기고 있다. 그의 "뻐꾹리의 아이들" 중 '동갑' 등의 시편들이 초등학교 "읽기 3-2" 교과서에 수록됨으로써 어린이들로 하여금 시의 원리를 학습하는 본보기로 활용되고 있는 것은 이를 증명해 준다. 동시에서 보여 준 이러한 그의 시적 특질은 시에서도 그대로 드러난다.

> 산에 가면 칡꽃이 산 하나를 품고 살 듯, 이 돌담 위에도 호박꽃이 실리면 으리으리한 고대광실 두둥실 떠오르는 거라요. 그러니 그의 반의 반쪽이라도 등 기댈 사랑 찾는 이는 이리로 오시라요. 좋은 사람 만나 오손도손 새끼 낳고 닭이나 치며, 살아가는 우리네 일이란 것도, 결국은 바로 돌담에 다름아니라요. 서로를 받들어 온전한 제 얼굴 이룬, 돌담의 저 바람막이에 다름아닌 거라요.
>
> — 손동연의 '돌담을 보며' 중에서

시인의 눈에 비친 '돌담'은 사물이 아니라 인간이다. 그는 '작은 돌'과 '큰 돌', '돌담'과 '호박꽃'의 관계 속에서 인간의 사랑을 발견해 내고 있다. 이 작품에서 '돌담'은 '몸 기댈 사람'을 기다리는 무한한 사랑의 가능성이 열려 있는 존재이다. 이는 자아와 세계가 혼융되어 구분되지 않는 일체감을 주는 정서적 세계요, 신화적 세계이다. 따라서, 그의 시가 구현하고 있는 것은 자연과 인간이 조화된 원초적 통일성의 세계임을 알 수 있다. 이 밖에 '1980년 5월 광주'의 아픔을 다룬 작품들과 '통일'을 염원하는 의지를 드러내는 작품들도 그의 시 세계에서 한 줄기를 이루고 있다.

손동연의 시적 역량과 활발한 창작 활동은 그에게 많은 문학상을 안겨 주었다. 대한민국 문학상(아동문학부문, 1984), 전남아동문학가상(1988), 한국동시문학상(1990), 계몽아동문학상(1992), 세종아동문학상(1997) 등이 그것이다. 또한 1983년과 1998년, 두 번에 걸쳐 문예진흥원으로부터 문인창작지원금을 받기도 했다.

시인 손동연은 1955년 전라남도 해남군 북평면 흥촌리에서 태어났다. 동신고등학교를 거쳐 1975년 조선대학 국어국문학과에 입학하여 1983년 졸업했다. 졸업 후 광주 대성여고 교사로 근무하다 '전교조 운동'으로 4년 반 동안 해직되었다 복직하였다. 지금은 광주체육고등학교 국어과 교사로 있으면서 광주여자대학 문예창작학과와 조선대학 문예창작학과에 출강하고 있다.

11. 시적 공간 '광주' 통해 생사를 꿰뚫다

- 시인 박주관

　박주관은 1973년 3월 월간 시 전문지 "풀과별"에 시 '젖어서 사는 의미' 등이 추천되어 문단에 나온 시인이다. 그는 등단 초기에는 주로 등단지인 "풀과별"에 '꽃그늘'(1973.8), '바다 그리고 바다'(1973.11), '재의 풍경'(1974.5) 등의 작품을 발표하였으나, 군복무 등으로 공백기를 갖는다. 그가 본격적으로 의욕적인 문단활동을 시작한 것은 1980년대라고 할 수 있다. 1980년부터 그는 "신동아", "세계의 문학", "시문학", "현대문학", "한국문학", "월간문학", "문예중앙", "현대시학" 등 당시의 주요 문학지에 꾸준히 작품을 발표하여 문단에서 좋은 평가를 받기 시작했다.

　특히, 그의 첫 시집 "남광주"(도서출판 청사, 1985)는 1980년대 우리 문단의 조류를 대표하는 시집 중 하나로 꼽힌다. 이 시집은 그가 데뷔 이후 각종 문예지와 "5월시", "언어의 세계" 등에 발표했던 작품들을 한데 묶은 것으로, 1980년대 민중시의 깊이를 드러내는 작품들을 보여주고 있기 때문이다. 이 시집에는 민중의 삶과 광주 정신이 역사의식을 바탕으로 드러나 있다. 그가 곽재구, 이영진, 김진경, 나해철, 나종영, 박몽구 등과 함께 "5월시" 창립동인으로 활동하면서 꾸준히 추구해 온 시정신이다.

　　남광주의 아침은 아욱냄새가 난다.
　　시장 바닥에 앉은 아이 업은 아낙의 풍경은

멀리서 바라보면 용서를 빌고 싶지만
가까이서 눈뜨고 보라 그것은 눈물이다
건널목에서 여자 몇이서 깔깔거리고 있다
간수는 쌍것들이라 욕해대고
공중 목욕탕에 가는 꼬마들도 헤헤거린다
중고 자전거를 타고 가는
다리에 털 많은 쌀집 아저씨는
아들놈의 예비군복을 입고 있다
대가지가 꽂혀 있는 곳으로
다리지도 못한 옷을 입고
부인네 둘이서 쌀 몇 되와 몇 푼을 가져 간다
어젯밤엔 밤하늘에 외상으로 악을 쓰고
바락바락 노래 부르기도 한 여자들과
오늘 아침 화순 방면에서 온
아낙들의 눈물이 아낙들의 설움이다.
움직이지 않은 장면들이
진보되지 않은 사실들이
뙤약볕 아래서 종일 계속되고
물건 파는 사내의 악다귀만이
방금 도착한 여수발 열차에 실려 내려 간다
남광주 남쪽 변두리는
우리가 가벼운 마음으로 떠났다가
무작정 내려버리는 어떤 읍내의 풍경 그대로다
남광주의 저녁은 누룩냄새가 난다
삼교대에 들어간 계집애가 촐랑촐랑 뛰어가고
거대한 산
무등이 지배하는 밤은 계속된다.

　　　　　– 박주관의 '남광주' 전문　　　　.

　이 시에 드러난 공간 배경은 남광주역 부근이다. 그리고 시
간 배경은 아침에서 저녁까지로 설정되어 있다. 즉, 아침의

'아욱 냄새'와 저녁의 '누룩냄새'가 액자 형식으로 짜여져 있다. 이러한 액자 속에 들어 있는 인물들은 '아이 업은 아낙', '여자', '간수', '꼬마들', '쌀집 아저씨', '부인네 둘', '여자들', '아낙들', '사내', '계집애' 등이다. 이처럼 한 편의 시에 많은 인물들을 등장시켜, 이 인물들의 행위를 묘사적으로 드러내고 있는 의도는 민중들의 고달픈 삶의 모습을 보여 주고자 한 것이다. '아욱냄새'와 '누룩냄새'의 감각 속에 들어 있는 민중이란 남광주역을 중심으로 한 시장과 술집들이 어우러져 보여 주는 두 가지의 대조적 풍경이다. 그러나 그것은 시인에게 '광주'라는 역사적 공간 속에서 '설움'이라는 동일성으로 인식된다. 이러한 동일성을 가진 남광주라는 공간은 폐쇄되어 있는 것이 아니라, 화순 방면에서 유입되기도 하고, '여수행 열차'로 실려 내려가기도 한다. 곧, 그의 시에서 '거대한 산 무등의 지배'에 놓인 '광주'는 끊임없이 유입되고 확산되는 공간이다.

이처럼 박주관의 시적 공간은 '광주'이다. 따라서 그는 광주를 통해 민족의 역사와 인간의 초월적인 삶과 죽음의 의미를 들여다본다. 연작시 '서울의 사랑', '내가 살던 광주', '고향가는 밝은 길이', '데스 인 광주' 등에서도 역시 이를 확인할 수 있다. 그의 시는 광주의 역사적 통한을 토로하는 것이 아니라, 이를 승화시켜 더 높은 차원으로 끌어올리는 특징을 갖고 있다. 시인 이향아가 그의 시를 두고 "광주의 암울함이나 비통함보다는 기쁨과 에너지를 느끼게 하는 특징"이 있다고 지적한 것은 바로 이 때문이다.

그는 첫 시집에 이어 제2시집 "몇 사람이 없어도"(청하, 1986), 제3시집 "사랑을 찾기 위하여"(학민사, 1989), 제4시집 "적벽은 아름답다"(시와사람, 2001), 평론집 "예술가들의 초상"(사회문화원, 1997)을 내 놓았다. 평론가 박진환은 그의 제2시집을 "평범 속에 깃든 시인의 진실이 비수처럼 숨어 있다."고 전제하고, "이것이 이 시집의 미학"이라고 평하고 있다. 또한 시인 강형철은 제3시집에 대해서 그의 "시적 사유의 핵심구조"를 "끊임없는 역설"로 파악하고, "인간적 체취가 짙게 배어" 있음을 평가하였다.

  시인 박주관은 1953년 광주시 북동에서 태어나 광주서중·일고를 거쳐, 동국대 국문학과와 동대학원을 졸업했다. 1982년부터 문예진흥원에 근무하다가, 1988년 무등일보 정치부 차장으로 옮기면서 언론계에 투신하였다. 그 후 광주매일 지역사회부장, 광남일보 경제부장, 사회부장 등을 거쳐 지금은 호남신문 논설위원으로 있다. 조선대학 대학원 국문학과 박사과정을 수료했다. 또한 광주대 문창과와 동신대 국문과 겸임교수로 문학 강의를 하고 있다.

12. 70년대 초기 학내 문학 활동

1970년대 조선대학 내의 학생 문학활동은 다소 침체되었다. 전문적인 문학동아리가 활동을 하지 못하고, 대체로 사우회, 적십자연합회 등의 동아리에서 행사를 할 때, 문학 작품 낭송을 곁들이는 정도였다. 학생들의 문예 작품 발표 지면은 1년에 한 번 발간되는 종합 교지인 "조대학보"와 각 단과대학에서 발간되는 단과대학 교지였다. 단과대학 교지는 이부대학의 "맥", 사범대학의 "등대", 공대의 "공대학보" 등이 발간되고 있었다. 그래도 학생들이 가장 친숙하게 작품을 발표할 수 있는 공간은 "조대신문"이었다. 당시 "조대신문"은 매호마다 거의 빠짐 없이 시, 수필, 단편소설, 꽁트 등 각 장르에 한 편 이상을 할애하는 문예면이 있었기 때문이다.

1970년 한 해에 격주간으로 발행되던 조대신문(12회 발행)에 시를 발표한 학생은 김종(국문.1), 김동진(국문.4), 배윤택(지학.3), 양동철(음악), 박판석(국문.3), 홍영옥(경영.1), 최동(의예.1), 박만금(경영.1), 안종택(체육.4) 등 10여 명에 달한다. 수필을 발표한 학생은 김형수(토목.1), 박형동(법학.1), 최한묵(영교.2), 오종진(상학.2), 이성연(국교.2); 김수남(국교.3), 오원(의예.1), 김재연(체육.4) 등 30명이나 된다. 소설을 발표한 학생은 최재희(국문.2), 장영일(미교.1), 나상운(국교.1), 박병주(법학.1), 주명진(의예.2)이다. 특히, 최연희(국문.1)는 희곡 '계란'을 3회에 걸쳐 연재한다.

김동진은 1970년에 전남매일신문 신춘문예에 시 '광부'가 당선되었고, "제1회 전국 대학 문화예술축전 현상문예"에 시조 '초춘'이 우수상을 받는 영예를 차지했다. 이 해 10월에 사범대학 독어교육전공 주관으로 사범대 1학년 학생들을 대상으로 한 "사향(師鄕)"이라는 문예잡지를 낸다는 조대신문 기사가 있다. 그러나 이 잡지가 예정대로 발간되었는지는 알 수 없다.

1971년에 조대신문에 시를 발표한 학생은 박판석(국문 · 4), 이한성(국교 · 1), 김수중(국문 · 2), 박면주(경제 · 1), 박종채(자원공 · 3), 김평일(광산 · 4) 등 14명이다. 수필은 더욱 활발하게 발표되었다. 수필을 발표한 학생은 김장배(경제 · 2), 김광모(의학 · 2), 주평남(영교 · 2), 나백희(독교 · 3), 유찬수(지학 · 1) 등 37명이다. 단편소설 혹은 꽁트를 써서 발표한 학생은 김덕철(영교 · 3), 오경숙(국교 · 3), 서정섭(국교 · 1), 최재희(국문 · 3) 등이다.

개교 25주년 기념일인 1971년 9월 29일 문리대 국문학과와 사범대 국교과가 공동 주최한 "제9회 조대 문학의 밤"이 열렸다. 충장로의 학생회관에서 열린 이 "문학의 밤" 행사에서는 시와 시조 17편, 수필 6편, 꽁트 3편이 낭송되었다. 당시에는 조선대학의 "문학의 밤" 행사가 열리면 대학생들은 물론 많은 시민, 고등학생들이 대거 참석하여 성황을 이루는 것이 보통이었다.

1971년 10월에 문학동인 "N.O.P"가 결성되어 동인지 "석혈(石穴)" 창간호를 내놓았다. 이 동아리는 정오진(화학?1)을 비롯한 당시 1학년 재학생들이 창립한 70년대 최초의 문학동아리였다. 이는 60년대 이전에 조직된 학내 문학동아리들이 그 맥을 잇지 못하고 해체되어 문학동아리 공백 상태에서 생긴 것이어서 그 의의가 크다. "N.O.P"는 1972년 6월 24일부터 29일까지 6일간 시내 "한성다실"에서 시화전을 개최하기도 했다. 시화전에는 정오진의 '옥잠화', 김정식(경제·1)의 '강변의 역사' 등 22편이 전시되었다.

1972년 조대신문에 시를 발표한 학생은 김종(국문·3), 김정식, 이한성(국교·2), 김승자(여대 가정·1), 고정애(여대 원예·1), 오대교(국문·1), 김승덕(국문·1), 조강현(체육·1), 윤평현(국문·2), 송용식(건축·3) 등이다. 또한 유인달(국교·4), 노재찬(수학·1), 양영기(농생·1), 김만중(의예·1) 등 36명의 수필 작품이 게재되었다. 소설에는 정광주(영교·1), 서정섭(국교·2), 송기창(건축·3), 김용규(체육·1), 김남순(생교·2), 설재록(국교·2) 등이 조대신문 지면을 통해 활약하였다.

이 해 "제10회 조대문학의 밤"은 1972년 10월 6일 저녁 광주학생회관에서 열렸다. 이 행사에서는 박홍원, 문병란 두 동문 시인의 찬조 발표를 비롯해, 시·시조부문에 조혜숙(국교·2)의 '가을 하늘' 등 20편, 수필부문에 최재희(국문·4)의 '추종인간' 등 7편의 작품이 낭송되었다. 또한 송연근(국교·4)의 꽁뜨 작품도 발표되었다.

1972년 5월에 국교과 2년 재학생 이한성의 시조 '다도해 기행초2'가 "제9회 월간문학 신인상"에 당선한 일은 특기할만한 일이었다. 그리고 재학생의 개인 시화전도 열렸는데, 공과대학 건축공학과 송용식이 그 주인공이었다. 1972년 10월 10일치 조대신문 기사를 인용하면 다음과 같다.

> 본교 공과대학 건축과 3학년에 재학 중인 송용식 군의 개인 시화전이 지난 10월 3일부터 8일까지 시내 부베다실에서 열렸다. "뭔가 잘못되어 간다는 조바심 때문에 시를 써왔다."는 송용식 군은 그 동안 틈틈이 써 온 아마츄어 작품을 전시했는데, 전시된 작품은 '웃음', '일기초' 외 20편이었다.

당시 송용식의 개인 시화전은 학생 신분으로는 큰 용기가 필요한 행사였을 것이다. 이렇듯 1970년대 초반 조선대학 학생 문예 활동은 주로 조대신문과 교지를 통해 이루어졌다. 또한 "문학의 밤" 행사를 통해 낭송 발표를 하기도 했다.

13. 70년대 중반기 학내 문학활동

(1) 학내 문학활동 양대 산맥 - N.O.P와 나락

1972년 국어교육과 2학년 재학생 이한성의 시조가 월간문학 신인상에 뽑힌 데 이어서, 이듬해인 1973년 3월에는 같은학과 동급생 설재록의 단편 소설 '겨울 나들이'가 전남일보 신춘문예에 당선되었다. 이로써 조선대학 재학생 중 현역 시인과 소설가가 각각 한 명씩 탄생하게 되었다. 이들의 등단은 조선대학 학생문단에 활기를 주었다. 그러한 구체적 움직임의 하나가 바로 문학동아리 "나락문학동인"의 결성이다. "나락문학동인"의 창립은 이 두 사람의 발의로 고영환(국교 ·3), 정철(국교 ·3), 이종하(지교 ·3)가 가세하여 이루어졌다. 그리하여 1973년 3월에 처음으로 신입회원을 모집하여 활동하기 시작했다. 첫 해에 활동한 회원은 박용석(국교 ·2), 강원배(국교 ·2), 이영규(국교 ·2), 김해영(국교 ·1), 이혜숙(국교 ·1), 하헌신(응미 ·1) 백수인(국교 ·1) 등이었고, 재학생 때 이미 등단한 후 입대했던 김준태(독교 ·2)가 복학하여 합류하였다. 이로써 "N.O.P"와 "나락"은 조선대학 문단의 양대 산맥을 이루게 되었다.

70년대 중반 조선대학의 문학 활동은 이 두 문학동아리를 중심으로 이루어졌다고 해도 과언이 아니다. 이들 동인들은 매주 한 차례씩 학내의 강의실, 가톨릭센터 소강당, 시내 분식점이나 다방 등에 모여 회원 작품을 윤독한 후, 각기 감상

소감을 발표하면서 상호 비평하고 토론하는 방법으로 회원들의 문학 역량을 키워나갔다. 이 시기에도 작품을 발표하는 방법은 역시 "문학의 밤" 행사를 열어 낭송하거나, 시내 다방 공간을 얻어 시화전을 여는 것이었다. 그리고 활자 매체로는 조대신문, 종합교지 조대학보, 각 단과대학 교지 등에 게재하는 것이었다. 등사판이 아닌 활판 인쇄로 동인지를 꾸미는 일은 재정적 부담 때문에 여간 어려운 일이 아니었다.

1973년 6월 8일 저녁 7시 30분부터 광주학생회관 대강당에서 N.O.P 문학동인회(회장 정오진, 화학·3) 작품 낭독회가 열렸다. 오대교(국문·3), 김정량(국문·2), 유춘호(약학·3)의 작품 등 19편의 작품이 발표되었다. 이날 낭독회는 단지 작품만을 낭송하지 않고, 소도구를 이용한 변화 있는 무대 장치를 이용한 것이 특색이었다. 지도교수 주길순(당시 국교과 조교수)이 격려사를 했고, 시인 박홍원(당시 국문과 조교수)이 강평을 했다.

N.O.P 회원인 정광주(영교·2)는 1973년 11월 15일부터 6일간 금남로에 위치한 "상지다실"에서 시화전을 열었다. 이 행사에는 '단풍', '각시바위 전설' 등 그의 작품 17편이 전시되었는데, 그림은 장종원(미교·2)이 맡았다.

1973년 이부대학 학생회에서는 교지 "맥" 13호에 게재할 작품을 전교생을 대상으로 현상 모집했다. 그 결과 시 부문에 김영곤(생교·3)의 '젊음', 논픽션 부문에 김종인(법학·1)의 '전우여! 뱃고동은 울리는데...', 소설부문에 임성빈(전기공·2)의 '진눈깨비'가 당선됐다. 그리고 수필부문에는 조홍구(법학·2)의 '스카브루의 추억'이 가작으로 뽑혔다. 심사는 시와 수필 부문은 이종출(당시 국교과 부교수)과, 박홍원(당시 국문과 조교수)이, 논픽션, 소설 부문에 구창환(당시 국교과 조교수)과, 주길순(당시 국교과 조교수)이 맡았다. 당선작에 대한 상금은 소설이 20,000원, 논픽션이 15,000원, 시가 7,000원이었다. 수필은 가작이므로 당선작 상금의 반액인 3,500원을 받았다. 당시 학생들로서는 큰 상금이었다.

이 해에 교수들 창작집 두 권이 출간되었다. 소설가 주길순의 창작집 "탄원"(세운문화사), 수필가 이종출의 제2 수필집 "가을의 기도"(형설출판사)가 그것이다. "탄원"에는 '매', '개백정 공수' 등 6편의 중, 단편이 실려 있고, "가을의 기도"에는 '수덕사의 추억' 등 104편의 수필이 실려 있다.

1974년 3월 20일 독서동아리 "모래성 글모임회"에서는 회지 "모래성" 창간호를 발간하였다. 이 회지는 국판 118쪽인데, 김용재(국문 ·3)의 '닥터 지바고' 등 독후감 11편, 김승희(가교 ·3)의 '아의 망상' 등 시 7편, 양기성(국교 ·3)의 '넌센스' 등 수필 5편, 김남순(생물 ·4)의 단편 '사랑은 연기처럼'이 실려 있다.

1974년 3월 26일 저녁 7시 20분 광주관광호텔 5층 코스모스홀에서는 조선대학 주최로 소설 "25시"의 작가 V. 게오르규 초청간담회가 열렸다. 이 행사에는 초청된 작가 게오르규 부처 외에 학외 인사로 이어령(이화여대 교수), 민희식(이화여대 교수)이 참석했고, 조선대학에서는 정철인(사범대학장), 이종출(국교과 교수), 구창환(국교과 부교수), 최용재(영교과 부교수), 김영철(영교과 전강), 정옥희(영교과 전강), 조우현(불문학 조교수), 박윤환(불문학 전강), 박재만(독교과 전강), 강대석(독교과 전강) 등 10명의 교수가 자리를 같이했다. 이날 간담회에서는 신과 인간의 관계, 휴머니즘 등 다양한 내용으로 진지한 방담이 이루어졌다.

한편, "나락문학동인"(회장 이영규, 국교 ·3)은 1974년 6월

25일 저녁 8시 광주가톨릭회관 대강당에서 제1회 문학발표회를 가졌다. 이날 발표회에서는 이영규의 '아내와 나' 등 시 10편, 변길섭(국교 ·1)의 '보리밥?미제 돼지새끼' 등 꽁트 5편, 김해영(국교 ·2)의 '흐르지 않는 강' 등 수필 4편이 낭송되었다.

조선대학의 문학활동 무대가 되었던 교지로는 종합교지 "조대학보"가 있었고, 단과대학 교지로는 이부대학의 "맥", 사범대학의 "등대", 의과대학의 "동맥"이 있었다. 1973년을 기준으로 가장 연륜이 깊은 순으로 보면, 이부대학의 "맥"은 13호를, 종합교지 "조대학보"는 7호를, 사범대학의 "등대"는 "사대학보"로 제호를 바꾸어 3호를 냈다. "동맥"은 73년, "문리대학보"는 74년, 체육대학의 "월계"는 75년에 창간되었다. 뒤이어 "법정대학보", "공대학보"가 창간되는 등 70년대 중반기는 단과대학별로 교지 창간의 러쉬를 이룬 시기였다고 할 수 있다.

(2) 김준태 ·이한성 ·설재록 등이 조대문단 주도

1973년 1년 동안 조대신문에 시를 발표한 재학생은 고영환(국교 ·3), 김유숙(음교 ·2), 김철(약학 ·4), 고승주(국문 ·3), 하현신(응미 ·1), 김장완(법학 ·3), 김정식(경제 ·2), 백수인(국교 ·1), 이현숙(국교 ·4), 오대교(국문 ·2), 박용석(국교 ·2), 이한성(국교 ·3), 정오진(화학 ·3), 김준태(독교 ·2), 이종하(지교 ·3), 김원택(경제 ·2), 최동(의학 ·2) 등이다. 그리고 수필은 강영선(간호 ·3), 김대현(국문 ·3), 김정식(경제 ·2), 민형기(수교 ·3), 이순섭(영교 ·4), 양영기(농생 ·2), 김남순(생교 ·3), 권순열(국문 ·3), 오영란(가교 ·2), 박광애(독교 ·2), 고영철(국문 ·3), 강원배(국교 ·2), 김왕현(미교 ·1), 고현(응미 ·1), 노재찬(수교 ·2), 김영곤(생교 ·3) 등의 작품 36편이 발표된다. 소설은 설재록(국교 ·3), 정광주(영교 ·2), 장영일(미술 ·4), 양승호(약학 ·3), 김양근(국교 ·2) 등의 작품이 게재되었다. 그리고 당시 교지 "조대학보" 6호에 실린 재학생들의 시 작품을 비평한 이한성의 평론도 있다.

　1974년 1년 동안 조대신문에 시를 발표한 재학생은 이한성(국교 ·4), 이돈균(국교 ·3), 고승주(국문 ·4), 김준태(독교 ·3), 오대교(국문 ·3), 백수인(국교 ·2), 배상수(무역 ·1), 변길섭(국교 ·1), 김정식(경제 ·3), 황항윤(국교 ·2), 이윤수(응미 ·2), 박용석(국교 ·3), 정광주(영교 ·3), 고영환(국교 ·4), 이종하(지교 ·4) 등이다. 수필을 발표한 재학생은 정건조(법학 ·3), 김진구(국교 ·1), 최명진(약학 ·1), 박순만(국교 ·3), 전상훈(국교 ·2), 유춘호(약학 ·4), 한화섭(경제 ·3), 박경희(음악 ·4), 노재찬(수학 ·3), 조성기(의예 ·1), 송찬진(정외 ·1), 김종덕(가교 ·3) 등으로, 총 22편이다. 소설은 유춘호(약학 ·4), 조성기(의예 ·1), 임운섭(기계 ·2), 정광주(영교 ·3), 배정택(국교 ·2), 김경준(화공 ·3), 설재록(국교 ·4) 등의 작품 9편이 발표되었다. 평론을 쓴 사람은 윤평현(국문 ·4)과 정철(국교 ·4)이다.

　이 무렵 조대신문 지면 등을 통해 작품을 가장 활발하게 발표한 사람은 군에서 제대하여 복학한 학생 시인 .김준태이다. 그는 이미 문단에 등단하여 전국 문예지에도 작품을 열심히 발표하였지만, 학내의 매체에도 끊임없이 시 작품을 선보여 조대문단을 주도했다. 이 점에서는 월간문학으로 등단한 이한성과 전남일보 신춘문예에 당선한 설재록도 마찬가지였다. 이들 세 사람은 등단한 문인이면서, '나락문학동인' 들이었다. N.O.P 회원인 정광주는 시, 수필, 소설 등의 여러 장르에서 괄목할만한 활동을 보였다.

이 시기(1970~74년)에 학생 문단을 주름 잡던 학생들 중에서 문학의 길을 버리지 않고, 후에 문단에 등단한 사람은 김종, 김용재, 고승주, 전상훈, 박형동, 배상수, 김영곤이 있다. 김용재는 1995년 "월간문학" 신인상에 시 '바다일기' 외 4편이 당선되어 등단하였고, 1998년 첫 시집 "솟대 끝 물새부부"(시와사람)를 펴냈다. 고승주는 1990년에 시집 "휘파람새"(도서출판 정석)를 내면서 시인으로 활동하고 있다. 전상훈은 1991년 "문학공간" 신인상에 시 '울엄니' 외 4편이 당선되면서 문단에 나왔다. 박형동은 1997년 계간 "문학춘추" 신인상을 받아 등단했다. 배상수는 1994년에 계간 "문학춘추"에 시 '뒷동산'외 2편이 당선된 데 이어, 1995년에 "문예한국"에 시 '월계리에서' 외 3편이 당선되어 등단하였다. 현재 조선대학 생물과학부 교수인 김영곤(필명 김들샘)은 1998년 "문학세계" 신인문학상을 수상하면서 등단하였고, 금년에 시집 "내 마음 속뜰에 피는 여백"(도서출판 천우)을 냈다.

당시 학생문단에서 작품을 발표했던 재학생 중 현재 조선대학 교수로 재직하고 있는 사람도 많다. 김영곤 외에 김수중(국어국문학부), 김정식(경제·무역학부), 정오진(환경공학부), 권순열(국어국문학부), 고현(디자인학부), 김남순(특수교육과), 유찬수(과학교육학부), 양영기(생물과학부) 등이 그들이다. 그 시절 수필을 발표했던 김왕현과 연극평론을 발표했던 정철은 지금 각각 동신대 미술학과와 무대예술학과 교수로 있다.

시를 발표했던 이윤수는 송원대 산업디자인학과 교수로 재직하면서 시적 이미지를 일러스트와 접목시키는 작업을 하고 있다. 평론을 썼던 윤평현은 국어학자로 전남대 국문학과 교수로 있다. 70년대에 시와 소설 등 여러 장르에 걸쳐 조선대학 문단에서 가장 활발히 활동했다고 할 수 있는 정광주는 대한민국미술대전에서 대통령상을 받은 중견 서예가로서 활동하고 있다. 소설을 썼던 장영일은 중견 서양화가로 호남대와 목포대에 출강하고 있다.

1975년 3월 국문학과 신입생인 손동연이 "전남일보" 신춘문예에 동시 '국어시간의 아이들'로 당선의 영광을 안았다. 이 해 5월 27일 7시 광주학생회관에서는 N.O.P 문학동인(회장 유희성, 지교 ·3)의 작품발표회가 열렸다. 이 발표회에서는 이영진(국교 ·2)의 시 '길바닥' 등 30여 편의 작품이 낭송되었다. 6월 3일 7시 30분 광주 YWCA 대강당에서는 나락문학동인의 문학의 밤이 열렸다. 이날 행사에서 지도교수 임영천(국교과 전강)은 수필 '허리띠 철학'을 낭송하여 회원들을 격려했다.

또한 김준태(독교 ·4)의 시 '상상력을 사세요' 등 21편의 시와 산문이 발표되었다. 그리고 문리대 국문학과 2학년 학생들은 10월 12일부터 15일까지 시내 '하니문다실'에서 시화전을 개최하였다. 정태헌, 김병학, 김민규 등을 주축으로 한 이 시화전은 1년 후에 이루어진 '터앝문학동인회' 탄생의 계기가 되었다.

(3) 국문학과 중심 '터앝' 동인 결성

1975년 1년 동안 조대신문에 시를 발표한 학생은 김종(대학원 국문), 손동연(국문 ·1), 김진구(국교 ·2), 변길섭(국교 ·2), 박성만(치의예 ·1), 천동희(국문 ·2), 정봉기(국교 ·3), 김영순(국문 ·2), 김준태(독교 ·4), 백수인(국교 ·3), 유희성(지교 ·3)

등이다. 수필을 쓴 학생은 박광렬(경제 ·2), 윤혜숙(국문 ·4), 배상수(무역 ·2), 전상훈(국교 ·3), 복정화(약학 ·2), 김팽진(경영 ·1), 김병학(국문 ·2), 안환민(영교 ·1), 노재찬(수교 ·4), 김해영(국교 ·3), 송광영(기계 ·4), 고기종(치의예 ·2) 등이다. 단편소설에는 정광주(영교 ·4)의 '산지기', 최재훈(국교 ·1)의 '두 개의 별', 변길섭의 '역행동화'가 연재되었고, 김종원(금속 ·4), 정찬주(경영 ·1), 정광주, 최재훈 등의 꽁트가 발표되었다. 평론을 쓴 학생은 장기호(국교 ·2), 장병호(국교 ·2) 등이다.

이 해에 발간된 조대학보 제9호, 사대학보 제4호 등 교지에 실린 작품들도 대개 조대신문을 통해 이름이 알려진 학생들의 것이다. 조대학보에 시를 발표한 재학생은 김종, 김준태, 백수인, 김영순, 변길섭, 김진구, 김영박(국교 ·2), 천동조(국문 ·2), 이재환 등이다. 사대학보에 시를 발표한 학생은 김종, 김준태, 백수인, 유형민(미교 ·3), 오선식(영교 ·3), 변길섭, 김진구 등이다. 조대학보의 소설은 정광주, 김민규(국문 ·2)의 작품이고, 사대학보의 소설은 정광주, 최재훈, 은진희(국교 ·2)의 작품이다. 두 학보 모두 동문 소설가 문순태의 단편을 싣고 있다.

1976년 당시 대학원 국문학과에 재학 중인 김종의 시 '장미원'이 중앙일보 신춘문예에 당선되는 영광을 안았다. 이 해 6월 18일 저녁 7시 나락문학동인회의 문학의 밤 행사가 광주 YWCA 대강당에서 열렸다.

당시 조선대학에 문학동인으로 조직되어 활동하고 있는 동아리는 "N.O.P 문학동인회"와 "나락문학동인회"였다. N.O.P가 자연계열 학과 재학생들을 중심으로 결성되어 점차 국문과나 국교과 등 전공학생들로 회원을 확장해 나갔다면,

나락은 국교과 재학생 중심으로 결성되어 다른 학과 재학생들로 회원을 확장해 나갔다고 할 수 있다. 그런데 여기에 새로운 문학동인이 결성되어 활동에 들어갔다. 그것은 다름 아닌 "터알문학동인회"였다. 1976년 8월 20일 결성된 터알은 입회 자격을 "문리과대학 국어국문학과 재학생"으로 못박고 있는 것이 특징이다. 터알의 창립은 정태헌, 김민규, 김영호, 김병학, 정은이(이상 3년), 양원장(2년), 모혁남, 이승범, 이효복, 송은범(이상 1년) 등 15인의 회원으로 시작하였으며, 초대 회장은 정태헌이 맡았다.

> 오늘보다 나은 내일의 발전은 창조에 있다. 창조란 불붙는 정열이며, 살아있는 정신의 확인이 뜨거운 사랑이기도 하다. 창조는 펜 끝에 있는 것이 아니며 인간의 마음과 정신, 숫제 인간의 온몸에 있다. 때문에 사랑하는 사람, 타인에 애정을 베풀 줄 아는 사람이야말로 진정한 창조를 잉태하려는 것이라 하겠다. (중략) 우리의 목적은 우리의 문학적 역량을 배양하며, 절실히 요청되는 문학관을 확립함으로써……
>
> － 1976년 8월 20일, 터알문학동인회의 '발기문' 중에서

이와 같이 터알은 인간애를 바탕으로 문학적 역량을 키우고 문학관을 확립한다는 분명한 취지를 갖고 출발한 것이다.

이 해 9월 13일부터 18일까지 N.O.P 회원인 유희성(지교·4)의 시화전이 금남로 상지다실에서 열렸다. 이 시화전에는 20여 점의 작품이 전시되었다. 이어서 N.O.P 시화전이 9월 28일부터 10월 3일까지 충장로 수양다실에서 열렸는데, 김영심(간전·1)의 '새벽' 등 20여 회원들이 작품을 선보였다. 11월 11일 저녁 6시 30분 광주학생회관 대강당에서는 "제13회 조대문학의 밤" 행사가 개최되었다. 이 행사에서는 박두

진의 '시인공화국'을 녹음시로 감상하였고, 임장택(지교 ·1)의 시 '창가에서', 최윤길(국교 ·2)의 시 '내 그림자를 묻으며' 등 18편의 시와 변길섭(국교 ·3)의 꽁트 '아버지의 유산', 배상수(무역 ·3)의 수필 '우리들의 아픔' 등 6편의 산문을 낭송으로 감상했다. 11월 16일 오후 2시 30분과 7시 두 차례에 걸쳐 열린 "제6회 사대의 밤"에서는 이금안(국교 ·2)의 시 '아내에게', 홍성담(미교 ·3)의 시 '성인연습'을 비롯 7편의 시와 정수채(국교 ·1)의 꽁트 '파란 대문' 등 2편의 산문이 발표되었다.

1976년 한 해 동안 조대신문에 발표된 문학 작품은 양적으로 시, 평론, 소설에 비해 수필이 많았다. 시는 김종현(국문 ·4), 조영욱(전자 ·1), 유희성, 김용규(국문 ·1), 소장영(의학 ·3), 임장택, 박소영(국문 ·1), 이승범(국문 ·1), 정은이, 최윤길, 송용식(건축 ·4) 등 12편에 불과했다. 이에 비해 수필과 컬럼은 상대적으로 많은 편수가 발표되었다. 정태헌, 양구승(국문 ·1), 장성례(영교 ·3), 김인수(정외 ·2), 장영근(의예 ·2), 임정숙(약학 ·3), 임시혁(경제 ·1), 김병만(국교 ·1), 송은범(국문 ·1), 이정란(전자 ·1), 박광렬(경제 ·3), 고대희(국문 ·2) 등의 작품 60여 편이 발표된 것이다. 소설은 김효숙(국문 ·2)의 '장마', 배상수의 '소용돌이'가 각각 4회씩 연재되었고, 임장택, 최재훈, 장자옥(대학원 국문)의 꽁트가 게재되었다. 평론을 발표한 재학생은 변길섭과 장병호(국교 ·3)였다.

1975~6년에 조대문단에서 활동했던 사람 중 꾸준히 문학의 길을 걷고 있는 사람은 앞에서 이미 언급한 시인 김준태, 김종, 손동연, 배상수, 전상훈 외에 시인 김영박, 수필가 정태헌, 시인 이효복, 시인 박성만, 시인 최윤길, 소설가 최재훈 등이다. 시를 썼던 홍성담은 민중미술 분야의 중진화가로 명

성을 얻었고, 평론을 발표했던 장병호는 교원대에서 박사학
위를 받고 전남도교육청 장학사로 있다.

14. 70년대 후반기 학내 문학 활동

(1) 모래성 독서회 ·소루회 등 그룹별 문학활동 전개

 그 시절 대학에서의 문학 활동이란 동인회 별로 정기적인 모임을 갖고 회원 작품들을 윤독하고 상호 비평하는 일이 주였다. 그리고 한 해에 한 차례씩 회원들의 기량을 선보이는 문학의 밤을 열곤 했다. 문학의 밤은 주로 충장로에 위치한 광주학생회관이나 대의동에 있는 광주 YWCA의 강당을 빌려 이루어졌다. 학내에 적당한 강당이 없어서이기도 했지만, 무엇보다도 시민들이나 고교생 문예반 학생들과 호흡을 같이하려면 시내에 있는 시설이 적절했기 때문이다.
 또 개인 시화전이나 동인회의 시화전도 중요한 문학 활동 중하나였다. 시화전은 대개 대학생들이나 시민들의 출입이 빈번한 시내의 다실에서 개최되는 것이 보통이었으나, 비용이 만만치 않기 때문에 선뜻 엄두를 내기란 그리 쉬운 일이 아니었다. 동인지를 내는 것도 등사판이면 몰라도, 활판 인쇄라면 학생들로서는 그 비용이 엄청났기 때문에 계획만 세워 놓고 좌절되기가 일쑤였다. 그래서 학생들의 작품 발표 무대는 "조대신문", 종합교지인 "조대학보", 그리고 각 단과대학 별로 발간된 단과대학 학보일 수밖에 없었다.
 1977년에는 학내 문학 활동이 비교적 활발하게 이루어진 해였다. 조선대학의 중심적인 문학 동아리인 "N.O.P", "나락", "터알" 외에도 그룹별 문학 활동이 이루어졌기 때문이다.

"모래성독서회"의 문학의 밤, "소루회"의 시화전, "의대 문학의 밤", "국문과 2년 시화전" 등이 그러한 활동이다.

이 해에 "N.O.P"는 "석혈(石穴)"로 동아리 명칭을 바꾸었다. "석혈"(회장: 최재훈, 국교 ·3)은 6월 4일 저녁 6시 30분 학생회관 대강당에서 "초여름 작품 발표회"를 가졌는데, 여기에서는 김광식(기계 ·4)의 시 '너의 눈빛' 등 18편의 작품이 낭송되었다.

"나락"(회장: 최윤길, 국교 ·3)의 문학의 밤 행사는 6월 8일 저녁에 광주학생회관 대강당에서 열렸다. 이 행사에서는 시인 이성부의 '벼'와 시인 김광섭의 '성북동 비둘기'가 녹음시로 낭송되었고, 조영욱(국문 ·2)의 시 '나의 사랑은 하느님의 눈물로'와 임장택의 꽁트 '비 개인 날 오후' 등 24편의 회원 작품이 선보였다. 선배 동인인 시인 김준태와 작가 설재록도 참여했다.

"터알" 동인은 이 해에 첫 작품 발표회 행사를 가졌다. 6월 14일 저녁 7시 YWCA 소심당에서 가진 이 발표회에서는 이재춘(국문 ·4)의 시 '빛과 어둠', 김민규(국문 ·4)의 꽁트 '무당의 축복' 등 회원들의 작품이 발표되었다.

"모래성독서회"(회장: 천광영 수교 ·3)는 6월 16일 저녁 7시 20분에 광주학생회관 대강당에서 문학의 밤을 개최했다. 이 행사에서는 유순남(수교 ·4)의 시 '약한 자에게', 이기호(경영 ·2)의 수필 '고독' 등 22편의 작품이 발표되었다.

"소루회" 시화전이 9월 20일부터 24일까지 5일간 충장로의 수미다실에서 열렸다. 소루회는 국어국문학과와 국어교육과에 재학 중인 숭일고 동문들의 문학 모임이었다. 이 시화전에는 양구승(국문 ·2)의 '사모곡' 등 7인의 회원 작품 20편이 전시되었다.

의과대학생들의 문학 활동이 활성화되었다. 제1회 "의대 문학의 밤"이 개교기념일인 9월 29일 저녁 6시 30분 YWCA 소심당에서 열렸다. 고성민(의학·1)의 시 '낙서의 서'와 장하경(간호·1)의 시 '새' 등 회원들의 작품이 낭송되었다. 처음 열린 의대 문학의 밤은 당시 의과대학생들의 문학에 대한 관심을 반영한 것이다. 이 무렵 의과대학에 "동맥" 문학동인이 탄생하였고, 조대신문 등 학내 매체에 의대생들의 참여는 어느 때보다 두드러졌다.

국문학과 2학년 학생들의 시화전이 10월 26일부터 30일까지 금남로의 상지다실에서 열렸다. 이 시화전에는 송은범의 '낙엽은' 등 국문학과 2학년 재학생 16명의 작품 31편이 전시되었다. 당시 국문학과 교수였던 시인 박홍원과 김종은 각각 '다도해의 아침', '청춘'이라는 작품을 찬조하여 학생들의 문학 활동을 격려했다.

1977년 한 해 동안 조대신문에 시를 발표한 사람은 이효복(국문·2), 김부수(국교·2), 박혜천(자원·4), 조영욱(국문·2), 임시혁(경제·2), 박종추(국문·1), 김규조(국교·3), 김정식(경제·3), 고대희(국문·3), 심재택(독교·2), 박현우(국문·1) 등이다. 수필 혹은 컬럼을 쓴 학생은 배상수(무역·3), 김효숙(국문·3), 김선진(기계·4), 김민규(국문·4) 김용식(치의예·1), 서진수(경제·3), 김왕근(치의예·1), 박광자(국문·1), 김현자(약학·3), 송은범(국문·1), 허영돈(치의예·1), 임홍순(음교·2), 서문석(경제·3), 최익균(응미·2) 등 40여명에 이른다. 임장택(지교·2), 임현수(국문·1), 김치성(국교·2), 구임규(국문·1), 이상운(의예·2), 배동일(국문·1), 허영돈 등은 꽁트를 썼고, 한정안(체육·3), 최남연(건축·3) 등은 단편소설을 연재했다. 그리고 이나영(의예·1)은 희곡을 2회 분재하였고, 유연숙(미교·1)은 동화를 발표했다.

(2) '동맥회' 활동 가시화,

1978년에도 예년처럼 문학동인 '석혈'과 '나락'의 문학의
밤이 열렸다. '석혈'(회장: 박종추 국문·2)은 제13회 초여름
작품발표회를 6월 2일 7시 광주학생회관 대강당에서 가졌다.
이 행사에서는 박영천(국교·2)의 시 '한'과 전기용(국문·3)
의 꽁트 '비' 등 총 20편의 회원 작품이 발표되었다. '나락'
(회장:임장택 지교·3)은 6월 9일 7시 30분 광주학생회관 대
강당에서 문학의 밤 행사를 열었다. 이 행사에서는 회원 작품
22편이 발표되었다.
이 해에 특기할만한 일은 의과대학 문학동인 '동맥회'(회장:
석동호 의학·1)에서 제1회 시화전을 연 일과 5개 동아리가
참여하여 '연합시화전'을 개최한 일이다. '동맥회'는 6월 20
일부터 25일까지 6일간 금남로에 위치한 '상지다실'에서 회
원들 작품을 선보이는 시화전을 개최하여 좋은 반응을 얻었
다. 한편 '연합시화전'은 조선대학 개교 32주년 기념 축제
행사의 하나로 열렸다. 9월 25일부터 30일까지 교내와 시내
의 다실에서 열린 이 시화전에는 '나락문학동인회', '석혈문
학동인회', '터알문학동인회', '모래성독서회'와 '유네스코
학생회'가 참여하였다.
'문학의 밤', '시화전' 등 의과대학 문학동아리 '동맥회'의
활동이 가시화되면서 의치학 계열 학생들의 활동이 눈에 띄
게 활발하였다. 1978년 한 해에 조대신문에 소설을 발표한
학생 9명 중 의치약 계열 학생은 5명이다. 박화정(의예·1)은

꽁트 '엉뚱한 행운'을 발표했고, 박남수(치의예 ·1)는 단편 '물망초의 노래'를 3회에 걸쳐 연재했다. 또 이상운(의학 ·1) 의 단편 '버려버린 의미', 이나영(의예 ·2)의 단편 '모래성' 이 각각 3회 동안 연재됐다. 그리고 당시 의과대학 교수였던 임춘평(피부과 조교수)은 '꿈', '꿈나무' 등 두 편의 시를 발 표하기도 했다. 한편 박성만(치의학 ·2)은 79년도 전남매일 신문 신춘문예에서 동시 '수틀'로 가작에 입상하는 수확을 거두었다.

1978년에 또 하나의 수확은 월간 '시문학'지에서 전국 대학 생을 대상으로 현상 모집한 '대학시'에서 조선대학 재학생 최윤길(국교 ·4)의 '가을 문 밖에서'가 당선작으로 뽑힌 것이 다. 이 작품의 전문은 다음과 같다.

가을엔 누군가 온다고 했다.
은밀한 낙엽으로 누군가 온다고 했다.
뼈시린 창밖 빈가지 사이를
短命한 빛살의 조바심으로
누군가 속삭이듯 온다고 했다.

무풍지대에 선 바람개비와
잡히지 않는 한줌의 노래
나의 발뿌리마저 깊게 하여
천길의 바닷물이 고이게 하고
이 무쇠같은 어둠을 두드리려
누군가 온다고 했다.
정작 가을엔 누군가 오겠지
온 하늘을 잡아 흔드는 억새꽃 사이
하많은 설렘의 몸짓으로
누군가 누군가 숨죽여 오겠지.
어둠의 질서를 다급하게 깨뜨리는

때묻은 비늘을 벗고
눈물의 뿌리와 서러운 흉터가 보일 때까지
가을엔 누군가 온다고 했지.

　　　　　－최윤길의 '가을 문 밖에서' 전문

이 작품은 당시 대학생들의 의식을 잘 반영해 주고 있다. 박
정희의 유신독재가 절정에 달하던 무렵 대학생들은 '무쇠같
은 어둠을 두드리려' 누군가 오기를 간절히 고대하고 있었
다. 그 '누군가'가 인물이건 사건이건 간에, '어둠의 질서를
다급하게 깨뜨리' 기를 바라는 존재가 오기를 염원하고 있는
것이다. 70년대의 대학생들의 시는 이 시에서처럼 시대를
'어둠'으로 인식한 은유가 주종을 이루었다.

1978년 조대신문에 시를 발표한 학생은 백수인(대학원 국
문 ·2), 조영욱(국문 ·3), 차주경(무역 ·2), 최익균(응미 ·3), 김
양근(국교 ·3), 모혁남(국문 ·3), 구철수(전자 ·1), 임장택, 김
용철(법정 ·1), 김용규(국문 ·3), 고진광(지교 ·2), 이현종(국
교 ·2), 박병성(국교 ·1) 등이다. 또한 수필을 발표한 학생은
김귀석(국문 ·1), 정덕효(국문 ·2), 서말심(가교 ·2), 김성식(국
교 ·3), 최복수(국교 ·2), 양구승(국문 ·3), 김병구(경제 ·2), 하
영례(독교 ·1), 심한구(금속 ·3), 안환민(영교 ·3), 구임규(국
문 ·3), 이지현(간호 ·1), 서용태(의예 ·1), 정회옥(전산 ·1), 노
상채(경제 ·3), 박민수(물리 ·2), 김영룡(법학 ·2), 박현우(국
문 ·2) 등 40여 명에 이른다. 앞에 언급한 의치학 계열 학생 5
명 외에 윤종훈(법정 ·1), 최재훈(국교 ·4), 김강진(정외 ·2),
이순형(경제 ·2) 등이 조대신문에 소설을 발표한 학생들이다.
그리고 김경희(전산 ·1)는 평론 '식민지하의 민족문학'을 썼

다.

 종합교지 '조대학보'(1978) 제12호에 시를 발표한 학생은
신준호(화공·4), 이효복(국문·3), 이진규(법정·1), 김성식(국
교·3), 김정식(경제·4), 민진국(국교·2), 오대교(국문·4), 김
희봉(물리·2), 최윤길 등이다. 그리고 수필은 황선(국문·2),
유재혁(국교·4), 최경미(정외·2), 조영규(치의예·2), 김용수
(국교·2)의 작품이 게재되었다. 소설은 김강진의 '길'이 발
표되었다.

 (3) 작품집 출간, 신춘문예 당선 등 활발

 1979년의 학내 문학활동은 '나락', '터알', '석혈', '동맥'
등의 문학동인회가 주축이 되어 활발한 모습을 보여주었다.
의과대학 동맥 문학동인회(회장: 조대현 의학·1)는 제2회 시
화전을 6월 11일부터 16일까지 6일간 열었다. 11일부터 4일
간은 충장로의 금호다실에서, 15일부터 2일간은 의과대학 강
당에서 개최했다.
 이 시화전에는 손예선(간호·1)의 '여운', 정만(의예·1)의
'일출' 등 회원 작품 30편이 전시되어 호평을 받았다. 터알
문학동인회(회장:박현우 국문·3)는 6월 7일 저녁 7시 금남로
대의동에 있었던 광주 YWCA 소심당에서 문학의 밤을 가졌
다. 이 행사에서는 조영석(국문?1)의 시 '동그라미', 이선희
(국문·1)의 시 '그럴 수는 없었다' 등 20여 편의 회원 작품
이 낭송되었다. '나락'과 '석혈'도 예년처럼 6월 중에 광주
학생회관 대강당에서 각각 문학의 밤을 갖고 활발한 문학 활
동을 과시했다. 특히 동맥문학동인회의 활동은 다른 문학동

아리에 비해 두드러졌다. 6월의 시화전에 이어 개교기념 축제 기간에 문학의 밤 행사도 열었기 때문이다. 제3회 '동맥 문학의 밤'은 9월 24일 6시 광주학생회관 대강당에서 개최되었는데, 이 행사는 합창시, 시, 수필, 꽁트, 독후감 등 총 17편의 작품이 낭송되었다.

1979년에 조선대학 동문 문인 네 명이 작품집을 선보였다. 작가 주길순, 시인 박홍원, 작가 이명한, 시인 이한성이 그들이다. 작가 주길순은 세 번째 창작집 장편 "강물에 핀 열화"(범조사)를 출간했다. 이 소설은 일제 시대부터 4?19에 이르는 시간적 배경을 바탕으로 한 농민 일가의 삼대에 걸친 이야기를 통해 보여 준 민족수난사이다. 이 작품의 출판기념회는 5월 17일 오후 6시 가톨릭센터 7층 대강당에서 많은 문인과 친지들이 모인 가운데 열렸다. 시인 박홍원은 제3시집 "나무용의 웅얼임"(시문학사)을 상재했다. 이 시집은 유신시대의 사회상을 실어증 시대로 인식하고 알레고리적 언어로 현실 비판의 메시지를 담고 있다는 평을 받았다. 이명한의 첫 창작집 "효녀무"(시인사)는 문예지에 발표한 작품 중 12편을 골라 묶은 것이다. 그의 작품은 서정적 세계를 바탕으로 한 전통적 정신을 추구하는 특성을 드러내고 있다. 이한성은 첫 시집 "과정"(한국문학사)을 내 놓았다. 그는 이 시집으로 시조 형식의 다양한 시도를 통해 현대 시조의 시적 역량을 높이는 데 이바지하였다는 평가를 받았다.

70년대가 저물어갈 무렵, 그 해 10월 궁정동의 총성은 유신의 어두운 그림자를 걷어 냈다. 그러나 계엄령과 함께 대학은 바로 휴교에 들어갔다가, 11월 23일부터 다시 정상 수업에 들어 갔다. 이후 발생한 12.12 사태는 군부의 움직임이 심상치 않음을 짐작하게 하였으나, 한편으로는 긴급조치 관련 구속학생들의 석방과 제적 학생들의 복적 소식이 전해 졌다. 모든 국민들이 불확실한 미래를 향해 숨죽이며 한 해를 보내고 있을 때, 조선대학 재학생과 동문의 80년 신춘문예 당선소식이 들려 왔다. 박성만(치의학·2), 이삼교(국문과 동문), 백성우(국교·2)가 그들이다. 79년 전남매일 신춘문예에 가작으로 입선했던 박성만이 이번에는 조선일보 신춘문예 동시부문에 '불씨'라는 작품으로 당선의 영광을 안았다. 그리고 전남매일 신춘문예 소설 부문에 이삼교의 단편 '석화포(石花圃)'가 당선작으로, 백성우의 단편 '햇살에 기대어'가 가작으로 뽑혔다. 박성만의 당선작인 동시 '불씨'는 다음과 같다.

> 겨울 들판
> 아이들이 불씨를 심는다.
> 가슴 가슴마다
> 활활 타오르는 훈훈한 불꽃.
>
> 마른 풀잎 위에
> 이슬처럼 내려놓으면
> 풀잎을 타고 가서
> 차곡차곡 뿌리에 쌓이는 빛살
>
> 바람에 날려가는 불씨는
> 꼭꼭 발로 밟아
> 땅속 깊은 곳에 심어 두고
> ―어떻게 피어 날까?
> 궁금한 마음도
> 바람따라 모두 돌아간 뒤
>
> 추워서 어깨를 움츠린 눈송이들이
> 기웃기웃
> 먼저 찾아오는 것은

봄이면 피어날
아지랑이가 숨어사는 때문이다.
따뜻하게 따뜻하게
아이들이 불씨를 심어 놓은 때문이다.

             - 박성만의 '불씨' 전문

　한편, 1979년 한 해 동안 조대신문에 시를 발표한 학생은 김
귀석(국문 ·2), 이효복(국문 ·4), 정찬주(경영 ·2), 구교성(전
자 ·2), 박병성(국교 ·2), 조영욱(국문 ·4), 윤봉환(치의예 ·1),
이술학(국문 ·1), 기호철(전자 ·3), 김룡기(기계 ·4), 이희자(가
교 ·1) 송병림(전자 ·1), 김재수(기계 ·2) 등이다. 수필을 쓴
학생은 신광식(경영 ·4), 김성식(국교 ·4), 한희정(응미 ·1), 유
갑천(국문 ·3), 김종식(의예 ·1), 김문호(물리 ·1), 이영란(간
호 ·3), 복병욱(경상 ·1), 박경숙(전산 ·2), 정현숙(사학 ·4), 심
한구(금속 ·3), 이계만(법학 ·4), 박동순(법정 ·1), 김성룡(법
학 ·4), 신경(약학 ·4), 김치성(국교 ·3), 이곤섭(국문 ·3), 송준
기(응미 ·4), 박유선(법정 ·1) 등 30여 명에 달한다. 꽁트는 안
환민(영교 ·4), 조준현(경제 ·3), 윤영기(국교 ·3), 김철호(영
교 ·2), 윤여흔(경상 ·1)이 썼다. 그리고 단편소설은 이순형
(경제 ·3), 이상운(의학 ·2), 이효복, 정순애(영교 ·2), 이나영
(의학 ·1), 김용철(경상 ·1)이 발표했다. 최익균(응미 ·4) ·유
재민(전자 ·3)은 연극평을, 강치웅(국교 ·4) ·김성수(국문 ·3)
는 문학평론을 썼다.

제3장
문학의 확산과 도약

1. 귀향의식 환기로 인간성 회복 시도
- 작가 이삼교

(1) 고향과 도시의 대비로 서민 애환 그려

작가 이삼교는 1938년 전라남도 완도군 신지면 월양리에서 태어나, 후에 광주로 이거하여 성장하였다. 그는 조선대학 부속 중·고교를 졸업한 후 1961년 조선대학 법학과에 입학하면서 조선대학과 인연을 맺게 되었다. 그러나 그는 어린 시절부터 간직하고 있었던 문학에 대한 꿈과 집념을 버리지 못하여 1962년에 법학과를 휴학했다. 그리고 휴학기간 동안 국문학과 강의실에 들어가 무단 청강생 노릇을 하면서, 당시 재학생이던 작가 문순태를 만나 교유하게 된다. 1965년에 복학하면서 뜻한 바대로 국문학과로 전과하여 독서와 습작 등 문학 공부에 심취하게 되었다. 1966년 군입대로 다시 휴학하여 1969년 제대한 후 복학했다. 그는 이 무렵 조대신문사 편집장으로 활동하기도 했다. 그리고 1971년 국문학과를 졸업함으로써 만학도 생활을 마감했다.

그가 문단에 얼굴을 보이기 시작한 것은 언론 통폐합 직전인 1980년 전남매일신문 신춘문예에 단편 '석화포'가 당선되면서 부터이다. 이로써 그는 40이 넘은 나이에 늦깎이 신인 작가가 된 것이다. 여기에 그치지 않고 그는 이듬해인 1981년에는 동아일보 신춘문예에 단편 '대각선'이 당선됨으로써 중앙문단에 화려하게 데뷔했다. 그는 그 해에만 4편의 단편을 각 종 문예지에 발표하는 등 패기를 보여주어 늦깎이 출발을 만회하였다. '백자' (전남문단, 1981), '환상의 못' (소설문학, 1981), '무너지는 밤' (한국문학, 1981), '그 목선의 세계' (문학사상, 1981)가 그것이다. 그 이후에도 '비상하는 바위' (소설문학, 1982), '정물점경' (주간조선, 1983), '틈입자' (월간문학, 1983), '미로의 여름' (전남문단, 1984), '안개해빙' (소설문학, 1984), '여름의 끝' (지역문화, 1985), '가항종점' (월간문학, 1985), '아살박' (한국문학, 1985), '역광' (현대문학, 1986), '종이칼' (한국문학, 1986), '날개와 풍향' (소설문학, 1986) 등 화제작을 꾸준히 발표함으로써 각종 문예지 월평에서 평론가들로부터 좋은 평가를 받아 문단의 주목을 받았다.

그는 1986년에 등단 이후 발표한 단편 16편을 묶어 첫 소설집 "아살박"(도서출판 산하)을 내놓았다. 이 첫 소설집은 그의 초기작의 성향을 잘 보여준다. 그의 초기작은 주로 인간의 본질을 귀소의식 혹은 귀향행위로 제시한다. 즉, 고향공간과 도시공간의 대비적 설정으로 산업사회에서의 평범한 서민들의 꿈과 좌절을 그려내고 있다. 문학평론가 임헌영은 이삼교의 초기 소설 특성으로 '뛰어난 자연 묘사', '고향 찾아가기의 구성'을 들고 있다. 뛰어난 자연 묘사는 그의 전 작품에 드러나는 특성으로 탄탄한 문장과 함께 예술성을 돋보이게 하는 요소이다. '고향 찾아가기의 구성'은 못살게 된 고향 공간에서 도시공간으로의 이동과 도시화 된 삶의 모습에서 다시 고향공간으로 회귀하는 것을 말한다. '날개와 풍향', '가항종점', '비상하는 바위', '안개해빙', '정물점경', '틈입자', '미로의 여름' 등이 이러한 구조를 가진 작품들이다.

이삼교에게 소설문학이란 중 ·하류층 인간군상들의 소박한 꿈과 그 좌절에 대한 위로의 형식이다. 그는 짤막한 이야기를 통하여 대개 할아버지―아버지―아들의 3대가 겪는 혼란과 격변의 역사 속에서의 살아남기와 보다 잘살기에 대한 안간힘을 느끼게 만든다. 그에게는 거대한 민족사적 관점보다도 하잘 것 없는 이웃들이나 주변에서 흔히 만나는, 그러면서도 지나치기 쉬운 평범한 사람들의 삶의 진국이 더 짙게 배어 나온다.

― 임헌영의 '이삼교의 작품세계' 중에서

소시민의 귀향의식을 다룬 초기작 중에서 '아살박'과 '역광'은 현실의식을 암시적으로 내세우고 있다. 이와 같이 현실에 대한 관심을 암시적으로 처리한 것은 작가의 역사의식과 사회비판적 현실인식에 대한 문학적 수용으로 보인다. 또한 농촌의 모습을 그려내는 서사 태도에서 근대화로 인한 물질숭배를 경계하는 비판적 시선을 갖는 것도 같은 맥락에서 이해할 수 있다. 그의 초기 대표작으로 평가받는 '아살박'에서는 미치광이로 고향에 돌아 온 '형'을 통해 사회적 제약을 간접적으로 보여 주고 있다. '할아버지의 고난' 이후 '골방'이 갖는 상징성과 말미에 아버지와의 '약조'를 드러냄으로써 현실인식을 암시적으로 처리하고 있기 때문이다. '역광'은 남편과 아들을 시국으로 잃은 할머니가 작은아들과 손자인 대학생 '지섭'에 대해 온 신경을 곤두세우는 모습을 통해 역사의식을 암시적으로 드러내고 있는 작품이다. 특히, 남북 분단 문제를 다룬 '무너지는 밤', '여름의 끝', '그 목선의 계절' 등은 그의 소설적 지향이 현실문제와 역사의식으로의 이행에 앵글을 맞춰가고 있음을 보여준다.

  (2) 현실비판과 통일 지향의 소설

작가 이삼교는 문단에 나온 지 10년, 첫 소설집을 낸 지 5년 만인 1991년 두 번째 소설집 "돌멩이와 까마귀"(황토)를 출간했다. 이 작품집은 첫 소설집 "아살박"(도서출판 산하, 1986) 이후 각종 문예지에 발표한 작품 중 단편 13편을 묶은 것이다. 여기에 실린 13편의 단편은 첫 소설집 출간 이후 그의 문학적 변모를 짐작하게 해 준다. 첫 소설집이 주로 고향 공간을 배경으로 한 귀향모티브를 다루었다면, 그 이후 작품들에서는 사회 현실의 문제에 보다 적극적으로 접근하고 있다고 하겠다. 이러한 서사 태도는 소설이 당대의 사회 현실을 반영하고 재현해 내는 예술이라는 그의 문학관과 작가 정신의 치열성에 기인한 것으로 보인다. 그가 이 작품집에서 보여 준 현실문제는 주로 농촌사회의 붕괴, 교육재단의 비리, 민족 분단의 아픔 등이다.

표제작인 '돌멩이와 까마귀'에서는 사기전과자인 장봉도라는 인물을 내세워 사이비 민주운동가들의 위선과 지식인들의 부패상을 꼬집어내고 있다. 농촌 출신 장봉도는 대학을 나온 지식인이지만 사회 정의와 도덕에 무감각하고 자신의 명리만을 쫓는 인물이다. 결국 사기전과자가 되어 고향에 내려오게 된 장봉도는 민주투사의 가면을 쓰고 농협조합장 선거에 나갈 것을 꿈꾼다. 그래서 순박한 농민인 형의 가보나 다름없는 소까지 팔아 사전 선거 자금으로 쓴다. 하지만, 선거가 연기되고 일이 뜻대로 되지 않자 고향에서 종적을 감추고 만다. 작가는 장봉도를 통해서 민주화 과정에 있는 우리 사회의 위선적 양상을 꼬집어내면서 농촌을 지키고 있는 순박한 농민들의 인간적 모습을 대비적으로 그리고 있다. '가장(家長) 그리기'는 농촌을 떠나와 도시에서 장갑공장을 차려 부와 명예를 누리고자 했던 아버지가 도시빈민으로 전락하여 전전긍긍

하는 모습을 '나'라는 관찰자를 통해 해학적으로 그린 작품이다.

'풀잎과 바람의 기억'은 시골 사립중학교의 교사들에 대한 재단의 전횡과 비리를 다룬 작품이다. 미술교사 장인옥의 시각을 통해 학교재단의 교사 채용과 사표 강요 등 온갖 추악함이 어떻게 자행되는가를 보여준다. 이 작품을 확대 해석하면, 권력을 가진 억압자와 피억압자의 관계를 보여줌으로써 자본주의 사회 구조 속에서의 갈등을 알레고리화한 것으로 볼 수 있다.

'광주문제'를 다루고 있는 작품은 '그대 고운 시간'과 '부끄러움을 위하여'이다. '그대 고운 시간'은 11세 소년인 '나'가 겪은 광주항쟁을 회상하는 형식으로, 광주의 현장에서 그의 가족이 맞닥뜨린 상황을 세밀하게 보여 주고 있다. '나'에게는 5.18 당시 스무 살 나이로 행방불명된 누나에 대한 기억이 정지된 시간으로 남아 있다. '부끄러움을 위하여'는 광주민중항쟁이라는 사건을 중심으로 '나'와 박상민이라는 두 인물의 시국관과 현실관의 대립과 갈등을 그리고 있다. 작가는 이 작품에서 단지 '80년 광주'를 다루는 데 그치는 것이 아니라, 이를 역사관의 문제에까지 확장시키고 있다. 아버지의 유품을 통해 아버지가 친일파의 앞잡이였음을 안 '나'는 뒤늦게 부끄러움을 깨닫게 된다. 그리하여 '나'는 성민이 광주의 후유증으로 죽었다는 사실을 신문에서 읽고, 성민의 고향이며 자신의 고향인 채우도를 찾는 것으로 결말을 내고 있다. 이 두 작품은 '광주'의 진실을 통해 역사를 보아야 한다는 강렬한 메시지를 담고 있다. 이와 같은 작품은 '광주 문제'에 대한 소설적 접근 태도로서 매우 바람직한 방향이라고 평가할 수 있다. 왜냐하면, '광주 문제'는 진실을 밝혀야 할 부분과 역사적 맥락에서 평가해야 할 부분을 소설미학적 장치 속에 수용할 때에만 문학으로서 성공할 수 있기 때문이다.

'유년의 여름'과 '백두산에서 만난 사람'은 6.25 전쟁의 아픈 체험, 남북분단, 이민, 이산가족 문제 등을 제기한 소설로 통일을 지향하는 작품이다. '유년의 여름'은 6.25 전쟁의 생생한 체험을 재현하여 독자로 하여금 전쟁이 가져다준 아픔과 민족 통일이 얼마나 소중한 것인가를 깨닫게 해 준다. '백두산에서 만난 사람'은 민족 분단으로 인한 이민, 고국에 대한 그리움, 동포애 등을 형상화하여 우리 민족이 통일을 지향해야 하는 당위성을 제시하고 있다.

작가 이삼교는 두 번째 소설집 "돌멩이와 까마귀"에 이르러 사회현실에 대한 인식을 확대해 나가고 있다. 특히, 그는 문순태의 지적처럼 "민족문제를 분단의 비극적 한(恨)의 차원을 넘어서 분단극복으로 통일을 지향하는 입장에 접근"하고 있음을 알 수 있다.

그에게는 두 권의 소설집 외에 공저로 출간한 8인 수필집 "황토에 부는 바람"(세종출판사, 1983), 한국현대작가걸작선 "괜찮게 생긴 여자"(다락원, 1987), 교육소설집 "누이를 위하여"(실천문학사, 1987), 광주항쟁 10주년 기념 작품집 "부활의 도시"(인동출판사, 1990), 4인꽁트집 "네 사람이 쓴 일흔 두 편의 짧은 이야기"(세종출판사, 1999) 등이 있다. 한국문인협회, 한국소설가협회, 광주?전남 소설문학회 회원으로 활동하고 있다.

그는 1971년 조선대학을 졸업한 이래 지금까지 줄곧 숭일중학교 국어과 교사로 재직하고 있다. 1991년 제5회 광주문학상을 수상했다.

2. 한국 최초의 '어린이 서사시'
- 시인 박성만

　시인 박성만은 1955년 전라남도 보성군 겸백면 사곡리에서 태어났다. 동신고를 거쳐 1975년 조선대학 치과대학에 입학하여 1982년 졸업했다. 졸업 후 조선대학 대학원에 진학하여 1990년 치의학 석사학위를 받았다.

　그는 대학 재학 시절에 이미 문단에 등단하여 시인으로서 문명을 얻었다. 치의학과 2학년 때인 1979년 1월 전남매일신문 신춘문예에 동시 '수틀'이 가작으로 뽑혔고, 이듬해인 1980년 조선일보 신춘문예에 동시 '불씨'가 당선되었기 때문이다.

　동시는 텍스트 내부에 어린이적 상황 설정을 전제로 하는 아동문학의 한 장르이다. 즉, 어린이 화자, 어린이 청자, 어린이 관점, 어린이 화제 등의 조건에 부합해야 아동문학이라고 할 수 있다. 성인이 순수한 어린이의 시각과 심성으로 세계를 관찰하고 이를 어린이의 어조로 표현하는 일은 결코 쉬운 일이 아니다. 아동문학가는 어린이들과 생활하는 시간이 많은 교육계 종사자들이 대부분이다. 그런데, 시인 박성만처럼 치의학을 전공한 치과의사가 동심의 세계를 이해하고, 이를 시적으로 승화시키는 작업을 하는 동시를 선택한 경우는 퍽 드문 일이다.

　박성만은 등단 이후 '풀잎', '엄마품'(열아홉 번째 피는 꽃, 전남아동문학가협회지 제19집, 1980.5), '길'(월간 새벗,

1982.8), '감나무'(월간 아동문예, 1983.10) 등을 꾸준히 발표하여 동시단에서 호평을 받았다. 특히 그는 월간 "아동문예" 1984년 5월호부터 1985년 7월호까지 14회에 걸쳐 어린이 서사시 '성웅 이순신'을 연재하여 아동문학계의 주목을 받았다. 이 작품은 이순신 장군의 일대기를 서사시로 읊은 것으로 우리 나라 아동문학사에서 처음 있는 일이었다. 이 작품은 한 권의 시집으로 출간되었는데, "지금 싸움이 한창 급하니"(아동문예사, 1986)가 그것이다. 그의 어린이 서사시는 역사의식을 바탕으로 애국애족 정신 함양과 아울러 시적 정서를 고양시키는 교육적 효과를 염두에 둔 기획으로 보인다. 동시인 문삼석은 박성만의 어린이를 위한 서사시를 다음과 같이 평가했다.

> 사실 평범한 개인이 아닌, 한 시대의 역사적 상황을 집약적으로 구현한 인물의 생애를 시라는 제약된 틀 속에 수용한다는 건 결코 쉬운 일이 아닙니다. 특히 어린이를 위한다는 전제를 할 때에는 그 어려움이 가중되지 않을 수가 없습니다. 그런데도 박성만 시인은 적절한 상황의 선택, 무리없는 사실의 일관성 유지, 그리고 이순신의 인간적 풍모에 초점을 맞춘 시상의 전개 등으로 비교적 단단한 구조를 창출하고 있을 뿐만 아니라 간결하고 평이한 시어를 구사하여 어린이들에게도 쉽게 수용될 수 있는 시적 공간을 창조하고 있습니다.
>
> -문삼석, '서사시의 가능성'(월간 아동문예 1985년 8월호) 중에서

'어린이 서사시'의 가능성을 열었다는 평가를 받은 박성만은 이러한 문학적 업적으로 1985년 12월에 "한국동시문학상"을 수상했다. 그는 1986년동에 어린이들을 위해 자신의 동시 작품을 수록한 "꿈의 달력"을 제작하기도 했다.

이 밖에 그의 주요 작품으로는 '종소리'(여천문학, 1987), '허수아비'(여수문학, 1988), '눈오는 밤'(소년한국일보. 1990), '첨성대 속에 숨은 별의 얼굴'(소년한국일보, 1992), '겨울 햇살'(여천문학 제1집, 1995), '앞니'(파아란 꿈 고운 동시, 2000) 등이 있다. 이 중 대표작이라고 할 수 있는 다음 작품에 그의 시적 특성이 비교적 잘 드러나 있다.

어린
겨울 햇살은
걱정도 많습니다.

여기저기 기웃거리며
잘 있어요?
별일 없어요?
시냇물 속의 피라미에게도
갈색 무늬 다슬기에게도
인사합니다.

들길의 꽃씨와
여린 풀뿌리도 춥지 않을까

시린 손 호호 불며
짧은 해 종일
조금씩 데워놓고 다닙니다.

어린
겨울 햇살은
할 일이 참 많습니다.

　　　　－ 박성만의 '겨울 햇살' 전문

이 작품에서 '겨울 햇살'은 미물에까지 마음을 나눠주는 인정 많은 어린이로 의인화된 주인공이다. 그는 지상의 존재는 물론이고, 시냇물 속에 있는 피라미나 다슬기 같은 존재에게도 인사를 건넨다. 또한 꽃씨나 풀뿌리에게도 따스한 정으로 온기를 나눠주는 베풂의 정신을 가진 착한 마음씨의 소유자이다. 이처럼 그는 범애중적 태도로 순수한 동심의 세계를 표현하고 있다.

　시인 박성만은 한국문인협회 여천지부장을 지냈으며, 현재 여수시 학동에 소재한 박성만치과의원 원장으로 있다.

3. 동심의 서정과 역사의식
- 아동문학가 김관식

시인 김관식은 1954년 전라남도 나주군 공산면 신곡리에서 태어났다. 그는 1974년 광주교육대학을 졸업하고, 1984년 조선대학 회계학과 2학년에 편입하여 1984년 졸업했다. 졸업한 해에 조선대학 대학원 경영학과에 입학하여 1986년 2월 경영학석사 학위를 받았다.

그가 본격적으로 문단 활동을 시작한 것은 1979년 월간 "아동문예"에 동시 '토끼 발자국'이 추천완료 되면서이다. 이것은 그에게 새로운 변신을 꾀한 일이기도 하다. 왜냐 하면, 그는 이미 1976년 지금의 광주일보 전신인 전남일보 신춘문예에 평론 '방랑자의 비애 - 박용철론'으로 입선한 바 있기 때문이다. 아동문학가로 변신한 그는 문단 활동 4년만인 1983년 첫 동시집 "토끼 발자국"(아동문예사)을 내 놓았다. 이 시집은 제1부 아침 풀밭에서, 제2부 여름밤, 제3부 알밤 형제, 제4부 토끼 발자국, 제5부 새가 하늘을 날 때는, 제6부 영산강 등 6부로 구성되어 57편의 작품이 들어있다. 두 번째 동시집은 1990년 동화문학사에서 출간한 "꿀벌"이다. 이 책에는 89편의 동시가 제1부 산란기, 제2부 바다, 제3부 고추밭의 가을은, 제4부 산마을의 겨울밤, 제5부 개구쟁이 일기장, 제6부 박물관, 제7부 꿀벌로 나뉘어 실려 있다. 그의 세 번째 동시집은 1996년 아동문예사에서 펴낸 "꽃처럼 산다면"이다. 이 시집에는 92편의 작품이 8부로 나뉘어 실려 있다. 제1부

배추흰나비야, 제2부 꽃처럼 산다면, 제3부 비누의 소원, 제4부 6월의 나무들, 제5부 별, 제6부 들, 제7부 할머니, 제8부 할아버지의 고향이 그것이다.

제1시집과 제2시집에서 1,2,3,4부를 봄, 여름 가을, 겨울의 4계절을 바탕으로 한 계절적 특성에 따라 작품을 배치하고 있음을 발견할 수 있다. 이와 같은 시집의 편제에서도 알 수 있듯이 그의 시는 계절의 변화에 따른 자연 환경에 동심을 투사하고 있는 점이 특징이다. 가령, 봄에는 제비, 나비, 종달새, 감꽃, 연꽃, 목련꽃, 진달래, 찔레 등을 노래하고, 여름이면 바다, 부채, 소나기, 낙지, 매미, 물새, 뻐꾸기, 반디, 수박, 참외 등을 소재로 하고 있다. 그리고 가을이면, 들국화, 코스모스, 갈대, 은행잎, 알밤, 감, 고추, 국화, 옥수수, 잠자리, 다람쥐 등을 소재나 제재로 삼고, 겨울이면 눈, 난롯불, 고드름, 연, 동백꽃 겨울새 등의 서정을 노래하고 있다. 문학평론가 심윤섭은 그의 시를 "항상 주제가 선명하게 처리되어 동시로서의 진가를 잘 발휘해 주고 있다."고 전제하고 "소박한 감성과 서정성에의 추구에 따뜻한 휴머니즘이 살아있다."고 평가하고 있다.

또 하나의 특성은 연작시들이 점점 많은 비중을 차지하고 있는 점이다. 제1시집에는 연작시 '영산강' 10편이, 제2시집에는 연작시 '꿀벌' 15편이 실려 있다. 이에 비해 제3시집에는 '별' 10편, '들' 10편, '할머니' 10편, '할아버지의 고향' 10편 등의 연작시가 실려 있다. 이는 시인 김관식이 개성적 시 세계의 확립을 위한 창조적 공간의 모색으로 보인다. 특히 '영산강'에서 강의 실체를 "굽이굽이 / 조상의 숨결 // 대대로 / 물려 내려온/ 흥겨운 옛 가락"으로 민족의 역사적 흐름으로 파악하기 때문에 "강가에 서면 / 임진년 의병들의 / 함성",

호남의 의병장 "김덕령, 김천일 장군 / 그 무서운 호령"을 들을 수 있다. 그리고 그는 연작시 '꿀벌'을 통해 화해정신, 근면정신, 선비정신, 민족애, 봉사정신 등 인간이 지녀야 할 마땅한 덕목들을 어린이 마음에 기대어 형상화하고 있다. 이와 같은 점으로 미루어 그의 시는 단순한 동심의 서정을 표출하는데 그치는 것이 아니라 역사적 안목과 정신을 함양하려는 교시적 기능을 염두에 두고 있음을 짐작할 수 있다.

한편, 그의 작품은 3.4조, 7.5조 등 전통적 율조를 살려 운율적 친화력을 갖도록 하고 있으며, 참신한 이미지의 창조와 변환, 풍자와 상징 등의 시적 장치를 활용하고 있다. 이러한 그의 시문법은 평이한 시어를 구사하면서도 동시의 품격을 높이는 데 기여한 것으로 판단된다.

소복소복
하얀 꿈이 내린다.

나뭇가지 위에도
지붕
위에도

세상은
온통
포근한 목화밭.

할머니는
소록소록 잠든
아가의 머리맡에서
물레를 돌려
윙윙
꿈을 잣는다.

실꾸리마다
아가 꿈이 감기는
겨울밤……

     - 김관식의 '겨울밤에' 전문

 이 시는 '눈은 꿈이다', '눈은 목화송이다.'라는 두 개의 은유 구조를 바탕으로 짜여져 있다. 이 두 개의 은유는 다시 '목화는 꿈이다'라는 새로운 은유를 창출해 낸다. 따라서, 밤에 내리는 눈은 꿈이며, 그것은 포근한 목화밭이라는 이미지를 만들어 낸다. 이 이미지는 할머니가 물레를 돌려 목화 솜으로 실을 잣는 모습으로 전환된다. 할머니는 꿈을 잣는 것이며, 그것은 아가의 꿈으로 물레에 감기는 것이다. 김관식 시인은 이처럼 친근하고 쉬운 동심적 연상으로 은유의 동일성을 확보하면서, 그것을 다시 새로운 은유로 병치시킴으로써 시적 기교를 더욱 돋보이게 하고 있다.
 시인 김관식은 조선대학 재학 당시에도 전남아동문학가협회 사무국장, '써레' 동인, 전남교단문학회 회원으로 왕성한 작품 활동을 하였다. 졸업 후, 고향인 나주에 거주하면서 1988년 나주문인협회를 창립, 창립 회장으로서 5권의 회지를 발간하는 업적을 남겼다. 특히, 그는 이 무렵 나주의 각지에 산재에 있는 전설, 민담, 설화 등 45편을 채집하여 "나주의 전설"(나주문화원, 1991)을 내놓았다. 1986년 제11회 전남아동문학가상을, 1997년 제16회 아동문예작가상을 각각 수상했다. 현재 한국문인협회, 한국아동문학인협회, 전국공무원문학협회 등의 문학단체 회원과 '써레', '별밭' 동인으로 문학활동을 하면서 경기도 부천시 소일초등학교 교사로 재직하고 있다.

4. 동심으로 본 아름다운 인간관계

- 아동문학가 정혜진

 아동문학가 정혜진은 1976년 "아동문예"에 동시 '꽃밭'외 5편이 추천 완료되어 문단에 나왔다. 그후 그는 활발한 창작 활동을 통해 그의 문학적 저력을 꾸준히 보여 주고 있다. 1976년 첫 시집 "바람과 나무와 아이들"(아동문예)을 낸 이래, "꽃목걸이"(아동문예, 1987), "빛깔로 크는 바다"(아동문예, 1990), "아버지의 돌탑"(아동문예, 1991), "어깨동무 꽃밭"(아동문예, 1992), "가을 햇살 한 줌"(아동문예, 1994), "솔잎 향기"(아동문예, 1996), "행복한 꽃밭"(아동문예, 2000) 등 8권의 동시집을 펴냈다. 그는 동시뿐만 아니라 동화작가로서도 문단의 인정을 받고 있다. 1990년 광주일보 신춘문예의 동화가 당선된 후 창작동화 17편을 묶어 동화집 "해바라기의 꿈"(아동문예, 1993)과 위인전기 "최경회 장군"(아동문예, 1988)을 내 놓은 바 있기 때문이다. 이와 같이 그는 지금까지 동시집, 동화집 등 10권의 작품집을 펴내는 문학적 열정을 보여 주었다.
 그의 동시는 긍정적 시각으로 세계를 해석하고 의미를 부여하는 특성이 있다. 그의 시적 대상은 방대한 시편들에 걸맞게 매우 폭이 넓지만 주로 자연물이 바탕을 이루고 있다. 자연물 중에 특히 '꽃'을 제재로 한 시편이 많은 것은 시인의 아름다운 심성을 짐작할 수 있게 한다. 자연물 중에 특히 '꽃'을 제재로 한 시편이 많은 것은 시인의 아름다운 심성을 짐작할 수 있게 한다. 따라서 그의 시적 태도가 자연친화적이고 긍정적 시선을 갖는 것은 당연하다. 이러한 그의 시세계는 시골적 정서에서 얻은 원체험에 근거한 것으로 보인다. 그의 원체험은 바닷가의 어촌, 들판이 있는 농촌, 숲과 산새들이 사는 산촌 등 그 영역이 매우 넓다. 이는 그가 어릴 적 교직에 있는 아버지 직장을 따라 시골의 여러 고을로 옮겨 다니면서 풍부한 체험을 쌓았기 때문으로 보인다. 그러므로 그의 동시는 시간적 측면에서 보면 추억의 공간이고 공간적 측면에서 보면 고향의 공간인 경우가 많다.

간밤에 내린
이슬방울.
손잡고 싶어서
쑤욱 내보낸
마디 하나가
요만큼 더 컸구나.

밤송이 닮은
머리카락.
올을 세워
쏘옥내민
보리싹이
이만큼 고개를 세웠구나

한줄기로
곧게 서서
하늘 우러른
네 모습은
꼿꼿한 의지로
바람에도 굽히지 않는구나.
　　　 － 정혜진의 '보리밭에서' 전문

이 시에서 화자는 농촌 들녘에 자라는 보리를 범상하게 인식하고 있지 않다. 보리가 꿋꿋하게 자라는 모습을 대견스러워하는 화자의 태도는 "밤송이 닮은 / 머리카락"이라는 의인화로 마치 어머니가 건실하게 자라나는 자녀를 보는 시각으로 드러나기 때문이다. 즉, 화자와 보리의 관계는 애정을 전제로 한 모자의 관계로 설정되어 있다. 이와 같이 그의 시 세계는 자연과 인간의 관계를 인간과 인간의 관계로 파악하고 있다. 그의 시가 갖고 있는 특징은 따뜻한 인간 관계를 강조하고 있는 점이다. 시인 전원범이 그의 시를 "자녀들의 성장과정을 노래한 것이며, 자녀들의 올곧은 성장과 이제 하나씩 이뤄져 가는 성취를 통하여 얻어지는 행복을 주로 다루고 있다"고 지적한 것처럼, 그가 초기부터 일관되게 강조하고 있는 정신은 가족애를 바탕으로 한 따뜻한 인간 관계의 실현이라고 할 수 있다. 이러한 정신은 다음 작품에도 잘 드러나 있다.

멀리 강남에서
달려온 봄비

새록새록 잠든 새싹
깨워 일으켜
아가의 얼굴만큼
예쁜 꽃 피우려고

땅 속까지 촉촉하게
스며들어 와
다독다독
보드랍게
손을 놀려요.

　　－ 정혜진의 '봄비' 전문

이 작품은 초등학교 4학년 1학기 "읽기" 교과서에 수록된 정혜진의 작품이다. 이 시는 '봄지'와 '새싹'과의 관계를 보여 주고 있다. 봄비는 새싹으로 하여금 "아가의 얼굴만큼 예쁜 꽃"을 피우도록 하는 조력자의 역할로 드러난다. 따라서 '봄비'와 '새싹'과의 관계를 인간으로 변환하여 보면 따뜻한 모자 관계의 사랑이 은유로 숨어 있음을 알 수 있다.

　아동 문학은 순수한 눈으로 세계를 바라보고, 그 순수를 인간의 바람직한 정신으로 실현하고자 하는 교시적 기능이 강조되는 문학 장르이다. 이러한 측면에서 자연과 인간, 인간과 인간과의 따뜻한 관계를 보여 준 정혜진의 문학적 성취는 돋보인다고 하겠다. 그는 이러한 문학적 업적으로 1985년 전남아동문학가상, 1987년 아동문예작가상, 1993년 한정동아동문학상 등을 수상했다. 그리고 현재 전남문협 부회장, 전남여류문학회 회장을 맡아 왕성한 문학활동을 하고 있다.

　정혜진의 본명은 정희자이며, 1949년 전라남도 고흥군 과역면에서 태어나 1967년 순천여고를 졸업했다. 이후 한천 초등학교, 화순 초등학교, 나주 초등학교 등의 여러 학교 교사로 재직하였으며, 현재는 장흥초등학교 교사로 있다. 1985년 조선대학 교육 대학원에 입학하여 1988년 2월 교육학 석사 학위를 받았다.

5. 향토성 짙은 서민적 애환
- 시인 노창수

　노창수는 시인, 시조시인, 평론가로 활동하고 있다. 그는 일찍이 1973년 "현대시학"에 시를 발표하면서 작품 활동을 개시했다. 그 후 1979년 전남일보(지금의 "광주일보" 전신) 신춘문예에, 1990년 월간 "한국시" 신인상에 그의 시가 각각 당선했다. 그리고 1990년 월간 "시조문학"에 시조가 추천 완료되었다. 한편, 1990년 "표현문학" 신인상 평론부문에 당선한 데 이어서 1992년 5월 "한글문학" 제15집에 평론이 당선되어 문학평론가로서 활약하기 시작했다. 그의 작품집으로는 시집 "겨울 記憶祭"(1990, 예원)가 있다.
　그의 시가 가진 특성은 향토적 서정성을 바탕으로 한 서민적 애환이 역사의식으로 용해되어 있는 점이다. 그는 시를 통해 가족이나, 가까운 이웃이 겪은 인간적 고통의 과거 체험을 민족사적 견지로 확장하여 해석하고 형상화하고 있다. 따라서, 그의 시는 형식적으로는 이야기가 들어 있는 서술시 형태를 취하는 경우가 많다. 또한 향토적 공간 설정과 어울리는 향토성이 짙은 전라도 방언 혹은 농사와 관련된 시어들을 구사하고 있음을 알 수 있다. '어머니의 모심기', '마산리의 여름 1', '마산리의 여름 2', '전라도식 투정', '쟁기질' 등의 작품에 이러한 특성이 비교적 잘 드러나 있다. 그런가 하면, 내면 의식을 은유화하거나 상징적 기법을 동원하여 형상화하는 다음과 같은 작품도 평자들에게 높은 평가를 받고 있다.

어지러운 세상에 뜬
물기 촉촉히 묻은
고독 하나 응시한다.

푸른 꽃들이 타는
목마른 소설 속에
그는 고개 숙여 걷고
어느덧
불로 태어난다.

세월이 돋는 하늘가
죄의식의 옷을 걸치면
가까이
바람이 인다.
거울 앞
알 수 없는 바람으로 인하여
자꾸만 날린다.
자꾸 발가벗겨진다 나는.

　　　- 노창수의 '거울 앞에서' 전문

　'고독'은 거울 속에 들어있는 화자 자신의 은유적 표현이다.
그 고독은 '불'로, 다시 '죄의식의 옷'으로 변환된다. '바람'은
화자의 내면의식의 잠재적 양심의 상징이다. 따라서, 이 바람으
로 인하여 허위의식은 발가벗겨지고 결국 화자는 '진실'을 지
향하게 된다. 문학평론가 한성우는 시 '월평'(한국시, 1999.4)
에서 이 작품을 두고 현대시에 있어서 '의식'을 미학적 장치로
차용한 대표적인 시로 평가하면서, "시인의 의식 속에서 외적
현실이나 사물 등이 해체되어, 주체적 의지와 사상 속에 재구성
되거나 변신된 사물이나 세계로 나타나고 있다"고 보고 있다.

아버지의 뜻일까
지저귀는 산중살이

소 모는 고삐 손에
노을 한 장 감겨 들고

속가슴 내민 기다림
소슬바람에 퉁겨본다.

　　　　－노창수의 '창호지' 전문

넘을 듯 쏠린 허리
자진모리 밀올리며

까마득히 부려라
타오른 오르가즘

휘어져
이승의 발이
미친 듯이 웃는다.

　　　　－ 노창수의 '바람과 갈대' 중에서

　위 두 편은 노창수의 시조 작품이다. 최근 들어 그는 시조 창
작에 더 열성을 보이고 있다. "한국시", "시조문학" 등의 문
예지에 의욕적으로 작품을 발표하고 있고, 평자들은 그의 시
조 작품을 매번 월평에서 문제작으로 주목하고 있다. 시인 이
기반은 시조월평(한국시, 1999.12)에서 시조 '창호지'를 "시
적 상상의 세계를 고도의 이미지로 형상화하고 있다"고 전제
하고 "전원 생활의 서경적 묘사 속에 스민 민감한 감촉이 중
장에서 두드러졌거니와 종장에서 매듭짓는 야무진 솜씨에서

이 시조가 지니는 매력을 진하게 느낄 수 있다"고 평가하였다. 시인 조주환도 '계간시조평'(시조문학, 1999. 겨울호)에서 시조 '바람과 갈대'를 두고 "바람부는 날, 일몰주변 바람에 쏠리고 휘어져 우는 갈대의 모습을 새로운 각도로 참신하게 형상화하고 있다.…… 일몰의 시적 상상은 긴장감을 불러일으키며, 일몰의 붉은 놀을 '끓는 피'와 '타오르는 오르가즘'에 각각 비유함은 참신하다"고 평가하고 있다. 이와 같이 그의 시조는 시적 긴장을 견지한 탄탄한 언어적 직조, 탁월한 이미지 생성의 기법, 비유의 참신함 등의 찬사를 받고 있음을 알 수 있다.

시인 노창수는 1948년 전라남도 함평군 학교면 마산리에서 출생하여 목포교육대학을 거쳐 한국방송통신대학 행정학과와 국어국문학과를 졸업했다. 그 후 1987년 조선대학 대학원 국어국문학과에 입학하여 1989년 8월 문학석사 학위를 받았다. 1989년 조선대학 대학원 국어국문학과 박사과정에 입학하여 1994년 2월 "한국 현대시의 화자 연구"라는 논문으로 문학박사 학위를 받았다. 그는 1993년 "시조문예상 본상", 1997년 "한글문학상", 1998년 "한국비평문학상"을 수상했다. 한편, 그는 국어교육 전문가로도 활약하고 있는 바, 이 분야의 논문과 저서도 많다. "글짓기지도의 이론과 실제" (1982), "독서지도의 실제"(1985), "언어훈련의 실제" (1985), "국어과 수준별 토의수업의 실제"(1998) 등이 그것이다. 현재 광주광역시교육청 중등교육과 장학관, 조선대학 국어교육과 겸임교수로 있다.

6. 맑은 사회 지향한 인간 구제의 문학
- 극작가 함수남

 1982년은 함수남에게 뜻 깊은 해였다. 그 해 3월 월간 "아동
문예"에 동극 '할머니의 생일'이, 4월 "월간문학" 신인상에
희곡 '늪地帶'가 당선되었기 때문이다. 이로부터 그는 극작
가로서 본격적인 문단 활동을 전개하기 시작했다. 그러나 그
는 이미 1960년대 후반 조선대학 부속고교의 연극부 지도교
사를 맡으면서 희곡 작품들을 창작하여 무대에 올렸었다.
1968년 제19회 진주개천예술제에서 조대부고 연극부에 의
해 공연되어 문교부장관상을 수상한 작품 '돌아온 사람들',
이듬해 20회에서 단체종합 우승 및 작품상을 수상한 작품
'어떤 우정', 1970년 동국대 주최 전국학생연극제에서 연극
지도상을 수상한 작품 '열풍지대'가 그가 등단하기 전에 이
미 그 작품성을 인정 받은 희곡들이다.
 함수남은 등단 이후 "월간문학", "수험생활", "금호문화",
"동방문학", "문학춘추" 등 각종 문예지와 한국희곡작가협회
에서 간행한 "연간희곡집" 등에 꾸준히 작품을 발표하여 중
견 희곡작가로서 전국적 위상을 굳혀 왔다. "월간문학" 1983
년 7월호 "희곡작법" 특집에 그의 희곡 "탈출기"가 희곡 작
품의 본보기로 실렸고, 1988년 제11회 전국대학연극경연대
회에서는 무대에 올려진 그의 작품 두 편이 모두 수상의 영광
을 차지한 사실이 이를 짐작하게 한다. 이 두편은 목포대 극
예술연구회에 의해 공연되어 대상을 수상한 '울어라 새여'와

한성대 낙산극회가 들고 나와 동상을 수상한 '바다여 가슴을 열어다오'이다. 또한 한국예술진흥원에서 1년간 각종 문예지에 발표된 작품 중에 우수작품을 뽑아 간행한 "한국작품선"에 두 번이나 수록되었다. 8편을 뽑은 1992년 "한국작품선"에는 그의 작품 '누가 우리를 움직이게 하는가'가 들어 있고, 5편을 뽑은 1993년 "한국작품선"에는 그의 작품 '결혼작전'이 실려 있다.

그가 지금까지 낸 희곡 작품집으로는 "늪地帶"(1983, 시인사), "아빠의 城"(1985, 중앙교육진흥연구소), "黃土재"(1991, 원방각)과 공저 "어린이 동극집"(1987, 대일출판사), "그 섬에 가고 싶다"(2002, 고글)이 있다. 그리고 장편동화집 "분이의 빈 공책"(1999, 아동문예)을 내기도 했다.

극작가 오학영은 함수남이 "희곡의 본질을 잘 터득하고 있어서 회화의 세련미를 위해 언어를 조련하고 탁마함으로 서정미라는 하나의 가치를 획득하였다."고 평가하였다. 이는 형식적 바탕을 지적한 것으로, 그의 희곡 작품이 '탄탄한 구성력', '언어의 서정성'으로 보고 있는 것이다. 내용면에서 그의 작품은 전반적으로 인간 구제를 지향하고 있다. 그는 가진 자와 못 가진자, 문질 문명과 자연, 도회와 농촌, 천대와 존중, 억압과 해방, 패륜과 인륜 등 대척적인 관계를 설정하여 그 지향점을 인간성 회귀에 두고 있기 때문이다. 이는 그가 지금껏 교직에 종사하는 교육자로서 가지는 교육 철학일 뿐만 아니라, 문학에 입문한 후 꾸준히 구현하고 있는 작가 정신이라고 할 수 있다. 가령 첫 희곡집 "늪지대"에 실린 작품들에 표출된 기계문명의 비인간성, 남성의 여성에 대한 폭압성, 현대인의 극단적 이기주의 등도 결국 이러한 문학 정신에 수렴된다. 제2희곡집 "아빠의 성"에 실린 작품들에 드러난 인간애와 인간 갈등의 문제, 제3 희곡집 "황토재"에 드러난 가치관의 혼돈 등도 크게 보면 '인간 구제'라는 주제 안에 포괄된다.

그리고 제3 희곡집을 상재한 1991년 이후 지금까지 20편 가까운 작품을 발표하고 있는데, 이 작품들에도 일관되게 그의 문학 정신을 구현해 가고 있다고 하겠다. 가령 "월간문학" 1997년 6월호와 7월호에 분재된 '매품 삽니다'는 옛날 이야기를 소재로 가지고 와서 관과 민, 가진 자와 못 가진 자의 관계를 희화적으로 그림으로써 현대 사회의 부조리를 알레고리화하고 있다. 극작가 김용락(공주대 교수)은 이 작품을 다음과 같이 평가하고 있다.

옛날 가난한 사람들이 어떻게 돈 많은 사람들에게 착취당했던가로 시작해서 벼슬아치의 횡포가 얼마나 심했던가를 보여 주는, 기가 막히게 오늘의 현실을 잘 풍자한 희극이다. 대개 희극은 극 구성이 엉성해지기가 쉽다. 그래야만 웃음이 쉽사리 유발되기 때문이다. 그러나 이 작품은 우리의 마당극이 안고 있는 희극성을 용의주도하게 활용하면서도 고도의 치밀한 구성력을 보이고 있어 이 작가의 걸작으로 꼽힐 것 같다. (중략) 따라서 1970년대와 80년대 초에 유행하던 우리 것의 현대화 노력이 우리의 전통연희를 서구극에 접목시키려던, 어설픈 시도로 끝났던 과는 달리 이 작품은 우리의 정서나 대사, 동작이 자연스럽게 서구극에 수용되는 작품이 아닌가 한다. 그러니까 그가 늘 추구하던 토착성이 강한 작품 세계를 크게 마무리하는 작품으로 성공한 것이라 할 수 있겠다.

— 김용락, '실험성이 돋보이는 작품들' (월간문학, 1997. 8월호) 중에서

이러한 그의 문학 정신은 결국 순수하고 인정 넘치는 인간 사회를 소망하고 있는 것이기 때문에, 그가 과거에 동극을 썼다거나 최근에 동화를 쓰는 데에 열의를 보이고 있는 사실은 같은 맥락에서 이해되는 극히 자연스러운 일이다. 그는 지금까지 동극, 희곡, 동화 등 다양한 서사장르에서 창작 활동의 열정과 뛰어난 예술성을 보여 주어 각종 문학상을 수상하기도 했다. 제4회 한국동극문학상(1984년), 제5회 한국희곡문학상(1985년), 제8회 동포문학상(1991년), 제5회 광주문학상(1992년) 등이 그것이다.

극작가 함수남은 1941년 전라남도 나주시 산포면 덕례리에서 출생하였다. 1959년 조선대학 국문학과에 입학하여 1963년 2월에 졸업했다. 재학시절 조대신문 편집장을 맡아 일했다. 1984년 2월 조선대학 교육대학원 국어교육전공을 수료, 교육학석사학위를 받았다. 대학 졸업 후 조대부고, 인성고, 송원고 교사를 거쳐 문성고 교감, 고려고 교감을 지냈다. 현재 고려고 교장으로 재직하고 있다. 전남일보 신춘문예 희곡 심사위원을 맡았고, 월간 "문예연구" 희곡 심사위원, 한국희곡작가협회 부회장, 한국아동문예작가회 동극분과회장 등을 지냈다.

7. 유기적 구조로 짜여진 언어 미학
- 수필가 김수봉

　김수봉은 수필가이다. 그는 1938년 전라남도 나주군 나주읍 청동리에서 태어나서, 광주서중과 나주고교를 졸업했다. 1958년 조선대학 문학과에 입학, 1963년 2월 졸업했다. 졸업하던 해부터 1976년까지 조선대학 부속고교에서 국어과 교사로 재직했다. 그는 이후 광주 살레시오고교로 직장을 옮겨 현재까지 40년 가까이 교편을 잡고 있는 교육자이기도 하다.

　그가 문학에 뜻을 둔 것은 대학에 입학하기 전 고교 시절이었던 것으로 짐작된다. 고교 3년 때인 1957년 3인 공동시집 "生의 樂園"을 내었기 때문이다. 조선대학 문학과 재학시절에는 조대신문에 수필을 발표한 적이 있다. 대학 4학년 때인 1962년 10월 11일치 조대신문에 발표한 '파이프 이야기'가 그것이다.

　김수봉은 송규호, 김구봉, 이삼교, 김옥애 등과 함께 1978년 결성된 "전남수필"에 창립 동인으로 참여하며 본격적인 수필 창작을 시작하였다. 그가 틈틈이 쓴 수필을 모아 첫 수필집 "全羅道 말씨로"(세종출판사)를 낸 것은 1982년의 일이다. 이후 1984년 "월간문학" 신인상에 그의 수필 "뜨락을 쓸면"이 당선됨으로써 등단의 관문을 통과하였다. 그리고 이 해에 김용복, 이삼교, 장생주, 정진홍, 김정수, 김형진, 한옥근 등과 함께 8인 수필집 "황토에 부는 바람"을 간행하기도 했다. 등단의 의례를 거친 그는 "월간문학", "현대문학", "한국문학" 등 중앙 문예지를 통해 활발하게 작품을 발표하여 문학적 기량을 과시하였다. 김수봉의 두 번째 수필집 "예던 길 앞에 있네"(문학관)가 1989년에, 낚시 이야기 "환상의 魚信을 찾아"(예원)가 1997년에 나왔다. 그리고 1998년에 세 번째 수필집 "역量가는 옛길"(미리내)을 내 놓았다.

김수봉의 수필은 "붓가는대로 쓰는 글"이 아니다. 그의 수필은 유기적으로 잘 짜여진 구조를 갖고 있으며, 언어의 멋과 맛을 살린 문장과 깊은 사색을 갖춘 언어 미학의 소산이다. 오창익이 월평(월간문학, 1988.8.)에서 김수봉의 수필 '그날의 기적 소리'(예술계)를 두고 "몰입과 자기 도취로 자칫 이완되기 쉬운 신변수필에서의 공감대를 간결한 문장, 긴축적인 문단 구성으로 착실하게 유지한다. (중략) 구성도 전개도 소설적인 수법이지만, 결코 소설이 따를 수 없는 정서의 구체화, 즉 자기 일상의 솔직한 객관화 작업이 거기엔 내재되어 있음을 알 수 있다."고 평한 것은 이러한 맥락에서 이해된다. 그의 수필은 참신한 비유와 알레고리를 통해 세태를 날카롭게 꼬집기도 한다.

그의 수필 영역은 다양하다. 어릴 때의 추억을 실타래처럼 끌어내기도 하고, 고향 이야기를 남도의 정서로 옮겨 놓기도 한다. 그런가 하면 신변 이야기를 통해서 바른 사회 만들기의 소망을 드러내기도 한다. 그의 수필 작품에 특징적으로 두드러지는 것은 세 가지로 요약할 수 있다. 첫째, 전라도 언어에 대한 애정과 방언학적 식견이 드러나 있는 점이다. 둘째, 낚시 취미와 관련된 취미수필의 한 점범을 보여 주고 있는 점이다. 셋째, 수필론을 수필로 쓴 '메타 수필'을 시도한 점이다.

첫번째의 특징은 그의 첫 수필집 "전라도 말씨로"에 잘 드러나 있다. 그는 "오늘날 전라도 사람들이 서울말, 아니 모든 타지방 말에 쉽게 동화될 수 있는 것은 우리 전라도 말의 뿌리가 선초의 말에 직접 연결되어 있기 때문이요, 천부적으로 언어감각이 예민한 주민이었다함을 누가 부인하겠는가." 하여 전라도 말에 대한 애정을 표출하고, 그 언어학적 가치를 평가하고 있다.

두 번째의 특징으로는 각 수필집마다 수 편의 작품이 낚시에 관련된 이야기이며, 그의 낚시 철학을 표명한 것들이 들어 있음을 발견할 수 있다. 특히 "환상의 어신을 찾아"는 "인생 60년 낚시 40년"이라는 부제가 시사하여 주듯이 그의 취미인 낚시에 얽힌 이야기를 쓴 것이다. 이는 취미수필이요, 일종의 이야기 수필이라고도 할 수 있다.

세 번째의 특징은 그의 30년 수필 창작에서 얻은 문학론이요, 수필 철학이라고 할 수 있다. 일종의 '메타 수필'로 '수필의 맛', '수필, 무엇을 쓸 것인가', '수필, 왜 쓰는가', '수필, 어떻게 써야하나', '수필, 언제 쓰는가', '수필, 누가 써야 하나', '수필, 무엇이 문제인가' 등의 작품이 이 범주에 든다. 다음의 글에 그의 수필문학관이 잘 드러나 있다.

> 생각이 떠오르도록 줄기차게 이어지는 뇌리의 되작거림이 있어야 한다. 어느 시간 어느 장소에서건 사물을 무심히 지나쳐보지 않아야 하고, 밑바닥이 안 보이는 깊고 캄캄한 우물 속에서 두레박질을 하듯 생각을 퍼올리려는 몸부림이 있어야 한다. 굳은 흙덩이처럼 되지 않게 내 감정에는 물기를 축여주고 부지런히 문장의 써레질도 해야 할 것이다.
> 수필은 아름다움과 깨달음, 그리고 지적, 정서적 즐거움을 함께 주어야 하는 언어 예술인 점이 그래서 강조되는 것이다.
>
> ― 김수봉의 '수필, 언제 쓰는가' 중에서

이처럼 그는 수필쓰기에 대한 철학과 예술가적 신념을 가지고 수필 창작에 몰두하고 있는 수필가이다. 그는 수필문우회, 수필문학진흥회 이사, 한국수필가협회 회원, 대표 에세이 회원, 무등수필문학회 회장으로 활동하고 있으며, 광주문인협회 회장을 지냈다. 제2회 '광주광역시 문학상'을 수상했다.

8. 간결한 묘사와 체험공간 형상화
- 시인 황하택

 시인 황하택은 지금까지 세 권의 시집을 냈다. "그날의 전선"(청목사, 1980), "내 고향 여천골"(홍익출판사, 1988), "더더 텅텅 텅 비우라에유"(월간문학출판부, 1990)가 그것이다. 따라서, 첫 시집을 낸 1980년을 그의 문단 데뷔 연도로 볼 수 있지만 그 이전의 활동도 주목할만하다. ROTC 1기로서 1963년 소위로 임관한 그는 중령으로 예편할 때까지 군문에 있는 동안 네 차례의 시화전을 개최하여 이미 언론의 스포트라이트를 받은 바 있다. 1964년 강원도 철원에서 첫 시화전을 가진 이래, 1967년 담양, 1969년 광주, 1972년 제주에서 개인 시화전을 가진 것이 그것이다.

 그가 바쁜 군생활 속에서도 문학의 길을 놓지 않았던 것은 그만한 연유가 있었다. 1952년 여수중학교에 입학한 그가 첫 인연을 맺은 담임 교사가 시인 정소파였다. 정소파는 3년간 줄곧 그의 담임과 국어과 교사를 맡으면서, 그의 문재를 발견하고 시 지도에 열정을 아끼지 않았다. 그리하여 1956년 여수고 1학년 시절 전교생을 대상으로 공모한 "순아 시집"에 최우수작으로 그의 시 '칠월'이 뽑히기도 했다. 이러한 감수성이 예민한 시절에 시인 정소파와의 인연은 그가 시심을 꾸준히 키우고 시인으로서의 사명감을 지키기에 충분했다.

 그는 첫 시집을 낸 후 본격적인 문단 활동을 시작했다. "문예사조", "시조문학", "한국시", "월간문학", "문학춘추",

"전쟁문학", "시와 산문" 등의 각종 중앙문예지에 시, 시조, 수필 등을 꾸준히 발표했다. 이러한 활동 중에 뒤늦게 공식적인 등단의 관문을 통과하기도 했다. 1991년 12월 "문예사조" 신인상에 시 '옥잠화'외 2편 당선, 1992년 가을 계간 "시조문학"에 시조 천료, 1992년 "문예사조"에 수필 당선 등이 그것이다.

그의 시는 세 가지의 의미 영역을 가지고 있다. 첫째 군 생활 동안 전방과 후방에서의 병영 체험을 드러내는 것이다. 첫 시집 "그날의 전선" 제1부의 '휴일의 전선', '흰 DMZ', '전선의 토요일' 등의 작품이 그것들이다. 이러한 시편들에 대해 시인 권일송은 "가장 귀한 젊음의 한 때를 대결의 극한상황과 그 불모지대에서 보낼 수밖에 없었던 소중한 자신의 체험 기반을 이렇게 형상화해 내지 않고는 견딜 수 없는 열정"이었을 것이라고 체험의 형상화에 대한 열정을 높이 평가하고 있다.

둘째 자연 풍물과 고향에 대한 애정을 노래 한 것이다. 첫 시집의 2부, 3부, 4부와 두 번째 시집 "내 고향 여천골" 등에 보이는 대부분의 시가 이에 해당된다. 그의 서정적 특성이 가장 두드러지게 드러나는 부분이다. 시인 정소파가 그의 작품을 두고 "시철학적, 예술적 외연성과 내면성의 깊이를 탐색하여 낭만성을 곁들일 줄 아는 시 본류의 운율성을 체득"했다고 평한 것도 그의 시에서 서정적 영역이 가장 특징적으로 돋보임을 말한 것이다.

남녘 먼 두메 마을
나무숲 아늑하고

온갖꽃 시새운 듯

흐드러져 피는 동네

흘러간 추억을 그려
호롱불이 노랗다.

동구 밖 서낭당 길
이끼 낀 돌담가에

한나절 식곤증에
살이 오른 원두막위

초생달 헛간 지붕을
걸터앉아 지샌 밤.

가버린 한 시절을
밭두렁 깔고 앉아
서로 그려 도란대며
나누던 옛 얘기도

천리길 먼 그 남녘 끝
언제 다시 들으리.

— 황하택의 '염향사(念鄕詞)' 전문

　세 수로 짜여진 시조이다. 고향에서의 추억이 '호롱불', '서낭당 길', '돌담가', '원두막', '초생달', '밭두렁' 등의 서정적 시어로 적절히 직조되어 애틋한 정서를 표출하고 있다. 특히, "초생달 헛간 지붕을 / 걸터앉아 지샌 밤"의 구절은 헛간 지붕 위에 떠 있는 고향 밤의 정취가 탁월하게 묘사되었을 뿐만 아니라, 밤을 새워 얘기하던 인간적 애정이 잘 스며있다. 이처럼 체험 공간에 대한 간결한 묘사와 비유적 표현이 그의 작품의 특징이라고 할 수 있다.

셋째 대사회적 메시지를 직설적으로 드러내는 것이다. '세상만사 1', '세상만사 2'와 세 번째 시집 "더더 텅텅 텅 비우라에유"의 시편들이 여기에 속한다. 이러한 시편들은 도덕이 붕괴되어 가는 현대 한국 사회에 대한 경종이며, 윤리의식 함양에 대한 실천적 철학을 담고 있는 강렬한 메시지로 보인다. 이와 같은 유형의 그의 시를 문학평론가 유한근은 "기존의 문학에서 벗어나고, 기존의 사회, 체제비판시인 민중시와는 다른 궤도에서 쓰여진 탈 정치적인 시"라고 규정하고 있다. 이러한 유형의 작품에 나타난 철학은 그의 저서 "삶과 사랑과 한국인"(종로서적, 1984)에 드러나 있는 정신과 맥을 같이 한다.

시인 황하택은 1939년 전라남도 여천군 삼산면에서 태어나 1959년 조선대학 정치외교학과에 입학, 1963년 졸업했다. 1969년 조선대학 대학원에서 정치학석사를 받았고, 2001년 2월 조선대학 대학원에서 정치학박사 학위를 받았다.

그는 문단뿐만 아니라, 사회 활동도 다양하고 활발하다. 국제라이온스협회 광주·전남 총재, 광주?전남 재향군인회 회장, ROTC 전남동우회 창립회장, 문화공보부 홍보위원 등을 역임했다. 보국포장, 보국훈장, 국민훈장 석류장, 대통령 표창 등 수많은 상훈을 받았다. 전남문학백년사업추진위원장, 전남문인협회 회장으로 일했고, 현재 계간 "현대문예" 발행인으로 있다. 그는 문학 단체를 이끌면서 1997년 "전남문학변천사"를 발간, 1999년 계간 "문학전남" 지 창간 등 굵직한 사업들을 성공적으로 수행하였고, "전남문학대표작선집"(전6권)을 간행했다. 1994년 전쟁문학회 문학상 시부문 본상을, 2001년 전남도문화상을 수상했다.

9.백악문학상 제정과 나락 문학동인지 발간

1980년 광주 민주화 운동의 좌절은 조선대학 내의 학생 활동을 크게 위축시켰다. 그러나 이 무렵 '나락', '터알', '석혈' 등 학내 문학 동아리들의 활동은 상대적으로 활발하였다. 가슴속에 응어리져 있는 젊은이들의 민주적 욕망을 우회적으로나마 표출할 수 있는 공간을 문화 속에서 찾을 수 있었기 때문이었으리라.

1981년 조선대학 학도호국단에서 제정한 '백악문학상'은 학내 문학 활동과 창작 의욕을 고취시키는 데 일조하였다. 이 해 6월 30일에 마감한 제1회 '백악문학상' 현상 모집에는 시, 시조, 소설, 평론 4개 장르에 총 412편의 작품이 응모되었다. 이와 같은 적극적인 호응은 당시 조선대학 내의 활발한 문학 활동을 짐작게 해 준다. 9월에 발표한 심사 결과는 각 부문에서 7명의 재학생이 수상의 영광을 안았다. 시 부문 당선작 정창근(기계공·2)의 '꽃 시장'에서 외 2편, 시부문 가작 윤광현(기계설계공·2)의 '굴비' 외 2편과 윤봉한(치의학·1)의 '종이비행기를 날리며' 외 2편, 시조 부문 당선작 손동영(국문·4)의 '별똥인생' 외 1편, 소설 부문 가작 백성우(국교·4)의 '봄 축제'와 정수채(국교·3)의 '광견', 평론 부문 가작 박상석(서반아어·2)의 '김현승론' 등이 수상작이었다. 후에 이상은 '학술·문학상'으로 확대되었다. 이후 이 문학상 현상 모집 제도는 학도호국단이라는 군사적 조직이 해체되고 총학생회로 개편되면서도 초기에는 지속되었으나,

1988년 학내 민주화 이후 조대신문사가 주관하는 '민족문화
상'이 제정되면서 이 '백악문학상'은 사라지게 되었다. 이
맥은 민족문화상에서 잇게 되고, 그 대상을 전국 대학생으로
확대하여 시행하게 되었다.

1981년 가을 조선대학의 대표적 문학 동아리 중 하나인 '나
락'은 동인지 '이런젼츠로 니르고져 훑배이셔' 제호의 창간
호를 발간했다. 이 동인지는 1981년 9월 10일 '밑음출판사'
발행으로 시판을 의도했는지 1,200원의 정가도 매겨져 있다.
이 책은 변형국판 120쪽에 청타로 인쇄한 것으로 37명의 선
후배 동인 작품 68편이 실려 있다.

나락 동인지 창간호의 특이한 제호 '이런젼츠로 니르고져 훑
배이셔'는 '훈민정음서문'에서 따온 것으로 정치적으로 억
압된 당시의 사회 상황에서도 젊은이로서 무언가를 표현해야
할 당위성을 상징적으로 암시하고 있다. 이 동인지 서문에
'시란 모든 환경─시간과 공간에 메워진 우리의 모든 주위를
동시에 파악할 수 있는 소박한 내면의 소리여야 한다. (중략)
그러므로 결코 말에 대한 사랑을 우리는 포기하지 않을 것이
다. 아름다운 외부와의 관계를 만들고 치열한 내상을 치료해
주는 창조의 신이 되어 돌아오는 언어를 만날 때까지 더많은
아픔, 더 많은 눈물로 써 가는 법을 배울 것이다'라고 밝혔
다. 이는 상황에 대한 올바른 파악과 인식을 바탕으로 한 창
조적 언어 의식의 발현을 목표로 삼는 '나락' 동인들의 당찬
선언이 아닐 수 없다.

이 책의 말미에 붙어 있는 동인들의 명단으로 미루어 보아
이 무렵 '나락'은 회원 수로 보아 양적으로 팽창해 가고 있음
을 짐작할 수 있다. 1학년 재학생 신입 회원이 24명에 이르고
있기 때문이다. 그런가 하면 제1회 백악문학상 수상자 7명

중 정창근, 윤봉한, 백성우, 정수채 등 4명이 '나락'에 소속된 동인이란 것은 당시 조선대학의 대표적 문학 동아리로서 손색이 없음을 입증해 준다. 그리고 이 동인지 창간호에 참여한 동인 중 후에 등단하여 작가로 활약하고 있는 사람은 시인 신병은, 수필가 이계양, 동화작가 임광순, 시인 김광순, 소설가 백성우 등이다. 그리고 이 동인지에 글을 싣지는 않았지만 동인으로 활동했던 최익균은 '최열'이란 필명으로 명성을 떨치고 있는 미술평론가이다.

'나락' 동인지 창간호의 발간은 암울했던 1980년대 조선대학 문학 동아리 활동에 활기를 불어 넣어주는 계기가 되었다. 비록 갱지에 청타로 인쇄한 작은 작품집이었지만 재학생들에게는 자신들의 문학적 열정에 대한 소중한 결실의 하나로 긍지를 가질만한 것이었다. 이후 나락은 10년 동안 6권의 동인지를 꾸몄다. 1983년 제2집 "우리들 숨결에 더운 불빛이 일 때까지", 1984년 제3집 "언제나 그리운 것은 남아 있더라", 1986년 제4집 "흩어지지 않는 가슴들로", 1988년 제5집 "전라도, 전라도 말씨로", 1990년 제6집 "밭으로 가는 길"이 그것이다.

10. 터알 창간호 발간

　1980년 벽두에 조선대학 "터알문학동인회"에서는 동인지 터알 창간호를 발간했다. 터알은 1976년 8월에 문리과대학 국어국문학과 재학생들이 결성한 순수문학동인이다. 결성된 지 4년만에 동인지 창간호를 발간했다는 것은 당시로서 매우 뜻 깊은 일이었다. 왜냐하면, 보다 앞서 결성되어 활발한 활동을 하고 있던 "나락 동인"의 경우 8년 만인 1981년에야 동인지 창간호를 낼 수 있었기 때문이다.

　"터알" 창간호는 국판 120쪽의 책이다. 이 책은 1980년 2월 25일 인쇄, 1980년 2월 29일 발행되었다. 특이한 것은 당시의 인쇄 사정을 반영하듯 원지에 타자로 쳐서 등사한 프린트본이라는 점이다. 당시만 해도 사진식자, 활판 인쇄, 청타 등의 인쇄 방법이 있었다. 그러나 이것들은 그 출판비가 비싸서 학생 동아리로서는 감당하기 어려웠다. 그래서 "터알"은 책의 품위를 갖추기 위해 표지만 사진식자, 떼셋 인쇄를 하고, 내용은 타자 프린트로 등사한 것으로 보인다.

　이 책에는 시 32편, 꽁트 2편, 수필 5편, 희곡 1편 등 총 40편의 문학 작품이 실려 있다. 작품 앞에 발기문과 동인회장 정경미의 발간사, 지도교수 박홍원의 격려사가 실려 있고, 부록으로 회직, 연혁, 동인명단 등이 실려 있다. 부록의 연혁에는 동인 결성 이후 활동들이 간단하게 정리되어 있는데, 1977년 6월과 1979년 6월에 각각 작품발표회를 가졌고, 1977년과 1978년에 하계봉사활동에 참여했다는 기록이 그것이다. 지도교수는 장태진 교수가 1976년부터 1978년까지 맡았고, 뒤를 이어 박홍원 교수가 1979년부터 맡아 오다가 1980년 현재는 김수중 교수와 함께 맡은 것으로 기록되어 있다. 이 때는 유신독재시절이어서 학내의 모든 동아리는 지도교수 책임 아래 학생처에 등록을 해야 했다.

창간호 발간 당시 지도교수를 맡고 있던 박홍원은 격려사 '작은 터에 뿌리는 꽃씨'를 통해 다음과 같이 격려하고 있다.

> 울 안에서 자라나던 꽃이며 나무들을 제거하고 불신의 담장을 드높이 쌓는 현대인들을 우리는 많이 보고 있다. 이러한 때 쉬지 않고 마음의 터전을 비옥하게 가꾸어 그 곳에서 아름다운 꽃을 피우기를 원하는 젊은이들이 있음은 다행한 일이다.
> 우리 국어국문학과 학생들에 의하여 만들어진 '터알' 문학동인회는 이름 그대로 국어국문학과의 울안에 마련된 작은 터라 할 것이다. 동인들은 이 터에 꽃씨를 뿌리고 나무를 심어 늘 푸른 잎과 개화의 아름다움을 보며 기뻐하고 있다. 더욱이 이 향기를 이웃에 전하기 위하여 "터알" 창간호를 발간하게 되매 그 경사를 말로 다 표현키 어렵다.

"터알" 창간호에는 지도교수, 졸업생, 재학생이 모두 참여하고 있다. 지도교수 박홍원은 시 '소나기 오는 날에'로, 지도교수 김수중은 시 '어둠 속의 우리는'을 이 책에 게재하였고, 이효복 등 졸업생들도 작품을 실었다. 이 밖에 이 창간호에 작품을 게재한 사람은 시에 김성수, 박병규, 신근홍, 문성곤, 정재학, 이우정, 정경미, 이선희, 조영석, 이술학, 이철웅, 모혁남, 송은범, 박현우, 박종추, 이승범, 곽형렬, 김영준 등이고, 꽁트에 유갑천, 박병익 등이다. 또한 수필을 발표한 사람은 박현숙, 임해순, 이정선, 곽형렬, 김창호 등이고, 희곡을 발표한 사람은 정재학이다.

이 땅에
3월의 피맺힌 함성이
아직은 두 눈 부릅뜨고 있는데
4월의 잠 못 이루는 영혼들이
묘지를 방황하며 흐느끼는데

물러갔던 쪽바리의 게다짝 소리는
또다시 높아가고
정의와 자유의 칼날엔 파란 녹이 슬어가는데
시진한 오후의 강변엔 잡초만 우거지는가

　　　　　- 박종추의 '영산강 이야기' 중에서

　창간호에서 동인 작품 한 편을 뽑아 인용해 보았다. 보는 바
와 같이 비교적 직설적으로 표현된 작품이다. 이 시가 유신독
재 말기인 1979년에 씌어진 것으로 추정한다면 당시의 억압
된 분위기 속에서 젊은 대학생들의 역사의식과 사회의식이
어떠했는지를 단적으로 짐작할 수 있다. 이 작품 외에도 이
책에 실린 이선희의 '어둠 속에서', 송은범의 '겨울 동물원'
등은 당시의 시대를 고뇌하는 젊은 대학생들의 의식을 상징
적으로 표현한 작품이다.
　이와 같이 "터앝" 창간호는 120쪽의 타자 프린트본에 불과
하지만, 오늘날 터앝문학동인회 활동의 기초가 되었다는 점
에서 그 역사적 가치를 인정할만하다. "터앝" 동인지는 1982
년에 2호를 발간한 이래 지금까지 12호에 이르고 있다. "터
앝문학동인회"는 현재 26기 동인까지 이어져 오면서, 매주
금요일 공개 품평회를 개최하는 등 활발한 활동을 하고 있다.

11. 깨끗한 정조의 사랑 노래

- 시인 윤경중

  시인 윤경중은 1938년 전라남도 함평군 해보면 상곡리에서 출생하여 1963년 조선대학 정치학과를 졸업했다. 그는 대학 졸업 후 교직에 투신하여 초?중등학교에서 교사생활을 했다. 보성예당초교, 함평신광초교, 해보초교, 승주월전중, 진도조도중, 영암낭주고, 남도예술고, 구례북중, 영광홍농중, 영광여중, 나주공산중, 나주중 등이 그가 학생들을 지도해 온 학교들이다. 이와 같이 그는 여러 학교에서 후세 교육에 전념해 오면서 한편으로는 타고난 예술적 기질을 버리지 못하고 틈틈이 시와 서예 등 예술 창작에 몰두하기도 했다.
  그렇지만 그가 정작 문단에 나온 것은 불혹의 나이를 훨씬 넘긴 후의 일이다. 1984년 월간 "문예사조"에 시 '봄' 외 3편이 당선됨으로써 문단 활동을 시작한 것이다. 그 뒤 1989년에 월간 "한국시"에 시 '창가에서' 외 2편이 당선됨으로써 시인으로서의 위치를 다시 한 번 인정받았다. 그는 지금까지 세 권의 시집을 출간했다. "참 삶의 세월"(도서출판 한림, 1993), "그리움이 타는 마음"(도서출판 한림, 1995), "모악의 가을"(도서출판 한림, 1997)이 그것이다.
  그의 시적 특질은 깨끗한 정조를 꾸밈없이 표현해 내는 데 있다. 그리고 그의 시적 주제는 사랑과 그리움으로 요약할 수 있다. 이러한 주제들은 자연물을 통해서, 혹은 세월을 반추하는 추억 속의 서정을 통해서 드러난다.

시냇가 구르는
조약돌 하나
빛을 가린 이끼는 억겁이나 지난 듯
가린 몸 드러내기 싫어
싸매고
또 싼 건데

소나기의 주인공
윤 초시네 증손녀가
이름 모를 소년에게
휭하니 던져주고는
팔짝팔짝 징검다리 건너는데
양갈래 긴 머리
나폴나폴 춤을 추면서
개울가 저쪽으로
내달린다.

소년에게 쥐어진 돌
하얀 조약돌
억겁을 씻고
이끼 씻은 조약돌
주머니 깊이 청순한 사랑
깊이 간직했네.

　　　－ 윤경중의 '조약돌' 전문

　이 시에는 황순원의 소설 '소나기'의 한 장면이 삽입되어 있
다. 시냇가의 이끼낀 조약돌이 한 소녀(윤 초시의 증손녀)에
의해 선택되어, 억겁의 이끼를 벗고 소년의 주머니 속에 간직
된다는 이야기를 담고 있는 시이다. 이 작품의 시적 묘사는
'소나기'의 한 장면을 그대로 연상케 하는 데 성공하고 있다.

그러나 이 시에 집중되어 있는 것은 소녀와 소년이라는 인물이 아니라, 억겁의 역사를 가진 '조약돌'의 존재이다. 이 작품에서 '조약돌'은 역사성이 암시된 그리움과 사랑하는 마음의 청정함 속에 존재하고 있다. 따라서, 조약돌은 순진무구한 사랑의 상징물로 변용되어 나타나 있다. 맑고 깨끗하면서 드러내지 않고 은근한 사랑, 이것이 이 시인이 추구하고 소망하고 있는 중심 테마이다.

문학평론가 노창수는 윤경중의 시를 '자연의 이법을 적출해내는 시', '그리움의 정에 귀의하는 시', '자연에 바탕을 둔 그리움의 시'로 나누어 설명하고, 그의 시적 특성을 다음과 같이 서술하고 있다.

> 한마디로 그의 시는 자연의 이법과 인간의 그리움에 귀의하는 서정성을 추구한다고 할 수 있다. 이는 그가 지금껏 살아온 삶의 정리 의식에서 비롯된다. 그리고 이러한 의식은 그가 즐겨 쓰는 인생의 관조적 표출에 의해서 더욱 분화된다. 보다 '쉬운 시'를 위하여 노력하고 있는 그의 시 쓰기는 이같은 인생과 자연의 관조적 표현과는 썩 잘 어울리는 셈이다.
>
> － 노창수의 '자연의 이법과 그리움에 귀의하는 서정성' 중에서

이처럼 윤경중의 작품은 그리움에 귀의하는 낭만적 순수미학, 직설적 감정 표현, 그리고 나름대로의 진지한 삶에 대한 호소가 특질적인 요소로 평가되고 있다. 이순을 넘긴 그의 시에는 자연과 인생을 관조하는 태도가 잘 드러나 있다. 어쩌면 그만큼 많은 체험과 깊이 있는 사색을 해 온 것이기 때문에 이러한 태도를 지니는 것은 당연한 일인지도 모른다. 그렇지만 순수성은 인생 경험이 쌓일수록 퇴색되기 마련이다. 그런데도 그의 시에는 일관되게 깨끗한 천진성을 잃지 않고 있음

이 돋보인다고 하겠다.

윤경중은 광주문협, 전남문협, 전남시협, 호남시조문학회, 함평문학회 회원으로 참여하고 있다. 한편, 그는 시인으로서 뿐만 아니라 서예가로서도 맹렬한 활동을 하고 있다. 그는 "전남도전"에 3회 입상한 바 있고, "대한민국예술전"에서 특선을 하는 등 많은 수상 경력을 가진 서예가이다. 중진서예가로서 "한·중·일 서예작가교류전" 등에 출품하는 등 활발한 예술 활동을 하고 있다.

12. 사회적 문제의식과 예술성의 조화

- 작가 백성우

소설가 백성우는 1985년 광주일보 신춘문예에 단편 소설 '단식요법'이 당선되어 문단에 나왔다. 당시 심사위원인 소설가 박양호는 그의 작품을 당선작으로 뽑은 이유로 "정확하고 유려한 문장, 깔끔한 구성"을 들었다. 그의 작품이 이러한 호평을 받고 당선작으로 뽑힌 것은 그만한 수련 과정을 거쳤기 때문이다. 사실 그가 지역 문단에 알려진 것은 이보다 훨씬 전의 일이다. 조선대학 국어교육과 3학년에 재학 중이던 1980년 "전남매일신문" 신춘문예에 단편 '햇살에 기대어'가 가작으로 입선되었고, 이듬해인 1981년 단편 '어두운 날의 초상'이 "광주일보" 신춘문예에 당선작 없는 가작을 차지한 것이 그것이다.

그는 등단 이후 '불협화음'("전남문단" 14집, 1986), '울음소리'(월간 "예향", 1988), '그 여름의 초상'("별곡문학" 창간호, 1989), '불나방'(광주민중 항쟁 10주년 기념 소설집 "부활의 도시", 인동출판사, 1990), '까치밥'("금호문화", 1990.12), '성탄전야'("별곡문학" 제3호, 1991), '아편꽃'(소설집 "베데스타로 가는 길", 도서출판 명경, 1993), '님 떠난 후'(월간 "예향", 1994.9), '단식요법2'(소설집 "당제", 나남출판, 1995), '예수재'(소설집, "살아 있는 늪", 1997) 등의 단편 소설을 꾸준히 발표하여 주목을 끌었다.

비교적 왕성한 활동 불구하고, 그는 1997년까지 지방지 신춘문예 출신이라는 한계를 지니고 있었던 것으로 판단된다. 이러한 한계성은 계간 "문학과 의식" 1998년 여름호에 "신인 추천" 소설부문에 그의 단편 '종이새'가 당선되고, 계간 "창작과 비평" 1998년 겨울호에 그의 단편 '앵속'이 발표됨으로써 극복된 것으로 보인다.

그는 소설을 통해 예술성과 사회성이 조화를 이루어야 한다는 전통적 문학관을 구현하고자 한다. 따라서 백성우 소설들의 공통적 특징은 역사의 흐름과 사회적 구조 속에서 개인의 삶을 조명하고 있는 것과, 이러한 시각을 치밀한 서사적 구성과 예술적 문체로 표출해내고 있는 점이다. '불나방'은 광주 민중항쟁에 대한 역사적 관심을, '울음소리'는 환경 문제에 대한 사회적 시각을 소설로 형상화한 것이다. 그리고 '아편꽃'에서는 6.25라는 역사적 굴레 속에서 '아버지'와 '나'의 인간 관계를 조명해 내고 있다. 특히 그의 작품들은 이러한 문제 의식을 세심하고 매끄러운 문체를 바탕으로 서술해 가고 있는 점이 돋보인다.

그는 1999년에 두 권의 소설책을 상재했다. "앵속"(도서출판 한림)과 "황새"(도서출판 한림)이 그것이다. "앵속"은 '여름 사냥', '첫사랑', '떠도는 섬', '우리들의 생일' '미로의 끝' 등 12편의 단편을 묶은 창작집이고, "황새"는 장편 소설이다. "황새"는 신성 공간과 세속 공간의 간극을 오가며 성장한 한 지식인이 아버지의 존재를 통해 진정한 삶의 의미와 자아 정체성을 획득해 가는 과정을 그린 작품이다. 즉, 이 소설은 아버지와 아내를 찾아 나서는 단 며칠간의 여로와 그 사이 사이에 끼어 들어 있는 과거의 편력들이 시간의 진폭을 형성하도록 구조화되어 있다. 그 서사적 시간 속에서 주인공 '유재명'은 세속과 신성 사이에서 방황해 온 자신의 삶이 아버지와 아내의 삶을 이해함으로써 조화로운 지향점에 서게 됨을 깨닫게 되는 것이다. 이와 같이 그의 소설은 사회와 역사 속의 개인적 삶의 양태를 형상화하고 있다.

소설가 백성우는 1958년 전라남도 장흥군 안양면 기산리에서 출생했다. 그는 광주고를 거쳐 1978년 조선대학 국어교육과에 입학하여 1982년에 졸업했다. 재학 시절 "나락" 문학동인으로 활동했고, 1981년 제1회 "백악문학상" 소설 부문에 당선하기도 했다. 조선대학을 졸업 한 후, 1990년 조선대학 대학원에서 논문 "한설야의 '황혼'에 나타난 갈등 구조 고찰"로 문학석사 학위를, 1996년에 논문 "이기영 농민소설 연구"로 문학박사 학위를 받았다. 학위 논문 외의 저술로는 "소외와 탈소외의 구조"(한국언어문학 제34집, 1995), "'인간수업'의 서사구조와 담론 특성"(한국언어문학 제37집, 1996) 등의 논문과 학술 저서 "현실변혁의 소설담론"(국학자료원, 1997) 등이 있다.

그는 1982년부터 진도 고성중, 영광 불갑중, 나주 반남중, 나주 금천중, 영광 백수중 등에서 국어과 교사로 근무했고, 조선간호대학, 호남대 국문학과 그리고 조선대학 국문학과에서 "소설론", "문학의 이해" 등을 강의했다. 현재는 담양군 교육청 장학사로 있다.

13. 동심의 서정성과 시학적 장치

- 아동문학가 시인 조영일

　아동문학가 조영일은 1944년 광주시 북구 대촌동에서 태어나 광주 살레시오고등학교를 거쳐 1965년 서라벌예술대학 문예창작과를 졸업했다. 그 후 그는 줄곧 전남과 광주 지역의 초등학교에서 교사로 재직해 오고 있다. 1991년 한국방송통신대학 국어국문학과를 졸업한 후, 1992년 3월 조선대학 대학원 국어국문학과에 입학했다. 1995년 2월 논문 "박목월 시 연구"로 조선대학 대학원에서 문학석사 학위를 받았다.

　그가 문단에 나온 것은 1983년의 일이다. 그의 동시 '겨울 참새'가 "월간문학" 신인상에 당선된 것이다. 당시 심사위원 송명호는 심사평에서 그의 작품을 당선작으로 뽑은 이유를 "아동문학가다운 따뜻한 심성의 눈과 콘트라스트를 통한 현상의 강조법"을 높이 샀기 때문이라고 밝혔다. 동시, 동요, 동화 등 아동문학 창작에 열정을 보여 온 그는 지금까지 여섯 권의 동시집을 펴내 아동문학가로서의 위상을 돈독히 했다. 첫 시집 "겨울 참새"(대한교육사, 1983)를 비롯해, "꽃구슬"(대한교육사, 1986), 연작 시집 "꽃 노래 바위 노래"(도서출판 조일기획, 1987), "혼자 가는 길"(아동문예, 1990), "하늘에 날개 달고"(도서출판 한림, 1991), "아침 이슬"(도서출판 한림, 1994)이 그것이다.

　엄기원은 그의 작품 특질을 "짙은 향토성, 혹은 고장을 사랑하는 향토애적인 동심", "자연에 대한 깊은 애정", "인간에 대한 깊은 사랑"의 세 가지로 보았다. 또한 박화목은 조영일의 작품을 두고 어린이들의 일상적인 언어를 골라 다듬어서 표현한 소박한 시어를 장점으로 지적하면서 다음과 같이 평가하고 있다.

> 그는 그의 시 작품 속에 자기의 목소리를 담고 있다. 그는 자연 사물의 신비, 곧 생명의 약동을 동시를 통해 어린이들에게 속삭이려 하고 있다. 이제는 자꾸만 사라져가는 개구리 소리를 들려주고 싶어하고, 꽃잎 속에 감추어져 있는 아침 이슬의 영롱한 가치를 어린이 마음 밭에 심어주고 싶어한다.
>
> — 박화목, '시인의 목소리' 중에서

흔히 동시를 '어린이를 위한 시'라고 알고 있지만, 그 독자가 꼭 '어린이'에 한정된 것은 아니다. 오히려 동시에 나타난 어린이의 순수하고 맑은 시각은 어른들에게 더 큰 정서적 영향을 준다. 따라서, '동시'는 어린이 화자를 취택하여, 어린이 시각으로 본 세계를 반영하는 장르라고 할 수 있다. 그런 의미에서 조영일이 '사랑'을 주조로 하는 개성적 목소리를 통해 정서 교육의 효과를 의도하고 있다는 것은 그의 창작 행위에 문학적 당위성과 가치를 부여해 준 셈이다.

> 봄비 온 뒤 꽃밭에는
> 새싹들이 손을 내민다.
>
> 채송화, 봉숭아도
> 작은 손을 내밀고
>
> 나팔꽃, 나리꽃,
> 민들레, 해바라기도
> 손을 펴 흔든다.

연초록 고운 손
맑은 눈으로
하늘을 보았다.

    – 조영일의 '봄비 온 뒤' 전문

 이 시는 봄비가 내린 후 꽃밭의 식물들이 생기 있게 자라는 모습을 간결하게 묘사한 작품이다. 화자의 눈에는 그 새싹들이 손을 내밀고, 손을 흔드는 모습으로 보인다. 화자는 이미 꽃밭의 새싹들과 동일화되어 있기 때문이다. 즉, 자아와 세계가 분리되지 않는 조화의 감정이다. 특히 마지막 연 "연초록 고운 손 / 맑은 눈으로 / 하늘을 보았다."에서 알 수 있듯이 새싹들이 손을 내밀고 흔드는 대상은 봄비를 내려 주었던 '하늘'이다. 이 시에서 '하늘'이 갖는 상징적 의미는 이 작품의 깊이를 더해 주고 있다. '하늘'의 상징적 의미는 '새싹'과 '하늘'의 관계 속에서 파악된다. 그것은 조화와 화평, 그리고 사랑의 체온를 바탕으로 하고 있음을 알 수 있다. 이와 같이 조영일의 동시는 어린이 시에 걸맞은 간단한 시학적 장치로 울림이 깊은 서정성을 드러낸다. 최근 그는 동화 '빵빵이는 달리고 싶다'("바람개비 돌리는 아이들", 광주?전남아동문학 대표작 전집 제11호, 2000), 자유시 '새벽 편지' 외 15편("시향" 창간호~제2호, 1998, 1999)을 발표하는 등 창작 영역을 확대해 나가고 있다.

 그는 현재 국제펜클럽 회원, 한국문협 회원, 한국아동문학회 이사, 광주전남아동문학인회 회장, 시향문학회 회장, 별발 동인 등으로 활발한 창작 활동을 하고 있다. 그는 1983년 전남아동문학상을, 1995년 광주문학상을 수상했다. 광주 남구 봉선초등학교 교사로 재직하고 있다.

14. 문학의 대중화 · 생활화 운동
- 시인 정형택

정형택은 문학의 대중화와 생활화 운동을 몸소 실천하는 시인으로 평가받고 있다. 시를 대중 속에 심기 위한 이벤트를 마련하여 실천해 오고 있기 때문이다. 그는 1996년 여름 "정형택 완도-노화-보길도 선상 바다시화전"을 개최하면서 세간의 주목을 받았다. 이 "선상 바다시화전"은 그가 노화종합고등학교에 재직하면서 착안, 완도-노화도-보길도 사이를 왕복하는 카훼리호에 시화를 전시하여 섬 주민들은 물론 바다를 찾은 피서객들에게 시적 정서와 문화적 양식을 제공한다는 취지였다. 이 행사는 그가 노화종고에 재직하는 동안인 1998년까지 3회에 걸쳐 개최되었다. 1999년 영광종합고등학교로 직장을 옮긴 후부터는 매년 "영광 가마미 해변 시화전"을 같은 취지로 개최하고 있다.

시인 정형택이 문단활동을 시작한 것은 1985년 12월 그의 시 '첫차를 타며' 외 9편이 월간문학 신인상에 당선되면서부터이다. 아울러 1988년 월간 "아동문예" 신인상에 그의 동시가 당선되어 아동문학가로도 활약하기 시작했다.

그는 지금까지 네 권의 시집을 냈다. 첫 시집 "아버님 교훈"(정성문화사, 1983)을 상재한 이래 제2시집 "나의 어머님"(교문출판사, 1986), 동시집 "변두리 아이들", 시집 "가삐리 가삐리 부여잡는 노화섬"(도서출판 한림, 1999)을 낸 것이 그것이다.

그의 작품의 특성은 제1, 2 시집의 표제에서도 짐작되듯이 육친에 대한 정, 즉 '효' 사상을 구현하고자 하는 경향과 동시집과 "가삐리 가삐리...."에서 보여주는 소외된 인간에 대한 애정과 관심 표명으로 대별해 볼 수 있다.

시인 박홍원은 그의 시를 한 마디로 '효친의 시'라고 전제하고, "'어버이 날'이나 어버이의 생신날, 혹은 기제사를 당해 부모님의 은혜를 떠올리는 일시적인 효심이 아닌 그의 효심이야말로 몸에 밴 효성이요, 골수에 박힌 사친의 정임을 절감케 한다."고 하였다. 박홍원은 그의 작품에 나타난 또 하나의 특색으로 "농촌적 토속성과 일상생활의 앙금이 시인의 고운 심성과 인정으로 조화를 이룬 점"을 들고 있다. 시인 박두진과 성춘복도 박홍원과 같은 맥락에서 정형택의 작품을 보고 있다.

> '아버님의 교훈'은 꾸밈이 없는 소박한 주제가 인간적인 진실로 감동을 주고 아직도 이럴 수가 있을까 하리만큼 생활과 인정의 진실이 된장찌개처럼 토담집 흙 냄새처럼 우리의 심정을 때린다.
>
> ― 박두진, '제5회 새농민문예상 심사평'에서

박두진의 평은 정형택의 시가 진실성을 바탕으로 한 소박한 주제, 즉 토속성 때문에 감동을 준다는 것이다. 성춘복도 "정형택은 대수로움일 수밖에 없는 어리숙한 세계를 담담하고 진솔하게 읊는 진실성을 지닌다."고 하여 그의 진실성을 높이 평가하고 있다.

그의 동시집 "변두리 아이들"에 실린 작품들은 어린 시절의 시골 체험과 초등학교 교사 체험을 살려 쓴 것들이다. 이 책에는 동심의 눈으로 본 가족 관계, 꽃과 새, 그리고 곤충들을 제재로 하여 가난하면서도 맑은 심성을 잃지 않은 어린이의 목소리가 잘 드러나 있다.

가장 최근에 낸 "가삐리 가삐리....."는 조금 특이한 시집이다. "노화를 사랑하는 사람들을 위한 시"라고 붙인 것도 그렇거니와 "갈꽃섬"이란 제목의 연작 62편만을 묶었다는 점도 그렇다. "갈꽃섬"은 한자어 '노화도'를 순우리말로 풀어 쓴 것이다.

> 살아보면 알 일이다.
> 얼마나 가슴 뜨건 사람들인지
> 얼른 뒤돌아 설 수 없는
> 그리움의 손
> 그래서 놓지 못한다.
>
> 가삐리 가삐리 하면서도
> 놓지 않는 손
> 그 뜨건 열기만큼
> 갈꽃섬에는
> 뜨거운 바람이 분다.

　　　　－ 정형택의 '갈꽃섬?43 －만나보면 다 그래' 전문

이 작품이 지닌 메시지는 갈꽃섬 사람들은 가슴이 뜨겁다는 것이다. 화자는 언어 표현과 행동의 아이러니가 갈꽃섬 사람들의 인정미를 함축하고 있다고 인식한다. 즉, 언어 표현으로는 "가삐리(가버려)"라고 하지만 속 마음은 손을 놓지 않는 행위로 드러난다는 것이다. 이와 같이 이 시집에는 그가 노화도에서 교사 생활을 하면서 체험한 노화도의 인정, 풍치, 민속 등이 잘 드러나 있다.

시인 정형택은 1947년 전라남도 묘량면 영양리에서 태어나 영광종합고교, 목포교육대학을 거쳐 1975년 2월 원광대학교 국어국문학과를 졸업했다. 그는 1988년 2월 조선대학 교육대학원 국어교육전공을 수료, 논문 "노산 시조의 주제 고찰"로 교육학석사 학위를 받았다. 전남문학상, 전남아동문학상, 눈높이교육상 등을 수상했다. 전남문인협회 사무국장, 칠산문학회 회장, 전남시인협회 회장을 역임했고, 현재 전남문인협회 회장으로 있다.

15. 민중의 한과 전통문화의 계승

- 수필가 이정심

　이정심이 수필가로서 문단에 나온 것은 1985년의 일이다. "시와 의식" 신인상 수필 부문에 그의 작품이 당선되었기 때문이다. 그러나 그는 이미 1972년 "여성동아"에 수필 '황국화가 피는 뜻'을 발표하였고, 1981년에는 한동희, 심상옥 등과 함께 공동수필집 "흔적"(도서출판 미리내)을 내기도 했다. 이와 같이 그는 1970년대 초반부터 여러 지면에 비교적 활발하게 작품을 발표해 왔다. 그래서 문단 주변에서는 그의 등단을 두고 '늦깎이' 혹은 '통과의례'로 여겼다. 그러나 등단 과정을 거친 그는 "수필문학", "수필과 비평" 등 수필 전문지와 잡지에 더욱 활발하게 작품을 발표하기 시작했다. 그는 1994년에 첫 수필집 "광주여 딱딱우여"(교음사)를 낸 이래 "양광새는 불을 밟고 간다"(교음사, 1997), "뻘짓 어만짓"(교음사, 2000)을 출간, 모두 세 권의 수필집을 상재했다.

　지금까지 나온 그의 수필 작품을 조망해 보면, 몇 가지의 뚜렷한 특징을 갖고 있다. 첫째 광주의 한을 표출한 참여 수필이다. '딱딱우여, 딱딱우여', '팔십노제', '분수대 노제', '공포', '망월동 묘지에서', '은행잎 소복' 등이 이러한 작품이다. 한상렬은 이정심의 이러한 수필 경향에 대해 다음과 같이 평하고 있다.

　　그의 작품 편편에서 보여주는 광주의 한은 마치 우리들 가슴을 활화산처럼 달아오르게 한다. 무등산을 정점으로 하여 광주천과 금남로, 그리고 도청 앞 분수대로, 또 망월동 묘지로 이어지는 민중항쟁의 한. 그러나 이정심의 수필 세계에서는 이 같은 한맺힘이 예술 세계로 승화하면서 그만이 지니고 있는 유장한 목소리로 풀어가고 있다는 점에서 유념해야 한다. 그렇다고 그의 한이 현실에 대한 무조건적인 비판과 저항으로 일관된 것은 아니다. 사상이 정서라는 채에 걸러지고 있다.

  — 한상렬, '한의 정서, 그 유장한 목소리 —이정심의 수필 세계' 중에서, "수필과 비평" 제22호, 1996. 3,4

  둘째, 전통 문화에 관심과 애정을 표명한 '문화 수필'이다. 그의 전통 문화에 대한 식견은 다양하고 깊다. 그의 작품에는 역사, 문화유적, 민속, 시가와 민요, 종교, 신화와 전설 등을 다룬 것들이 한 줄기를 이룬다. 첫 수필집 "광주여, 딱딱우여"의 제1장 一鼓角喊聲, 제5장 湖南歌, 제8장 8백리 산자락에 숨은 세월에 들어 있는 작품들이 모두 여기에 속한다. 두 번째 수필집 "양광새는 불을 밟고 간다"에 실린 작품들은 거의 모두 이 범주에 속한다. 이러한 작품들을 통해 그의 독서량과 답사 체험이 얼마나 많은지를 짐작할 수 있다.

  셋째, 형식적 특징으로는, 그의 수필에는 시를 삽입하여 정서적 효과를 극대화하고 있는 점을 들 수 있다. 주제나 제재에 관련된 알려진 작품을 삽입하기도 하지만, 자신의 자작시를 자연스레 끼워 넣는 경우도 많다.

  이밖에도 그는 특유의 여성적 취향과 정서를 반영한 일상 수필, 교단 체험을 통한 청소년들의 심리와 교육에 관한 수상 등이 있다. 이처럼 그의 수필은 폭넓은 분야를 다루고 있어서 수필가로서 사색의 폭과 깊이를 갖고 있음을 알 수 있다.

  수필가 강석호는 그의 수필 세계를 네 가지 특징으로 나누어 설명하고 있다. 광주를 사랑하는 작가, 청소년 심리의 대변자, 계절에 따라 우수에 젖고 고독을 즐기는 여인, 명문 고전과 전설을 살리는 작가라고 한 것이 그것이다. 이는 첫 작품집을 두고 지적한 것이지만, 이러한 그의 수필가로서의 특징은 세 번째 수필집 "뻘짓 어만짓"에 실린 일련의 작품들에까지 일관되게 드러나 있다.

수필가 이정심은 1941년 광주시 구동에서 출생하여 광주여고를 거쳐 1966년 3월 조선대학 국문학과에 입학하여 1970년 2월 졸업했다. 졸업 후 1999년까지 조대여고에서 국어교사로 봉직했다. 1996년에는 "수필과 비평사가 뽑은 화제의 작가"가 되었고, 1997년에는 수필문학사에서 주는 '수필문학상', 광주광역시와 광주문인협회에서 시상하는 '광주문학상'을 받았다. 1991년에 광주여류수필문학회를 발족시켜 회장을 역임했고, 현재는 국제펜클럽 회원, 한국문인협회 회원, 한국수필가협회 이사, 한국수필문학회 이사, 수필과 비평 편집위원, 광주여류수필문학 주간으로 왕성한 문학 활동을 하고 있다.

16. 자연질서 거역하는 인간사회 비판

- 작가 박혜강

박혜강은 좀 특이한 작가이다. 그는 자원공학을 전공한 공학도로서 졸업 후 3년간 '대한석탄공사'에 근무하였다. 그러나 그는 대학 때의 전공과는 전혀 무관한 듯한 문학에 투신하기 위해 안정된 직장을 스스로 버리고 전업작가의 길을 택한 사람이다. 문학의 길을 택한 그는 우리 나라 최초로 핵 문제를 본격적으로 소설에 끌어들인 민중문학 작가로 문명을 얻었다.

그가 문학계에 알려진 것은 1989년 1월에 발간된 "문학예술운동" 제2호 "문예운동의 현단계"(도서출판 풀빛)에 중편 '검은 화산'을 발표하면서 부터이다. 이후 1991년 장편 "검은 노을"이 제1회 "실천문학상"에 당선되면서 그의 작가적 역량은 널리 인정받기에 이르렀다. 이 작품은 그 해 5월 실천문학사에서 단행본으로 출간되었다. 당시 "실천문학상" 심사위원은 김철, 김태현, 윤지관, 최두석이 맡았다. 이들이 표명한 선정 이유에 이 작품의 성격과 의의가 잘 드러나 있다.

　"검은 노을"은 사회 변혁의 세계관에 바탕하여 우리 현실의 모순을 이해하고 극복하려는 노력을 보인 점에서 실천문학상이 지향하는 바와 일치하는 작품이다. "검은 노을"은 말하자면 국내 초유의 장편 반핵 소설이다. 전체적으로 공해 문제가 초미의 관심사로 떠오르고 있는 요즘, 환경 오염뿐 아니라 민족의 생사까지도 틀어쥐고 있는 '핵'의 문제에 대한 인식은 그 심각성에 비해 일반 민중의 실감에 제대로 와닿지 않는 한계가 있었다. 민중

의 삶의 실감에 바탕하는 문학이 핵의 문제를 제대로 다루어야
할 필요성은 이 때문에 더욱 커지는 바, "검은 노을"은 바로 이같
은 문학적?운동적 필요에 부응하는 소설문학의 한 성과인 것이
다.

− '제1회 실천문학상을 뽑고 나서' 중에서

 이 밖에 그의 작품집으로는 "젊은 혁명가의 초상"(공동체,
1989), "다시 불러보는 그대 이름"(살림터, 1992), "안개산
바람들" 상,하권(시와사회사, 1994)이 있고, 1993년 제1회
대산문화재단의 창작지원금을 수상한 장편동화집 "자전거
여행"(대교출판, 1994)이 있다. 이러한 그의 작품들은 주로
노동문제와 환경 문제를 본격적으로 다룬 문제작들이다. "다
시 불러보는 그대 이름"은 광산 노동자의 이야기를 다룬 장
편 소설이고, "안개산 바람들"은 우루과이라운드를 정면으로
다룬 농촌 소설이다. 또한 "자전거 여행"은 '환경 장편동화'
라는 이름으로 쓰인 작품으로 환경의 중요성을 어린이들에게
일깨워주기 위한 동화이다.
 특히 "안개산바람들"에 대한 문학가들의 평가는 그의 작가
적 위상을 짐작하게 한다. 이 작품의 내용을 두고 소설가 현
기영이 "다목적 댐 건설로 인해 파괴되는 생태계, 물 속에 고
향을 둔 실향민들의 슬픔과 분노, 현실로 다가온 우루과이라
운드를 극복하고자 일어서는 농민들의 처절한 생존권 투쟁은
현재 직면해 있는 자유무역주의 시대에 대응해 가는 또 하나
의 거대한 혁명"이라고 한 것, 문학평론가 임헌영이 "이농으
로 어쩔 수 없이 도시로 진출한 농촌 출신 젊은이들이 공장의
부당한 노동현실을 훌륭하게 극복하고 마침내 농민해방은 노

동해방과 궤를 같이한다는 결론에 도달함으로써 90년대 우리 문학사에 새로운 이정표를 세운 작품"이라고 격찬한 것이 그것이다.

이와 같이 작가 박혜강은 1980년대 이후 큰 줄기를 차지한 리얼리즘 문학의 복판에 서 있다. 그의 작품은 크게는 자연 질서를 거역하는 인간 사회에 대한 비판의 몸짓이며, 작게는 소외된 인간들에 대한 애정의 표명이다.

그는 "광주매일"에 연재했던 장편 대하소설 "운주별곡"을 다듬어서 "운주" 전 5권을 출간했다. 이 작품은 고려 시대 '묘청의 난'이라는 역사적 배경과 화순 '운주사'를 공간적 배경으로 설정한 작품이다. 그리고 장편동화 2권도 근간에 출간할 예정이다. 이 동화는 '컴퓨터 증후군'과 다람쥐의 생태를 다룬 환경 문제와 관련된 작품들이다.

박혜강의 본명은 혜천으로, 1955년 전라남도 광양군 진상면 삼거리에서 태어나 조대부고를 거쳐 1978년 조선대학 자원공학과를 졸업했다. 현재 교통방송 프로그램 "무등산 별곡" 작가로 일하고 있으며, 민족문학 작가회의 회원으로 활동하고 있다.

17. 동심 세계의 알레고리
- 아동문학가 양동대

아동문학가 양동대는 동화, 시, 동시조, 수필, 소설 등 여러 장르에 걸쳐 창작활동을 하고 있는 작가이다. 그가 문학 활동을 시작한 때는 1985년이라고 할 수 있다. 그는 이 해에 전남 아동문학가협회에 입회하여 회지 24집 "더 빨갛게 더 파랗게"에 동화 '토끼몰이'를 발표했기 때문이다. 또한 같은 해 "한국교육신보"에 꽁트 '제자의 도전'이 당선, 교원 학·예술상을 수상한 바 있다. 그리고 이 해에 "교원문원"에 수필 '낙도의 추억을', 전남수필에 수필 '이 가을에'를 발표한 이후 지금까지 "전남문학", "교단문학", "영암문학", "공무원문학" 등의 잡지에 '교육자의 슬기', '우두커니의 변', '꼭 하고 싶은 이야기', '바람이 되어 구름이 되어' 등 수필 작품을 꾸준히 발표했다. 그는 1986년 "교원문학"에 소설 '제자의 뒷모습'을 발표하기도 했고, 1987년에 "교단시원"에 시 '귀향', '적벽' 등을 발표하여 시 부문에도 기량을 보여 주었다.

이후 "광주문학", "전남문학", "광주시문학"등 우리 지방의 동인지와 잡지 등에 시 작품을 발표하였다. 이와같이 여러 문학 장르에 걸쳐 비교적 활발한 활동을 한 그가 문학 전문지를 통해 정식으로 등단의 관문을 통과한 것은 지난 1990년의 일이다.

그해 월간 "아동문학" 11월호에 '무지개 마을의 꿈잔치'가

동화부문 신인상에 당선된 것이다. 이 작품은 운동장가 미루나무 밑이라는 공간을 배경으로 학급회 시간을 진행하는 초등학교의 한 학급이야기를 쓴 것이다. 즉, 교사가 '나는 자라서 무엇이 될까?'라는 질문을 야외용 칠판에 써놓고 어린이들이 한 사람씩 나와서 자신의 꿈을 발표하게 하는 것이 이 동화의 서술구조이다. 작가는 이 작품에서 맑고 깨끗한 동심을 프리즘으로 하여 기성의 몰가치적인 사회를 비판하고 있다. 따라서 이 작품은 어린이들에게 아름다운 정서와 올바른 가치관을 심어 주기 위한 교육적 메시지를 담고 있다.

이후 그는 시부문에서도 문학전문지를 통한 등단의 과정을 거친다. 월간 "한脈文學" 1993년 9월호에 시 '바다'와 '폭포'가 신인상에 당선된 것이 그것이다.

한편, 금년 2월에는 한국교원단체총연합회에서 주관하는 "2000교단문학상"에 그의 소설 '내일을 열며'가 당선되기도 하였다. 이 작품은 평론가 김관식으로부터 "극히 평범한 사제 간의 이야기를 무리 없이 가슴으로 여과시켜 놓아 순수한 감동을 던져 주었고 구성이 치밀하고 하나의 주제를 향해 좁혀 나간 점이 소설의 맛을 한층 높여 주었다."는 평을 받았다.

그렇지만 그가 창작하고 있는 여러 장르 중 그에게 가장 주된 것은 역시 동화라고 볼 수 있다. 발표한 작품의 양도 그렇거니와 창작동화집을 냈기 때문이기도 하다. 그의 창작동화집은 "하느님의 돌보기"(월간 아동문학사, 1995)로 '다시 찾은 마을'. '인형은 살아 숨쉬고 싶어요', '사랑을 준 선생님' 등 12편의 동화가 실려 있다. 그의 작품들은 유년시절의 추억과 오랜 교단생활을 통해 체득한 동심의 세계를 서정적 문장으로 이끌어 간다. 그의 동화는 순박한 어린이들의 세계를 그리면서 한편으로 때묻은 기성인들을 자성케 하는 알레고리적 효과를 지니고 있다. 아동문학가 김신철이 양동대의 동화 작품집에 대해 한마디로 "겸손과 철학의 동화"라고 평한 이유도 여기에 있다고 하겠다.

아동문학가 양동대는 1953년 광주에서 태어나 광주상고를 거쳐 1977년 2월 조선대학 국어교육과를 졸업했다. 1983년 고려대학교 교육대학원에서 교육학 석사 학위를 받은 후, 1998년 조선대학 대학원 국어국문학과 박사학위 과정에 입학하여 현재 수학 중이다. 그는 1983년 '심청전 연구'로 경향신문 민족문화 평론에 당선했고 1989년 경향신문 '우리고전 읽기'에 고전평론이 입선했다.

그는 1977년부터 중등학교 국어과 교사로 전남의 여러 시·군의 학교를 두루거쳤다. 지금은 영광실고에서 근무하고 있다. 특히 그는 나주 지역 학교에 근무하면서 향토 문학과 예술의 연구?정리에 남다른 노력을 쏟았다. 그의 저서 "나주의 민요"(나주군, 1989)와 "임백호의 생애와 문학"(나주군 문화원, 1990)은 그가 향토 문화연구에 쏟은 노력의 일단을 보여준 결실이라고 할 수 있다. 현재 한국문인협회, 한국아동문학인협회, 한국아동문학가협회, 전남시문학회 회원으로 있다.

18. 자기존재 확인하는 사랑의 테마

- 시인 박록담

　시인 박록담은 1959년 전라남도 해남군 마산면 연구리에서
출생, 1978년 3월 조선대학 전기공학과에 입학해 1982년 2
월 졸업했다. 본명은 덕훈이다. 그는 조선대학 재학 시절에
두 번의 시화전을 개최할 정도로 시 창작에 열정적이었다. 그
는 대학 2학년 재학 때인 1979년 11월 1일부터 1주일 동안,
4학년 때인 1981년 11월 3일부터 1주일 동안 각각 충장로
삼보다방에서 시화전을 개최하여 자작시를 시민들에게 선보
였다. 그는 대학 졸업 후 세 곳의 관문을 통과하여 문단에 나
왔다. 1984년부터 1985년 사이에 월간 "현대시조"에 2회에
걸쳐 추천완료를 받았고, 1985년 "광주일보 창간기념 문예
작품 현상공모"에서 시 '겨울, 그 바다에 와서'가 같은 해
"월간문학" 신인상 시조부문에 '겨울 풍속도'가 각각 당선된
것이 그것이다.
　그가 첫 시집 "겸손한 사랑 그대 항시 나를 앞지르고"(도서
출판 산방)를 선보인 것은 1991년이다. 이 시집에는 75편의
시조 작품이 '겨울사랑이야기', '바람의 얼굴', '영산강 사
람들', '가을 그 어느날의 기도'를 표제로 4부로 나뉘어 실려
있다. 문학평론가 박진환은 이 시집의 주제적 특성을 '사랑'
으로 보고, 사랑의 유형이 부부애, 인류애, 고향애, 자연애로
나뉘어 있다고 파악하고 있다. 이는 부부애에서 시작하여 자
연애에 귀결되는 "확대지향하는 궤적을 그려줌으로써 그의

시가 결핍과 사랑의 상보적 상호충족 에너지를 연소, 영속적 사랑을 실현하고자 한다."는 것이다. 두 번째 시집 "그대 속의 확실한 나"(자유지성사, 1992)에는 69편의 시 작품을 묶었다. 이 시집에서 보여준 시적 특질을 시인 민경헌은 다음과 같이 지적하고 있다.

> 존재의 확인에 대한 작가의 몸부림이 자기 표현으로 자리잡고 깊숙히 내재되어 있다. 확실하고 싶은 욕망, 그것은 또한 실종과 허무의 외면을 포위하고 있는 자아의 확인이기도 하여 현대사회의 '존재인듯한 허상'과 같은 의식의 사치, 내지는 착각을 경계하는 체험과 예지의 미학이 함유되어 있기도 하다.
>
> — 민경헌, '순결한 원형의 복원작업 — 박록담의 시세계' 중에서

첫 번째 시집은 시조, 두 번째 시집은 자유시를 모았고, 세 번째 시집 "사는 동안이 사랑이고 싶다"(조선문학, 1996)는 시조와 자유시를 함께 묶은 것이다. 시인 송수권은 그를 "비교적 전통적 문법에 충실하면서 일관된 자세를 견지해온 시인"으로 평가하면서, 그의 시는 공허한 형이상학적 언어의 재조립이 아닌, 생활속의 개체험의 깊이에서 우러난 힘있고 생명력 넘치는 건강한 시라고 격찬하였다.

> 거울 속에는
> 추억이란 꼬리표를 단 이름 하나
> 흉터처럼 박혀 있다.
>
> 별이 떠서
> 속절없이 나의 빈 강에 은하수를 흘려 놓던
> 그해 가을

밤새 시달렸던 기억으로
눈을 감아 버려도
여백의 시간이면 새삼
꽃등을 달고와
버릇처럼 애무의 손길을기다리는
육감의 꽃 한 송이 수신호를 보내오고.

눈을 뜨자
내 의식의 거울 속에는
며칠을 떠돌던 태양이 비로소
제자리를 차지한 한낮처럼
무료해지는 내가 있어

자꾸 욕된 목숨이게 한다.

　　　－ 박록담의 '거울 앞에서' 전문

 이 시에서 화자는 거울을 통해서 과거의 추억 속으로 들어간
다. 추억은 화자에게 "밤새 시달렸던 기억"이며 "버릇처럼
애무의 손길을 기다리는 육감"이기도 하다. '흉터'로 표상된
과거의 추억을 통해 확인되는 자아의 현존은 "욕된 목숨"임
을 확인한다.
 이처럼 그의 자아의 확인은 일상적 고독과 그리움으로 나타
나기도 하지만, 결국 그것은 사랑의 범주안에 놓이게 된다.
그리고 그에게서 자아의 존재는 불교적 세계관을 바탕으로
과거로부터 현재를 투영하고 미래를 바라보는 방식으로 구현
됨을 알 수 있다. 따라서 그는 영원한 사랑을 테마로 그 속에
서만 자기 존재를 확인하는 사랑의 시인이라고 할 수 있다.
 시인 박록담은 "청소년"지 편집장, "월간 식생활" 편집장을
지냈고, 고려대 자연자원대학원 식품가공학전공을 수학했다.

현재는 한국전통주연구소 소장으로 일하고 있다.

 그는 또한 직장과 관련된 분야의 저서를 냈고, 연구 논문도 있다. "한국의 전통민속주"(효일문화사), "우리의 부엌 살림"(도서출판 삶과 꿈), "명가명주"(효일문화사) 등의 저서와 '한국전통·토속주의 다양성 연구', '알코올 흡수에 따른 알코올대사와 주독', '약주의 원료처리 방식이 품질에 미치는 영향' 등의 논문이 그것들이다. 한국문협, 한국시조시인협, 오늘의 시조학회, 현대불교문인협 등에서 활동하고 있으며, 새솔문학회 회장으로 있다.

19. 견고한 언어 직조와 시적 창조

- 시인 신병은

시인 신병은은 1955년 경상남도 창녕군 계성면 출생으로 마산상고를 거쳐 1975년 3월 조선대학 국어교육과에 입학하여 1982년 2월 졸업했다. 그리고 1983년 9월 조선대학 대학원 국어국문학과에 입학하여 1986년 2월 논문 '신화적 인물의 시적 변용에 관한 고찰'로 문학석사 학위를 받았다. 그는 대학 재학 시절 "나락 문학동인"으로 활동하면서 시 창작에 열중하여 시인의 길을 닦았다.

그는 1989년 시 '이삭줍기' 외 12편으로 "시대문학 신인문학상"을 받아 문단에 나왔다. 당시 심사위원인 성춘복, 황금찬, 감태준, 박태진은 심사평에서 그의 작품을 두고 "시적 구성력이 탄탄하며 신선하고 날카로운 언어선택으로 시를 전개하는 호흡력을 가졌다."고 평가했다. 그후 그는 각종 문예지에 작품을 발표하는 등 비교적 활발한 창작활동을 통해 시 세계를 넓혀갔다. 지금까지 그가 내놓은 시집은 제1시집 "바람과 함께 풀잎이"(혜화당, 1990), 제2시집 "꿈의 포장지를 찢어내며"(혜화당, 1994) 두권이며, 제3시집 "식물성 아침을 맞는다"(도서출판 마을, 2000)가 근간에 나올 예정이다.

보이는가
빈 자의 가슴에 달려와
더더욱 진실을 비워내는 들녘에 가면

한 올 남겨진 햇살을 주워
겨울 불씨를 지피는 사람들이 보이는가
가난한 사람의 아랫목은
늘 겨울강이 흐르고
강의 밑바닥에 깔린 질긴 어둠 속
아침 햇살로나 부활할
한 뼘 마음위에 펴던 잠자리
가난한 사람들의 가슴에도
나누어 가질 체온이 남아 있을까.

　　　　　－ 신병은의 '이삭줍기' 중에서

　그의 시에 드러나는 일반적 특징인 바다, 들, 산 등 자연친화적 공간 설정은 서정성의 기조를 이룬다. 이 작품에서 '들녘'은 진실을 비워내는 공간이며, 여기에 등장하는 '가난한 사람들'은 '빈 자'로 표상되는 유사성을 갖는다. 즉, '들녘'은 '가난한 사람들'의 은유이고, 그 들녘에 '한 올 남겨진 햇살'은 이삭의 은유이다. 또한 이삭 줍는 행위는 겨울 불씨를 지피는 행위로 드러난다. 이것은 다시 '나누어 가질 체온'으로 전이되고, 가난은 '겨울강', 또는 '강의 밑바닥에 깔린 질긴 어둠'으로 변환된다. 따라서, 이 작품에서 '이삭'은 가난한 사람들에게 부활을 꿈꾸게 하는 햇살이며 체온이다. 이처럼 신병은의 작품에서의 시학적 장치는 견고하며, 시적 언어의 직조는 번득이는 창조성을 발현한다. 그의 시에서는 유년 시절의 체험이 애틋한 서정으로 재창조되고, '아버지'는 다양한 상징적 의미를 갖는 '진실'의 원형적 실체로 드러난다. 시인 윤강로는 그의 작품 특성을 다음과 같이 지적하고 있다.

　신병은은 체험과 현실에 산재하는 자아적 요소들을 구체화시켜

재발견하는 작업에 열중한다. 그의 구체화된 재발견의 인식세계
는 원초적이며 다분히 보수적인 데 근거를 둔다. 신병은의 인식
세계가 원초적 세계에 뿌리를 둔 것은 그의 인간적 총합의 문제
이며, 살아가는 모습과 일치한다. 육친과 유년과 자연을 가장 뿌
리깊은 근간으로 하면서 창조하는 시의 원초성은 실험시와는 거
리가 멀지만, 내부 천착의 혼돈에 깊이 파고드는 자아 규명에는
강하다. 시가 이성과 자연에 충실해야 한다는 경향쪽에서 신병은
은 무수히 반복시킬 수 있는 기호적 소재를 갖고 있다.

　　－ 윤강로, '자신의 묶음표'에 갇히는 자유 중에서

　이 지적대로 신병은은 자아규명을 위해 바람, 풀잎, 산, 바
다, 들녘 등 자연과 아버지, 어머니 등의 육친과 팽이놀이, 썰
매지치기 등 유년 시절의 놀이들을 시 속에 재창조한다. 그리
고 '수업일지' 연작시는 그가 걷고 있는 교육의 길에서 만난
현실적 상황을 사려 깊게 제시한 시편들이다. 시인 성춘복이
신병은의 작품에서 "삶과 진실과 언어가 일체화된 시"라는
느낌을 얻는다고 한 것은 그의 시가 갖는 서정성과 진실성,
이상 세계와 현실 세계의 예술적 조화때문일 것이다.
　시인 신병은은 1999년에 지역예술문화상을 받았으며, 현재
한국문협회원, 시류문학동인, 한국문협여수지부 부지부장,
여수시문학회 회장 등으로 활동하고 있다. 그는 MBC 여수방
송 '0시의 데이트', KBS 여수방송 '라디오 컬럼' 등의 프로
에 작가로 활동하고 있으며, "여수아트라이프"에 '그림이 있
는 에세이'를 연재하고 있다. 여수정보과학고등학교 국어과
교사로 재직하면서 순천청암대학과 여수공업대학에 출강하
고 있다.

20. 소재의 독창성과 사회적 문제의식

- 소설가 정강철

 소설가 정강철은 1963년 전라남도 영광읍에서 출생하여 광주에서 성장했다. 서석고를 거쳐 1981년 조선대학 국어국문학과에 입학하여 1988년 졸업했다. 그리고 1990년 2월 조선대학 대학원에서 '현진건 소설의 인물을 통한 사회성 고찰'이라는 논문으로 석사학위를 받았다.

 그는 대학 재학 시절 문학 동아리 "터알"에서 활동하면서 문학적 역량을 키워 나갔는데, 3학년 재학 시절인 1983년 "백악문학상"에 그의 단편소설 '토악질'이 입선되면서 문학적 기량을 인정받기 시작했다. 그가 군에서 제대하고 복학한 1987년에는 "오월문학상" 소설 부문에 당선되어 문단에 알려지게 되었다. 오월문학상에 당선된 그의 소설 '타히티의 신앙'은 '오월 광주'에서 쫓겨나 입대한 두 병사가 겪는 심리적 갈등을 화가 고갱이 은둔한 "타히티"로 설정하여, 오월을 겪은 젊은이가 군대라는 특수 공간에서 겪는 부적응 문제를 다룬 작품이다. '오월 광주'가 갖는 역사적 의미와 시각을 바탕으로 당시의 어려운 시대 상황을 서사적 장치로 잘 소화한 작품으로 평가받았다.

 1989년에는 광주일보 신춘문예 소설 부문에 그의 작품 '암행(暗行)'이 당선되어 지방 문단에 얼굴을 내 놓았다. 이 작품은 두 남녀 수배 학생들의 동반 도피 과정 속에서의 고통을 비판적 현실 의식을 바탕으로 서술한 것이다. 작가 이청준은 심사평에서 "'암행'은 대학생들의 치열한 시대의식과 그 깊이를 잘 보여주고 있는 작품"이라고 전제하고, "젊은이의 의기와 냉엄한 현실 인식과의 대비과정 이외에 문장, 구성, 흐름들에서도 일정한 수준을 보여준" 작품으로 평가했다.

그는 지방 문단 등단에 만족하지 않고 상대적으로 벽이 두꺼운 중앙 문단에서 그의 문학적 역량을 인정받기 위해 꾸준한 노력을 기울였다. 1994년 제33회 "문학사상 신인발굴 공모"에서 그의 소설 '거인의 반쪽 귀'가 당선되어 그 성과로 드러났다. 이 작품은 서단(書壇)의 비리, 부조리와 예술인 사이의 암투를 통해, 시대의 이행에 적극적으로 유입되지 못하는 인물들이 겪는 현대 집단의 모순과 부조리한 사회상을 그려낸 것이다. 이 작품에는 전통의 숨결을 현대인의 존재 조건으로 드러내기 위한 작가의 창작 의도가 깔려 있다.

당시 "문학사상" 신인상 심사를 맡았던 문학평론가 김윤식(서울대 교수)은 '거인의 반쪽 귀'의 강점으로 "역사적 감각의 획득", "우리말에 대한 정확한 감각 획득", "소재의 새로움"을 들고 있다. 소설가 최일남도 정강철의 장점을 "소재의 특이성"에 두고 다음과 같이 평가하고 있다.

당대 서예계의 두 봉우리였던 명필 가문의 갈등이 아들 세대로 이어지는 과정이 그렇다. 보기 드문 제재이며 묘사도 살팍하다. 선대의 다툼이 작품 외적인 계층과도 맞물려 있다는 귀띔 역시 예술을 둘러싼 한국인의 의식구조를 떠올리게 한다. 양가 제자들의 이탈에 따른 유파의 번성과 쇠락 대비도 흥미롭다. 다만 작가가 서예의 전문 용어를 너무 많이 구사한 점이 걸린다.

－ 최일남, 심사평 '소설 쓰기와 소재의 문제 제시' 중에서

1998년에 펴낸 그의 장편소설 "신열하일기"(살림터)는 문단의 적잖은 주목을 받았다. 중국 현지를 배경으로 조선족 문제를 다룬 국내 작가의 첫 장편소설이라는 점과 철저한 현장 취재를 통해 중국 조선족의 현실과 남한에 대한 그들의 생각을 생생하게 묘사한 점이 그 이유이다. 이 작품은 조선족에 대한 우리의 잘못된 인식을 날카롭게 파헤치는 동시에 조선족을 향한 시각을 새롭게 하지 않으면 안 된다는 사실을 아프게 환기 시켜준다.

 그는 신문에 중편 소설을 연재하기도 했다. "전남일보"에 2001년 1월 29일치부터 연재된 '외등은 작고 외롭다'가 그것이다. 이 작품은 소규모 예산 독립영화인들이 겪는 거대 문화 자본과 지배 이데올로기와의 대결 구도를 통해, 우리 시대에서 파격과 실험의 시도가 얼마나 힘들고 고단한 것인가를 보여 주고 있다. 제목의 '외등'이 상징하고 있는, 이 시대의 주변인이나 소외된 자들에 대한 작가의 관심을 보여준 작품이다.

 이와 같이 그의 소설은 '오월 광주'와 연관된 군대라는 특수 공간, 명필 서예계의 두 가문, 중국 조선족, 영화인 등 독특한 소재를 발굴하여 이야기를 끌어가고 있는 것을 특징으로 들 수 있다. 또한 그는 이러한 서사를 통해 시대 의식과 역사 의식을 바탕으로 한 날카로운 통찰력으로 현대 사회의 문제를 제시하고 있음을 알 수 있다. 같은 맥락에서 요즈음 그는 교육 현실의 문제를 다룬 장편소설을 집필 중에 있다. 소설가 정강철은 1989년 이후 광덕고등학교 국어과 교사로 재직하면서 치열한 작가 정신으로 꾸준히 창작에 몰두하고 있다.

21. 우주 꿰뚫는 천진한 시선

— 시인 이남수

시인 이남수는 1928년 전라남도 나주군 공산면에서 태어났다. 중등 교단에서 국어를 가르쳐오던 그가 문단에 얼굴을 내민 것은 40대 중반의 나이인 1972년의 일이다. "월간교육"에 그의 시 '목련'이 당선된 것이다. 그 후 1978년 "아동문예"에 동시 '시계소리'로 완료추천을 받았고, 1987년 "월간문학"에 시조 '박꽃'이, 1991년 "시조문학"에 수필 '남해에서'가 각각 당선되었다. 이와 같이 그는 시뿐만 아니라 동시, 시조, 수필 등의 장르에 각각 등단 절차를 밟은 것이다. 이는 늦깎이로 출발한 그가 문학에 대한 집념과 창작에 대한 열정이 얼마나 강한 지를 짐작하게 한다.

그는 지금까지 세 권의 창작집을 냈다. 시조집 "꽃비 내리는 별밭"(아동문예, 1990), 동시집 "고향, 그 박꽃"(아동문예, 1992), 시조시집 "도시에서 부는 바람"(시와 비평사, 1999)이 그것이다. 그는 천진무구한 마음과 시선으로 우주와 사물을 꿰뚫어 보고, 이를 부드럽고 자연스러운 언어로 직조하고 있다. 그의 물질문명에 오염되지 않은 동심의 세계는 신화의 세계에 닿아 있다. 그의 시세계에서는 나무·꽃과 같은 식물, 개·고양이와 같은 동물, 해·달·별·구름과 같은 우주의 삼라만상이 똑같은 인격을 갖고 어우러져 살고 있기 때문이다.

소나무와 칡덩굴
한데 얼려서

괴로운 줄 모르고
함께 살아요.

소나문 칡덩굴 업고
칡덩굴은 소나무 안고

견디며 더 자라라
굳게 산대요.

업고 안고
하늘 향해
산대요.

      ― 이남수의 '하늘 향해 살기' 전문

 이 동시에는 시인의 삶에 대한 태도가 잘 드러나 있다. 소나
무와 칡덩굴의 생존 방식을 통해 시인이 꿈꾸고 있는 인간의
화해와 공존 정신을 일깨우고자 한 것이다. 즉, 더불어 살아
가야 할 당위와 '하늘'로 상징되는 우주 질서에 대한 지향을
현대인에게 제시하고 있는 것으로 보인다. 시인 박홍원은 그
의 동시를 다음과 같이 평가하고 있다.

  대상을 바라보는 긍정적 시각이라든지 애정어린 안목은 도시에
  살면서도 자연을 잃어버리지 않은 순박성과 진솔성에 바탕할 것
  일 터이니 오늘날과 같은 혼잡하고 현기증 나게 돌아가는 산업
  사회 속에서 청정해역이나 공해에 초연한 전원을 접하는 것 같
  은 느낌이다.

      ― 박홍원, '산업사회에서도 오염되지 않는 동심' 중에서

이와 같은 맥락에서 보면 그의 시조도 그 지향점이 동일하다. 그의 시조 시집 "도시에서 부는 바람"에는 1.2.3부에 실린 41편은 시조이고, 4,5부에 실린 27편은 동시조라고 할 수 있다. 그의 시조는 대체로 전원 공간을 희구하는 자연 친화의 내용을 담고 있다. 그의 시에서 전원 공간은 시간적으로 보면 과거에 대한 회억으로 드러난다. 그리고 이는 다시 동심의 세계로 돌아가 순수한 서정으로서의 모정(母情)에 대한 그리움으로 순환된다. 한편으로 그는 전통적 정신을 계승하고 선열의 선비 정신을 계승하고자 하는 마음가짐이 드러나기도 한다. 이러한 정신은 역사의식과 현실에 대한 비판적 인식으로 표출된다. "오일팔 피맺힌 일 / 보고 듣고 하였건만 // 그렇게나 외쳐봐도 / 딴전 피는 귀머거리 // 이래도 / 돌 바위라면 / 역사 어이 / 바르리('5.18 성명' 전문)라고 노래한 것이 그 예이다.

시인 이남수는 6.25 전쟁 때인 1952년 고등학교를 졸업하였으나, 곧바로 대학에 진학할 기회를 갖지 못했다. 그는 사회생활을 하면서도 항상 학문에의 뜻을 버리지 못하고 뒤늦게 조선대학에 진학하여 1967년 토목공학과를 졸업했다. 그러나 시인 박홍원의 술회에 의하면 그는 "한복두루마기 차림으로 한문이나 국어를 가르치는 교단 생활을 늘 꿈꾸고" 있었다고 한다. 그래서 중등교원양성소에서 국어 교사 자격을 얻어 정광고등학교 등의 교단에서 그 꿈을 이루었다. 이후 그는 조선대학 교육대학원 국어교육 전공에 진학하여 1986년 2월 "근대 한국 아동문학에 나타난 감상주의 연구"라는 논문으로 교육학 석사학위를 받았다.

시인 이남수는 광주?전남 아동문학회 회장, 호남시조문학회 부회장, 광주문협 이사 등을 역임했고, 현재 광주동백문학회 회장, 국제 PEN 클럽, 한국문인협회, 한국시조시인협회, 한국수필문학회 회원으로 활동하고 있다.

22. 사회비평 시와 비장미

- 시인 전상훈

　전상훈은 1991년 "문학공간" 12월호에 '울엄니', '우리가 지금 두려원 하는 것은', '떠돌이 새', '나목의 꿈', '소망' 등 5편의 시가 신인상 공모에 당선되어 등단한 시인이다. 당시 심사를 맡았던 시인 김규동과 함동선은 그의 작품에 대해 "산업사회에서 자연이 파괴되는 오늘날에 자연복고 정신을 제창하는 의미에서 정말로 절실하게 감동된다."고 전제하고 그의 시적 능력을 '상상적 언어 능력', '차분한 리듬과 말을 엮어 가는 솜씨', '시어의 생동감'의 면에서 뛰어나다고 평가했다.

　그는 등단 이후 꾸준히 작품을 발표해 오다가 1996년에 첫 시집 "사는 데 무슨 말이"(미래문화사)를 상재했다. 이 시집에는 제1부 '바람 부는 날에는', 제2부 '고향의 푸른 산이 내게 하는 말', 제3부 '답답한 것은 세상이 아니고', 제4부 '우리 사는 꼴에 관하여'로 나누어 69편의 작품이 실려 있다.

　　어떤 사람은 휴지 한 조각도
　　마음대로 못쓰고 사는데
　　같은 땅에 살면서 누구는 복도 많아
　　화장실의 휴지를 풀어 쓰듯
　　돈을 쓰는가

　　자식 과외비로 한 달 팔백을 쓰고
　　골프장에서 칠천만 원이 들어 있는 핸드백을 잃고도

눈 하나 까딱하지 않는
자랑스런 신한국의 이멜다들이여!
지금 우리가 두려워하는 것은
신뮴 폭폭 넘어오는 가난이 아니다
두려울 것 없이 사는 당신들이 아니다

이렇게 날마다 맥풀려 살면서
가슴 속 차곡차곡 묻어 둔 불덩이들이
끝내는 분노의 용암으로 솟구쳐
핏발서 뒤집힌 우리의 두 눈에
사람이고 무엇이고
아무것도 안 보이는 날이 오면 어떡할까
다만 그것이
죽음보다 더 두려울 뿐

　　　ー 전상훈의 '우리가 지금 두려워하는 것은' 전문

　전상훈의 시는 사회비평적 측면이 강하다. 그는 시인 혹은
교육자의 눈으로 사회를 바라보고, 불합리하고 잘못된 것을
날카롭게 지적한다. 그러나 그의 시는 지적하고 폭로하는 데
그치는 것이 아니라, 세상에 대한 깊은 애정을 바탕으로 인간
사회의 미래를 걱정하고 있는 점이 특징이다. 인용한 시에서
보이는 것처럼 단순히 계층 간의 차이, 빈부의 격차, 자본주
의 사회에서의 가치관 혼돈을 비판하는 것이 아니라, "사람
이고 무엇이고 / 아무것도 안 보이는 날"이라는 극단적 미래
를 걱정하는 것이다. 이러한 걱정과 두려움은 세상에 대한 깊
은 애정에서 비롯된다고 할 수 있다. 그의 미래에 대한 걱정
과 두려움은 두 축으로부터 출발한다.
　그 한 축은 '울엄니' 연작, '사는 데 무슨 말이', '소망' '새
봄이', '새별이' '조물주의 솜씨'로 대표되는 가족애를 절실

하게 노래한 시편들이다. 어머니, 아내, 두 아들에 대한 사랑은 곧 인간 세상이라는 광활한 대상으로 확장되기 때문이다. 또 하나의 축은 교육 현장을 노래한 것이다. '제자의 전화', '내 가슴의 꽃 한 송이', '졸업식', '아직도 우리에겐 희망이' 등의 작품이 여기에 속한다. 그는 "눈물 하나 제대로 심어 주지 못한 / 헛가르침의 후회만이 / 처진 어깨 위 눈발로 쌓인다"('졸업식' 중에서)에서처럼 제자들의 행위를 자신의 반성으로 삼기도 하고, "등꽃 같은 미소로 아이들을 맞는 / 이 땅의 수많은 선생님들이 계시는 한" 아직 우리에겐 희망이 있다고 자위하기도 한다. 또한 '동렬이'에게서 읽을 수 있는 양심적 제자에 대한 사랑도 같은 맥락의 작품이다. 이러한 참된 교육자로서의 자세는 그에게 세상의 모순과 불합리를 바로 보는 눈을 갖게 한 것으로 보인다.

그의 시인으로서, 또 교육자로서의 삶의 태도는 '밥상 앞에서'라는 작품에 단적으로 드러나 있다. "더럽고 부끄러운 밥이야 많지만 / 육신의 배부름 하나를 위해 / 차마 영혼을 팔 수는 없는 일", "마음 편히 살로 갈 밥이 아니면 / 차라리 맹물에 슬픔을 타 마실지언정 / 무릎 꿇고 비굴의 헛바닥을 보이지는 말 일이다", "행복이 뭐 별거니? / 수고의 그릇에 담긴 밥 달게 먹고 / 저 널푸른 하늘 보면서 / 풀잎처럼 살면 되지"라고 노래한 것이 그것이다. 이처럼 그의 생활 태도는 길이 아니면 가지 않는 비장함을 간직하고 있으며, 그렇게 사는 것을 최고의 행복으로 여기는 것이다. 그의 작품은 이러한 삶의 태도를 바탕으로 한 비평적 견지에서 토해 낸 시적 진술이라고 할 수 있다.

시인 전상훈은 1955년 전라남도 함평군 손불면에서 출생했다. 조선대부속고교를 거쳐 1973년 3월 조선대학 국어교육과에 입학하여 1977년 2월 졸업했다. 1979년 이후 국어과 교사로 고흥 백양중, 함평 손불중, 광주 상무중, 송정여상, 광주과학고 등을 거쳐 현재 광주제일고등학교에 재직 중이다. 1993년 2월에 조선대학 교육대학원 국어교육전공에서 논문 "유치환 시 연구"로 교육학 석사학위를 받았다. 전국독서감상문공모전에서 1985년, 1987년 2회에 걸쳐 최우수상을 받았고, 1997년 국민교육헌장 유공 대통령 표창을 수상했다.

23. 동심적 상상력으로 자연과 교감

- 시인 김재익

시인 김재익은 1966년 "전남매일신문" 신춘문예 동시 부문에 '반딧불' 등 4편이 당선되어 문단 활동을 시작했다. 이후 그는 전남아동문학회 회원으로 회지 "꽃마을", "꽃동산"을 발간하는 데 참여하는 한편, 신문, 문예지 등에 작품 발표, 시 낭송회, 시화전, 문학세미나 등을 통해 활발한 문학 활동을 해왔다. 1990년 월간 "한국시" 창간 1주년 기념 공모전에서 동시 "물구나무서서" 등 5편이 당선되어 문학적 역량을 인정 받았다.

그는 지금까지 세 권의 동시집과 한 권의 시집을 냈다. "물구나무서서"(월간아동문학사, 1995), "크는 아이"(도서출판 한림, 1997), "산이 말하길"(글벗, 2000)이 동시집이고, "그래도 4월은 온다"(글벗, 2000)가 시집이다.

아동문학가 박화목은 김재익의 동시를 두고 "깊은 산 골짜기에서 돌 사이로 쉬지 않고 흐르는 맑은 물처럼 생활 속에 흐르는 동심의 시"라고 하면서, "오염되지 않은 동심의 시를 통해 많은 사람들에게 산소같은 느낌을 줄 수 있을 것"이라고 평가했다.

비 속에는
얘기가 담겨 있다
꿈 많은 왕자가
금수레 타고 하늘을 날아

별나라 공주님 찾아가는 얘기

용감한 청년이
날쎈 칼 휘둘러 악당을 물리치고
평화로운 나라 세우는 얘기

때로는 날품팔이 소녀가
병든 아버지 간호하려고
고된 일 마다않고 애쓰는 얘기

비 오는 날 눈 감고
가만히 귀 기울이면
비 속에 줄줄이 얘기가 들려 온다.

　　　　　- 김재익의 '비 속엔' 전문

　이 동시의 특징은 자연의 소리인 빗소리를 인간 언어의 서사
적 의미로 치환한 것이 특징이다. 어린이 화자가 비 오는 날
비 내리는 소리에 귀 기울이면, 여러 편의 동화가 들려 온다
는 것이다. 달리 말하면 이 시에서 자연 혹은 절대자는 빗소
리를 통해 어린이 화자에게 동화를 들려주는 '책 읽어 주는
어머니'의 역할을 하고 있다. 따라서, 화자에게 빗소리는 자
연의 언어이며 목소리이다. 또한 그 목소리가 단순한 명제적
메시지가 아니라 서사적 담론이라는 점에서, 이 작품은 뛰어
난 동심적 상상력에 바탕으로 자연과의 교감을 노래하고 있
음을 알 수 있다.
　그의 동시는 풀, 나무, 꽃, 구름, 바람, 비, 눈, 돌멩이 등의 자
연 속의 사물을 인간화한다. 즉, 그는 자연과 인간의 합일 정
신으로 대상을 바라보고, 그것을 지순한 동심의 언어로 표현

하고 있다. 이러한 순수성을 바탕으로 남북분단의 비극과 통일 염원을 담담하게 노래하기도 한다. 가령 "구름아 구름아 / 넌 좋겠다 / 한라에서 백두까지 / 백두에서 한라까지 // 마음먹으면 / 언제든 / 오갈 수 있으니 // 새야 새야 / 넌 좋겠다 / 압록강에서 낙동강까지 / 낙동강에서 압록강까지 // 마음 먹으면 / 언제든 / 오갈 수 있으니."('참 좋겠다' 전문)라고 노래한 것이 그 대표적인 예이다.

동시 외에 그의 시집 "그래도 4월은 온다"를 통해 그의 시세계를 살피면 크게 네 줄기로 나누어 볼 수 있다. 기독교 정신의 시적 구현, 인생에 대한 심회, 일상 속에서의 사유, 광주 정신과 역사 의식이 그것이다. '가을 기도', '이름', '기도', '베드로 고기' 등의 작품은 기독교 정신에 입각하여 그 정신세계를 구현하고자 한 신앙시이다. '인생' 연작 9편, '너를 잃고' 등의 작품은 관조적 견지에서 삶의 심회를 읊은 것이다. '객지생활', '죄인처럼', '출근길', '거리에서', '퇴근길에서' 등의 작품은 일상생활에서 느끼는 감회와 자기 성찰의 태도가 드러나 있다. 그리고 '무등산', '금남로에서', '망월동', '불씨 한 톨 가슴에 품고', '전설' 등의 작품은 '5월 광주'에 대한 아픔을 바탕으로 한 역사 의식과 사회 의식을 강하게 반영한 작품들이다.

시인 김재익은 1940년 광주에서 태어나 1958년 광주사범학교를 나왔다. 1959년 4월 조선대학 정치학과에 입학하여 1970년 2월 법학과를 졸업했다. 2000년 8월 광주대학교 언론홍보대학원에서 "지역라디오방송의 경영 효율화 방안 연구"로 정치학 석사 학위를 받았다. 그는 1969년 CBS 광주방송 보도부 기자로 언론계에 투신하여 CBS에서 광주방송 방송부장, 보도부장, 중앙방송 사회부장, 광주방송 편성국장 등을 거쳐 광주방송 본부장을 끝으로 1998년 2월 퇴임했다.

그는 언론인, 문학인으로서 언론봉사 대상(1985), 전남아동 문학상(1989), 한국아동문학 대상(1996), 한국아동문학 작가 상(1998), 광주문학상(1999) 등을 수상했다. 현재 광주문인 협회 부회장, 연세직업전문학교 교장으로 있으면서 광주대학 교 언론광고학부에 출강하고 있다.

제4장
문학의 조화와 다양성

1. 선적 세계 지향한 청아한 목소리

— 시인 김용재

시인 김용재는 그 동안 여러 문예지와 잡지에 많은 작품을 발표해 오다가, 1995년 "제77회 월간문학 신인상" 시부문에 '겨울산행' 외 4편이 당선되면서 본격적인 창작 활동을 시작했다. 등단 이후 그는 1998년에 첫 시집 "솟대 끝 물새 부부" (시와사람사)를 상재했다.

4부로 나뉘어 58편의 작품이 실려 있는 이 시집은 그의 시적 모색이 잘 드러나 있다. 그의 시는 전반적으로 자연과 인간의 관계를 선적(禪的) 자세에서 관찰하고 있다. 그러므로 그의 언어는 고결하고 청아한 목소리와 절제된 감정으로 드러난다. 그의 시 세계는 이러한 특성을 바탕으로 몇 가지의 갈래로 나누어 볼 수 있다. 첫째 불교적 색채가 드리워진 선적 정신을 표출한 작품이 있다. '선문답', '계거(溪居)', '효다송(曉茶頌)', '선묵차(禪墨茶)' 등 시집의 2부에 실려 있는 작품들이 여기에 속한다. 둘째 인간애를 바탕으로 한 효심, 부부애, 가족애를 드러내는 시편들이 있다. '어머님 병상의 찔레꽃 한 다발', '생전 처음인 듯 불러보는 이름', '부부', '가족', '이슬에게' 등의 작품이 그것이다. 셋째 여행 체험을 시적으로 승화시킨 작품들이 있다. '법성포', '승달산 가는 길의 노인', '겨울산행', '소록도에서', '모슬포', '사량도' '대원사의 밤', '관산(冠山)에 가면' 등의 작품이 여기에 속한다.

시인 송수권은 그의 시를 "초월적 욕망에서 빚어진 오염되지 않은 언어"라고 전제하고, "시적 주제는 고오귀속(高悟歸俗)의 선적 시세계를 지향"한다고 평한다. 문학평론가 신덕룡은 그의 작품을 "넉넉함과 한가로움 그리고 늘 삶을 새롭게 맞이하는 이의 지혜"로 인식한다. 시인 고재종은 그의 시에서 "안일한 소승적 시인이라기보단 현실의 고통 속에서도 꿋꿋한 삶을 꾸려가는 민중의 아픔과 함께하는 시인을 꿈꾸는 모습"을 볼 수 있다고 평가한다.

> 술렁이는 섬 하나
> 선착장에 매어놓고 잠 못 드는 법성포
> 투망에 밤새도록 걸려드는 바다를 쳐내며
> 꽉 찬 인연 비틀어 뭍으로 뭍으로 길을 내건만
> 법성포 섬들의 아침은 늘
> 짜디짠 갯물 속에서 깨어났다
> 별밭 너머 갯노래 뜨는 날이면
> 전설보다 더 먼 섬을 이끌고
> 한 생애 흔들던 그리움 같은
> 짙은 어등을 포구 끝에 걸어두지만
> 바다 밑길을 걸어 들어간 사내들은
> 아직 아무도 돌아오지 않는다
> 바람 깊은 구들장으로 바다가 새어들 때도
> 젖은 부두 위 찌든 비린내 닦던 해송만
> 낮은 해조음 아래 기침소리 키워가고
> 헐거운 물살 베고 누운 횟집 불빛이
> 농어의 아가미 끝에서
> 바다에 묶인 풍경이 되어 되돌아오곤 했다
> 날은 또 다시 저물어
> 이 땅의 어둠들 제 각기 불을 밝히고
> 청솔 같은 사내 목숨 바다에 묻고서도
> 달리 제 목숨 부릴 곳 없어

파도 위에 잠을 펴는 섬들의 이마엔
아침이면 어김없이
짠물에 절은 바람꽃이 피었다
　　　　　－ 김용재의 '법성포' 전문

　이 시는 법성포 바닷가를 묘사한 작품이다. 그러나 단순히
포구의 풍경을 묘사하는 데 그치지 않고 다양한 시학적 장치
를 통해 시인의 심사를 투사해 낸 작품이다. 섬, 선착장, 바
다, 어등, 부두, 해송, 횟집 등의 시어들은 포구의 모습을 묘
사하는 틀을 이루지만, 이들의 관계는 튼튼한 끈으로 이어져
있는 인간화된 존재들이다. '잠 못 드는 법성포'는 '아침은
늘 짜디짠 갯물 속에서 깨어' 나는 섬들을 거느리고 있는 것
으로 인지한 시적 진술은 이 시를 상징화하는데 기여하고 있
다. 이러한 상징적 틀 속에서 이 시의 중핵은 "바다 밑길을
걸어 들어간 사내들"에 있다. '법성포'는 '어등'을 포구 끝
에 걸어두고 사내들의 귀환을 기다리는 모습으로 드러나기
때문이다. 따라서 '법성포'와 그가 거느리는 '섬'들과 그리
고 '사내들'과의 관계 속에서만이 시적 메시지를 파악할 수
있게 된다. 시인은 '법성포'를 어둡고 고단한 삶 속에서도 깊
은 사랑을 묵묵히 실천하는 모성 캐릭터로 변환시키고 있는
것이다.
　시인 김용재는 1953년 전라남도 무안군 운남면에서 태어나
1971년 서울 경성고등학교를 졸업하고, 1972년 3월 조선대
학 국어국문학과에 입학하여 1976년 2월 졸업했다. 그는 고
교 시절부터 문학에 뜻을 두고 문예부에서 활동했으며, 대학
에 진학하면서 시창작 수련에 열중하며 스스로 시인의 길을
개척해 나갔다. 한편 1989년 9월 조선대학 교육대학원 교육

행정전공에 입학, 1991년 2월 논문 "가정환경에 따른 사교육비 운용과 학업성취도와의 관계 연구"로 교육학 석사학위를 받았다. 대학 졸업 후 줄곧 중등학교에서 교편을 잡았으며, 현재는 광주 경신여자고등학교에서 국어과 교사로 재직 중이다.

시를 통해 자연과의 일체를 희구하는 그는 몇 해 전 화순군 동복면 가수리에 창작실 "무차원(無遮園)을 마련하여 시작에 더욱 열중하고 있다. 한국문인협회 회원, "죽란시사회" 동인, 광주문협 이사, "시와 사람" 편집위원 등으로 활동하고 있다.

2. 풍자와 해학과 익살의 시
- 시인 차창룡

  시인 차창룡은 1966년 전라남도 곡성군 석곡면 온수리에서 태어나 광주고등학교를 거쳐 1985년 3월 조선대학 법학과에 입학했다. 대학 재학 시절 그는 법학도이면서도 오히려 문학에 심취하여, 나락문학회에서 활동하는 등 문학작품 읽기와 문학 창작에 몰두하였다. 그는 조선대학을 졸업한 1989년에 "문학과 사회"에 시 '쟁기질' 외 4편을 발표하면서 시인으로서 한국문단에 얼굴을 내 놓았다. 한편 그는 군복무를 마치고 제대한 이듬해인 1994년에는 세계일보 신춘문예 문학평론부문에 그의 평론 "이상과 현실—시어 '꽃산'의 의미"가 당선, 문학평론가로도 데뷔했다. 같은 해 5월 문학과지성사에서 첫 시집 "해가지지 않는 쟁기질"을 냈고, 이 시집으로 그 해 12월 제12회 "김수영문학상"을 수상하면서 더욱 주목받는 시인이 되었다.
  문학평론가 김우창은 이 문학상 심사평에서 "차창룡 씨의 복합적 인식 그리고 그것의 공감적 전달의 능력은 근본적인 정직성에 관계되는 것으로 보인다. 그의 언어는 어떤 종류의 세련된 시적 언어의 구사에서 보는 바와는 다른 직절성, 소박성, 조야성을 가지고 있다. 그것이 그로 하여 상투성이나 감상주의의 안이함을 피하여 그 자신의 현실에 이르게 하는 것일 것이다."라고 그의 시가 가진 언어적 특성을 평가하고 있다. 이러한 특성은 1997년 12월 민음사에서 낸 두 번째 시집

"미리 이별을 노래하다"를 포함한 그의 모든 작품에 질게 깔
려 있다.

오늘도 똥을 밟았다
날마다 똥을 밟는다
개똥 소똥 사람똥
가리지 않고 잡식성으로 밟는다
오늘은 미끈한 사람똥을 밟았다
밟고는 뒤똥 미끄러지다
간신히 무게중심을 잡았다
똥을 보았다
기름진 미색의 똥
똥도 나를 본다 똥 씹은 표정의 나
똥이 일그러진 목소리로 말한다
너는 눈도 없냐
멀쩡한 나를 밟고 다니게
하면서 콧김을 숭숭 내뿜는다
나는 할말을 잃고
침만 퉤 뱉았다
침은 직사포로 날아가 똥 속에 박힌다
몇 송이 거품만 보글보글 끓다가
이내 사라진다
녀석, 똥에 동화된 것인가
화가 난 나는
호주머니에서 잠자고 있는 신문지를 깨워
똥 위에 눕혀버렸다

社說:어른스런 政治
        － 5共非理 합리적으로 철저히 밝혀야

이럴 수가 있는가
똥의 위력에 굴복할 수밖에 없는 것일까
신문지를 뚫고 똥이 일그러진 눈으로 나를

빤히 쳐다보고 있는 것이 아닌가
갑자기 똥이 마렵다

　　– 차창룡의 '우리들의 찌그러진 영웅' 전문

　차창룡은 90년대 우리 시단 최고의 풍자시인이라고 해도 과
언이 아닐 것이다. 이 시에서도 '날마다 밟는 똥'과 '오늘 밟
은 똥', 의인화 된 '똥'의 언술과 화자의 행위, '똥'과 '침'
의 동화, '어른스런 정치'를 주장하는 신문지와 '똥의 위력',
'빤히 쳐다보는 똥'과 '마려운 똥' 그리고 '찌그러진 영웅'
의 다양한 관계 속에서 '똥'의 상징적 의미와 풍자 대상을 짐
작할 수 있다. 이처럼 그의 시는 역설, 상징, 파라독스 등의
시적 장치를 통해 사회 현실을 대담하게 풍자하는 작품들이
주류를 이룬다. 특히 '똥'을 통해 현실을 보고, 사회를 통해
'똥'을 인식한다고 하리만큼, '똥'은 그의 시에서 익살과 풍
자의 기본 장치가 된다. 이러한 시적 전략은 그의 풍자를 더
욱 예리하고 건강하게 하는 데 기여하고 있다고 할 수 있다.
그에게서 '똥'의 상징력은 진실성, 즉 "거짓된 세련과 타협
하지 아니하는 진실에 대한 정열"에서 비롯되기 때문이다.

　　유머는 원래 생리학 용어에서 유래했다는 사실에서 알 수 있듯
　이 인간의 기질적 성격적 측면과 밀접한 관련을 맺고 있다. 사실
　차창룡의 시만큼 생물학적 존재로서의 인간의 진면목을 여실히
　드러낸 시도 드물 것이다. 고상함에 대한 거절이야말로 그의 시
　의 주요 특질이다. 그의 해학은 인간의 신체적 물질적 바탕을 과
　감히 드러내고 인간과 그 인간이 건설한 현실의 한계를 즉물적
　으로 포착해 낸다.

　　–남진우, '쟁기질과 자맥질', "문학과 사회" 1994. 가을호,
　1245쪽

이와 같은 문학평론가 남진우의 지적처럼 차창룡의 시쓰기는 생물학적 인간의 존재로부터 출발한 유머요 해학으로 드러난다. 그리고 그 해학은 궁극적으로 인간 존재와 그 존재들이 얽고 있는 현실에 대한 비판의식에 기인함을 알 수 있다.
　시인 차창룡은 1996년 중앙대 대학원 문예창작학과에서 문학석사학위를 취득했으며, 현재는 그 대학 박사과정에 재학 중이다. 그는 조선대학 졸업 후, 문학동네, 금호문화, 서광사, 사계절출판사 등에서 기획 편집을 맡아 일해 왔다.

3. 기독교적 가치관으로 인간 상실 극복

– 시인 이태건

시인 이태건은 1957년 전라남도 영암군 서호면에서 태어나 숭일고등학교를 거쳐 1975년 조선대학 국어교육과에 입학, 1979년 2월 졸업했다. 1984년 고려대학교 교육대학원 국어교육전공에서 "바보형 인물에 대한 소고"라는 논문으로 교육학 석사학위를 받았다.

그는 조선대학 재학 시절 문학동아리 "석혈문학"으로 활발한 활동을 했다. 시화전, 문학의 밤, 토론회에 적극 참여하여 작품을 발표하였고 토론을 벌이기도 했다. 대학 시절 그의 꾸준한 창작 활동은 그를 시인의 길로 들어서게 하는 원동력이 되었다. 1990년 월간 "한국시" 신인상에 그의 시 '고물상에서' 외 3편이 당선되면서 우리 문단에 데뷔하게 된 것이다. 그는 문단에 나온 뒤 지금까지 두 권의 시집을 냈다. 첫 시집 "비 오는 날에도 새들은"(도서출판 한림, 1993)과 제2시집 "가볍게 눕기"(창현문화사, 1998)가 그것이다.

그의 시는 항용 만나는 일상에 그 뿌리를 내리고 있다. 그에게서 일상들은 시적 사유의 깊이와 만나 창조적 언어로 진술된다. 그의 작품은 '사랑'을 전제로 한 가족 이야기로 드러나기도 하고, 자기 희생을 통한 신앙적 자세로 표출되기도 한다. 또한 "어둠 속에서 불쑥 공 하나 / 몸 부딪쳐 온다. / 잠깐의 방심 중에 / 역습해 오는 것 / 느닷없이 튀어와 문 두드리는 너는 / 패륜이다."('신경성' 일부)에서처럼 인간 심리의 근저에 자리한 고뇌를 포착하여 이를 형상화하기도 한다. 시인 신병은 서간체 형식을 빌려 쓴 제 2시집 해설에서 이태건 시의 특징을 다음과 같이 적시하고 있다.

> 형의 시를 접하면서 줄곧 머리를 흔드는 것 중의 하나가 '어떻게 하면 최후로 당당한 자신의 목소리를 지닐 수 있을까' 하는 거였습니다. 인간이기에 숙명적인 욕망과 허욕은 분명히 있을 건데 어떻게 인간으로서 믿기지 않는 선적인 삶이 가능하다고 그토록 당당한 목소리를 낼 수 있는지요. 티없이 맑고 고운 종교적 삶이기에 가능한 것일까. 아픔을 수용하고 삭이는 형만의 언어부림일까.

– 신병은, '훼손된 인간 본질을 손질하는 식물성 사랑' 중에서

이처럼 신병은은 이태건의 시적 언어가 '당당한 목소리'로 표출되는 배경에서 '티없이 맑고 고운 종교적 삶'을 읽어내고 있다. 결국 이것은 고뇌를 삭일 수 있는 화해정신이며, 신병은의 용어로는 '식물성 사랑'이라고 할 수 있다.

그의 화해 정신은 '떨어짐'에 대한 예지에서 오는 인간 존재에 대한 사유이며, 이러한 사유는 삶에 대하여 비극을 넘어선 희망으로 인식하게 되는 경지에 다다르게 된다. 그는 "절망이 때론 고마운 양식이 되"('절망에 대하여')는 것을, 혹은 "조그맣게나마 숨쉬고 사는 일이 사랑"('꼼지락거림')이라는 것을 깨닫는다. 즉 그의 삶에 대한 태도는 "히말라야시다처럼 웅장한 인생만이 축복은 아니다. / 풀잎처럼 몸비틀며 / 젖은 아픔 떨구어내는 / 경쾌한 한 세상 또한 진실 아닌가."('비틀기')라는 시구에서 보는 것처럼 희망의 목소리로 표현된다.

꽃잎 떨어지는데
몸부림이 없다.
변색된 추억마저
우주 밖으로 내던져졌지만
눈물도 없이, 날 선 바람에게
여윈 목 내밀었다.
하늘 여전히 파랗고
돌멩이 몇 개 뒹구는
언덕 한가운데
수백의 씨앗들만 묵묵히
어둔 그의 목숨 지켜보았다.

       – 이태건의 '꽃잎 떨어지며' 전문

 이 시에서 보는 바와 같이 '꽃잎 떨어짐'이라는 사건은 모든 슬픔의 감정이 배제된 채 이루어지고 있다. 꽃잎의 최후가 이 토록 담담할 수 있는 것은 '떨어짐'이 곧 새로운 생명의 잉태 이며, 아름다운 행위로 인식할 수 있기 때문이다. 낙화 행위 가 수백의 씨앗들이 묵묵히 지켜보는 가운데 이루어지고 있 음은 이러한 의미를 뒷받침하고 있다. 따라서 "떨어지는 것 들 / 더 낮게 / 더 깊이 떨어져야 하리."('떨어짐에 대하여') 라고 당당히 진술할 수 있는 것이다. 이는 인간성 상실의 세 계에서 한 알의 밀알이 되고자 하는 기독교적 가치관에 바탕 을 두고 있는 것이다.
 그는 대학 졸업 후 지금까지 줄곧 모교인 숭일고에서 국어과 교사로 봉직하고 있으며, 한국문인협회, 한국기독교문인협 회, 시류문학회 회원으로 활동하고 있다.

4. 열린 시각과 순수한 동심

- 시인 윤삼현

　윤삼현은 동시, 동화, 시조, 그리고 문학평론의 장르로 각각 등단하여 **활발한 활동을** 하고 있는 작가이다. 그는 1982년 광주일보 신춘문예 동시부문에 '뻥튀기'가 당선되면서 문단에 등단했다. 그는 여기에 그치지 않고 이듬해인 1983년 동아일보 신춘문예에 동시 '달이 그린 수채화'가 당선, 동시인으로서 위치를 확고히 했다. 1985년 "시조문학"에 시조 '횡단보도에서'가 추천 완료되어 시조시인으로도 활동하기 시작했다. 1988년에는 동화 '달을 타고 온 동이'가 광주일보 신춘문예에 당선함으로써 동화작가로서의 길도 열었다. 1998년 "아동문예 문학상"에 평론 '목월 동시의 환상성과 초월의식'이 당선되어 평론가로서 활동을 개시했다.

　윤삼현은 지금까지 두 권의 동시집과 한 권의 기행 수필집을 냈다. 첫 시집 "유채꽃 풍경"(아동문예사, 1987)과 두 번째 시집 "엄마 휘파람새"(도서출판 윤진, 1996), 그리고 기행수필 "백두산 가는 길"(세광출판사, 1992)이 그것이다.

　그가 등단 이래 지금까지 경향 각지의 각종 신문, 문예지, 잡지에 동시, 동화, 시, 시조, 평론, 수필 등을 무려 60여 회에 걸쳐 발표한 것은 그가 얼마나 활발한 문단 활동을 하고 있는지를 잘 말해 준다. 그는 동시, 동화 등 아동문학으로 문명을 떨쳤지만 시조 창작과 발표도 그에 못지 않다. 그런가하면 "현대문학" 등 국내 유수한 문예지에 시를 발표하기도 했다.

또한 각종 문예지에 서평, 계간평 등을 집필하는 등 평론을 통한 아동문학의 방향과 과제를 제시하는 일에도 게을리 하지 않고 있다. 특히 그의 동시 '별 보던 밤'이 1996년부터 초등학교 국어(6-1) 교과서에 실림으로써 그의 문학적 역량을 널리 인정받았다.

평론가 이재철(단국대 교수)은 윤삼현의 동시에 대해 "강한 역사의식이 바탕에 깔린 작품들로 역사적 사건이나 인물들을 소재로 쓴 동시가 많으며 민족의식이나 전통의 문제 혹은 시간의 문제를 다룬 작품이 많다."고 전제하고, "동시의 교훈적 측면의 강화"라는 측면에 의의가 있다고 했다. 이재철은 여기에 덧붙여 윤삼현의 시적 특질을 '구체성'에 바탕한 '현실감'에서 찾았다. 아동문학가 문삼석은 다양하게 열려 있는 시각과 그 시각에서 비롯되는 개성을 특징으로 보고, "동시가 지향해야 할 순수한 동심을 정확히 겨냥하고 있으면서도, 그 방법 면에서 단순한 순수 선호가 아닌, 반동심적 요인들에 대한 철저한 인식을 바탕"으로 한다고 평가했다. 이와 같이 그가 동시에서 추구하고 있는 철저한 현실인식과 역사의식은 그의 시조 작품에서도 잘 드러난다.

지독한 쓸쓸함에
거긴, 늘 빙판길

쑥 쒸는 표정으로 발을 사려 딛으며 사람들은 과거로만 돌아가고 있었다. 겨울의 그림자가 길게 누운 오월길엔 한줌의 라일락 향기도 흔한 아카시아 내음도 머물길 꺼려해. 어떤 이는 짐승의 언어로 흐느끼며 길 한가운데서 비틀거렸다. 사시사철 오월 해를 가졌지만 아직은, 또 아직은 꽃향기를 채울 수 없는 적막함과 희망도 사랑도 자욱한 눈발에 묻힌, 끝없는 전설 속의 길이었다. 문득 어느 날 이팝나무 꽃들이 만개하고 있었다. 이십년 결빙을 풀어 툭 툭 터뜨리는 저 열망의 노래. 하늘이 망월동에 와 소복을 들추며 하나하나 입맞춤하고 있었다.

날려라, 하얀 안부를
하늘길이 여기다.

　　　　　　　　－ 윤삼현의 '망월동 길에' 전문

이 작품은 망월동이 지닌 역사적 시간성에 바탕을 두고 있다. 그의 역사의식과 현실인식이 잘 드러나 있는 사설시조이다. 이 시조는 중장 중간 부분을 기점으로 이미지를 대비적으로 배치해 놓고 있다. '망월동 길'에 대한 이미지가 전반부에서는 쓸쓸함, 조심스러움, 차가움, 흐느낌, 정지된 시간 등 암흑으로 나타나는 데 반하여, 후반부에서는 꽃의 만개, 화해, 입맞춤 등 광명으로 반전된다. 그리고 종장에서는 '망월동 길'의 의미를 '하늘길'로 승화시키고 있음을 알 수 있다. 이 시조는 '오월 광주'를 상징하는 '망월동 길'을 통해 시인의 역사관을 형상화해 낸 절창이라고 할 수 있다.

시인 윤삼현은 1953년 전라남도 해남군 현산면에서 출생하여 광주고를 거쳐 1974년 목포교육대학을 졸업했다. 이후 방송대학 중국어과와 국어국문학과를 졸업했다. 1997년 8월 전남대학교 교육대학원 국어교육전공에서 논문 "박목월의 동시 세계 연구"로 교육학 석사 학위를 받았고, 현재 조선대학 대학원 국어국문학과 박사학위 과정에 재학 중이다.

그는 남촌문학동인회 회장, 전남문협과 광주문협의 아동문학분과위원장을 역임했고, 현재는 전남문협 시조분과위원장, 펜클럽, 한국문협, 한국시조시인협회 회원으로 활동하고 있다. 1987년 우리 고전 읽기 운동 문공부장관상, 1991년 해남군민의 상(교육 문화 체육 부문), 1993년 광주·전남 아동문학인상, 1999년 전남문학상 등을 수상했다. 현재 살레시오초등학교 교사로 있으면서 순천대학교 문예창작학과에서 "아동문학 창작론"을 강의해 오고 있다.

5. 힘겨운 노동 담근질한 장인의 혼
- 시인 김영박

  김영박이 문단에 나온 것은 그가 불혹의 나이를 갓 넘긴 때
의 일이다. 월간 시전문지 "현대시학" 1994년 1월호는 "시인
을 찾아서-신인 발굴 작품"으로 김영박의 시 5편을 게재했
다. '鄭道傳', '꽃대 올리기', '白雲山', '마술사', '청학동에
와서' 가 그것이다. 심사위원인 시인 이근배와 정진규는 심사
평에서 그의 작품들은 "하나같이 호흡이 길고 쉽게 흔들리지
않는 뿌리의 깊이를 보여 준다."고 전제하고, "겉모양만 그럴
싸하게 다듬어낸 포장문화의 산물이 아니고 힘겨운 노동으로
땀과 혼을 비벼 넣어 담근질한 장인(匠人)의 숨결이 담겨진
것"이라고 극찬했다. 덧붙여 그의 시의 특징으로 "대담한 시
적 변용", "레토릭의 완벽성" 등을 들고 있다. 이렇게 등단의
절차를 거친 시인 김영박은 그 해에 곧바로 광주?전남에서
가장 긴 역사와 전통을 가진 시 동인인 "원탁시회"에 들어 본
격적인 활동을 시작했다. "원탁시회" 동인인 시인 강인한은
그의 시적 특질을 다음과 같이 말한다.

  그의 많은 시에서는 푸르고 싱싱한 산 냄새가 물씬 풍긴다. 그의
  산행은 정상을 추구하는 세속의 의미와는 애당초 거리가 멀다.
  오직 한 사람의 인간으로 그는 산을 찾을 따름이다. 도시를 떠나
  새나 산짐승과 동종을 이룬 자연의 일부인 사람으로 그는 산을
  즐겨 찾는다. 따라서 그의 시 속에 투사된 산은 그가 만나고자 하
  는 진실, 삶과 죽음을 뛰어넘는 불변의 진리로 그에게 다가온다.

  - 강인한, 첫 시집 해설 '힘 있고, 따뜻한 시적 진실' 중에서

비교적 늦게 등단한 시인 김영박은 1995년에 첫 시집 "지리산이 전서체로 일어서다"(나남출판)를 펴냈다. 이 시집은 그동안 그가 써온 작품 중 65편을 골라 묶은 것이다. 그 이후 6년의 세월이 지난 금년에 제2시집 "지리산 詩篇"(현대시)를 내놓았다. 이것은 '지리산 시편' 연작 70편을 모은 것이다. 첫 시집이 그의 시적 영역을 모색한 것이라면 두 번째 시집은 '지리산'이라는 시적 영토를 확고하게 한 것이라고 할 수 있다.

> 길이 혼자서 돌아간다
> 산허리를 잡고
> 가쁜 숨을 몰아 쉬며
> 산언덕을 넘는다
> 저녁 노을이
> 나뭇가지에 앉아
> 코스모스 꽃들의
> 노래 소리를 듣는가
> 허공 속에 숨어 있던 얼굴들이
> 하나 둘 모여들기 시작한다
> 누이의 손을 잡고
> 운동장을 달리던 시간이
> 멀리서 서성이는 길
>
> 내 몸에 소리 없이 붙어 있던
> 여자아이들의 목소리가
> 계곡 물을 따라
> 섬진강을 흐른다
> ― 김영박의 '농평가는 길 ―지리산 詩篇.16' 전문

 이 시는 지리산에 있는 하늘 아래 첫 동네, 전라도와 경상도의 경계인 '농평'에 오르는 길을 공간적 배경으로 하고 있다.

길은 의인화되어 있다. 의인화 된 것은 길만이 아니다. '저녁 노을'과 '코스모스 꽃'도 마찬가지다. 길, 산언덕, 저녁 노을, 나뭇가지, 코스모스 등이 조화롭게 어우러져 있는 것은 현실적 공간이다. 이러한 현재적 시간은 허공 속의 얼굴들의 출현을 매개로 곧바로 과거로 이입된다. 과거인 "누이의 손을 잡고 / 운동장을 달리던 시간" 또한 현실에서는 "멀리서 서성거리는 의인화된 존재로 드러난다. 결국 이러한 사실들은 '내 몸'을 통한 인지(認知)이며, 화자인 '내 몸'은 이 시의 주된 배경인 '길'과 동일화되어 나타나 있다.

이와 같이 시인 김영박은 사물과 사물, 사물과 관념, 관념과 관념들을 전이·변전시키기도 하고, 이것들을 돌연하게 결합시키기도 한다. 또한 그의 시에서 과거와 현재는 시간의식에서 일탈되어 자연 공간 속에 어우러진다. 이러한 시 세계의 구축은 시인이 지닌 환상적 상상력과 구도적 태도에서 온 것으로 보인다.

시인 김영박은 1954년 전라남도 곡성군 삼기면에서 출생했다. 그는 숭일고등학교를 거쳐 1974년 3월 조선대학 국어교육과에 입학하여 1978년 2월 졸업했다. 조선대학 재학 시절 학내 문학 동아리인 "석혈"에서 활발한 문학 활동을 했다. 1978년 석곡중학교를 시작으로 석곡고, 담양고, 구례고 등을 거쳐 현재 곡성고등학교 국어과 교사로 있다.

6. 외적 현실 통한 냉철한 자아 인식
- 시인 김영천

　김영천은 계간 "문학세계" 1996년 봄호에 '내 마음' 외 3편이, 월간 "한국시" 1996년 8월호에 '메아리' 외 3편이 각각 신인상 당선작으로 뽑혀 등단한 시인이다. 그는 지천명에 가까운 나이에 뒤늦게 등단하였지만, 그 이후 지금까지 "창조문학", "문학세계", "해동문학", "시와 시론", "문예사조", "문학세계", "문예연구", "자유문학", "순수문학", "문학공간", "월간문학" 등 문예지뿐만 아니라 각종 잡지, 신문들을 통해 정열적인 작품 활동을 했다. 그의 작품 발표 연보에 의하면 등단 이후 5년 반 동안 약 450여 편의 작품을 발표했으니 연간 발표한 작품 수는 70편을 훨씬 상회한 셈이다. 그리고 그는 지금까지 두 권의 시집을 냈다. 첫 시집 "낮에 하지 못한 말"(양문각, 1997)과 제2시집 "슬픔조차도 희망입니다"(도서출판 한림, 1999)가 그것이다.
　그에게 이토록 열정적으로 시를 쓰게 하는 원천적 힘은 어디에서 솟아오르는 것일까? 그는 시와 삶을 동일시하는 시인 정신을 지니고 살아 왔기 때문일 것이다. 그는 젊어서는 "삶이 시보다 더욱 절실"해서 등단의 기회를 놓쳤고, 등단 이후 "이제 삶보다 시를 더 절실하게 붙잡기로" 했다고 고백한다. "어느 老시인처럼 / 詩가 세상이고 / 세상이 詩이지 못하면 / 차라리, / 가슴 안에 / 단 한 글자도 새기지 않은 / 白碑를 세울 것입니다."('白碑' 중에서)라는 각오가 그의 타오르는 창작열을 짐작케 한다. 문학평론가 홍문표는 그의 시적 특질을 "그리움에서 시작하여 철저한 자기 인식과 사물인식을 통하여 시적 해탈을 추구하는 진지한 구도적 언어"라고 평가하고 있다.

> 아무래도 싹수가 노오랬는지 아내는 약국 바닥에 신문지를 깔고 난분을 엎었다. 아이의 시퍼런 엉덩이를 두들기듯 그 밑바닥을 톡톡 치니 난초의 비밀스러운 뿌리가 통째로 뭉턱 빠졌다. 저런, 저렇듯 얽히고 설키며 좁은 盆 안에서 제 뿌리를 감아나가는 것은 무엇이었던가. 어떤 사상이나 주의, 어떤 강력한 눈빛, 목숨을 지키기 위한 처절한 투쟁, 자유를 향한 어떤 지향점도 같구나. 아내는 가위를 들고 썩어 문드러진 뿌리나 너무 무질서하여 필요 없는 뿌리를 잘라 낸다. 나는 내 일생을 지탱해온 뿌리들이 차마 부끄러워, 올바르지 못한 생각들이나 잘못된 감정, 미움, 슬픔 따위의 제거해야 할 근원까지도 내 안에 더욱 깊숙이 감춘다. 아내여, 왜 그런 눈으로 나를 쳐다보시는가? 나의 거룩한 아내는 나를 엎어놓고 밑짝을 툭툭 쳐, 아무래도 싹수가 노오란 내 사유들에 대해 손을 좀 보아야 하는 것인지도 모른다.

– 김영천의 '분갈이' 전문

이와 같이 그의 시는 사물이나 행위를 자기 인식으로 대치한다. 화분 속에 내밀하게 숨기어진 난의 뿌리의 드러남을 보고 화자 자신의 내면에 감추어진 사유들이 그처럼 드러날까 두려워한다. 그러나 "싹수가 노오란 내 사유들"은 난의 "썩어 문드러진 뿌리나 무질서하여 필요 없는 뿌리"와 같이 잘라야 할 대상으로 인식한다. 이것은 분갈이라는 행위를 자신의 내면으로 끌어들여 자기 성찰로 귀결시키는 그의 특징적인 시 문법이다. "나무 속에 박혀 있는 부분은 / 늘 새못처럼 빛나는데요 / 밖으로 나와 있는 부분은 쉬이 녹이 슬어서요 / 나는 내 대가리를 쾅쾅 쳐 / 세상 안으로 깊숙이 박습니다"

(못.3)에서도 못이 녹스는 현상을 자신의 처지로 옮겨와, 자신만은 새 못처럼 빛나기를 열망한다. 이처럼 그의 시적 공간은 외면적 현실을 내면으로 전이시켜 자기 반성과 냉철한 자아 인식으로 변환하는 구심적 지향성을 지니고 있다.

시인 김영천은 1948년 광주시 대인동에서 태어나 목포에서 성장했다. 목포중·고등학교를 거쳐 1966년 3월 조선대학 약학과에 입학하여 1970년 2월 졸업했다. 2001년 2월 목포대학교 대학원 국문학과에서 논문 "서정주 시 연구"로 문학석사학위를 받았다. 현재 국제펜클럽, 한국문협, 현대시인협 회원이며, 목포문인협회 회장, 전남시인협회 부회장으로 활동하고 있다. 목포시약사회장, 목포시의회 의원, 민주평통자문회의 목포협의회장 등을 역임하는 등 사회 활동에도 남다른 열정을 보였다.

7. 연극이론과 실험적 희곡창작의 조화
- 극작가 김영관

  김영관은 1997년 월간 문예지 "문학 21"에 희곡 '내가 과연 미친 거유?'로 신인상에 당선돼 등단한 극작가이다. 그는 그 동안 영문학자로서 서구의 희곡 이론을 연구하고 희곡 작품을 번역하는 데에 치중하다가 뒤늦게 창작의 길로 들어 선 것이다.

  1980년 조선대학 전임강사로 있던 그는 학내 민주화 운동과 관련하여 1981년 해직된다. 그 후 7년여의 긴 어려움을 겪고 1988년 다시 대학 강단에 돌아오게 되었다. 대학에 돌아 온 그는 희곡 이론 연구에 열중했고, 한편으로는 유진 오니일 등 영미 작가들의 희곡 작품을 번역하여 단행본으로 내놓기 시작했다. "정숙한 아내"(도서출판 금문, 1993), "작별의 한 잔"(조선대 출판부, 1997), "이상한 막간극"(조선대 출판부, 1998), "위대한 신 브라운 / 백만장자 마르코"(조선대 출판부, 1999) 등이 그것이다.

  "정숙한 아내"는 유진 오니일의 초기작품 여덟 편을 번역한 것이고, "작별의 한 잔"은 유진 오니일의 '수평선 너머'와 '낙태', 오거스트 스트린드베리의 '강자', 해롤드핀터의 '작별의 한잔', 오스카 와일드의 '어느 프로렌스인의 비극'을 우리말로 옮긴 것이다. "이상한 막간극"과 "위대한 신 브라운 / 백만장자 마르코"는 유진 오니일의 장막 희곡을 번역한 것이다. 그는 주로 미국 최초의 노벨문학상 수상 극작가인 유진 오니일의 작품을 번역, 연구하는 데 주력했다. 그의 박사학위 논문도 "오니일과 니이체"(원광대 대학원, 1993)이다. 그는 1995년 1월부터 1년간 미국 펜실바니아 대학에서 영미 희곡을 연구하기도 했다.

　그는 등단 이후 틈틈이 쓴 작품을 모아 희곡집 "미로"(조선대 출판부, 2000)를 출간했다. 이 책은 표제작 '미로' 등 12편의 창작 희곡을 묶은 것이다. 공연예술평론가 유민영(단국대 교수, 전 예술의 전당 이사장)은 그를 가리켜 "연극이론과 희곡창작을 잘 연결, 조화시키는 극작가"라고 전제하고, 오니일과 니이체를 연결시켜 새로운 문학 패러다임을 꾀하고 있지만 실제 작품 경향은 오니일보다는 손톤 와일더의 일상성에 더 가깝다고 평가했다. 극작가 한옥근은 그의 작품 경향을 '신비적 상징주의', '낭만주의적 서정성', '시니컬한 세태풍자'의 세 유형으로 나누고, 세 유형에 공통적으로 휴머니즘이 흐르고 있음을 지적했다. 신비적 상징주의 작품으로 '미로', '발광포르테', '당신의 목소리는?', '그들만의 방', '내가 과연 미친 거유?'를 들고, 낭만주의적 서정성의 작품으로 '외달도, 그리고 바람의 노래'를 들었다. 그리고 '시니컬한 세태풍자'에 속한 작품으로 '올가미', '독버섯', '별달기', '불신시대', '사모님의 전성시대', '박 교수의 하루'가 있다고 했다.

　그의 작품은 대체적으로 실험적인 면이 강하다. 일상적 소재를 인간 심리의 측면에서 상징화한 것, 시의 서정성을 극에 끌어들여 이미지화를 꾀한 것, 알라존을 퍼소나로 내 세우고 에이런을 내면화하여 현대인의 이중성과 인간관계의 복잡성을 풍자한 것 등 다양한 기법들을 시도하고 있기 때문이다.

일찍이 에세이집 "부끄러움을 딛고 서서"(임영천 공저, 나눔사, 1991)를 낸 바 있는 그는 1999년 "문학춘추" 수필부문 신인상을 받은 적도 있다. 또한 2000년 월간 "문예사조"에 시부문 신인상을 받아 시인으로의 관문도 거쳤다. 그 후 산문집 "내 연하의 男子"(도서출판 한림, 2001)를 펴냈다. 이 책은 인터넷 사이트에 올린 68편의 '쪽지글'과 5편의 꽁트를 모은 것이다. 이 산문집의 '쪽지글'과 꽁트는 단순한 수상이 아니라 서정시에 가까운 글, 비평적 에세이, 단편 소설에 가까운 글들이 뒤섞여 있어 탈장르화를 꾀한 실험정신의 산물이라는 평을 받았다.

그는 1998년 "문학21문학상", 2000년 "광주문학상"을 수상했다. 전남문인협회 부회장, 계간 "문학전남" 주간 등을 역임했고, 현재 한국드라마학회 부회장, 한국문인협회 회원, 광주문협 희곡분과위원장, 광주시인협회 회원, 함평문림 회장, 늘푸레문학회 회장 등 학회와 문학 단체에서 활발하게 활동하고 있다.

극작가 김영관은 1947년 전라남도 함평군 함평읍에서 출생하여 함평중, 학다리고를 거쳐 1966년 조선대학 외국어교육과(영어전공)에 입학, 1970년 2월 졸업했다. 현재 조선대학 영어영문학부 교수로 재직하고 있다.

8. '땅의 문학' 과 '하늘의 문학' 지향
- 문학평론가 임영천

  임영천의 문학평론 활동은 첫 저서 "삶과 믿음과 文學"(청한 문화사, 1985)이 햇볕을 보면서부터라고 할 수 있다. 이후 1986년 월간 "기독교사상"에 '이념을 넘어선 인간해방의 찬가-이문열론' 등의 평론을 발표하여 기독교문단에서 문학평론가로서의 이름을 얻었다. 그러나 그는 문학 활동 범위의 한계를 느낀 나머지 재등단의 과정을 거쳐 활동 범위의 확장을 모색했다. 1994년 계간 "한겨레문학"에 '창작 의도와 문학적 형상화의 거리-김동리론' 이 당선된 것이 그것이다.
  그는 최근(지난 9월 10일) 문학평론집 "땅의 문학과 하늘의 문학"(국학자료원, 2001)을 내 놓았다. 이 책의 표제는 지금까지 줄곧 지향해 온 그의 문학관을 단적으로 드러내고 있다고 하겠다. '땅의 문학'은 대표적으로 '농민문학'을, '하늘의 문학'은 기독교 정신에 입각한 헤브라이즘 세계의 문학을 상징적으로 표현한 것으로 보이기 때문이다. 이것은 1985년 그의 첫 저서를 두고 이만열(숙명여대 교수)이 다음과 같이 지적한 것과 맥이 닿아 있다.

  우리의 삶의 역사적 현장과 믿음의 실존적 구현을 연결·조화 시키려는 그런 작업을 저자는 이 책에서 시도하고 있다. 또한 저자의 글 속에는 묵시문학적 꿈(희망)의 세계와 예언자적 포효(선포)의 정신이 짙게 그 밑바탕에 깔려 있는 것을 볼 수 있다. 이런 모든 것들이 기독교적 바탕 위에서 출발하되, 두 발을 땅에 딱 버티고 서 있는 사람(저자 자신)의 산물로 나타나기 때문에 독자의 믿음을 더욱 얻을 수 있게 되는 것 같다.

— 이만열, '삶과 믿음을 지향하는 문학'에서

이러한 그의 문학적 지향은 그의 다른 저서 "기독교와 문학의 세계"(대한기독교서회, 1991), "한국 현대문학과 기독교"(태학사, 1995), "한국 현대소설과 기독교정신"(국학자료원, 1998), "문학과 종교—기독교와 현대문학"(조선대출판부, 2000), "한국 현대문학과 시대정신"(편저, 국학자료원, 2000), "현대소설의 비평적 성찰"(창조문학사, 2001) 등에서도 일관된다. 그의 평론과 문학연구는 러시아 문예이론가 미하일 바흐찐의 문학론, 즉 다성악 이론과 카니발 이론을 통해 한국 현대 소설을 분석 평가하는 작업이 주를 이루고 있다. 지금까지 꾸준히 추구해 온 그의 기독교문학관은 헬레니즘적 요소와 헤브라이즘적 요인이 변증론적 지양을 거쳐 통일의 경지에 이르게 될 때 가치 있는 작품이 생산된다는 것이다. 따라서, 헬레니즘적 요소인 '땅의 문학'과 헤브라이즘적 요인인 '하늘의 문학'에 그의 문학적 관심이 쏠리게 된 것이다. 그는 평론 '우회적 표현의 오늘의 농어촌 소설들'(농민문학 제47호, 2000. 가을), '환경공해와 생존 위협'(농민문학 제46호, 2000.봄) 등에서 위기의 시대에 소설 창작의 현실을 분석, 진단하여 이 시대의 문학 방향을 제시하고 있고, '윤동주—실천적 기독교 시인'(기독교와 실천적 지성인들, 창조문화사, 2000) 등에서 기독교 문학의 비평정신을 반영하고 있다.

이와 같은 그의 문학관과 연구 및 비평 업적은 우리나라 기독교문학의 이론 정립과 발전에 기여해 왔다고 할 수 있다.

이러한 표증으로 그는 금년 1월에 "한국농민문학작가상(평론 부문)"을 수상했다.

문학평론가 임영천은 1940년 황해도 송화에서 출생했다. 1961년 2월 광주일고를 졸업한 후, 1962년 조선대학 약학과에 입학했다. 1965년 제대한 후 약학과 1학년 2학기에 복학했으나 이듬해인 1966년 3월 조선대학 국문학과로 전과하여 1969년 2월 졸업했다.

그는 1973년 조선대학 국어교육과 전임강사로 부임하여 재직해 오다 1977년 긴급조치 등 위반으로 투옥되었다가, 10.26 사건 직후 석방되어 1980년 특별사면, 복권·복직되었다. 그러나 1980년 광주민중항쟁이 진압된 후, 그는 또 한번 해직의 길을 걷게 된다. 1988년 조선대학 민주화 이후 복직되어 현재 국어국문학부 교수로 재직하고 있다.

해직 기간 동안 1984년 2월 장로회신학대학 신학대학원을 졸업했고, 1986년 2월 같은 대학원 신학과에서 신학석사 학위를 받았다. 복직 후인 1991년 8월 서울시립대에서 석사학위를 받았고, 1998년 8월 같은 대학에서 논문 "한국현대소설의 다성성과 기독교정신 연구"로 문학박사 학위를 받았다.

1998년 11월부터 2년간 조선대학 인문대학장을 지냈고, 현재 한국기독교문학평론가협회 회장, 한국기독문인회 회장, 한국현대문예비평학회 부회장, 한국문학비평가협회 부회장, 한국문학평론가협회 이사, 한국농민문학회 이사, 계간 "창조문학" 편집위원, 계간 "시현실" 편집위원 등으로 학회와 문단에서 활발한 활동을 하고 있다.

9. 혼돈의 현실 벗은 진리의 세계
- 시인 박형동

　1990년부터 시작품을 발표해 오던 박형동은 1996년 계간 "문학춘추" 신인작품상에 그의 시 '모래시계', '팽이싸움', '벗겨진 포장지', '첫 사랑 이야기'가 당선되면서 본격적인 문단 활동을 시작했다. 그 이후 그는 두 권의 시집을 묶어냈다. 첫 시집 "아내의 뒷모습"(도서출판 한림, 1998)과 두 번째 시집 "바보의 노래"(도서출판 한림, 2000)가 그것이다.

　박형동의 시적 제재는 대체로 '반백(半白)'의 세월 속에서 스스로 깨달은 삶의 문제, 이와 관련한 가족들에 대한 사랑의 태도, 추억 속에 되살리는 고향 공간, 교단 체험, 기독교 신앙 등으로 나뉘어 있다. 그러나 그의 시적 지향을 한 마디로 말하자면 원초적 세계로의 환원이다. 원초적 세계란 현실의 혼돈에서 다시 돌아가야만 할 본래의 세계를 의미한다. 이는 시기, 질투, 싸움, 불신 등 모든 부정적 요소가 제거된 사랑과 믿음이 충만한 진리의 세계를 말한다.

　특히 그의 자전적 작품들은 시인의 생활 환경과 가족에 대한 사랑의 태도를 충분히 짐작하게 한다. 그의 시적 진술은 극적 장치를 최소화하고 자전적 체험 사실을 매우 진솔하게 표출하고 있어 오히려 독자에게 감동의 언어로 다가온다. 가령 '어머니 1', '아버지', '천사', '아내의 뒷모습' '우리 집' 등의 작품이 그것들이다. 젖먹이 때 전쟁으로 잃은 어머니에 대한 그리움, 홀로 자신을 길러 주신 아버지에 대한 연민, 가족을 위해 자신을 헌신한 아내에 대한 사랑의 깊이를 표백하고 있다. 이러한 사랑의 태도는 전반적으로 그가 희구하는 순진무구의 세계로 통하는 과정의 역할을 한다.

세월이 무너지도록
두 팔 벌리고
들판을 지키는
아버지

가진 것
다 베풀고 나서
허름한 옷에
찢어진 모자를 쓰고 서서

무서리에 젖어
긴 가을밤을 새우고
휘어이 휘어이
시린 손을 휘저으며
자리를 지키는

아버지
아버지
이제는 영악해진 참새마저
깔보는
우리 아버지

      — 박형동의 '허수아비' 전문

이 시는 '허수아비'와 '우리 아버지'에 대한 동일성의 발견이다. 즉, "허수아비는 우리 아버지이다."라는 은유가 이 시의 근간이다. 긴 세월 동안 자신을 희생하며 살아 온 아버지의 정신과 태도를 허수아비의 모습을 통해 확인한 작품이다. 특히 마지막 연에서 "이제는 영악해진 참새마저 / 깔보는 / 우리 아버지"라는 구절은 물질문명에 의해 영악해진 세태의 몰가치적 시선에 대한 비판적 태도를 함의하고 있음에 주목할 만하다.

> 그의 시에는 별유천지(別有天地)의 청정성(淸淨性)과 같은 순진무구함과 오랜 종교적 청빈 정신이 면면에 배어 있다. 그의 작품에는 주로 순후성을 추구하는 '풀잎의 시', '풀빛의 시' 또는 '바보의 시'가 많다. 그는 시에서 순박한 자세를 고집스레 견지하고 있다. 변화로만 치닫는 시대에 풀잎처럼 싱싱한 '바보정신'은 미래지향적이며 현명한 태도일 게 분명하다.
>
> ― 노창수, '순진무구함의 시정신 또는 풀잎시 · 풀빛시' 중에서

여기에서 문학평론가 노창수가 말한 '바보정신'은 대결과 갈등의 세계가 아닌 조화와 화해의 세계를 희원하는 박형동의 시정신을 특정한 말이다. "바보로 살고 싶어요 / 바보끼리 살고 싶어요 / 병아리 아침 햇살을 보듯 / 송아지 시냇물 소리를 가누듯 // 누구를 만나도 반가워하고 / 누구를 보아도 헤헤 웃는 바보끼리 살고 싶어요."(바보의 노래 ·1)라고 노래한 것처럼 그는 '거짓', '싸움' 등 온갖 어둠의 요소가 사라지고 진실과 화해의 햇살이 가득한 세계를 열망하고 있는 것이다. 따라서 그의 시에서 '바보'는 순진무구한 원초적 인간상인 셈이다.

시인 박형동은 1949년 전라남도 장성군 서삼면에서 태어나 1969년 조선대부속고교를 졸업했다. 1970년 3월 조선대학 법학과에 입학하여 1977년 2월 졸업했다. 그는 국제펜클럽 한국본부 전남지역회 출판간사, 한국문협 장성지부 부지부

장, 문학춘추작가회 부회장, 시류문학회 사무국장, 전남문협 사무국장 등 문학단체에서도 활발한 활동을 보이고 있으며, '한중서예교류전' 등에서 입상한 바 있는 한글서예가로도 알려져 있다. 현재 전남문협 사무국장, 광주지산교회 장로이며, 광주경신여고에 사회과 교사로 재직하고 있다.

10. 현대사회 부조리 꼬집는 비판적 메시지
- 소설가 김준웅

　김준웅은 1990년 경향신문 신춘문예에 단편소설 '삼층돌탑'이 당선되면서 문단에 나왔다. 그의 당선은 조금 의외의 일이었다. 그가 소설 창작과는 다소거리가 있는 약사일 뿐만 아니라, 이때 그의 나이가 이미 사십 대 후반을 넘겼기 때문이다.

　그러나 등단 이후 창작 활동은 결코 젊은 작가들 못지 않았다. '오영감의 칼', '카오스의 씨', '득우씨의 두통', '제갈 선생의 옷', '눈먼 개들의 행진' 등 중?단편 소설을 꾸준히 발표하였을 뿐만아니라, "세 날개 새"(남송문화, 1994), "지리산에는 무궁화가 없다"(오늘의 선택, 1998) 제1-2권 등 세 권의 장편소설을 펴냈고, 현재 '영상신문'에 장편 '점순이와 정동이'를 연재하고 있는 등 남다른 창작 의욕을 보이고 있기 때문이다.

　그의 데뷔작 '삼층 돌탑'은 1인칭 시점의 서술자 독백체로 되어 있다. 이러한 서술방식의 선택은 주인물 '나'의 심리와 의식을 효과적으로 전달하는데 기여한다. 그리고 사물에 대한 세심한 관찰과 심리 표현은 매우 세부적이기 때문에 독자에게 전달되는 감정의 깊이를 그만큼 더하게 한다. 이 소설은 주인물 '나'의 의식 표출을 통해 현대 사회에서의 노인의 소외, 인간 관계에서의 허위의식을 진솔하게 다루고 있는 점이 돋보이는 작품이다. 당시 심사위원을 맡았던 작가 홍성원과

송영은 심사평에서 이 작품이 우화적 서술로 가족해체와 노인문제를 끈기 있게 그리고 있는 점을 높이 평가했다.

중편 '제갈 선생의 옷'(계간 문학과 의식, 1997, 겨울호)은 약국을 경영하는 주인공이 늦추위가 있는 오월 어느 날 손님들이 뜸한 사이사이에 어린 시절의 추억을 회상하는 방식으로 쓰여진 소설이다. 스스로 괴롭고 불행하다고 느꼈던 추억은 시간이 흐른 후에는 아름답고 소중하다는 것을 깨닫는다. 6.25 이후 대지주의 아들에서 푸줏집의 자식으로 자신의 신분이 갑작스레 전락된 어린 시절의 고뇌와 중학교 동급생 '화라'와 여교사 '제갈 선생'에 대한 순수한 사랑을 그리고 있다. 사랑의 시선으로만 보았던 동경과 순수가 어느 순간 그 이면을 체험하게 되면서 동경과 순수의 성이 무너지게 되는 사건과 사회적으로 존경받는 인물의 비리가 백일하에 드러나는 현실의 참담함을 병치시킴으로써 삶의 양면성에 대해 강한 암시를 주는 작품이다.

중편 '눈먼 개들의 행진 그리고'는 3인칭 시점에서 아홉 개의 이야기를 파노라마식으로 구성하고 있다. 아홉 개의 이야기가 각기 독립된 것이 아니라, 서술 대상 인물만을 바꿔가면서 서술하는 방식을 취했다. 문한수와 아내 오미숙, 그리고 딸 민자 등 한 가족을 주인물로 내세워 이야기에 따라 주인물을 바꿔가며 서술하는 방식이다 문한수는 이웃에 든 도둑과 영업실적의 부진으로 불안감에 사로잡히게 되고, 오미숙은 동창회에 나가 음주한 후에 납치되어 몸을 망치고, 민자는 애인 영기에 배신당하고 낙태를 하기 위해 산부인과를 찾는다. 이 작품은 한 가족에 얽힌 이야기를 통해 현대인들의 도덕 불감증과 부조리한 사회의 단면들을 보여주고 있는 소설이다.

장편 '세 날개 새'는 강경구와 세 여자 김강주, 송부미, 구전

희 와의 사이에 얽힌 복잡한 관계를 통해 한 남자가 여자의 운명을 어떻게 비참하게 만들고 있는가를 보여 준 소설이다. 장편 '지리산에는 무궁화가 없다'는 미래 소설로 민족의 수난사를 바로잡기 위해 남궁수 박사가 일본인 복제인간을 양산하여 일본에 대한 복수를 하겠다는 집념을 불태우는 외로운 투쟁을 그린 소설이다. 이는 한일관계의 재정립과 역사 바로 세우기의 실현은 일본에 대한 철저한 응징을 통해서만 가능하다는 작가 자신의 역사적 시각의 반영으로 보인다. 이처럼 그의 소설은 현대사회의 부조리에 대한 비판적 메시지를 강렬하게 담고 있는 것이 특징이다.

작가 김준웅은 1943년 전라남도 곡성군 옥과면에서 태어나 광주공업고등학교를 거쳐 1961년 4월 조선대학 약학대학에 입학하여 1969년 2월 졸업했다. 졸업 후 1976년까지 제약회사인 '서울약품(주)'에서 근무했으며, 1979년 경기도 광명시에 '삼인약국'을 개업, 경영해 오고 있다. 현재 한국 소설가협회, 한국문인협회 광명지부 등에서 활동하고 있다.

11. 민족 얼 담긴 친숙한 시어와 민중의 삶
- 시인 고규석

　고규석은 1962년 광주광역시 남구 덕림산 기슭에서 출생하여 광주 서석고등학교를 졸업한 후 1981년 3월 조선대학 문리과대학 영어영문학과에 입학, 1988년 2월 졸업했다. 그는 조선대학 재학 시절인 1982년 월간 "예향" 10월호에 시 작품을 처음 발표한 것을 계기로 '새솔문학', '녹색시' 동인으로 활동했다. 이어서 1983년에는 재학생으로서는 드물게 시집 "한"을 펴내어 주목을 끌었다. 또한 1984년부터 1986년 사이에 중앙일보 '시조백일장'란에 그의 작품이 5회 게재되는 것을 통해 시조 작품의 수준을 가늠하였다. 1986년 "시조문학"에 첫 추천을 받았고, 조선대학을 졸업한 해인 1988년 추천이 완료되어 공식적으로 문단에 데뷔했다.

　그 이후 1990년 경향신문 신춘문예 시조 부문에 그의 작품 '겨울 午陰里'가 당선되어 다시 한 번 시조 시인으로서의 창작 역량을 확인받았다. 당시 심사위원(김상옥·이상범)들은 심사평에서 그의 작품을 당선작으로 뽑은 이유를 '주제의 일관성', '시조 보법 준수와 신선감', '현실의 단면 천착', '시적 지구력'이라고 밝히고 있다.

　그러나 그는 시조 장르에 한정되지 않고, 보다 다양한 장르로의 표현 영역을 넓히기 위해 시와 동시 부문에서도 각각 문단 관문을 통과했다. 1992년 전남일보 신춘문예 시 부문에 '겨울 우리 놀이'가, 눈높이 문학상에 동시 '3학년 8반 교실'이 각각 당선된 것이 그것이다. 이처럼 그는 시, 시조, 동시 등 시문학의 세 영역에서 각기 등단의 과정을 거친 시인이다. 등단 이후 그는 지금까지 "우리땅 우리놀이"(도서출판 신문예, 1994)와 "해뜨는 집은 안녕하다"(시와사람, 2001) 등 두 권의 시집을 상재했다.

시집 "우리땅 우리놀이"는 표제에서도 알 수 있듯이 전남일보 신춘문예 당선작인 '겨울 우리놀이'와 같은 성격의 것으로 주로 우리 고유의 전승놀이를 연작시 형태로 모은 특이한 시집이다. 그는 이 시집에서 민족정서의 한 표상인 민속놀이와 세시풍속의 시적 재연(再演)을 통해 공동체적 삶과 그 정신을 전승하고자 했다. 그의 일과 놀이의 시적 재현(再現)은 민속적 차원의 단순한 묘사가 아니라, 시인 조태일의 지적처럼 '민족의 얼이 담긴 친숙한 시어로써 농촌현실, 분단, 광주항쟁, 서럽고 끈질긴 부모와 누이들의 삶의 문제'까지 확대해 가는 시적 특성을 보여주고 있다.

시집 "해뜨는 집은 안녕하다"는 경제한파를 겪으면서도 곳곳이 견뎌온 가족과 아내에 대한 평범한 시민 가장의 따뜻한 헌사이다. 그의 가족애와 희망을 전제로 한 긍정적 시각은 불혹의 나이에 걸맞은 성숙된 시적 세계을 구현하는 데 기여하고 있음을 보여 준다. 문학평론가 한강희는 "고규석의 생활을 기반으로 한 상상력의 시간과 공간은 자신만을 추어올리는 단순한 주관적 대상이 아닌 동시대인이면 누구나 공감할 만한 객관적 상관물로 자리한다는 특장(特長)이 있다."고 평가했다.

　　겨울엔 모든 것이 내려
　　하늘과 땅이 만나듯

겨울에 만나는 내 사랑은,

발목까지 빠지는 雪山을 넘어가는
달빛 발자국 소리

산 속 눈밭에 버려진 암자에서
들려오는 풍경 소리

눈꽃 핀 소나무 위에
쌓인 눈 쏟아지는 소리

한데 어우러져,
山 窓의 문풍지 틈새로 스며드는
바람소리라네.

- 고규석의 '겨울에 쓴 편지' 전문

겨울 사랑의 테마 속에 겨울의 정경을 이미지화한 작품이다.
겨울에 만난 내 사랑은 문풍지 틈새로 스며드는 바람소리라
는 은유가 이 시의 통사적 근간이다. 그러나 그 바람소리는
단순한 바람소리가 아니라, '달빛 발자국 소리', '풍경 소
리', '눈 쏟아지는 소리'의 청각적 이미지가 통합된 이미지
라는 데에 함축적 의미를 지닌다. 더욱이 이러한 청각적 요소
들은 그 주변의 겨울 정경 즉 '발목까지 빠지는 설산', '산
속 눈밭에 버려진 암자', '눈꽃 핀 소나무' 등의 묘사적 심상
들이 만들어낸 결과적 이미지들이다. 이와 같이 시각적 심상
과 청각적 심상의 조화가 가져다주는 사랑의 정서 표출이 이
시의 특성이며, 고규석의 시문법이다.
시인 고규석은 조선대학을 졸업한 해인 1988년 무등일보 창
간 멤버로 입사하여 언론계에 입문한 이래 광주매일 차장을

거쳐 현재는 광주타임스 편집부장으로 일하고 있다. 그는 또한 현재 조선대학 국어국문학부 강사로 '편집론'을 강의하고 있으며 민족문학작가회의 회원이다.

12. 문예창작학과 개설

　조선대학은 1997년 11월 교육부로부터 40명 정원의 인문과
학대학 문예창작학과 설치 인가를 받았다. 예향에 자리잡은
조선대학은 1946년 설립 당시 호남 지역에서 최초로 문학과
를 설치하여 운영 해온 역사를 가졌고, 그 동안 수많은 문학
인재를 길러 왔다. 문예창작학과의 창설은 이러한 전통을 새
롭게 다져 본격적으로 전국의 문학 인재를 모아 소설가, 시
인, 희곡작가 등 문학작가를 배육한다는 취지였다. 설치 인가
를 받은 직후 학과 개설을 준비하기 위해 국어교육과 김수남
교수를 초대 학과장으로, 국어국문학과 문병란 교수를 문창
과 소속 교수로 각각 전보 발령했다. 문예창작학과의 첫 학생
모집은 1998학년도였다. 문병란은 시창작연습을, 김수남은
문학비평론과 작가연구 등을 강의했다. 또한 희곡창작실기는
극작가 한옥근(국어교육과 교수)이 담당했다.
　시인 김준태가 1998년 3월 초빙교수로 부임하여 시인 문병
란과 함께 시 창작 실기 분야의 강의를 담당했다. 김준태는
1969년 등단하여 70년대 이후 창비, 문지, 사상계 등을 통해
활발한 활동을 보여 준 중견 시인이다.
　1998년 가을 학기부터 작가 한승원이 초빙교수로 부임, 소
설창작실기를 강의했다. 한승원은 1968년 대한일보 신춘문
예에 단편 '목선'이 당선되어 등단한 이래 "앞산도 첩첩하
고", "안개바다", "폐촌", "포구의 달", "새터말 사람들", "해
변의 길손" 등의 소설집과 "열애일기", "사랑은 늘 혼자 깨어

있게 하고", "노을 아래서 파도를 줍다" 등의 시집을 냈다. 한승원의 장편소설로는 "불의 딸", "포구", "아제아제 바라아제"(전3권), "아버지와 아들", "해일"(전3권), "시인의 잠", "동학제"(전7권), "아버지를 위하여", "해산가는 길", "꿈"(전2권), "사랑" 등이 있다. 그는 한국소설문학상, 한국문학작가상, 현대문학상, 대한민국문학상, 이상문학상, 해양문학상 등을 수상했다. 이처럼 우리 문단의 대표적 작가 중 한 사람인 한승원의 교수 부임은 작가지망생들에게 크나큰 희망이었다.

문예창작과는 시인 문병란이 정년퇴임하자 2001학년도에 두 명의 교수를 보강했다. 새로이 '조대문학가족'에 합류한 이들은 작가 이승우와 시인 나희덕으로 각각의 분야에서 일가를 이룬 명성 높은 중견 문인이다.

2001년 3월에 조교수로 부임한 작가 이승우는 1981년 '한국문학' 신인상에 '에리직톤의 초상'이 당선되어 등단한 후, 1993년 '생의 이면'으로 제1회 대산문학상과 2002년 제15회 동서문학상을 수상했다. 창작집으로 "구평목 씨의 바퀴벌레", "일식에 대하여", "세상 밖으로", "미궁에 대한 추측", "목련공원", "사람들은 자기 집에 무엇이 있는지도 모른다", "나는 아주 오래 살 것이다" 등이, 장편소설로 "에리직톤의 초상", "가시나무 그늘", "따뜻한 비", "황금 가면", "생의 이면", "내 안에 또 누가 있나", "사랑의 전설", "태초에 유혹이 있었다", "식물들의 사생활" 등이 있다. "향기로운 세상"과 "아들과 함께 춤을" 등 산문집과 장편동화 "가가의 모험", "아빠는 내 친구"를 발표하기도 하였다.

2001년 9월에 전임강사로 부임한 시인 나희덕은 1989년 중앙일보 신춘문예를 통해 문단에 나왔다. 1991년 첫 시집 "뿌리에게"를 낸 후 "그 말이 잎을 물들였다", "그곳이 멀지 않다", "어두워 진다는 것" 등의 시집을 내 놓았고, 에세이집으로 "반통의 물"을 펴냈다. "김수영문학상", "김달진문학상"을 받았고, 지난 10월 20일에는 문화관광부에서 수여하는 '2001 오늘의 젊은 예술가상'(문학부문)을 수상했다.

이들 외에 문예창작학과 설치 이후 출강한 문인으로는 작가 김유택, 작가 이미란, 시인 박주관, 시인 손동연, 시인 고규석 등이 있다.

학과가 학부단위 모집 정책에 의해 국어국문학부 문예창작 전공으로 변화되는 등 다소 혼란을 겪고 있지만, 문창과 학생들의 학과 정체성을 확립하기 위해 노력하는 모습은 활발한 동인 활동 등에서 나타난다. 특히 소설창작을 전공한 학생들은 작가 한승원을 지도교수로 모시고 2000년 4월 '소설문학 동인 토굴'을 결성했다. 창립멤버는 최재호(회장, 국어국문학부), 소영휴(총무, 국어국문학부), 김선화(인문학부), 박재희(문예창작), 정현성(국어국문), 김태희(문예창작), 전은실(문예창작), 박선미(문예창작), 이정윤(문예창작), 김신엽(문예창작), 박종철(국어국문), 김희균(국어교육) 등 12명이었다. 이들은 그 해 6월에 열 두 편의 회원 작품을 모아 첫 작품집 '열둘아해'를 냈다. '토굴'은 금년에 김선화, 박선미, 이정윤이 탈회한 대신 김소연(국어국문), 김수진(문예창작), 박진숙(국어국문), 최유리(인문학), 허민숙(국어국문) 등이 가세하여 14명이 됐다. 그리고 지난 10월에 회원 10명의 단편 열 편을 모아 두 번째 작품집 '열둘아해' 2집을 냈다. 문창과에는 이밖에도 '보리밟기' 등 몇 개의 문학 동아리가 있다. 내년 2월 첫 졸업생을 내게 되는 문예창작학과는 교수진과 학생들의 창작 열정으로 미루어 보아 앞으로 한국문단을 이끌 신예 작가들을 줄이어 배출하는 명문으로 도약할 것으로 전망된다.

13. 다루지 못한 문인들

(1) 시인

이 기획은 조선대학 문학의 역사와 줄신 문인들을 일별한다는 의도로 시작했다. 4년여 동안의 연재를 통해 어느 정도 정리한 셈이지만, 필자가 과문한 탓으로 놓친 문인들이 많고, 자료를 구하지 못해 다루지 못한 경우도 있었다. 이제 이 연재를 마쳐야 할 처지가 되었으므로 후일에 누군가가 다시 정리할 수 있도록 앞으로 2회에 걸쳐 빠뜨린 문인들을 간단히 언급해 두고자 한다.

1950년 조선대학 전문부 정치학과를 졸업한 기노을은 1957년 "밀림대"에 작품을 발표하면서 문단에 나왔으나, 1973년 "풀과 별"을 통해 재등단했다. "부활"(금강출판사, 1975)을 비롯 네 권의 시집을 냈다.

1960년 약학과를 졸업한 시인 이영권은 1957년부터 '호남신문'에 시를 발표하는 등 지역문단에서 활발한 활동을 했다. 1990년 월간 "한국시"에 '목련이 피는 아침' 외 4편이 당선됐다.

조선대학원 국어국문학과에서 석·박사 학위를 받은 최덕원은 1958년 "조선일보"에 시조를 발표하면서 작품 활동을 시작했으며, 1980년 "시조문학" 천료로 등단했다. 그는 "강강술래"(1978) 등의 시집과 "한국민속학의 이해" 등 수 권의 저서를 낸 시조시인이자 민속학자이다.

박보운은 1953년 조선대학 문학과에 입학, 당시 교수로 재직하고 있던 시인 김현승의 지도를 받았다. 1960년에 "자유문학" 추천으로 등단했으며, "여수항"(세종, 1992) 등 세 권의 시집을 냈다. 문화예술상(1985) 등을 수상했다.

1964년 조선대학 법학과에 입학하여 수학한 박성천은 1978년 월간 "아동문예"에 '바람이 그리는 그림'이 당선, 등단했다. 동시집으로 "바람이 그리는 그림"(아동문예사, 1991)이 있다.

여동구는 1978년 조선대학 국어교육과를 졸업한 후, 교원대에서 석사학위를 받았다. 1984년 "시조문학"에 '삶' 외 1편이 당선되어 문단에 나왔다.

이승혁은 1975년 조선대학 국어교육과를 졸업한 후, 전북대 교육대학원에서 석사학위를 받았다. 1989년 월간 '한국시'에 시 '뜸부기' 외 3편이 당선, 등단했다. 시집으로 "나도 바람 나무"(1990) 등 두 권이 있다.

정옥임은 1970년 조선대학 가정교육과를 졸업한 후 조선대학원 가정학과에서 석사학위를 받았고, 중앙대학에서 이학박사학위를 받았다. 1992년 계간 '한국시'에 '고향에서' 외 4편의 시가 당선되어 문단에 나왔다. 현재 조선대학 가정교육과 교수로 있다.

고성만은 1989년 조선대학 국어교육과를 졸업한 후, 1993년 광주매일 신춘문예 당선으로 문단에 나왔다. 그리고 1998년에는 "동서문학' 신인상에 당선했다. 시집으로 "올해 처음 본 나비"(2002, 그림같은세상)가 있다. 현재 원탁시 동인으로 활동 중이다.

한영숙은 1998년 조선교육대학원 국어교육전공에서 석사학위를 받았다. 그는 1993년 '보름달' 외 3편으로 월간 '한국시' 신인상에 당선, 등단했다. "풀잎은 죽어 푸르게 피어나고"(1993) 등의 시집이 있다.

배상수는 1978년 조선대학 무역학과를 졸업했다. 1994년 계간 '문학춘추', 1995년 '문예한국' 신인상에 각각 당선하여 등단했다. 문학춘추작가회 회원으로 활동 중이며, 현재 서울의 성도실업 대표로 있다.

함진원은 광주대 문창과를 거쳐 1998년 조선대학 대학원 국어국문학과 석사과정에 입학, 2000년 수료했다. 1995년 무등일보 신춘문예 시부문에 '그 해 여름의 사투리조'가 당선 문단에 나왔다. 원탁시 동인으로 활동하고 있다.

서종규는 조선대학 국어국문학과를 졸업한 후 1992년 조선교육대학원 국어교육전공에서 석사학위를 받았다. 그는 1995년 계간 '한글문학'에 '명절' 외 3편이 당선되어 문단에 나왔다. 시집으로 '매를 때리고 나서'(1993) 등 두 권이 있다. 현재 민족문학작가회의 회원으로 활동 중이다.

이성연은 1973년 조선대학 국어교육과를, 1980년 조선대학 대학원 국어국문학과를 졸업했다. 이후 전남대학교 대학원 국어국문학과에서 문학박사 학위를 받았다. 그는 1996년 계간 '문학춘추' 신인상 수상에 이어 1999년 월간 '시문학'에 '아침 식탁에서' 외 세 편이 추천되어 등단했다. '대화의 기법' 등 다수의 저서와 논문이 있다. 현재 조선대학 국어교육과 교수로 재직하고 있다.

최현규는 1978년 조선대학 화학공학과를 졸업한 후 1995년 대학원 환경공학과에서 석사학위를 받았다. 1996년 계간 '문학춘추' 신인상에 시 '토요일 오후' 외 2편이 당선되어 등단했다.

정철웅은 전남대 영문학과를 거쳐 1994년 조선대학 대학원 영어영문학과에서 석사학위를 받았고, 2002년 문학박사 학위를 받았다. 그는 1997년 월간 '문학21' 신인상에 '안개 속에서' 외 두 편이 당선되어 등단했다. '내가 나부끼면 너도 흔들리니'(한림, 1998) 등 두 권의 시집이 있다.

김광순은 1985년 조선대학 국어교육과를 졸업했고, 현재 조선교육대학원 특수교육전공에 재학하면서 영광 법성중 교사로 있다. 그는 1998년 광주일보 신춘문예 시부문에 '빈 운동장에서'가 당선, 문단에 데뷔했다.

김들샘(본명 영곤)은 1975년 조선대학 과학교육과(생물전공)를 졸업, 1977년 조선대학 대학원 생물학과를 졸업했다. 후에 미국에 유학, 뉴멕시코대학에서 분자생물학을 전공하여 박사학위를 받았다. 그는 1998년 '문학세계' 신인문학상을 수상하여 문단에 나왔다. 시집 "내 마음 속뜰에 피는 여백" (천우, 1999)이 있다. 현재 조선대학 생물과학부 교수로 재직하고 있다.

이남근은 1977년 조선대학 영어교육전공을 졸업, 1980년 조선대학원 영어영문학과에서 석사학위를 받았다. 1993년 전북대 대학원에서 문학박사 학위를 받았다. 그는 1998년 월간 '문학21' 신인상에 당선되어 데뷔했다. 현재 조선대학 영어교육전공 교수로 재직 중이다.

조동렬은 1977년 조선대학 영어교육전공을 졸업, 1982년 조선대학원 영어영문학과에서 석사학위를 받았다. 충남대 대학원에서 문학박사 학위를 받았다. 그는 1998년 월간 '문학21' 신인상에 당선, 문단에 나왔다. 현재 조선대학 영어영문학부 교수로 있다.

1998년 조선대학원 국어국문학과에서 문학박사 학위를 받은 윤석우는 '월간문학' 신인상에 시가, 1998년 평화신문 신춘문예에 단편 '팽나무가 있던 마을'이 각각 당선했다.

이밖에도 조선대학원 국어국문학과에서 석사학위를 받고 무등일보 기자로 재직하고 있는 고선주, 조선대학 법학과와 조선대학원 법학과에서 석사학위를 받았고 박사과정을 수료한 정남용 등이 있다.

(2) 소설가, 수필가, 아동문학가, 희곡작가, 문학평론가

시인뿐만 아니라 소설가, 수필가, 희곡작가, 아동문학가, 문학평론가들도 많다. 마지막회의 지면을 통해 이들에 대한 간단한 소개만을 붙이고자 한다.

1991년 조선대학 정치외교학과를 졸업한 김만선은 1992년 무등일보 신춘문예에 단편 '끈'이 당선되어 등단한 작가이다.

조선교육대학원을 거쳐 1998년 조선대학원 국어국문학과에서 문학박사 학위를 받은 조수웅은 1994년에 소설 '옳고 그름'으로 월간 '한맥문학' 신인상을 수상했다.

작가 홍광석은 1982년 조선대학 법학과를 졸업했다. 그는 1993년 광주매일 신춘문예에 동화 당선된 후, 1996년 광주일보 신춘문예에 단편 '미망의 강'이 당선되어 문단에 나왔다.

조선대 대학원 국어국문학과 박사과정을 수료한 임원식은 1999년 '수필문학'으로 문단에 나왔다. 그는 2001년 5월 월간 '문예사조' 신인상에 단편소설 '모호한 귀향'이 당선되어 소설가로 데뷔했다. 또한 그는 2002년 7월 제97회 "월간문학 신인상' 평론 부문에 "한국 소설의 풍향계 읽기-1990년대 신춘문예당선 소설의 성향'이 당선됨으로써 문학평론가로서도 인정을 받았다.

 광주여대 문창과를 거쳐 2002년 조선대학 대학원 국어국문학과에 석사학위를 받고, 현재 박사과정에 재학 중인 김경희는 1996년 '월간문학' 신인상 수필부문에 당선되어 등단했고, 2000년 호남신문 신춘문예와 2002년 전북일보 신춘문예에 소설이 당선되었다. 한국여성문학상(1996), 수비문학상(1998), 광산문학상(2000) 등을 수상했다.

 조선대학 국어국문학과와 대학원 국어국문학과를 거쳐 현재 박사과정에 재학 중인 신해원(본명 정자)은 2000년 '문학춘추' 신인상에 단편 '박물관 가는 길'이 당선되어 등단했다.

 조선대학 출신 수필가로 상론하지 못한 사람도 많다. 1960년 조선대학 문학과를 졸업한 이강재는 일찍이 언론인으로 종사하면서 컬럼과 논설, 수필 등을 써 왔다. '사랑하기에 걱정일레라'(금호문화, 1991) 등의 산문집이 있다. 현중순은 1971년 조선대학 가정교육과를 졸업했다. 그는 1991년 '시와 의식'에 수필 '호박인심'이 당선하여 등단했다. 조선대학 영교과를 졸업한 후 조선대학원 영어영문학과에서 1982년 석사, 1991년 박사학위를 받은 탁인석은 1993년 '수필과 비평'과 '문학춘추'에 그의 수필이 각각 당선되어 문단에 나왔다. 박영석은 1992년 조선교육대학원 교육행정 정공에서 석사학위를 받았다. 그는 1992년 '한국시' 신인상 시부문에, 1994년 '문학춘추' 신인상 수필부문에 각각 당선하여 문단에 나왔다. 수필집으로 '갯바위에 부는 바람'(한림, 1995)이 있다. 이 밖에도 강희숙, 박안수, 송진영, 이계양, 오수열, 김종완 등의 수필가가 있다.

 김영학은 조선대학원 국어국문학과에서 1995년에 석사학위를 2000년에 박사학위를 받았다. 그는 1998년 서울신문 신춘문예에 희곡 '나는 홍도로 간다'가 당선되어 문단에 나왔다. 2000년에 대산문화재단 창작지원금을 받았고, 희곡집 '나는 홍도로 간다'(월인, 2001)를 상재했다.

윤영훈은 1981년 조선대학 국어국문학과를 나온 후, 1989년 조선교육대학원 국어교육전공에서 석사학위를 받았다. 그는 1989년 월간 '아동문학'에 동시 '시골 마당에는'이 당선하여 등단했다. 1990년에는 월간 '아동문학'에 동화 '전자오락실'이 당선되고, 1992년에는 계간 '창조문학'에 시가 당선됐다. 1995년 고산문학상을 수상했다.

1991년 조선대학 회계학과를 졸업한 이우수는 1991년에 월간 '아동문예'에 동시 '고향편지'가 당선되어 문단에 나왔다. 1991년에 낸 '아름다운 세상을 위하여' 등 동시집 두 권이 있다. 1993년 전남아동문학상을 수상했다.

임숙희는 1981년 조선대학 국어교육과를 졸업했다. 1991년 월간 '아동문학'에 동시 '자운영'이 당선하여 등단했다.

임광순은 1983년 조선대학 국어교육과를 졸업했다. 그는 1996년 월간 '문학춘추'에 동화 '받아쓰기 시험 문제'가 당선되어 등단했고, 이후 1998년 '월간문학' 신인상에 동화가 당선됐고, 창작동화집 '시험이없는 나라'(아동문예, 1998)를 상재하여 동화 작가로서의 위치를 굳혔다.

조선대학 가정교육과를 졸업하고, 2001년 조선대학원 국어국문학과에서 석사학위를 받고 현재 같은 학과에서 박사학위 과정에 있는 정영애는 '가을엽서' 외 3편이 1999년 월간 아동문예 문학상 동시부문에 당선되어 등단했다. 1998년 한국여성문학상을 수상했다.

1989년 조선대학 교육대학원 국어교육전공에서 석사학위를 받은 박송헌은 1994년 월간 '아동문예'에 동시 '지우개' 외

1편이, 월간 '한맥문학'에 시 '숨은 그림 찾기' 외 1편이 당선되어 문단에 나왔다.

조홍규는 조선대학 대학원 국어국문학과에서 1989년 석사학위를, 1997년 박사학위를 받았다. 그는 1990년 '문학예술' 신인상 평론부문에 당선되어 문단에 나왔다.

임영민은 1998년 조선대학원 국어국문학과에서 석사학위를 받았고, 현재 박사과정에 재학중이다. 그는 2000년 계간 '창조문학' 신인작품상에 문학평론 '자화상 그리기에 의한 시대상의 증언'이 당선되었다.

김진아는 조선대학 국어국문학과를 졸업하고, 대학원 국어국문학과 석사, 2002년 8월 논문 "김광균 시의 이미지 연구'로 문학박사 학위를 받았다. 그는 2000년 '제5회 시현실 신인작품상'에 평론 '외로움과 그 극복의 시학'이 당선되어 문단에 데뷔했다.

이밖에도 필자가 찾지 못한 '조선대문학가족'이 있을 것이다. 살피지 못한 문인들에 대해서는 다음의 기회를 기다릴 수밖에 없게 되었다. 조선대 가족에는 이미 일가를 이룬 문인들 외에도 창작 연륜이 짧은 문인들과 예비 문인들의 자원이 많으므로 21세기 '조대문학'의 미래는 더욱 밝다는 것을 확신할 수 있다.

찾아보기

『ㄱ』

가가의 모험/ 321
가난 / 79
가로수/ 69
가볍게 눕기/ 284
가삐리 가빠리 부여잡은 노화섬/ 241
가시나무 그늘/ 318
가을 기도/ 274
가을 문 밖에서/ 183
가을 하늘/ 166
가을 햇살 한줌/ 205
가을, 그리고 산사/ 92
가을그 어느날의 기도/ 254
가을엽서/ 326
가을의/ 170
가을의 기도/ 15, 170
가을의 소리/ 111
가장(家長) 그리기/ 194
가족/ 279
가항종점/ 192
각시바위 전설/ 169
갈꽃섬/ 243
감꽃/ 119
감나무/ 198
감태준/ 258
강강술래/ 320
강대석/ 170
강동수/ 112
강물에 피는 열화/ 100
강물에 핀 열화/ 99, 186
강변의 역사/ 166
강상원/ 34
강석호/ 246
강설(降雪)의 연가/ 94
강성술/ 103, 106, 107
강영선/ 171
강옥정/ 29
강요한/ 5, 9
강우성/ 18
강원배/ 168, 172

강유정/ 29
강인한/ 132, 294
강정석/ 108, 109
강창자/ 103
강치웅/ 188
강형철/ 163
강희숙/ 325
개미성의 사자/ 98
개백정 공수/ 98, 99, 170
객지생활/ 274
갯바위에 부는 바람/ 325
거리에서/ 274
거울/ 50
거울 記憶祭/ 209
거인의 반쪽 귀/ 262
걸어서 하늘까지/ 125, 127
검은 노을/ 248
검은 화산/ 248
겨울 午陰里/ 313
겨울나그네/ 92
겨울 나들이/ 142, 168
겨울 동물원/ 230
겨울 산촌/ 73
겨울 숲에서/ 77
겨울 우리 놀이/ 313, 314
겨울 참새/ 238
겨울 풍속도/ 254
겨울 햇살/199
겨울, 그 바다에 와서/ 254
겨울사랑이야기/ 254
겨울산행/ 279
겨울에 쓴 편지/ 315
견고한 고독/ 20
견우와 직녀/ 77
결혼작전/ 214
겸손한 사랑 그대 항시 나를 앞지르고/
254
계거(溪居)/ 279
계란/ 164
계용묵/ 39, 41
고규석/ 313, 315, 319

고기종/ 175
고대희/ 177, 181
고독/ 180
고무신/ 73, 74
고물상에서/ 286
고색의 소요/ 111
고선주/ 324
고성만/ 321
고성민/ 181
고성일/ 110
고속도로/ 81
고승주/ 171, 172, 173
고영숙/ 106
고영철/ 171
고영환/ 168, 171, 172
고은/ 19
고재춘/ 32
고정애/ 166
고증석/ 46
고진광/ 184
고해/ 41
고행/ 58
고향 가는 밝은 길이/ 162
고향, 그 박꽃/ 264
고향에서/ 321
고향으로 가는 바람/ 125, 129
고향의 푸른 산이 내게 하는 말/ 268
고향편지/ 326
고현/ 172, 172
골고다의 장/ 43
골뚜기 행장기/ 136
공대학보/ 164, 171
공자의 문학관 / 54
공포/ 245
과정/ 131, 132, 186
곽봉수/ 106
곽재구/ 160
곽학송/ 149
곽형렬/ 229
관념여행/ 81
관산(冠山)에 가면/ 279

광견/ 225
광녀의 노래/ 111
광부/ 164
광주 · 전남 연극사/ 137
광주에 가니/ 81
광주에 부치는 노래/ 52
광주여 딱딱우여/ 245
구계등/ 134
구교성/ 188
구두/ 58
구인환/ 90
구임규/ 181, 184
구창환/ 30, 31, 88, 90, 108, 110,
          112, 169, 170,
구철수/ 184
구평목 씨의 바퀴벌레/ 318
국문과 2년 시화전/ 180
국물 있사옵니다/ 135
국밥과 희망/ 123
국어시간의 아이들/ 157, 174
국화/ 34
굴비/ 225
권순열/ 171, 173
권영주/ 18
권일송/ 222
귀곡산장/ 144
귀촉도/ 10
귀향/ 251
귀향/ 147
귀향 소설/ 127
그 날 그 빛으로/ 92
그 말이 잎을 물들였다/ 318
그 목선의 세계/ 192
그 여름의 초상/ 235
그 해 여름의 사투리조/ 322
그곳이 멀지 않다/ 318
그날의 기적소리/ 218
그날의 전선/ 221, 222
그늘/ 46
그늘속에도 풀꽃은 핀다/ 129
그대 고운 시간/ 195

그대 속의 확실한 나/ 255
그들만의 방/ 301
그래도 4월도 온다/ 274
그럴 수는 없었다/ 185
그리움이 타는 마을/ 231
그림엽서/ 157
극락강에서 얻은 지문/ 149
금강/ 52
금남로에서/ 274
기다리는 시간/ 81
기도/ 274
기호철/ 188
길/ 185, 197
길바닥/ 174
김갑수/ 30
김강진/ 184, 185
김경희/ 184, 325
김계숙/ 107
김관수/ 107
김관식/ 201, 202, 204, 252
김광모/ 165
김광섭/ 180
김광순/ 227, 323
김광식/ 180
김광주/ 10
김광회/ 18
김구봉/ 217
김국태/ 102, 103
김국후/ 112, 113
김귀석/ 184, 188
김귀옥/ 103
김규동/ 268, 7
김규조/ 181
김규화/ 103, 18, 80, 83
김기림/ 12, 6, 55, 9
김낙양/ 30
김남순/ 166, 170, 171, 173
김달진/ 22
김대현/ 171
김대환/ 18
김덕렬/ 110

김덕철/ 165
김덕화/ 103
김동리/ 22
김동인/ 136
김동진/ 110, 112, 113, 164
김들샘/ 323
김륭기/ 188
김만선/ 324
김만성/ 103
김만옥/ 84, 99, 108, 112, 113, 124,
        140, 149
김만중/ 166
김맹진/ 175
김명관/ 103, 104
김명환/ 107, 108
김문호/ 188
김민규/ 174, 175, 176, 180, 181
김병구/ 184
김병만/ 177
김병학/ 174, 175, 176
김봉영/ 12, 29, 32, 34, 98, 105
김부수/ 181
김삼수/ 32
김상남/ 103
김석태/ 34
김선진/ 181
김선화/ 316
김성룡/ 188
김성수/ 188, 229
김성식/ 184, 185, 188
김성실/ 111, 112, 113
김성원/ 103, 104, 107, 108
김소연/ 319
김소자/ 108
김수남/ 110, 112, 113, 164, 317,
        317
김수민/ 103
김수봉/ 102, 104, 155, 217, 218
김수영/111
김수중/ 165, 173, 229
김수진/ 319

김숙경/ 103
김순자/ 102
김승덕/ 166
김승자/ 166
김승희/ 170
김신엽/ 319
김신운/ 99, 123, 139, 140, 141,
    149, 153,
김신철/ 253
김양근/ 172, 184
김영곤/ 169, 172, 173
김영관/ 114, 115, 299, 301
김영달/ 106
김영랑/ 135, 4
김영룡/ 184
김영박/ 175, 177, 294, 295, 296
김영순/ 174, 175
김영심/ 176
김영원/ 106
김영준/ 229
김영천/ 297, 299
김영철/ 170
김영학/ 325
김영호/ 176
김옥령/ 103
김옥애/ 217
김옥자/ 110
김왕근/ 181
김왕현/ 172, 173
김용규/ 166, 177, 184
김용락/ 215
김용복/ 217
김용수/ 185
김용식/ 181
김용재/ 170, 173, 279, 281
김용철/ 184, 188
김용해/ 103, 104
김우종/ 92
김우진/ 4
김운학/ 35, 54, 56
김원택/ 171

김유숙/ 171
김유택/ 319
김응식/ 112, 113
김인수/ 103, 177
김인실/ 103, 104, 107, 108
김일환/ 110
김장배/ 165
김장완/ 171
김재구/ 110
김재수/ 188
김재연/ 164
김재익/ 272, 274
김정근/ 108
김정량/ 169
김정부/ 104
김정수/ 217
김정식/ 166, 171, 172, 173,
    181, 185
김정옥/ 103
김종/ 46, 84, 164, 166, 173, 174,
    175, 177, 181,
김종식/ 188
김종완/ 325
김종원/ 175
김종은/ 145
김종인/ 169
김종현/ 177
김준모/ 29
김준웅/ 310
김준태/ 83, 85, 111, 112, 113,
    119, 120, 121, 122, 143,
    156, 168, 171, 172, 174,
    175, 177, 180, 317,
김진경/ 160
김진구/ 172, 174, 175
김진석/ 103
김진아/ 327
김창완/ 84
김창호/ 230
김철/ 70, 248
김철호/ 188

김춘수/ 55
김충남/ 19
김치성/ 181, 188
김태현/ 248
김태희/ 319
김평옥/ 12, 29, 31
김평일/ 165
김해영/ 168, 171, 175
김현/ 118
김현곤/ 108
김현승/ 4, 11, 12, 21, 22, 24, 29,
　　　 30, 31, 50, 58, 59, 67, 69,
　　　 80, 90, 94, 98, 102, 104,
　　　 124, 155, 318
김현승시전집/ 30
김현승시초/ 19
김현자/ 181
김형수/ 164
김형진/ 217
김혜자/ 107
김효숙/ 177, 181
김희균/ 319
김희봉/ 185
까치밥/ 235
꼭 하고싶은 이야기/ 251
꼴뚜기 행장기/ 136
꽃 노래 바위 노래/ 238
꽃 시장/ 225
꽃 타령/ 154
꽃가지/ 154
꽃구슬/ 238
꽃그늘/ 160
꽃녀/ 98
꽃대 올리기/ 294
꽃동산/ 272
꽃례/ 99
꽃마을/ 272
꽃목걸이/ 205
꽃밭/ 69, 205
꽃비 내리는 별밭/ 264
꽃상여 엮는 밤/ 35

꽃처럼 산다면/ 201
꿀벌/ 201, 202
꿈/ 181, 318
꿈과 신발/ 66
꿈나무/ 183
꿈덤불에 들다/ 66
꿈의 달력/ 198
꿈의 포장지를 찢어내며/ 258
끈/ 324

『ㄴ』

나는 하느님을 보았다/ 122
나는 홍도로 간다/ 326
나도 바람 나무/ 321
나락/ 168, 179, 182, 185, 225, 226,
　　　 237
나목/ 111
나목의 꿈/ 268
나무나무와 분홍꽃 아카시아/ 53
나무용/ 64
나무용의 웅얼임/ 64, 65, 186
나백희/ 166
나상운/ 165
나의 근본/ 158
나의 몸/ 81
나의 사랑은 하느님의 눈물로/ 180
나의 어머님/ 241
나종영/ 160
나주의 민요/ 253
나주의 전설/ 204
나해철/ 160
나희덕/ 318
낙도의 추억/ 251
낙서의 서/ 181
낙엽으로 흐르다가/ 149
낙엽은/ 181
낙태/ 299

난초의 죽음/ 129
난해시의 열등성/ 54, 55
날개 펴는 노거수/ 65
날개와 풍향/ 192
날마다 죽쑤는 가게/ 144
남광주/ 170
남근암설화/ 140
남녘 울음/ 139
남진우/ 285
남해에서/ 264
낭승만/ 18
낮에 하지 못한 말/ 297
낯선 귀향 / 139, 141
내 가슴 널빤지에/ 65
내 가슴의 꽃 한송이/ 270
내 고향 여천골/ 221, 222
내 그림자를 묻으며/ 177
내 마음/ 297
내 마음 속뜰에 피는 여백/ 323
내 마음속에 피는 뜰/ 173
내 마음은 마른 나뭇가지/ 15
내 안에 또 누가 있나/ 318
내 언어가 타고 있을때/ 46
내 얼굴 벌거벗은 혼/ 53
내 연하의 남자/ 302
내 영혼의 노래/ 43
내 자리/ 134
내가 과연 미친 거유?/ 300, 301
내가 나부끼면 너노 혼들리니/ 323
내가 나의 모국어로 시를 쓰면 / 15
내가 살던 광주/ 162
내일/ 14
내일을 열며/ 252
너를 잃고/ 274
너와 나의 합창실/ 50
너의 눈빛/ 180
넋통일/ 123
넌센스/ 170
네 사람이 쓴 일흔 두편의 짧은 이야기/ 196
노거수의 언어/ 65

노래내기/ 81
노상채/ 184
노을 아래서 파도를 줍다/ 318
노재찬/ 172
노재찬/ 166, 175
노창수/ 209, 211, 212, 233, 308
노화를 사랑하는 사람들을 위한시/ 243
녹슨 철 길/ 130
농평가는 길/ 295
뇌우/ 10
누가 막을 수 있었으랴/ 52
누가 우리를 움직이게 하는가/ 214
누이를 위하여/ 196
눈/ 111
눈 내리는 산/ 150, 151
눈먼 개들의 행진/ 310, 311
눈물/ 15, 19
눈오는 밤/ 199
늪地帶/ 213, 214
늪지대/ 214
니이체/ 55
니힐리즘/ 54
님 떠난 후/ 235

『ㄷ』

다도해/111
다도해 기행 2/ 166
다도해기행초 · 2/ 131
다도해의 아침/ 181
다리 위에서/ 99
다산유배기/ 125
다시 만날 때까지/ 46
다시 불러보는 그대 이름/ 249
다시 찾은 마을/ 252
다형문학회/ 19
단식요법/ 235
단식후/ 24
단풍/ 169
달뜨면 가오리다/ 150

달빛 골짜기의 통곡/ 129
달빛 아래 잠들다/ 139, 140
달빛 아래 징소리/ 125
달을 타고 온 동이/ 290
달이 그린 수채화/ 290
답답한 것은 세상이 아니고/ 268
당신의 목소리는?/ 301
대열/ 41
대원사의 밤/ 279
대추나무/ 136
대학시/ 183
더 먼곳의 그리움/ 147
더 발갛게 더 파랗게/ 251
더더 텅텅 텅 비우라에유/ 221, 224
데스 인 광주/ 162
뎃상1~5/ 94
뎃상연습/ 94
도마질/ 94
도망하지 마라/ 154
도시에서 부는 바람/ 264, 266
독버섯/ 301
독지가/ 139
돌/ 157
돌멩이와 까마귀/ 194, 196
돌아가는 때/ 155
돌아온 사람들/ 213
동갑/ 158
동국대 주최 전국 문예 현상/ 131
동그라미/ 185
동맥/ 171, 181, 185
동백꽃/ 35
동소산의 머슴새/ 76
동숙자/ 149
동학제/ 318
된장/ 129
두 개의 배란/ 41
두개의 별/ 175
둘만의 이야기/ 92
뒷동산/ 173
드들강 별곡/ 146
득우씨의 두통/ 310

들/ 202
들꽃/ 34
따뜻한 비/ 318
딱딱우여, 딱딱우여/ 245
딸아이 능금/ 87
땅/ 132
땅끝에서 며칠을/ 139, 140
땅의 문학과 하늘의 문학/ 303
땅의 연가/ 76, 77, 79
땡볕 속으로/ 139, 141
떠나는 배와 함께/ 34
떠도는 섬/ 236
떠돌이 새/ 268
떨어짐에 대하여/ 288
뜨락을 쓸면/ 217
뜸부기/ 321

『ㄹ』

릴케/ 55

『ㅁ』

마산리의 여름/ 209
마술사/ 293
마음이 이끄는 길/ 134
마지막 지상에서/ 19
마지막 징소리/ 125
만월/ 111
말라르메/ 55
말하는 돌/ 129
말하는 징소리/ 125
망월동/ 274
망월동 길에/ 292
망월동 묘지에서/ 245
매/ 170, 98
매를 때리고나서/ 322
매스콤 시비/ 155
매품 삽니다/ 215

맹인일기/ 98
머슴/ 117
머슴새/ 141
먼 훗날/ 120
메아리/ 296
면벽대화/ 45
명가명주/ 257
명절/ 322
몇 사람이 없어도/ 162
모란송/ 35
모래성/ 170, 183
모래성독서회/ 180, 182
모래시계/ 306
모슬포/279
모악의 가을/ 231
모혁남/ 176, 184, 229
모호한 귀향/ 324
목련/ 264
목련공원/ 318
목련이 피는 아침/ 320
목선/ 317
못다 핀 그날의 꽃들이여/ 77
못잊을 그날/ 52
몽로/ 12
무너지는 밤/ 192, 193
무너지는 소리/ 137
무너진 교회/ 139
무당의 축복/ 180
무덤과 나비/ 35
무등부/ 35
무등산/ 274, 76
무등산 별곡/ 250
무등산 자귀나무/ 65
무등산아 무등산아/ 133
무등올 보며/ 23, 25, 27
무서운 징소리/ 125
무심(無心)/ 80
무언가/ 41
무위(無爲)/ 80
무의도 기행/ 10
무지개 마을의 꿈잔치/ 251

문/ 42
문덕례/ 103
문병권/ 105, 30
문병란/ 18, 30, 31, 69, 72, 75, 164,
       317, 318
문병란시집/ 71
문삼석/ 198
문성곤/ 229
문성탁/ 32, 34
문순태/ 18, 102, 103, 105, 106,
       124, 125, 128, 129,
       191, 196
문연웅/ 30
문학과 종교/ 304
문학과 지성/ 117, 120
문학과 프로메테우스 정신/ 88
문학교육의 당면문제/ 90
문학의 원리/ 90
문학의 진수/ 54
물구나무서서/ 272
물꼬/ 136
물레돌리기/ 132
물레방아 돌리기/ 129
물레방아 속으로/ 127, 129
물망초의 노래/ 183
미궁에 대한 추측/ 318
미로/ 301
미로의 끝/ 236
미로의 여름/ 192
미리 사는 사람/ 153, 155
미망의 강/ 324
민성/ 14
민진국/ 185
민형기/ 171
민희식/ 170
믿음직한 무등산/ 25
밑불/ 147

『ㅂ』

바다/ 252
바다 그리고 바다/ 160
바다여 가슴을 열어다오/ 214
바다일기/ 173
바람/ 59, 61
바람 부느 날에는/ 268
바람과 갈대/ 212
바람과 나무와 아이들/ 205
바람과 함께 풀잎이/ 258
바람부는 날/ 153
바람의 얼굴/ 254
바람이 그리는 그림/ 321
바람이 되어 구름이 되어/ 251
바보의 노래/ 306
바비도/ 136
박 교수의 하루/ 301
박경석/ 18, 30, 31, 94, 95, 106
박경숙/ 188
박광렬/ 175, 177
박광순/ 32, 34
박광애/ 171
박광자/ 181
박규환/ 29
박꽃/ 264
박남수/ 183
박동순/ 188
박두진/ 146, 176, 242
박록담/ 254, 256
박만금/ 164
박면주/ 165
박몽구/ 160
박물관 가는 길/ 325
박민수/ 184
박병규/ 229
박병성/ 184, 188
박병익/ 229
박병주/ 164
박보운/ 321
박봉섭/ 18
박상석/ 225
박상운/ 32

박상홍/ 103
박석철/ 29, 32, 34
박선미/ 319
박성만/ 174, 177, 183, 187, 197,
         198, 200
박성천/ 321
박소영/ 177
박순만/ 172
박시원/ 103
박안수/ 325
박양호/ 235
박영걸/ 103
박영석/ 325
박영자/ 104
박영천/ 182
박예준/ 102, 104
박용석/ 168, 171, 172
박용철/ 4
박유선/ 188
박윤환/ 170
박은숙/ 102
박재만/ 170
박재삼/ 146
박재희/ 319
박정란/ 104
박정우/ 18
박제천/ 97
박종채/ 165
박종철/ 319
박종추/ 181, 229
박주관/ 160, 163, 319
박진숙/ 319
박진환/ 163
박철희/ 62, 66
박타령/ 79
박태진/ 258
박판석/ 110, 111, 112, 113, 164, 165
박평석/ 110
박현숙/ 107, 229
박현우/ 181, 184, 229
박형동/ 164, 173, 306, 308

박혜강/ 248, 250
박혜천/ 181
박홍섭/ 103, 104
박홍원/ 17, 50, 58, 59, 61, 64, 65,
    98, 107, 108, 110, 166, 169,
    181, 186, 229, 242, 265,
    266,
박화목/ 272
박화성/ 4
박화정/ 182
박흡/ 22, 9
반통의 물/ 319
받아쓰기 시험 문제/ 326
발광포르테/ 301
발레리/ 55
밤/ 58
밤에 쓰는 시/ 110
밤의 호흡/ 69
방랑자의 비애/ 201
방황보다 먼 곳의 세월/ 147
밭으로 가는 길/ 227
배동일/ 181
배상수/ 172, 173, 175, 177,
    181, 322
배영일/ 103
배윤택/ 164
배정례 /22
배정택/ 172
배중손 생각/ 147
백경/ 29
백낙청/ 19
백두산 가는 길/ 289
백두산에서 만난 사람/ 196
백령도/ 139
백마산성/ 10
백상건/ 9
백성우/ 187, 225, 227, 235, 237
백수인/ 168, 171, 172, 174, 175,
    184
백완기/ 15
백일홍 꽃 필 무렵/ 24

백자/ 192
백제의 미소/ 124
백철/ 9
백치아다다/ 39
버려버린 의미/ 183
법성포/ 279, 281
벗겨진 포장지/ 306
베데스다로 가는 길/ 141
베데스타로 가는 길/ 235
베드로 고기/ 274
벼/ 180
벼들의 속삭임/ 75
벼랑을 날아온 새/ 149
벽/ 22
변길섭/ 171, 172, 175, 177
변길섭/ 174
변두리 아이들/ 241, 242
변학영/ 106
별/ 202, 10
별 보던 밤/ 291
별달기/ 301
별똥인생/ 225
별밭/ 204
별은 흐른다/ 10
볏짚 주어서도 산다/ 131
병신춤을 춥시다/ 129
보름달/ 321
보름제/ 132
보리밟기/ 319
보리밥·미제 돼지새끼/ 171
보성문학대간/ 43
복병욱/ 188
복정화/ 175
봄/ 231
봄 축제/ 225
봄비/ 35, 36, 37
봉건시대와 자연문학/ 34
봉필선/ 103
부끄러움을 딛고 서서/ 302
부끄러움을 위하여/ 195
부드러움/ 58

부부/ 279
부활/ 320
부활의 도시/ 141, 196, 235
분갈이/ 297
분수대 노제/ 245
분이의 빈 공책/ 214
불교문학의 이해/ 57
불나방/ 235, 236
불면의 연대/ 77
불모지/ 50
불신시대/ 301
불씨/ 187, 197
불의 딸/ 318
불이냐 꽃이냐/ 123
불씨 한 톨 가슴에 품고/ 274
불협화음/ 235
비/ 182
비 개인 날 오후/ 180
비 오는 날에도 새들은/ 287
비가/ 132
비나리 안부/ 146
비는 반드시 옵니다/ 48
비빔밥 한 그릇/ 144
비상하는 바위/ 192
비평의 자율성/ 54
빈 들/ 154
빈 무덤/ 125
빈 운동장에서/ 323
빈 포켓/ 136
빛과 어둠/ 180
빛깔로 크는 바다/ 205
빵빵이는 달리고 싶다/ 240
뻐꾹리의 아이들/ 157, 158
뻘짓 어만짓/ 245, 247
뻥튀기/ 290
뼈만 남은 꿈 하나/ 131
뿌리 의식/ 146
뿌리에게/ 318
뿌리의 계단을 오르며/ 65

『ㅅ』

사과 희음/ 94
사는 데 무슨 말이/ 269
사는 동안 사랑이고 싶다/ 255
사는데 무슨 말이/ 268
사대학보/ 171
사람들은 자기 집에 무엇이 있는지도 모
른다/ 318
사랑/ 254, 318
사랑가/ 94
사랑은 늘 혼자 깨어 있게 하고/ 317
사랑은 연기처럼/ 170
사랑을 말하라면/ 52
사랑을 준 선생님/ 252
사랑을 찾기 위하여/ 162
사랑의 전설/ 318
사랑하기 때문에 침묵한다고 나직이 고
백해 다오/ 53
사랑하기에 걱정일레라/ 325
사량도/ 279
사모곡/ 180
사모님의 전성시대/ 301
사상계/ 117, 69, 85
사향(師鄕)/ 165
산이 말하길/ 272
산줄기에 올라/ 15, 17
산지기/ 175
살(煞)/ 94
살아있다는 기적/ 52
살인자/ 73
삶/ 321
삶과 믿음과 문학/ 303
삼매론/ 54
삼매의 언어/ 57
삼별초, 그 황홀한 왕국을 찾아서/ 147
삼층 돌탑/ 310
삼층돌탑/ 310
3학년 8반 교실/ 313
상리과원/ 23, 26
상상력을 사세요/ 174
상여울음/ 125

상추쌈/ 95
상황·F/ 136
새/ 143
새벽/ 176
새벽 편지/ 240
새벽은 당신을 부르고 있읍니다/ 13
새벽의 서/ 76
새벽의 차이코프스키/ 77
새벽이 오기까지는/ 77
새별이/ 269
새봄이/ 269
새터말 사람들/ 317
生의 樂園/ 217
생의 이면/ 318
생전 처음 인 듯 불러보는 이름/ 279
생활/ 43
서동원/ 102
서말심/ 184
서문석/ 181
서용태/ 184
서울 시초/ 92
서울역/ 117
서울의 사랑/ 162
서정섭/ 165, 166
서정주/ 10, 21, 35, 36, 46, 98
서정주 시 연구/ 298
서정주 시선/ 26
서진수/ 181
석굴암 대불/ 111
석류/ 84, 94
석불/ 41
석혈/ 180, 182, 185, 225, 296
석혈(石穴)/ 165, 180
석화포/ 191
석화포(石花圃)/ 187
선묵차(禪墨茶)/ 279
선문답/ 279
선인장의 역설/ 58
설원/ 58, 59
설재록/ 134, 142, 144, 166, 168,
          172, 180

성북동 비둘기/ 180
성웅 이순신/ 198
성인연습/ 177
성춘복/ 258, 260
성탄전야/ 235
세 날개새/ 310
세상 밖으로/ 318
세상만사 1/ 224
세상만사 2/ 224
셸던 롯드면/ 34
소곡/ 35
소나기/ 124, 232
소나기 오는 날에/ 229
소록도/ 99
소록도에서/ 278
소루회/ 180
소리, 그 시비/ 110
소망/ 268, 279
소설문학동인 토굴/ 319
소심증(小心症)/ 80
소영휴/ 319
소외와 탈소외 구조/ 237
소용돌이/ 177
소장영/ 177
속초시장/ 131
손광은/ 18
손동연/ 158, 159, 174, 177, 319
손동영/ 225
손연자/ 108
손예선/ 185
솟대 끝 물새 부부/ 279, 173
송광영/ 175
송규호/ 217
송기동/ 35, 39, 42
송기원/ 84, 155, 156
송기창/ 166
송명호/ 238
송병림/ 188
송수권/ 255, 280
송연근/ 143, 166
송옥동/ 5, 9

송용식/ 166, 177
송은범/ 176, 177, 181, 229, 230
송인순/ 34
송종숙/ 103
송준기/ 188
송진영/ 108, 109, 110, 112, 325
송찬진/ 172
송현/ 112
수난 이후/ 58, 65
수덕사의 추억/ 170
수사론/ 46
수예점 정경/ 94
수인(囚人)/ 34
수틀/ 183, 197
수평선 너머/ 300
순아 시집/ 221
술과 나와 오늘/ 58
숨은 그림 찾기/ 327
슬픈 계절의/ 84
슬픔조차도 희망입니다/ 297
승달산 가는 길의 노인/ 279
시간의 샘물/ 129
시계소리/ 264
시골 마당에는/ 326
10월의 목장/ 43
시인 오르페우스는 죽지 않았다/ 123
시인공화국/ 177
시인의 잠/ 318
시작(詩作)/ 117
시작을 그렇게 하면 되나/ 117
시향/ 84
시험이없는 나라/ 325
식물들의 사생활/ 318
식물성 아침을 맞는다/ 258
식민지하의 민족문학/ 184
신경/ 188
신광식/ 188
신근홍/ 229
신김수영/ 117
신덕룡/ 129, 280
신문학/ 15

신병은/ 227, 258, 259, 260, 288
신상옥/ 8
신열하일기/ 263
신을 끄는 보름달/ 131
신재효/ 94
신준호/ 186
신풍토/ 50
신해원/ 325
신화적 인물의 시적 변용에 관한 고찰/ 258
실격자/ 34
실솔/ 35
심상옥/ 245
심재택/ 181
심한구/ 184, 188
심회준/ 34
심후섭/ 103
십퍼센트의 삶/ 136
싸움/ 94
써레/ 204
쑥ㆍ마늘/ 66
쓸쓸한 겨울 저녁이 올 때 당신들은/ 13

『ㅇ』

아낙네/ 81
아내에게/ 177
아내와 나/ 171
아내의 뒷모습/ 306
아내의 잠/ 94
아들과 함께 춤을/ 318
아들의 여름/ 95
아름다운 새벽은 우리를 찾아온다고 합
니다/ 13
아름다운 세상을 위하여/ 326
아무도 없는 서울/ 129
아버님 교훈/ 241
아버지/ 306
아버지 장구렁이/ 125
아버지를 위하여/ 318

아버지와 아들/ 318
아버지의 돌탑/ 205
아버지의 유산/ 177
아빠의 城/ 214
아살박/ 192, 193, 193, 195
아아 광주여, 영원한 청춘의 도시여/ 123
아의 망상/ 170
아제아제 바라아제/ 318
아직도 우리에겐 희망이/ 270
아직은 슬퍼할 때가 아니다/ 76
아집(我執)/ 91
아츰/ 13
아침 식탁에서/ 322
아침 이슬/ 238
아침 장미원/ 85
아침의 꽃수레를 타고/ 53
아편꽃/ 235, 236
아픈 환상/ 92
안개 속에서/ 323
안개바다/ 317
안개산 바람들/ 249
안개의 소리/ 139, 140
안개해빙/ 192
안규동/ 111
안남기/ 111
안도섭/ 35, 50, 52
안동주/ 103, 104, 107, 108
안신자/ 103
안영/ 31, 91, 92, 93, 94
안영례/ 30, 31
안종기/ 110
안종택/ 164
안환민/ 184, 188, 175
암행(暗行)/ 261
앞니/ 199
앞산도 첩첩하고/ 317
NOP/ 165, 168, 174, 175, 176, 179
앵속/ 236
약한 자에게/ 180
양광새는 불을 밟고 간다/ 245, 246

양구승/ 177, 180, 184
양기성/ 170
양동대/ 251, 253
양동철/ 164
양보승/ 5, 9
양승호/ 172
양심의 근대화/ 62
양영기/ 166, 171, 173
양영순/ 104
양원장/ 176
양주동/ 13
양키여 양키여/ 77
양효성/ 29, 34
어깨동무 꽃밭/ 205
어느 프로렌스인의 비극/ 300
어느 한 주일/ 98
어느 화형일/ 52
어두운 날의 초상/ 235
어두워 진다는 것/ 319
어둠 속에서/ 230
어둠 속의 우리는/ 229
어등/ 281
어떤 분류/ 102
어떤 우정/ 213
어떤 취침시간/ 135
어린이 동극집/ 214
어머니 1/ 306
어머니의 땅/ 129
어머니의 모심기/ 209
어머님 병상의 찔레꽃 한 다발/ 279
어메리카/ 117
언어의 세계/ 160
언어훈련의 실제/ 212
언제나 그리운것은 남아 있더라/ 227
엄기원/ 238
엄두섭/ 29
엄마 휘바람새/ 290
엄마품/ 197
에리직톤의 초상/ 318
에피소오드/ 155
엘리어트/ 55

여류시/ 80
여름 사냥/ 236
여름 파도/ 153
여름의 끝/ 192, 193
여백의 풍속/ 34
여상현/ 22
여수항/ 321
여운/ 185
역광/ 192, 193
역몰가는 옛길/ 218
연가/ 131, 50
열녀야 문열어라/ 125
열둘아해/ 319
열린시조/ 134
열애일기/ 317
열풍지대/ 213
염무웅/ 19
영산강/ 202
영산강 사람들/ 254
예던 길 앞에 있네/ 218
예수재/ 235
예술가들의 초상/ 162
오 우리들의 8월로 돌아가자/ 8
오경남/ 18
오경숙/ 165
오규원/ 158, 18
오늘 죽지 않고 오늘 살아있다/ 86
오대교/ 166, 169, 171, 172, 185
오선식/ 175
오세영/ 158
오수열/ 325
오스카 와일드/ 300
오영감의 칼/ 310
오영란/ 171
오영진연구/ 137
오원/ 164
오월 광주/ 261
오월에서 통일로/ 123
5월의 연가/ 76
오종진/ 164
오지호/ 29, 31

오창익/ 218
오천이/ 34
오학영/ 214
오후의 기도/ 42
옥돌호랑이/ 58, 61, 64
옥잠화/ 166, 222
올가미/ 301
올해 처음 본 나비/ 321
옳고 그름/ 324
옹호자의 노래/ 15, 19
왕조와 굴레/ 149
외다리 꼴뚜기/ 136
외달도, 그리고 바람의 노래/ 301
외등은 작고 외롭다/ 263
외로운 시간/ 35
우두커니의 변/ 251
우리 더욱 사랑을 위해/ 50
우리 사는 꼴에 관하여/ 268
우리 선생 백결/ 157
우리 집/ 306
우리가 지금 두려워하는 것은/ 268
우리고전 읽기/ 253
우리들 숨결에 더운 불빛이 일 때까지/ 227
우리들의 생일/ 236
우리들의 아픔/ 179
우리들의 찌그러진 영웅/ 288
우리땅 우리놀이/ 317
우천 오영진 연구/ 138
운주별곡/ 250
울어라 새여/ 213
울엄니/ 173, 268, 269
울음소리/ 235, 236
원(願)/ 92
원탁시/ 322, 68
원형갑/ 139
월계리에서/ 173
월요(月曜) 오후에/ 91
월혼가/ 150
유갑천/ 188, 229
유광현/ 102

유년의 꿈/ 153, 154
유년의 여름/ 196
유민영/ 143, 301
유순남/ 180
유심안락도/ 57
유인달/ 166
유재민/ 188
유재혁/ 185
유준조/ 106
유진 오니일/ 300
유찬수/ 165, 173
유채꽃 풍경/ 290
유춘호/ 169, 172
유치진/ 10
유치환/ 110
유한근/ 224
유형민/ 175
유희성/ 176, 177
유희성/ 174
윤경중/ 231, 233, 234
윤광현/ 225
윤봉한/ 225, 227
윤봉환/ 188
윤삼현/ 289, 291, 292
윤석우/ 323
윤석임/ 102
윤수현/ 108
윤순성/ 34
윤여흔/ 188
윤연숙/ 182
윤영기/ 188
윤영훈/ 326
윤용선/ 103, 104, 108
윤재호/ 103, 104, 107
윤종훈/ 184
윤지관/ 248
윤평현/ 166, 172, 173
윤혜숙/ 175
윤홍배/ 103
은진희/ 175
은행잎 소복/ 245

을지로입구 시론/ 50
음향/ 42, 43, 45
응급실 유감/ 134
이 봄의 교향악/ 117
이 시대의 행복론/ 95
이강재/ 324
이계만/ 188
이계양/ 227, 325
이계홍/ 99, 107, 108, 124, 139, 149
이곤섭/ 188
이근배/ 294
이근삼/ 143
이금안/ 177
이기반/ 211
이기원/ 18
이기호/ 180
이나영/ 181, 183, 188
이남근/ 323
이남수/ 264, 266
이돈균/ 172
이동주/ 22, 4
이랑극회/ 136
이런젼추로   니르고져   흟배이셔 / 226
이만열/ 303
이만의/ 108, 109
이명룡/ 30
이명한/ 99, 124, 139, 186
이무기/ 139
이미란/ 319
이민사/ 147
이병기/ 19
이병석/ 18
이보영/ 125
이삭줍기/ 258
이삼교/ 106, 107, 108, 187, 191,
          194, 217
이상과 현실 — 시어 '꽃산'의 의미/ 283
이상옥/ 107
이상운/ 181, 183, 188
이상한 기도/ 81
이상한 막간극/ 300

이생진/ 19
이선희/ 185, 229, 230
이성부/ 19, 180
이성연/ 112, 113
이소영/ 102
이수복/ 22, 24, 29, 31, 35
이순섭/ 171
이순형/ 184, 188
이술학/ 188, 229
이슬에게/ 278
이승범/ 176, 177, 229
이승우/ 318
이승혁/ 321
25시/ 170
이양헌/ 108
이어령/ 170
이어의 눈/ 129
이연임/ 104
이영권/ 320
이영규/ 168, 171
이영란/ 188
이영진/ 170, 174
이용주/ 107
이우수/ 326
이우정/ 229
이운룡/ 18
이윤수/ 172, 173
이재철/ 291
이재춘/ 180
이재환/ 175
이정관/ 108
이정란/ 177
이정선/ 229
이정심/ 110, 112, 113, 245, 247
이정윤/ 319
이종출/ 169, 170
이종하/ 168, 171, 172
이종호/ 10
이지현/ 184
이진규/ 185
이진모/ 5, 9, 12

이철웅/ 229
이태건/ 287, 288
이태길/ 103
이태행/ 103, 104, 106, 107, 108
이태호/ 28, 32, 34, 46
이학동/ 34
이한성/ 131, 165, 166, 168, 171,
        172, 186
이해동/ 28
이향아/ 162
이현숙/ 171
이현종/ 184
이형숙/ 103
이혜숙/ 168
이호근/ 102
이호진/ 103
이환용/ 18
이효복/ 176, 177, 181, 185, 188,
        229
이희자/ 188
인생/ 274
인생 60년 낚시 40년/ 219
인생송가/ 50
인생의 향연/ 43
인생재활주식회사/ 136
인연/ 81
인현은 살아 숨쉬고 싶어요/ 252
일간스포츠/ 125
일식에 대하여/ 318
일억의 눈동자와 사랑을 위한 백의 노래
        / 52
1월의 병원극/ 155
일출/ 185
임경주/ 113
임광남/ 102
임광순/ 227, 326
임보/ 18
임성빈/ 169
임숙희/ 326
임시혁/ 177, 181
임영민/ 327

임영천/ 108, 110, 174, 302, 303, 305
임원식/ 324
임장택/ 177, 180, 181, 184
임정숙/ 177
임정용/ 107
임찬구/ 110
임춘평/ 183
임학송/ 32
임학수/ 4
임해순/ 229
임헌영/ 192, 249
임헌영이/ 249
임현수/ 181
임효순/ 30, 32
입석시/ 111, 117
입석시(立石詩)/ 111
입학/ 117
잉태설/ 149
잊는다는 것/ 34

『ㅈ』

자살론/ 155
자서/ 95
자아론1/ 94
자아론2/ 94
자아론4/ 94
자아론5/ 94
자운영/ 326
자유문학/ 42
자전거 여행/ 249
자화상 그리기에 의한 시대상의 증언/ 327
작별의 한 잔/ 300
장기호/ 175
장례비/ 34
장마/ 177
장미원/ 145, 147, 175
장병호/ 175, 177, 178

장상호/ 103
장생주/ 217
장성례/ 177
장영근/ 177
장영일/ 164, 172, 174
장용건/ 5, 9, 10, 11, 12, 21, 22, 90, 98
장자옥/ 177
장자와 비유/ 54, 55
장정식/ 30, 31
장종원/ 169
장태진/ 229
장하경/ 181
쟁기머리 산 그늘/ 140
쟁기질/ 209, 283
저녁 징소리/ 125
저녁부터 새벽까지/ 142
적벽/ 251
적벽은 아름답다/ 162
전기용/ 182
전라도 말/ 217
전라도 말씨/ 218
전라도, 전라도 말씨로/ 227
전라도식 투정/ 209
전상훈/ 172, 173, 175, 177, 268, 269, 270
전선의 토요일/ 222
전설/ 274
전원범/ 207
전원의 장/ 43
전은실/ 319
전자오락실/ 326
전쟁통/ 120
절대고독/ 20
젊은 혁명가의 초상/ 249
점순이와 정동이/ 310
정강철/ 261, 262
정건조/ 172
정경미/ 229
정광주/ 166, 169, 172, 174, 175
정권채/ 103, 104

정귀남/ 108, 109
정금애/ 29
정남용/ 324
정당성/ 71, 73
정덕효/ 184
정도전/ 294
정만/ 185
정말로 우리가 살아있다는 것은/ 147
정물점경/ 192
정봉기/ 174
정부사(征夫詞)/ 143
정소파/ 222
정수채/ 177, 227, 225
정숙한 아내/ 300
정순애/ 188
정순임/ 102
정영애/ 326
정오진/ 165, 171, 173
정옥임/ 321
정옥희/ 170
정은이/ 176, 177
정의홍/ 18
정인보/ 12
정재학/ 229
정제근/ 107
정종언/ 102
정종운/ 108, 110, 112
정중수/ 84
정진갑/ 106
정진규/ 294
정진홍/ 217
정찬주/ 175, 188
정창근/ 225, 227
정철/ 135, 172, 173
정철웅/ 322
정철인/ 29, 30, 31, 32, 34, 108, 170
정태현/ 174, 176, 177
정한숙/ 149
정현성/ 319
정현숙/ 188
정현웅/ 18

정형택/ 241, 242, 244
정혜진/ 205, 208
정홍배/ 112
정회옥/ 184
젖어서 사는 의미/ 170
제갈 선생의 옷/ 310, 311
제오계절/ 153
제왕의 밀실/ 98
제자의 도전/ 251
제자의 뒷모습/ 251
제자의 전화/ 270
조감도/ 50
조강현/ 166
조광자/ 102
조국/ 136, 43
조남기/ 18
조대극회/ 135, 10
조대문학동인회/ 32, 33, 106, 111
조대문학회/ 103, 104
조동렬/ 323
조통안의 새떼/ 135
조물주의 솜씨/ 269
조선대학 교가/ 8
조선문학/ 133
조성기/ 172
조수웅/ 324
조수원/ 10
조순환/ 103
조연현/ 11, 40, 54
조영규/ 185
조영석/ 185, 229
조영욱/ 177, 180, 181, 184, 188
조영일/ 238, 239, 240
조용한 화음/ 46
조우/10
조우현/ 170
조운/4
조주환/ 212
조준현/ 188
조지훈/ 111
조태일/ 118

조혜숙/ 166
조홍구/ 169
조홍규/ 327
조희관/ 29
졸업식/ 270
종교/ 43
종소리/ 199
종언을 보며/ 58
종이비행기를 날리며/ 225
종이칼/ 192
죄인처럼/ 274
주기운/ 32, 34, 35, 46
주길순/ 50, 98, 124, 139, 149, 169, 170, 186
주동후/ 99, 108, 124, 139, 149, 155
주명영/ 18
주명진/ 164
주평남/ 165
죽순밭에서/ 75, 77
죽은 처녀 시인/ 155
죽음의 서장/ 80
중국빵집과 일본 여자/ 144
지광준/ 103
지금/ 120
지금 싸움이 급하니/ 198
지나가기/ 81
지도 속의 눈/ 50, 51
지리산 시편/ 294
지리산에는 무궁화가 없다/ 310
지리산이 전서체로 일어서다/ 295
지산동의 아침/ 65
지상에 바치는 나의 노래/ 77
지상의 별들/ 19
지성의 반성/ 54
지우개/ 326
직녀에게/ 79
진단서/ 41
진단시/ 80
진달래 꽃속에는 경의선이 있다/ 157
진양욱/ 106
진을주/ 18

진헌성/ 18
진형/ 30
진혼제/ 149, 150
징소리/ 125, 126, 127

『 ㅊ 』

차고약 별장길에 두고 온 가을/ 95
차마 못한 말 한마디/ 65
차씨 별장길에 두고 온 가을/ 95
차주경/ 184
차창룡/ 282, 284
참 삶의 세월/ 231
참깨를 털면서/ 120
참대의 시/ 65
창가에서/ 177, 231
창조에의 묵시/ 42
창호지/ 211
채경석/ 108, 109
천경자/ 22
1980년 광주/ 137
천동조/ 175
천동희/ 174
천사/ 306
천승세/ 136
천재들/ 124
철쭉제/ 129
첨성대 속의 숨은 별의 얼굴/ 199
첫 사랑 이야기/ 306
첫사랑/ 236
첫차를 타며/ 241
청산에 살고 보니/ 149
청석집/ 46
청소년/ 256
청소부/ 125
청춘/ 181
청춘수첩/ 28, 32
청학동 이야기/ 157
청학동에 와서/ 294
초춘/ 165

최갑/ 30
최경미/ 185
최경회 장군/ 205
최군지/ 102
최남연/ 181
최덕원/ 320
최동/ 164, 171
최두석/ 248
최루증/ 130
최만철/ 18
최명진/ 172
최병연/ 103, 104, 106, 107
최복수/ 184
최삼준/ 110
최연희/ 164
최열/ 227
최예승/ 103
최용재/ 102, 103, 104, 108, 170
최유리/ 319
최윤길/ 177, 183, 185
최익균/ 181, 184, 188, 227
최일남/ 262
최재호/ 319
최재훈/ 175, 177, 184
최재희/ 112, 113, 164, 165, 166
최정순/ 91
최정한/ 102, 103, 106, 107
최창수/ 108
최춘섭/ 102, 103, 104
최택호/ 30
최학규/ 18
최한묵/ 164
최현규/ 322
추종인간/ 166
추현/ 104
추현식/ 108, 109
춘향이가 늙어서 월대되느니/ 147
출근/ 94
출근길/ 274
출발점/ 111
춤추는 풀잎들/ 137

칠월/ 221
칠월의 기원/ 34

『ㅋ』

카오스의 씨/ 310
카타르시스의 밤/ 149
칼과 흙/ 123
크는 아이/ 272

『ㅌ』

타오르는 강/ 127, 129
타히티의 신앙/ 261
탁인석/ 325
탄원/ 170, 98, 99
탈/ 10
탈출기/ 213
탈회/ 127
탑/ 94
태초에 유혹이 있었다/ 318
터알/ 179, 180, 185, 225, 228, 229,
        230, 261
터알문학동인회/ 174, 176, 182, 228
텃밭/ 146
토굴/ 319
토끼 발자국/ 201
토끼몰이/ 251
토악질/ 261
토요일 오후/ 322
토족/ 139
통일을 꿈꾸는 색주가/ 123
퇴근길에서/ 273
틈입자/ 192

『ㅍ』

파란대문/ 177
파스칼/ 55
파이프 이야기/ 217

팔십노제/ 245
80소년 떠돌이의 시/ 26
팽나무가 있던 마을/ 324
팽이싸움/ 306
평화신문/ 50
폐광촌/ 149
폐촌/ 317
폐허에 서서/ 34
포구/ 317
포구의 달/ 317
폭포/ 252
푸라타나스 잎/ 34
플과별/ 160
풀잎/ 197
풀잎 단장/ 110
풀잎과 바람의 기억/ 195
풀잎서장/ 52
풀잎은 죽어 푸르게 피어나고/ 322
풋과일/ 92
플라타너스/ 15
피아골/ 129
피카소의 코/ 155

『ㅎ』

하길담/ 23
하느님의 돋보기/ 252
하늘새/ 127
하늘에 날개 달고/ 238
하늘을 아는 사철나무/ 52
하늘의 장/ 43
하성래/ 30, 31
하순자/ 102
하영례/ 184
하이데거/ 55
하헌신/ 168, 171
학/ 26
학사장의 꼬리/ 99, 100
학원/ 84
학의 노래/ 23

한/ 182, 313
한 나무 아래서/ 42
한脈文學/ 252
한계선(限界線)/ 98
한국 소설의 풍향계 읽기/ 324
한동희/ 245
한밤의 아이들/ 147
한상렬/ 245
한상운/ 10
한성우/ 210
한승원/ 99, 124, 139, 149, 317, 317
한영숙/ 321
한옥근/ 84, 108, 114, 135, 217, 301, 317
한일섭/ 10
한정안/ 181
한춘홍/ 29, 30, 31, 34, 90, 10
한화섭/ 172
한희정/ 188
할머니/ 202
할머니의 생일/ 213
할아버지의 고향/ 202
함세덕/ 10
함수남/ 103, 104, 213, 214, 216
함진원/ 322
함형수/ 22
항아리/ 94
항쟁의 노래/ 52
해가지지 않는 쟁기질/ 282
해당화/ 50
해뜨는 집은 안녕하다/ 314
해바라기의 꿈/ 205
해변의 길손/ 317
해산가는 길/ 318
해일/ 318
해학/ 132
해후(邂逅)/ 92
햇살에 기대어/ 187, 235
향기로운 세상/ 318
향토/ 136
허·거·참/ 66

허리띠 철학/ 174
허민숙/ 319
허병록/ 103
허수아비/ 306
허영돈/ 181
현기영/ 249
현대를 사는 모나코 시민들/ 135
현대문학의 과제와 인간화/ 88
현대불교문학론/ 54
현대소설의 비평적 성찰/ 304
현대시 약사/ 34
현대시에 나타난 불교 사상/ 54
현대시조/ 254
현대시학/ 160, 209
현대와 시와 인식/ 64
현대의 의식/ 54, 55
현실변혁의 소설담론/ 237
현중순/ 112, 113, 325
형상(形相) 노래/ 43
호롱불의 역사/ 75
호박인심/ 325
혼의 소리/ 153
혼자 가는 길/ 238
혼자 있을때 혼자가 아니다/ 153, 154
홍경래/ 94
홍광석/ 324
홍성담/ 177
홍영옥/ 164
홍완표/ 30
홍효민/ 13
화사집/ 22
화염병 파편 뒹구는 거리에서 나는 운다/ 77
환상귀향/ 81
환상의 못/ 192
환상의 魚信을 찾아/ 218
황국미음/ 35
황국화가 피는 뜻/ 245
황금 가면/ 318
황금찬/ 258
황도훈/ 32, 34

황새/ 236
황선/ 185
황성광/ 102
황순원/ 232, 92, 92
황애심/ 102
황양수/ 35, 42, 43, 106, 107
황자금/ 102, 104
황제와 시/ 94
황토에 부는 바람/ 196, 217
황토재/ 215
황토현의 햇불/ 52
황톳빛 추억/ 150
황하택/ 221, 224
황항윤/ 172
황혼/ 13
황혼의 마을/ 139
횃불로 변한 민중사/ 128
회귀선/ 39, 42
회색도/ 41
횡단보도에서/ 290
효녀무/ 149, 186
효다송(曉茶頌)/ 279
후천적 퇴화설/ 39
휘파람새/ 173
휴일의 전선/ 222
흐르는 물처럼/ 92
흐르지 않는 강/ 171
흑산도 갈매기/ 125
흔적/ 245
흩어지지 않는 가슴들로/ 227
희망/ 30
희생자들/ 92
흰 DMZ/ 222